Charlie, el amor y los clichés

Charlie, el amor y los clichés

Ella Maise

TITANIA

Argentina • Chile • Colombia • España
Estados Unidos • México • Perú • Uruguay

Título original: *Charlie, Love and Cliches*
Editor original: Simon & Schuster UK
Traducción: Nieves Calvino Gutiérrez

1.ª edición Marzo 2024

Copyright © 2023 *by* Ella Maise
All Rights Reserved
Translation rights arranged by Sandra Dijkstra Literary Agency
and Sandra Bruna Agencia Literaria, SL
© 2024 de la traducción *by* Nieves Calvino Gutiérrez
© 2024 *by* Urano World Spain, S.A.U.
Plaza de los Reyes Magos, 8, piso 1.º C y D – 28007 Madrid
www.titania.org
atencion@titania.org

ISBN: 978-84-19131-53-9
E-ISBN: 978-84-19936-56-1
Depósito legal: M-420-2024

Fotocomposición: Ediciones Urano, S.A.U.
Impreso por Romanyà Valls, S.A. – Verdaguer, 1 – 08786 Capellades (Barcelona)

Impreso en España – *Printed in Spain*

Para los soñadores:
jamás dejéis que nadie apague vuestra luz.
Vosotros sois y siempre seréis los protagonistas
de vuestra propia historia. Así que... ¿a qué esperáis?
Vivid vuestra vida como os plazca y aseguraos
de disfrutar de cada segundo.

1

Charlie

Cuando me desperté esa mañana, no pensé que estaría a cuatro patas, arrastrándome por el despacho como una idiota, con unos globos atados a las muñecas, nada menos. Haciendo todo lo posible para asegurarme de que él (o «el tipo de la cafetería», como lo conocían mis amigas) no me viera.

Conviene repetirlo. Con unos globos atados a las muñecas. Muy profesional, ¿verdad? Esa soy yo. Charlie Davis.

Se suponía que tenía que ser una mañana de lunes normal y corriente. Nada más y nada menos. Tan normal y corriente como el resto de mis días, semanas y…, bueno, como mi vida.

«Despertar».

«Hacer la cama».

«Meterte en la ducha».

Sales de la ducha y te das cuenta de la hora que es. Y entonces empiezas a correr de un lado para otro, como si buscar algo que ponerte para ir a trabajar fuera un concepto nuevo en lugar de algo que haces todos los días. Y, cómo no, después corres por las calles de Nueva York para ir a trabajar en la empresa de gestión de crisis de tu padre.

A mis veinticinco años, mi vida se ha convertido ya en una tediosa rutina. Ir a trabajar, volver a casa, dormir y vuelta a empezar. Tal vez tomar una copa después del trabajo con Rick y con Gayle una o dos veces a la semana, pero hasta eso era poco frecuente.

Estaba hasta el moño. La verdad es que hacía tiempo que estaba harta, pero esta vez lo estaba de verdad, y estaba decidida a hacer algo al respecto. Largarme de Nueva York tenía que ser lo primero de la lista. La vida me cambiaría de forma drástica. Lo sabía. Todo el mundo lo sabía. Escapar, huir, como quieras llamarlo, tenía que marcharme. Esperaba que ese fuera el primer paso hacia una vida mejor.

Técnicamente aún no había ninguna lista, pero cuando por fin apuntara las cosas que tenía en la cabeza, mudarme sería la máxima prioridad. El único problema era que había hablado mucho de ello y aun así no había hecho nada, por lo que nadie solía creerme cada vez que decía que me iba a marchar. Pero esta vez lo decía en serio. Ser brutalmente sincera sería lo siguiente en la lista. Iba a ser un gran comienzo. Un nuevo comienzo para mi vida.

La única diferencia en mi horario para este lunes en particular era que en vez de ir directamente al trabajo, se suponía que iba a pasarme por la pastelería a por una tarta para Rob porque era su último día en la oficina. Y si me daba tiempo, a por algunos globos divertidos. Pusimos dinero en la oficina para la tarta, pero los globos iban a ser mi pequeño toque para sacarle una sonrisa a Rob porque era una de las pocas personas de la oficina con las que me gustaba estar y siempre tenía una sonrisa para todo el mundo. Además de que a menudo hacía de árbitro entre mi padre y yo, y era casi como un tío para mí.

Y ¿cómo iba yo a saber que era una idea pésima ofrecerme a hacer eso cuando me desperté esa mañana? Cuando la lluvia empezó a mostrarse más decidida a calarme hasta los huesos, recorrí a toda velocidad las dos últimas manzanas desde la pastelería y haciendo oídos sordos a los bocinazos y los gritos que acentuaban Nueva York, crucé la calle corriendo con la enorme caja de la tarta, el paraguas con el que la protegía (al menos tenía claras mis prioridades) y los globos. Estos últimos los llevaba atados a la muñeca y rebotaban con virulencia mientras yo chorreaba agua de la cabeza a los pies.

Exhalé una profunda bocanada de aire en cuanto entré en el edificio en el que trabajaba. Conseguí reprimir las ganas de sacudirme como un perro para librarme del agua que me mojaba la piel.

Miré a mi alrededor y fui directamente al vacío mostrador de recepción. Mientras sujetaba la caja de la tarta en una mano, hice lo que pude para limpiarme el agua de los ojos y así poder, al menos, evitar chocarme con alguien. Una breve mirada a mis dedos confirmó mis sospechas sobre el destino de mi máscara de pestañas, pero aun así logré esbozar una sonrisa a toda la gente que me miraba con extrañeza.

Se me borró la sonrisa de la cara cuando llegué a mi destino y dejé la tarta sobre el mostrador de recepción. Proferí un sonoro gruñido al verme en el espejo.

—¡Madre mía! —susurré, y me costó apartar la mirada de mis desastrosas pintas. ¿Quién iba a imaginar hacía apenas una hora que aplicarse máscara de pestañas podría ser un error tan garrafal?

Sacudí la cabeza con asombro, me aparté todo el cabello que tenía pegado a la cara y me incliné un poco más hacia delante para mirarme bien. Como era de esperar, mi imagen no mejoró. «Me va a matar», pensé con respecto a mi padre. Me di por vencida con mi aspecto y me puse a escurrirme un poco el agua del pelo. Después empecé a frotarme con fuerza los ojos para eliminar las manchas de rímel. Los globos se bamboleaban por doquier, llamando aún más la atención de la gente.

«Nota mental: ni se te ocurra volver a plantearte comprar globos para una fiesta en la oficina».

Aparté los ojos del espejo y me fijé en que Kimberly estaba entrando en el edificio. No me atreví a mirar en su dirección otra vez y, por si acaso, me aseguré de que los globos me taparan. Si había alguien aparte de mi padre que no quería que me viera era mi guapa y perfecta hermana, que no había hecho ni podía hacer nada mal a los ojos de mi familia. Además, como ventaja añadida, apenas me hablaba con ella porque pensaba que yo era demasiado amiga de su marido. No nos hablábamos si no era por temas de trabajo, y después de las cosas que nos dijimos, estaba más que conforme con eso.

Miré la hora y me di cuenta de que llevaba unos minutos tarde, así que tomé mis cosas y me dirigí a los ascensores después de cerciorarme de que Kimberly ya había subido.

Después de dar solo unos pasos, me tropecé con alguien y habría acabado despatarrada en el suelo si él no me hubiera agarrado. El hombre me soltó los brazos y me disculpé enseguida, pero no pude ver con quién me había chocado porque tenía las manos ocupadas con la tarta y los globos.

—No pasa nada —farfulló a través de los globos, con los que debí de golpearle en la cara.

La voz que respondió era profunda, grave y estaba teñida de diversión, y me resultó un tanto familiar, pero no le di más importancia. No me cabía duda de que la diversión se debía a los globos. ¿Quién iba a imaginar que los globos sorprenderían tanto a la gente?

Me peleé con las malditas y divertidas esferas para poder ofrecerle al menos una sonrisa de disculpa, pero el hombre ya se dirigía hacia la zona de recepción. Llevaba un traje negro que le quedaba como un guante y se ceñía a sus anchos hombros a la perfección, al menos por lo que pude ver. Una parte muy importante a la hora de llevar un buen traje era que estuviera bien confeccionado.

Después de exhalar un suspiro y echar una última mirada apreciativa por detrás al hombre, me di la vuelta con los globos y me encaminé a los ascensores. Con la mano en que llevaba atados los globos sujeté en alto la caja de la tarta, asegurándome de que me tapara la zona del pecho, pues se me trasparentaba el sujetador lila por culpa de la lluvia, e intenté hacer algo con mi pelo. Para ahorrar tiempo, me quité la goma que sujetaba la mitad de mi abundante melena y me lo despeiné un poco para que al menos pareciera que en parte estaba hecho a propósito, como si acabara de salir de la ducha. Una ducha que básicamente me había dado con la ropa puesta.

Las puertas se abrieron y antes de que pudiera dar un paso, salió una avalancha de gente. Agarré todo con más fuerza contra mi cuerpo y esperé a que terminara la estampida. Cuando levanté la vista desde detrás de los globos, el ascensor ya estaba lleno. Cerré los ojos y me abstuve de decir cuatro cosas bien dichas. No tenía ningunas ganas de ver a mi padre. Con cierta preocupación, di media vuelta para ver el reloj detrás del mostrador de la recepción y entonces empecé a preocuparme un poco más en serio. Eran las nueve y veinte. Era oficial; llegaba tarde. Incapaz de estarme quieta, estaba pulsando sin parar el botón de llamada, cuando oí un pitido procedente de uno de los ascensores situados detrás de mí. Corrí hacia él antes de que se fuera sin mí y golpeé a alguien en el hombro con los malditos globos. Me disculpé varias veces sin mirar, ya que seguía moviéndome, y por fin logré entrar en la cabina de acero sana y salva.

Aliviada, me dispuse a pulsar el botón del piso veinte que me llevaría a la empresa de mi padre, Atlas Communications, donde trabajaba como especialista en relaciones públicas, pero en vez de eso agarré una mano grande y peluda de carne y hueso. Y durante unos segundos agarré el dedo de un desconocido igual que una idiota. Alguien en el ascensor carraspeó y yo solté la mano. Me incliné hacia delante, me encontré con los ojos de mi segunda víctima y adopté una expresión contrita.

—Lo siento mucho. Estoy teniendo una mala mañana —susurré y apenas oí que aceptaba mis disculpas con un murmullo.

Agradecida porque por primera vez los globos me brindaban algo de intimidad y ocultaran mi identidad, lo intenté de nuevo, y al ver los números por el rabillo del ojo, esta vez acerté con el botón correcto.

Justo cuando pensaba que las cosas estaban mejorando, di un paso atrás. Mi plan era cerrar los ojos, apoyar la cabeza contra la pared del fondo, reflexionar sobre mis elecciones de vida y tomar aliento durante un minuto. El plan se fue al traste. Me topé con un duro pecho y un pie.

Un par de fuertes manos me agarraron la cintura. Proferí un chillido, abrí los ojos de golpe y pegué un pequeño brinco sin moverme del sitio.

—¡Oh!

No era mi día. Para nada.

Aquellas manos grandes y fuertes me soltaron con la misma rapidez con la que me habían ceñido la cintura para impedir que siguiera retrocediendo. Me apresuré a dar un paso adelante para volver a donde estaba antes.

—Tranquila —me dijo mi tercera víctima del día, casi al oído.

Era la misma voz de antes. La del hombre con el que me había chocado en el vestíbulo, no la del dueño de la mano peluda. Un escalofrío me recorrió la espalda, el calor se propagó por mi cuerpo y el pulso se me aceleró poco a poco. No fue por la voz, sino porque alguien me tocaba después de tantísimo tiempo. Y sí, quizá también un poquito por la voz.

«No me ponen las voces».

«No me ponen las voces graves y aterciopeladas».

—Esto tiene que ser una broma —susurré, y luego con voz más alta y mucho más avergonzada, le pedí disculpas por segunda vez en pocos minutos. Agaché la cabeza y golpeé uno de los globos azules con la frente—. Tú también estabas en el vestíbulo. —«¡Tierra, trágame!»—. Lo siento mucho.

No oí ninguna risita masculina, pero pude percibir una sonrisa en su voz.

—No hace falta que te disculpes. Ha sido una mañana… diferente.

—Eres muy… amable al decir eso. Lo diferente puede ser bueno a veces. Aun así, lo siento mucho.

—No te preocupes.

Traté de darme la vuelta, de hablarle a la cara como una persona normal esta vez, pero cuando por fin logré desenredarme de la maraña de globos, la puerta del ascensor se estaba cerrando y de repente no había nadie detrás de mí.

Retrocedí hasta el rincón, esta vez con cautela, y esperé. Las puertas se abrieron y se cerraron un par de veces más y me di cuenta de que me había pasado mi planta cuando ya era demasiado tarde.

Cuando por fin llegué al piso veinte y vi ATLAS COMMUNICATIONS, GESTIÓN DE CRISIS en elegante letra negra en la pared de mármol de la entrada, eran las 9:26 de la mañana y sabía que estaba muerta. O casi.

No había nadie en el mostrador de recepción, pero dejé la tarta de despedida encima del mostrador.

—¿Qué narices ha pasado, Charlie?

Me di la vuelta con un sobresalto y me encontré a una sorprendida Gayle, mi amiga y una de los dos investigadores privados que trabajaban en nuestra oficina, que me miraba con espanto.

—No digas nada. Ya sé qué pintas tengo —dije antes de que ella pudiera hacer ningún comentario sobre mi aspecto—. Solo es lluvia, lo arreglaré. ¿Ha empezado la reunión?

Gayle levantó las manos y trató de disimular su sonrisa de diversión.

—Lo siento, pero tengo que hacerlo. Pareces alegre y triste a la vez mientras imitas de forma muy convincente a un mapache ahogado. —En sus labios se dibujó una gran sonrisa y la diversión le iluminó los ojos—. Muy profesional por tu parte.

—¿Estás satisfecha?

—Un poco. La falda puede pasar, pero más vale que hagas algo con la camisa. A menos, claro está, que estés probando un nuevo modelito con tu sujetador morado.

—Es lila. ¿Has acabado ya?

—Sí, gracias. Y no, la reunión aún no ha empezado. Pero tu padre ha preguntado cuatro veces si has llegado —dijo. Yo cerré los ojos, respiré hondo y oí los globos chocar entre sí y chirriar mientras me masajeaba la sien—. Tengo que hacerte una pregunta más. ¿Por qué tienes unos globos atados a la muñeca?

—Porque intentaba salir volando. ¿Me haces un favor? ¿Por favor? —Ella enarcó las cejas y frunció los labios, tratando por todos los medios de no soltar una carcajada. Exhalé un suspiro—. Porque el chico de la tienda tenía que ir al almacén a por una pesa y no tenía tiempo de esperar. Es irrelevante. Me debes una, Gayle.

—Antes de volver con eso de que te debo una, permite que te pregunte de nuevo. ¿Por qué llevas todos estos globos atados a la muñeca?

—Por Rob, Gayle —respondí, un poco exasperada cuando moví el brazo y vi que los globos casi le golpeaban la cara—. Son para Rob. Para despedirlo y…, que parezca…, alegre… o algo así. La fiesta de despedida. ¿Recuerdas?

Gayle se echó hacia atrás, con el ceño fruncido.

—Rob… Oh, ¿era hoy? ¿Estás segura?

Solté un gruñido.

—Sí, es hoy. Me debes una.

Gayle cruzó los brazos sobre el pecho.

—¿Cómo dices?

Empecé a hacer lo posible por quitarme los globos de la muñeca, pero lo único que estaba consiguiendo era que la banda se apretara más.

—Por lo de la doble cita que salió como el culo.

—Hace casi un mes de eso. Y te estaba haciendo un favor. Hace siglos que no catas un hombre. No has tenido una cita desde que rompiste con el escurridizo y *odiabesos* de Craig hace un año.

Seis años de relación a distancia se fueron al garete.

—¿Y qué si no he tenido citas a todas horas? Ya he visto lo que hay por ahí y he decidido que estoy mejor sola. —Me encogí de hombros—. Un comportamiento muy normal por mi parte. Soy feliz estando sola.

—Vale.

—Lo soy —insistí, frunciendo el ceño al ver su rostro risueño—. Prefiero estar sola que tener que lidiar con idiotas que ni siquiera pueden… Da igual. No importa.

—Sí, no nos peleemos por esto ahora. ¿Quieres que te ayude en el baño?

—Sí. ¿Me puedes traer unas tijeras para que pueda cortar esto? Y también la camisa que tengo en mi despacho. Está en el tercer cajón de mi mesa. Ya está. Así estaremos en paz.

—Oh, mierda. ¿Por qué no me has dicho eso en el acto en lugar de estar de cháchara?

—No estaba de cháchara. Tú... ¿Qué? ¿Por qué?

—Viene tu padre.

—¿Charlie?

Me quedé helada solo un instante al oír su voz furiosa. Dejé la caja de la tarta y a Gayle donde estaban y salí pitando hacia el baño con los globos ondeando detrás de mí.

—Enseguida voy, papá. Empezad sin mí —grité por encima del hombro mientras cerraba la puerta.

Solté una profunda bocanada de aire y me tomé un momento para recobrar la compostura. No me quedaba más remedio que ir a la reunión con la camisa que llevaba puesta y asegurarme de quedarme detrás de todo el mundo. Lo que no sería la primera vez.

—No se puede hacer más —murmuré para mis adentros y me pasé los dedos por el pelo como si eso fuera a servir de algo. Solo tenía que llegar a mi mesa, tomar mi camisa y lo demás sería fácil de explicar. Entonces los globos acapararon mi vista y me maldije por enésima vez.

Después de esforzarme para deshacer el nudo durante un buen rato, me di por vencida y decidí ir a buscar unas tijeras. Al pasar por delante de la mesa vacía de Blair, nuestra recepcionista, me di cuenta de que todos se estaban congregando en medio de la oficina, alrededor de las mesas, casi creando un muro humano entre lo que fuera que estuvieran mirando y yo.

Me percaté de que Gayle estaba de pie detrás de una mesa en el extremo izquierdo, escondí el brazo derecho a la espalda, esperando con todas mis fuerzas que no fuera eso en lo primero que la gente se fijara, y me dirigí hacia ella.

—Buenos días a todos —dijo mi padre, lo que hizo que caminara más despacio.

Me puse de puntillas y miré por encima de algunos hombros, pero me di cuenta de que se estaba celebrando algún tipo de reunión o de anuncio justo en medio de la oficina en lugar de en la sala de reuniones. Hice caso omiso de las miradas y me disculpé con cualquiera al que tuviera que empujar para pasar. Apreté el paso y al final llegué hasta Gayle de una pieza.

—¿Por qué no estamos en la sala de reuniones? —susurré mientras mi padre continuaba con un especie de breve discurso sobre Rob—. ¿Esta es la despedida para Rob? ¿La reunión es después? ¿Dónde está Rob?

—Todavía llevas la misma camisa y los globos —añadió Gayle, sin demasiado ánimo de ayudar—. Aun así estás guapa, por cierto. Medio en pelotas y enseñando el sujetador, pero guapa.

—Que te den.

De mala gana, me tiré de la camisa para despegarla de mi cuerpo y que los demás no pudieran verme el sujetador. Bueno, los que aún no lo habían visto.

—He intentado buscarte la camisa, pero tu padre estaba delante de tu despacho, así que no he podido entrar. Y no se trata de la reunión que tendremos después. Es otro asunto diferente. Ah, y parece ser que hoy no viene Rob.

«¿Cuántas reuniones se suponía que teníamos?».

—¿Rob no va a venir? —pregunté un poco más alto de lo que pretendía y llamé la atención de mi padre.

—Me alegra ver que has venido, Charlie —dijo él con voz pausada, lo que me valió las risitas de algunos de mis compañeros. Los ignoré como siempre.

Estaba segura de que en realidad mi padre no podía verme, ya que estaba detrás de Gayle, así que me cercioré de no hacer ningún movimiento brusco que atrajera más su atención.

—¿He comprado la tarta y los globos para nada? —susurré cuando él comenzó a hablar de nuevo.

—Vendrá mañana. Aguantarán.

Cerré los ojos y respiré hondo para calmarme.

—Entonces, ¿qué hacemos aquí?

—Conocer al nuevo que sustituye a Rob —respondió Gayle—. William Carter. —Me lanzó otra mirada curiosa por encima del hombro—. ¿Es que tu padre no te ha dicho nada?

Hice caso omiso de su pregunta e hice yo una.

—No pensé que encontraría a alguien tan pronto. ¿Quién es?

Gayle se volvió para estudiarme.

—¿Me tomas el pelo?

—Uh..., en realidad no.

—¿Me estás diciendo que no sabes quién es William Carter?

En realidad no era una pregunta, sino que me parecía más bien una afirmación, así que opté por no responder.

—Está claro que me lo estoy perdiendo.

—Es muy bueno en lo suyo. Deberías haber oído hablar de él. Estaba destinado en California, pero ahora es nuestro nuevo director general.

—Bueno..., supongo que lo conoceremos en algún momento. En fin, ¿puedes abrir el cajón que está a tu lado a ver si encuentras unas tijeras? Tengo que quitarme esto de la muñeca antes de que mi padre me arranque la cabeza delante de todos.

—Me cae bien el nuevo —comentó mientras abría el cajón.

—Genial —farfullé un poco desconcertada porque siguiéramos hablando de él—. ¿Las encuentras?

—Aquí no hay ningunas tijeras. Deja que pruebe en el otro. En fin, es posible que quiera estar en su equipo. Seguro que tú piensas lo mismo en cuanto lo veas. Aquí no hay tijeras, Charlie.

—¿De qué estás hablando? —dije, frunciendo el ceño.

Intenté ponerme de puntillas para ver de quién estaban hablando y eché el primer vistazo a mi nuevo compañero, que estaba de perfil. Tenía la mirada gacha, sonrió por algo que dijo mi padre y que me fue imposible oír, le estrechó la mano y luego se volvió hacia nosotros.

Era un hombre alto, con el pelo castaño revuelto, hombros anchos y por último, pero no por ello menos importante, ojos marrones, si no me equivocaba.

Tardé unos segundos (o tal vez un poco más, no estoy muy segura de ello) en reconocerlo, y en cuanto lo hice, en mis oídos empezó a sonar un leve zumbido que ahogó todo y a todos. Volví a plantar los talones en el suelo. Debí de hacer algún tipo de ruido porque unas cuantas caras se volvieron hacia mí. Me tapé la boca con la mano para acallar cualquier otra objeción y golpeé a Gayle en la cabeza con los globos.

De repente mi corazón experimentó algunos problemas. Gayle se giró para mirarme, y después de mirarla unos segundos, sin dejar de parpadear, salí del trance.

—Tienes que buscarme unas tijeras —dije a caballo entre un susurro y un grito.

—Deja que mire a ver si…

Me aferré al brazo de Gayle.

—¡Por Dios, tráeme unas tijeras!

—Lo haré, lo haré. Por Dios, tranquilízate, tu padre no te va a ver. ¿Qué te pasa hoy?

—No me pasa nada —murmuré con aspereza—. Solo necesito las malditas tijeras para deshacerme de los globos.

Gayle se dio la vuelta para registrar otra mesa mientras yo cerraba los ojos, respiraba despacio y de forma regular con el fin de serenarme y luego echaba otro vistazo a William Carter.

Gayle regresó sin las tijeras.

—Es él —articulé antes de que ella pudiera explicarse.

—¿Qué?

—¡Él! ¡Él! El que está al lado de mi padre. Es el tipo. Necesito mis tijeras —susurré con más apremio. Al ver que Gayle parecía confusa, continué con la misma descripción—: El tipo. El tipo de la cafetería. ¿Te acuerdas del tipo del que no paro de hablar y que hace que pienses que soy una ingenua? Pues es William Carter. Era él. Y esta mañana ya lo he golpeado dos veces con esos malditos globos. Eso creo. El mismo traje, los mismos hombros.

No puedo verle el culo, pero creo que es su culo. Por favor, búscame unas tijeras porque creo que yo no puedo moverme.

—Vale. ¿Se te ha ido la cabeza? ¿Es por la lluvia? ¿Estás resfriada o algo...? Un momento... ¿El tipo del restaurante? —Gayle meneó la cabeza mientras me miraba con el ceño fruncido—. No seas ridícula, Charlie. Hace años de eso.

—¿Por qué iba...?

—¿Charlie?

La voz de mi padre retumbó en mis oídos y abrí los ojos como platos presa del pánico. De hecho, a lo mejor incluso gemí. Antes de pararme a pensar lo que estaba haciendo, me di la vuelta, cerré lo ojos con fuerza y me coloqué de cara a las ventanas que teníamos detrás. Sentí que Gayle intentaba bajar los globos para echarme una mano, pero cuando mi padre dijo mi nombre por segunda vez, me agaché. La tercera vez que me llamó, estaba en el suelo a cuatro patas... Ahora me ves, ahora no me ves.

Como un truco de magia muy malo. Esa era yo. Un truco malo de magia.

2

Charlie

Se produjo un prolongado momento de silencio y estupefacción, durante el que consideré cuál sería el mejor paso a dar; levantarme y actuar como si no pasara nada o continuar jugando al escondite. Había muchas probabilidades, en torno al 99%, de que el tipo del restaurante, William, no me reconociera, pero... Entonces mi padre volvió a llamarme por mi nombre y las dudas se disiparon al instante. Dado que estaba casi en el suelo, me puse a cuatro patas y empecé a gatear entre la gente y las mesas. Si algunas piernas tenían problemas para entender la urgencia del momento y no se movían, las apartaba de mi camino. Podría decirse que, una vez que empezaba algo, me comprometía a llevarlo a cabo.

—¡Charlie! —susurró Gayle entre dientes.

—¿Dónde está? —Oí que preguntaba mi padre.

Empecé a gatear más deprisa alrededor de otras mesas y piernas. Escuché algunas risitas y susurros que preferí ignorar, pero no me detuve.

Por razones evidentes, cuando llevas atados a la muñeca diez coloridos globos que van flotando tras de ti, intentar esconderse no es precisamente la mejor opción ni la idea más inteligente.

¿Me estaba portando como una cría?

Sin duda.

¿Estaba orgullosa de ello?

En absoluto.

¿Quería que William me viera en semejante estado después de haber estado tan colada por él que aun pasados los años a veces seguía pensando en él?

No. Me parece que no.

Antes de que pudiera ponerme a salvo, que en ese momento era estar en cualquier lugar menos en la oficina, la gente se apartó y me encontré frente a los relucientes zapatos de mi padre. No tenía escapatoria.

Levanté la vista despacio.

—A mi despacho. Ahora, Charlie.

Me levanté sin ayuda (con la cara como un tomate, el corazón a mil por hora y los estúpidos globos chocando entre sí) y me pasé las manos por la falda para limpiarla, como si ayudara a mi situación.

—Papá, necesito cambiarme antes de…

—¡Ahora! —espetó, y me estremecí. Acto seguido me dio la espalda y se marchó.

Cerré los ojos y exhalé con fuerza. Sabía que todos me estaban mirando y hablando de mí, pero estaba demasiado hundida como para preocuparme. Temía ir a su despacho, pero temía aún más encontrarme cara a cara con él así que evité volver la vista a donde estaba antes con mi padre. Me sacudí las rodillas y me froté las palmas para aliviar el ardor del suelo enmoquetado. Lo siguiente que supe fue que Gayle estaba a mi lado y me liberó de los globos.

—Ya los llevo yo a la cocina —dijo con voz queda mientras eludía su mirada compasiva.

—Gracias —farfullé.

Ella me brindó una pequeña sonrisa y trató de alejarse, pero la agarré del brazo.

—¿Dónde está? —pregunté en un susurro un tanto desesperado. Temerosa de mirar detrás de mí.

Gayle frunció el ceño.

—¿Quién? ¿Tu padre? Está hablando con…

—No. El tipo. El nuevo.

—Tu padre está hablando con el nuevo, como tú dices, y... Uy, espera... —«Por Dios, Señor, te ruego que no permitas que vengan aquí»—. Tu padre le está enseñando su nuevo despacho. ¿No has oído nada de lo que estaba diciendo tu padre en la reunión?

Lo oía hablar casi todo el día. ¿Quién me culparía si decidiera no prestarle atención de vez en cuando?

—Supongamos que no. Ponme al corriente, por favor.

Gayle apartó la mirada de mí para centrarla en alguien que había detrás y su ceño se tornó más pronunciado.

—Pues te vas a llevar una sorpresa. ¿Estás segura de que es el tipo del que nos hablaste hace años?

—Cálidos ojos castaños, cabello un tanto rizado, con las puntas que le caen un poco sobre la frente. Lo lleva revuelto, nada perfecto, pero de alguna manera es perfecto en realidad, hasta el punto de que te mueres de ganas de tocarlo. Y la sonrisa. Sigue teniendo la misma sonrisa. También sigue llevando barba de varios días. Sí, estoy segura de que es él. ¿Por qué voy a llevarme una sorpresa?

—¿Eh? —gruñó.

—¿Qué? —pregunté, perpleja.

—Nada. —Sacudió la cabeza y me miró a los ojos, con una sonrisa en los labios—. Me gusta. Para ti, quiero decir.

—¿Para mí? —barboté, mortificada—. No es... Ya no estoy... Solo seguía hablando de él porque era el ejemplo perfecto de lo que querría en un hombre. Ni siquiera me acuerdo demasiado de...

—¡Charlie! —gritó mi padre y me sobresalté un poco.

—Ve —me urgió Gayle, empujándome hacia el despacho de mi padre—. Tu chico acaba de cerrar su puerta, así que estás a salvo.

Me tragué el nudo que se me había formado en la garganta y me di la vuelta, pero me detuve.

—No es mi chico. No le llames así —avisé en voz muy baja a Gayle y a continuación fui directamente a ver a mi padre.

Cuando estaba pasando por delante del despacho de William me aseguré de apretar el paso y mantener la cabeza gacha. Al llegar a la puerta de mi padre, ya me sentía un poco mareada y muy confusa.

—Cierra la puerta —bramó en cuanto entré. Acepté mi destino. Me senté en una de las cómodas butacas delante de él, de espaldas a todo el despacho—. ¿Te importaría explicar tu comportamiento? —empezó.

Ansiosa por hacer justo eso, me incliné hacia delante en mi asiento. Cuando vi que posaba la mirada en mi camisa y la endurecía antes de mirarme de nuevo a mí, tragué saliva. Me había olvidado de mi camisa transparente.

—Está lloviendo, papá —expliqué con voz queda. Enganché un pellizco de tela con los dedos y la despegué de mi piel, con la esperanza de que no se diera cuenta.

Él enarcó una ceja, con una expresión estoica en el rostro.

—¿Es que no sabes lo que es un paraguas?

—Intentaba…, la caja de la tarta…, intentaba salvar la tarta —concluí con rapidez, pues sabía que eso no le importaba lo más mínimo.

Su mirada habría hecho que cualquier otra persona se desmoronara delante de él, pero yo estaba más que acostumbrada a esa expresión de decepción.

Tras echar un último vistazo al estado en que me encontraba, sacudió la cabeza como si fuera una causa perdida con la que no supiera qué hacer y volvió a centrar la atención en su portátil. No lo dijo en voz alta, pero aun así pude oír las palabras que ya había expresado unas cuantas veces en diferentes ocasiones.

«¿Por qué no es mejor?».

O incluso uno de mis otros favoritos…

«¿Cómo es posible que mi hija sea así?».

—Eres lo bastante inteligente como para tener una muda de ropa aquí, así que ve a cambiarte de inmediato —ordenó. Con la esperanza de que hubiéramos terminado, mantuve una expresión impertérrita y me abstuve de decir que eso era justo lo que intentaba hacer antes—. Cuando lo hayas hecho, ve al despacho de William Carter. Quiere hablar con su equipo a solas.

El corazón me dio un vuelco.

—¿Quiere hablar conmigo? —repuse con voz chirriante.

Mi padre me dirigió una breve mirada.

—He dicho «con su equipo». No solo contigo. Si hubieras atendido en la reunión, tendrías más información. Ahora estás en su equipo. Ya no quiero que te encargues sola de los clientes.

—Me quedé ahí, sentada, sin saber qué decir. Al final él levantó la vista y me miró—. ¿Hay algo que quieras decir?

«Uf, ¿por dónde empiezo, papá?».

—¿Has dicho eso delante de todos?

Mi padre dejó escapar un breve y agudo suspiro, como si hablar conmigo a solas le supusiera demasiado trabajo.

—¿El qué, Charlie?

—Que ya no quieres que me encargue sola de los clientes.

—Sí, ¿por qué? —Centró una vez más la atención en la pantalla de su portátil como si no fuera importante que acabara de romperme un poco el corazón.

—¿He hecho algo mal, papá? —Podía sentir el calor subiendo a mis mejillas. Por muchos problemas que tuviéramos, intentaba esforzarme y hacer mi trabajo mejor que nadie para que él estuviera orgulloso de mí—. ¿Es que se ha quejado alguno de los clientes?

Él rechazó mis preguntas con un gesto de la mano.

—Va a haber algunos cambios, así que no te pongas pesada. Quería hablar más de ello en la reunión, pero me lo has impedido con tus payasadas.

Encorvé los hombros.

—¿Quién más está en este equipo? —pregunté, sintiéndome derrotada—. ¿Kimberly?

—Tu hermana ya está muy ocupada. Ya sabrás con quién vas a trabajar cuando llegues. Asegúrate de cambiarte antes de unirte a ellos. No quiero que la primera impresión que William tenga de mi hija sea esta.

Sabía cuándo me despachaban, pero aún no había terminado.

—¿Puedo preguntar el motivo de este cambio en concreto? Yo también estoy muy ocupada con los clientes.

Mi padre se recostó en su asiento, profiriendo un nuevo suspiro, y me estudió.

—No trabajas tan duro como tu hermana. Y yo...

Me levanté de mi asiento, sorprendida.

—¿Que no trabajo tan duro como Kimberly? Papá, estoy haciendo más de lo que me corresponde. Trabajo más horas que ella. Olvídate de eso, también asumo parte de su trabajo. Casi no tengo vida...

—Charlie, ¿tenemos que hacer esto ahora? Por favor. Tengo que prepararme para una reunión. Esta es mi decisión y es definitiva.

Cerré los puños y me obligué a asentir.

—¿Qué pasa con los clientes con los que trabajo ahora? ¿Quién se los va a llevar? He dedicado horas a...

Se frotó el puente de la nariz y me interrumpió.

—Más tarde, Charlie. Hablaremos más tarde. Tengo trabajo que hacer. Dile a tu hermana que se pase por mi despacho de camino. A diferencia de ti, ella está trabajando duro para llegar a alguna parte.

Mientras sentía que el familiar enfado se apoderaba de mí, puse un pie delante del otro y salí de su despacho sin articular una sola palabra más.

Tuve que recordarme lo mucho que, por lo demás, adoraba mi trabajo y a mi familia. Dado que era una rebelde, no llamé al despacho de Kimberly, pues apenas nos hablábamos. Con la mirada baja, llegué a mi pequeño despacho, me dirigí a mi escritorio y abrí el cajón de abajo para sacar mi camiseta extra y me di cuenta de que no tenía una camiseta extra, sino una camiseta con Jack y Rose de *Titanic* estampados en la parte delantera. Una camiseta muy apropiada para un día muy trágico. No cabía la menor duda de que me estaba hundiendo.

Sin otra alternativa, mantuve la cabeza todo lo alta que pude, evité las miradas curiosas y burlonas de todos y me dirigí de nuevo al baño para cambiarme.

Unos minutos más tarde, llevaba la camiseta metida por dentro de mi falda negra de tubo. En mi opinión, mi aspecto era aceptable (tal vez no demasiado profesional, pero tampoco tan malo), pero teniendo en cuenta a quién pertenecía el despacho en el que estaba a punto de entrar, mi aspecto no podía ser peor.

Llegué a la puerta de William y empecé a pasearme justo a su lado, que teniendo en cuenta el poco espacio que había desde su puerta hasta la pared (dos pasos), no era muy impresionante. Fue entonces cuando apareció Rick, abrió de golpe la puerta de la que yo estaba poniendo mucho empeño en mantenerme alejada y me hizo un gesto para que entrara yo primero.

La caballerosidad. A veces estaba muy sobrevalorada.

Oí murmullos dentro, lo que significaba que la reunión ya había empezado. La segunda a la que iba a llegar tarde en un día; algo nuevo para mí. Rick y yo nos miramos durante un largo momento y luego él esbozó una sonrisa.

—¿Estás teniendo un buen día? —preguntó y dejó que la puerta se cerrara sola en silencio mientras nosotros seguíamos en el mismo lado.

—Muy bueno —asentí y me obligué a esbozar una sonrisa, pero por su cara me di cuenta de que no me había salido demasiado bien.

Él cruzó los brazos sobre el pecho y se apoyó en la pared. Rick era uno de los buenos, y aunque me alegraba saber que íbamos a estar en el mismo equipo (significara eso lo que significara), continuaba estando demasiado nerviosa para entrar con él.

—Creo que me uniré a vosotros en un segundo —declaré al ver que no parecía que tuviera intención de irse—. Puedes adelantarte. De hecho, estoy esperando una llamada.

—¿Esperas una llamada de teléfono o vas a seguir paseándote de acá para allá? —preguntó, con una sonrisa todavía firme.

—Pasear es muy saludable.

—Estoy de acuerdo. Imagino que por eso te estás paseando. —Su sonrisa se ensanchó.

Justo cuando estaba pensando en algo inteligente que decir, la puerta que estaba evitando con éxito se abrió y William asomó la cabeza.

Apoyé una rodilla en el suelo, presa del pánico.

Llevaba tacones de aguja. Sin cordones ni nada parecido.

—Hum —empezó William, y cerré los ojos. Debió pensar que era idiota. Desde luego yo sí lo pensaba—. Me parece que vosotros dos debéis ser los últimos de mi equipo. ¿Por qué no os unís a nosotros para que podamos empezar? Tengo que repasar algunas cosas con todos vosotros antes de que podáis volver al trabajo.

—Ahora mismo vamos —dijo Rick al mismo tiempo que yo murmuraba algo con una voz más grave que la mía, como si eso consiguiera volverme irreconocible.

Cuando ya no pude ver los zapatos negros de William en mi campo de visión, me levanté despacio de mi torpe posición de cuclillas, y me encontré cara a cara con Rick. Tenía una sonrisa de oreja a oreja y no había nada que pudiera decir para guardar las apariencias.

—¿Por qué tengo la sensación de que esto va a ser muy divertido? —preguntó en voz baja mientras volvía a abrir la puerta.

—Cierra el pico —repuse entre dientes y lo obligué a adelantarse mientras me aseguraba de que la puerta quedaba bien cerrada a nuestra espalda.

Con el corazón a mil por hora, cerré los ojos y respiré hondo.

¿Y si me ha reconocido?

¿Y si ya me había reconocido?

¿Tenía que decir algo si no me había reconocido?

¿*Qué* iba a decir si me había reconocido?

¿Y si no me reconocía?

«¡Ay!».

Aunque quizás no era para tanto.

Tal vez debería o podría decir… «¡Hola! ¿Qué tal todo? Qué sorpresa, ¿verdad? ¡El mundo es un pañuelo y por supuesto no me rompiste el corazón! Estoy entusiasmada de trabajar contigo».

Mientras me asaltaban más preguntas, mantuve la mirada apartada de la gran mesa donde podía verlo medio sentado en actitud relajada, con las piernas y los brazos cruzados. Eché un vistazo rápido a la habitación. Con él, éramos cinco personas en total.

Stan, Trisha, Rick, William y yo.

«William y yo».

En la misma habitación después de tantos años.

Dejé que aquello calara durante un segundo nada más y luego di dos pasos a mi izquierda y opté por colocarme ligeramente detrás de Trisha y de Stan. Lo más lejos posible de Rick, que seguía sonriendo, y de William, que miraba unos papeles de su escritorio. Estaba como un flan y tenía los nervios a flor de piel.

—Bien. Creo que tendré algunas sillas más tarde, así que siento tener esta reunión de pie. Ahora que estamos todos, empecemos. ¿Todos estáis trabajando con algún cliente ahora mismo? ¿Y cuántos?

—Yo estoy trabajando con uno. Con otros dos colegas —intervino Rick.

—En realidad, Stan y yo íbamos a tener hoy una reunión con un cliente potencial. —Trisha miró a Stan y luego volvió a dirigirse a William—. Además, por si no te lo habían dicho, la mayoría trabajamos en equipo. Es muy raro que una sola persona se ocupe de un cliente.

William le hizo otra pregunta a Trisha, pero no oí ni una sola palabra porque estaba ocupada sintiéndome como aquella niña que temía que el profesor de matemáticas la mirara a los ojos y le preguntara algo de la tabla de multiplicar el primer día de clase. Y en cuanto dejaran de hablar, me tocaría a mí darle una respuesta, lo que significaba que iba a tener que salir de mi no tan astuto escondite detrás de Stan.

Mientras William le hacía una pregunta a Rick, Stan se movió. Fruncí el ceño y me moví con él. Él me miró por encima del hombro y también frunció el ceño.

—¿Qué haces?

—Nada. ¿Por qué? —pregunté, tan perpleja como él. Al ver que no volvía la vista al frente, improvisé y le pasé la mano por el hombro varias veces—. Pelo de gato —murmuré.

Stan no tenía gato.

Frunció más el ceño, pero se dio la vuelta. Exhalé un suspiro.

—Charlie, ¿verdad? ¿Y tú? —preguntó William y el corazón me dio un vuelco. El deseo de huir era real, pero me quedé quieta. Estaba segura de que me había enfrentado a cosas más aterradoras que William Carter.

Me aclaré la garganta y le eché un vistazo. Cuando vi que buscaba unos papeles en su escritorio, contesté con rapidez.

—Trabajo con tres equipos diferentes y también tengo tres clientes por mi cuenta.

—¿Tres? ¿Alguna razón para ello? —preguntó mientras tomaba un bolígrafo, sin mirarme a los ojos.

Tenía la garganta tan seca, que tuve que esforzarme para pronunciar las palabras.

—¿Una razón para qué?

Entonces me miró a los ojos por encima del hombro de Stan y no supe qué hacer. Un lento calor inundó mi pecho y mi corazón se puso a latir como loco. Además las náuseas… eso también era un problema, pero no creía que fuera a caer aún más bajo y a vomitar delante de él. Sin embargo, mientras sentía todo tipo de cosas descabelladas a la vez, no vi ni un atisbo de reconocimiento en sus ojos. Me obligué a relajarme un poco.

—¿Hay alguna razón por la que estés atendiendo a tantos clientes tú sola? —Tenía la voz muy grave y ya no recordaba si era así de aterciopelada hacía años, cuando pasábamos horas hablando de todo y de nada. Su voz era una de las cosas que lo hacían tan irresistible para mí. Profunda y segura. Y cuando hablaba, siempre solía mirarte a los ojos, atrapándote con algo más que sus palabras. Como si le importaras. Y su forma de hablar. Ay, su forma de hablar.

De repente, se me hacía raro saber y recordar muchas cosas de él, de su vida. Incómodo, incluso. Me sentía como una extraña espiando la vida de otra persona. Al tanto de sus pensamientos privados.

Por ejemplo, sus hermanos y su madre. Incluso sabía cosas de ellos. Sabía que una de sus hermanas acababa de casarse y a los cuatro meses ya estaban esperando un hijo. Que su familia pasó por dificultades cuando perdieron a su padre a causa de un cáncer de colon cuando William solo tenía catorce años. Que su madre se quedaba despierta algunas noches preocupada por su otra hija, que había sufrido una dura ruptura con un novio maltratador, así que cuando William pasaba por casa o se quedaba a dormir, siempre le preparaba su chocolate caliente favorito y se sentaba con ella en silencio hasta bien entrada la noche. Sabía que ella había sacrificado muchas cosas para que sus hijos tuvieran la oportunidad de tener una buena vida y lo duro que él trabajaba para asegurarse de que ella estuviera orgullosa de él. Sabía que había trabajado como repartidor en una pizzería mientras estaba en la universidad para poder ayudar un poco a su madre, aunque ella no quisiera su ayuda. Y lo emocionado que estaba por convertirse en tío y que en secreto esperaba que fuera una niña. La vida que esperaba crear para sí mismo. Conocía detalles de su mundo que parecía que solo había compartido conmigo. Una desconocida a la que conoció una noche en una cafetería olvidada.

Yo. Una completa desconocida que estaba colada hasta las trancas después de hablar con él durante solo una semana. Y ahora estaba aquí, justo delante de mí.

—¿Sí? —preguntó, y me di cuenta de que me había quedado mirándolo y ahora todo el mundo me miraba a mí.

Mi voz sonaba un poco ronca cuando por fin hablé.

—Una de ellas insiste en que yo sea su único contacto. No le gusta que la gente se entere de su vida privada. Los otros dos… No tengo una buena respuesta. Mi padre… perdón, Douglas…, el señor Davis, quiero decir…, quería que los llevara yo.

Asintió y rompió nuestro breve contacto visual para volver a mirar los papeles que tenía en la mano.

—Tengo que echar un vistazo a todas vuestras asignaciones y determinar si hay que hacer cambios. Si no es una situación de crisis que requiera nuestra intervención, veremos si se os puede ceder o no. —Levantó la vista y se encontró con las miradas curiosas de todos, una tras otra. Di medio paso a mi izquierda para colocarme de nuevo ligeramente detrás de Stan, de modo que solo pudiera ver una cuarta parte de mí—. Una vez terminados esos encargos, solo trabajaréis en este equipo. Y no os preocupéis, porque pienso manteneros ocupados. —Se levantó de la mesa y la rodeó para colocarse delante de ella—. Vamos a pasar mucho tiempo juntos en los próximos días, así que más vale que nos conozcamos un poco mejor. Si os parece bien, me gustaría invitaros a comer y de paso repasar algunas cosas.

Podía sentir el cambio de energía en la habitación. Rick se frotó las manos, con un nuevo brillo en los ojos.

—Vamos a aceptar un nuevo caso, ¿no? —Vivía para el ajetreo del trabajo—. Y según parece, uno importante.

Había una pequeña sonrisa de complicidad en los labios de William cuando se encontró con la mirada de Rick.

—Primero tengo que hablar con el cliente para determinar si estoy dispuesto o no a trabajar con él, pero sí, existe la posibilidad.

—¿Una posibilidad? —preguntó Trisha frunciendo el ceño—. ¿Vamos a aceptarlo o no?

—Hablaremos más en el almuerzo, pero tengo una ética de trabajo diferente a la de otros en nuestro sector. Ya lo veréis con el tiempo, pero solo acepto trabajar con un cliente si le creo y de verdad pienso que puedo ayudarle. Yo no miento para salir de una situación difícil y desde luego no voy a mentir por alguien que no conozco solo para asegurarme de que quede bien ante el público. Nuestra reputación lo es todo en nuestro negocio y no hago concesiones al respecto.

¿Cómo puede alguien sentirse orgulloso de un desconocido al que ya no conoce?

Olvidé que estaba nerviosa porque me reconociera y esbocé una amplia sonrisa mientras lo estudiaba.

No había cambiado mucho en los últimos seis años, pero me parecía diferente. Tenía el pelo un poco más corto, lo que me gustaba, pero todavía lo llevaba despeinado de manera perfecta. Era el tipo de pelo que te hace querer pasar los dedos por él. Sus rasgos parecían más definidos, su mandíbula más fuerte y afilada, pero sus ojos eran los mismos, de un marrón cálido y atractivo. Su cuerpo parecía más relleno, nada demasiado voluminoso, sino delgado y musculoso, más que entonces. O tal vez era solo el traje lo que me estaba afectando. El traje y sus fuertes hombros. William Carter tenía algo que me había llamado la atención hacía años y ese algo seguía ahí, pero de algún modo estaba más acentuado.

Y esta era una faceta nueva de él que no conocía.

Nunca lo oí hablar de trabajo, ya que cuando nos conocimos estaba a punto de licenciarse. No tenía ni idea de que trabajaba en el mismo sector que mi padre. Y me ponía nerviosa que fuera a trabajar con él.

William miró su reloj.

—Tengo una reunión con el señor Ashton a las once de la mañana, así que sabremos cuál es la situación para el almuerzo. Entonces compartiré los detalles y podremos seguir a partir de ahí.

Como en ese momento estaba más que segura de que no tenía ni idea de quién era yo, me pareció bien que hablara.

—¿Está mi padre, quiero decir, está el señor Davis de acuerdo con esto?

Nuestras miradas se cruzaron por segunda vez y tragué saliva, obligándome a mantener el contacto visual. Podíamos estar los dos solos en la habitación.

—¿Con qué?

—Con que tú, o nosotros, rechacemos clientes potenciales.

—No me imaginaba a mi padre permitiendo algo así.

Él sonrió y fue tan hermoso e inesperado que estuve a punto de dejarme llevar y devolverle a sonrisa.

—Me quería lo suficiente como para pasar por alto ese… ¿Cómo lo llamó…? Ah sí, ese defecto mío. Soy muy bueno en lo que hago, señorita Davis. Ya que nos estamos conociendo, no me importa compartir esto: hace solo un mes que he vuelto a Nueva York desde California. Se suponía que iba a dar clases en Columbia y a tomarme un pequeño descanso del trabajo, pero el señor Davis me convenció de lo contrario.

—Parece propio del señor Davis —dijo Rick. Y tenía razón; parecía típico de mi padre. Se le daba bien convencer a la gente de que hiciera cosas que no pensaba hacer. Esa era una de las razones por las que se había convertido en uno de los mejores de la industria.

—Bien. Si eso es todo por ahora, me gustaría tomarme un tiempo para revisar vuestras cargas de trabajo, tener la reunión con el señor Ashton y luego reunirnos para almorzar. ¿Todos de acuerdo con el plan?

Todos asentimos y dimos nuestra aprobación.

Antes de que pudiera reaccionar o marcharme, Stan, con sus prisas por volver al trabajo, se giró de repente y se me echó encima, haciéndome perder el equilibrio y que me golpeara con fuerza la cadera contra el borde de la baja estantería. Algunos libros cayeron al suelo, rompiendo el silencio.

—¡Mierda! —maldije al tiempo que fruncía el ceño y me frotaba la cadera. Ya me lloraban los ojos por el agudo dolor.

Stan me ayudó a enderezarme.

—¿Estás bien? —Ni Stan ni Trisha eran amigos íntimos míos, pero al menos teníamos una relación cordial de trabajo.

—Sí —contesté. En el tiempo que tardé en agacharme y recoger los libros para devolverlos a su sitio, Stan y Trisha ya habían salido del despacho.

Rick esperaba a mi lado.

—Date la vuelta para que pueda mirar.

Sin pensarlo, me giré y básicamente le ofrecí el trasero. Giré la cabeza y por encima de mi hombro traté de ver lo que estaba mirando.

—¿Está bien mi falda? ¿Se me ha roto o algo?

—Vivirá. —Me dio dos palmaditas amistosas en la cadera y me puso la mano en la espalda para indicarme que saliera yo primero.

Oí que alguien se aclaraba la garganta.

William…, el señor Carter (¿cómo debía llamarlo?) no parecía muy impresionado. Abrió la boca para hablar, sabe Dios para decir qué, pero no iba a darle la oportunidad.

—Bienvenido a Atlas Communications, señor Carter. No estoy con Rick. Está casado. Adoro a su mujer, es increíble. Que tenga un buen día. —Me eché el pelo por encima del hombro y escapé deprisa de la escena, buscando refugio en mi despacho.

Era idiota.

Una auténtica idiota.

3

William

Mi primer día en Atlas Communications había sido largo. Productivo, sí, pero largo de todos modos. La reunión *online* que tuve con Michael Ashton antes de comer sobre sus coches eléctricos había ido bien, y a juzgar por todo lo que me había contado, teníamos trabajo por delante. Tuvimos que acortar la comida de trabajo, pero también había ido bien, y después de conocer a todo el mundo un poco mejor, me sentía a gusto con el equipo de gestión de crisis que Douglas había elegido para mí.

Cuando el reloj marcó las siete de la tarde, me senté detrás de mi mesa y lo asimilé todo mientras mi portátil se ponía en marcha. Podía ver a todos los que trabajaban hasta tarde a través de las paredes de cristal. Era una empresa pequeña (Douglas tenía unos cincuenta empleados) y solo quedaban unos diez o quince trabajando. Era imposible predecir con exactitud cuándo surgiría una situación de crisis, así que mi trabajo rara vez tenía un horario fijo.

Wilma, la ayudante de Douglas, tecleaba en su ordenador delante del despacho de su jefe, que estaba a la derecha del mío.

Dean, uno de los especialistas en relaciones públicas que trabajaba con Kimberly, la hija de Douglas, si no recordaba mal, estaba hablando con ella delante de su despacho, justo enfrente de mí.

Si bien las dos grandes salas de conferencias/reuniones estaban en la planta 21, junto con algunos espacios privados para que los ocuparan los clientes en caso necesario, nuestra planta albergaba todos los despachos del personal. Los lados este y oeste de la planta 20 estaban reservados a despachos personales, con dos salas de conferencias más pequeñas que se utilizaban para reuniones de equipo.

Había un grupo de tres personas apiñadas y trabajando en una de las largas mesas rectangulares situadas en el centro de la planta que se utilizaba como espacio de trabajo compartido. Casi podía oír sus voces elevadas mientras discutían de forma acalorada sobre algo en lo que estaban trabajando. Recordaba que me habían presentado al tipo que miraba con el ceño fruncido a los otros dos, pero me era imposible recordar su nombre. Me enteraría de cuál era al día siguiente.

Otras dos personas charlaban frente a la cocina del despacho. Había algunas personas más desperdigadas, trabajando en sus propios despachos.

Sonó una carcajada y seguí el agudo sonido hasta su origen: Kimberly. Estaba especializada en gestión de riesgos y de marca, lo que significaba centrarse en prevenir una crisis mediante el análisis de una empresa y de todas sus facetas, algo muy distinto de lo que yo hacía. Dicho esto, si la había entendido bien cuando Douglas nos había presentado, no parecía muy contenta de darme la bienvenida a la empresa como nuevo director de gestión de crisis. Mientras se dirigía a los ascensores con Dean, me miró y, durante un breve instante, nuestras miradas se cruzaron. Inclinó ligeramente la cabeza y siguió su camino. Como mi función en la empresa era muy distinta de la suya, no entendía su apenas disimulada hostilidad hacia mí, pero ya veríamos cómo evolucionaban las cosas con el tiempo.

Unos segundos después, Douglas Davis llamó a mi puerta y entró.

—¿Todavía estás aquí?

Me relajé en mi asiento.

—Solo estoy repasando algunas cosas para prepararme para mañana. No tardaré en irme.

Douglas asintió con aprobación.

—Te diría que no te esforzaras demasiado el primer día, pero tengo la sensación de que no me harás caso. ¿Seguro que no te apetece cenar en mi casa?

—Gracias por la oferta, pero esta noche no, señor Davis.

—Entonces, la semana que viene.

—La semana que viene.

—Llámame Douglas, William. Quería preguntarte qué tal fue la mudanza. ¿Algún problema con el apartamento que deba tener en cuenta?

—Como la seda. Gracias por ofrecerme el lugar con tan poca antelación.

—No hay de qué. Después de que los últimos inquilinos se mudaran, decidí hacer algunas reformas, así que ya estaba vacío.

—Entonces he sido muy oportuno.

Douglas golpeó el vaso con los nudillos una vez y miró por encima del hombro cuando oyó cerrarse una puerta.

—Te dejo que sigas. No te arrepentirás de haber decidido trabajar con nosotros, William. Haremos grandes cosas juntos. Hasta mañana.

Le devolví la sonrisa.

—A primera hora.

En cuanto se marchó el jefe, el grupo de tres que había estado observando antes se levantó de sus asientos y se dispersó por diferentes partes de la oficina, sin duda para recoger sus cosas y marcharse. Al cabo de unos minutos, solo quedaban unos pocos rezagados y un teléfono sonaba de vez en cuando. Encendí la luz de mi escritorio, tomé la carpeta de Ashton y volví a revisarlo todo para prepararme para mañana, ya que vendría a Nueva York para reunirse con el equipo. Cuando levanté la cabeza, había pasado una hora y media, y el cielo azul a mis espaldas ya no era de un tono claro.

Moví la cabeza de un lado a otro, dejando que los músculos se estiraran para distender la tensión que me había acompañado estas últimas horas, y me fijé en el equipo de limpieza que aparcaba su maquinaria delante del despacho de Douglas. Mis ojos se posaron entonces en una empleada en concreto que también trabajaba hasta tarde.

Mientras consideraba de qué forma debía manejar esta situación inesperada durante unos minutos más (como había hecho la mayor parte del día, para ser sincero), me levanté de mi asiento, rodeé mi escritorio y tomé una decisión firme en el tiempo que me llevó llegar a la puerta y abrirla. Metí las manos en los bolsillos y la observé desde donde estaba, junto a la puerta. Ella estaba a pocos metros y al cabo de unos minutos terminó su llamada. Estaba sentada en una de las largas mesas del espacio de trabajo compartido, más cerca de los ascensores, con su portátil delante. No estaba lo bastante cerca como para seguir su conversación por completo, pero había oído lo suficiente como para sumar dos y dos y esperé a que terminara su llamada con la celebridad de segunda categoría con la que sabía que estaba trabajando.

La contemplé. Algo que había hecho más de una vez en las últimas horas.

Charlie Davis.

Una de mis nuevas compañeras de equipo, a falta de una palabra mejor, que además resultaba que era la otra hija de Douglas.

—¡Por Dios! —gruñó en voz alta.

Dejó caer el teléfono sobre el escritorio y apoyó la frente en las manos. No pude ver su expresión, ya que solo veía su perfil, pero parecía cansada. Cansada y lista para dar por finalizada la jornada laboral, lo cual era comprensible, ya que había pasado la mayor parte del tiempo evitándome o intentando esconderse a la vista de todos.

—Te está dando problemas, ¿verdad? —pregunté. Ella levantó la cabeza y abrió los ojos al verme. Murmuró algo que no pude oír y miró al techo—. ¿Cómo dices? —pregunté.

Giró en su silla para mirarme.

—Me has asustado, Wil…, señor Carter.

—William es suficiente, y te pido disculpas. No era mi intención.

—Creía que no había nadie más aquí —mintió, sin dejar de hablar innecesariamente alto.

La había sorprendido más de una vez echando miradas de reojo a mi despacho y apartando rápidamente la vista. Sabía que yo estaba aquí. Incluso la había sorprendido una o dos veces apretando el paso de repente cuando pasaba por delante de mi despacho o se daba cuenta de que la miraba, aunque estaba seguro de que pensaba que estaba siendo discreta.

—¿Qué tal si en lugar de hablar a voces, vienes a mi despacho para que podamos hablar un rato y dejar trabajar a los demás? —pregunté en un tono de voz normal.

Sus mejillas se sonrojaron al darse cuenta de que el personal de limpieza y los demás empleados nos miraban. Para ser sincero, esperaba que se levantara y se fuera corriendo a los ascensores. Había un cincuenta por ciento de posibilidades después de cómo había empezado la mañana.

—Debería volver a llamar a Laurel y suavizar las cosas. No lleva bien los cambios. Después tengo que hacer… otras cosas.

—¿Otras cosas? ¿Como cuáles?

—Como…, otras cosas que usted no conoce, señor Carter.

—Llámame William.

Le había repetido eso mismo cerca de diez veces desde que nos sentamos a almorzar. Mientras que los demás no tenían ningún problema en llamarme por mi nombre de pila, cada vez que Charlie Davis tenía que dirigirse a mí, no acababa de decidirse. Si me llamaba William una vez, me llamaba señor Carter cinco veces.

No estaba seguro de si debía poner fin a su sufrimiento o dejar que continuara un poco más, ya que no podía negar que me resultaba divertido.

—Llamémosla juntos y veamos cómo va. Si está tan decidida a trabajar contigo, nos ocuparemos de su cuenta juntos —le ofrecí con cara seria.

Uno de los chicos del equipo de limpieza puso en marcha una ruidosa aspiradora, lo que me dificultó oír su respuesta.

—Uh, en realidad no es necesario... —comenzó, luego empezó a gritar—, que trabajemos en equipo para esta clienta. Puedo encargarme sola.

—Seguro que puedes, pero... —Me puse a gritar, pero luego me interrumpí, exhalé un suspiro y me froté la cara. Ahora era yo el que empezaba a levantar la voz para que me oyera en medio del barullo—. ¿Podemos hablar de esto aquí, por favor? O en tu despacho, si lo prefieres.

Se le demudó el rostro.

—No voy a tardar en irme.

«¡Por Dios santo!». Me hizo sentir como un director de escuela.

—No pasa nada. No tardaremos mucho.

Charlie echó lentamente la silla hacia atrás y se levantó, luego rebuscó entre los papeles del escritorio, tomó el teléfono y miró a su alrededor, como si esperara encontrar algo con lo que distraerse para poder alejarse de mí.

Tardó un rato en venir a mi despacho. Después de recoger su portátil y todo lo demás, empezó a mirar por encima del hombro. Supuse que buscaba una salida fácil. Tal vez dirigiera miradas anhelantes hacia su propio despacho y los ascensores, pero aun así cruzó mi puerta abierta, así que lo consideré una victoria. Cerré la puerta después de que entrara y se quedó parada en medio, sujetando unos papeles, su portátil y su teléfono contra el pecho, lista para salir pitando en cualquier momento.

Sin saber cómo iba a mantener la compostura ante su desdicha, me senté en una de las sillas frente a mi escritorio y le hice un gesto para que hiciera lo mismo.

—Por favor.

—Estoy bien —respondió, pero en su lugar se inclinó para dejar los papeles y el portátil sobre el asiento—. Llamaré a Laurel para que nos ocupemos de eso. Ya le he explicado que hay algunos cambios en la empresa. Si pudieras explicarle que no estaré disponible para… —Sus dedos se movían sobre la pantalla, con los ojos fijos en el teléfono.

—La llamaré dentro de un momento —la interrumpí—. Primero, me gustaría hablar de otra cosa.

Sus dedos dejaron de moverse y levantó despacio la cabeza para mirarme a los ojos.

—¿De otra cosa? ¿De qué?

—¿Hay alguna razón por la que intentas evitarme? ¿Acaso te he hecho algo?

—Uh… Yo…, no intentaba evitarte. Es que tengo muchas cosas que hacer, tengo que volver a casa y…

—Si no quieres trabajar conmigo, podemos hablar con Douglas y quizá buscar una solución diferente. No trabajo bien cuando hay animadversión dentro de mi equipo.

—¿Animadversión? Yo… —Abrió la boca y luego la cerró. Empezó a decir algo, pero también desistió. Como no sabía qué responder, decidí poner fin a su sufrimiento.

—Te veo bien, Charlie —dije, incapaz de contener la sonrisa por más tiempo—. Genial, de hecho. No has cambiado nada.

Lo cual era casi cierto. Estaba igual que hace seis años, pero no del todo, si eso tenía sentido. Todos esos años se habían portado bien con ella. Más que bien, en realidad.

Había engordado unos cuantos kilos y estaba claro que eso le había favorecido. La falda negra ceñía sus curvas a la perfección y la camiseta que llevaba distaba mucho de ser profesional, pero aun así le quedaba estupenda, por lo que intenté evitar mirar esa zona en concreto durante demasiado tiempo. Ella se removió en su sitio, así que dejé de estudiarla de arriba abajo y me obligué a levantar la mirada y a desviarla de la longitud de su cuerpo. Cuando llegué a sus ojos, la encontré mirándome con una expresión divertida y un tanto esperanzada.

—¿Me ves…? ¿Te acuerdas de mí? —susurró.

Me eché a reír.

—Por supuesto. No he conocido a ninguna otra chica llamada Charlie después de ti.

Una gran sonrisa iluminó su rostro y se sentó en la silla que había rechazado hacía unos instantes. Justo encima de los papeles y el portátil. Su sonrisa se atenuó y un ligero rubor le tiñó las mejillas. Levantó la cadera para sacar los artículos y los colocó en su regazo.

—Lo siento.

Sacudí la cabeza, todavía con una sonrisa en la boca.

—¿Cuánto ha pasado? ¿Seis años, *Hazel*?

La sonrisa volvió con toda su fuerza y se inclinó hacia delante en su asiento.

—¿Me llamabas «Hazel»? Yo te llamaba «el tipo de la cafetería». —Se rio y no pude evitar reírme también, con los ojos clavados en su risueña mirada de color avellana—. No has dicho nada —continuó—. Casi me da un ataque de nervios esta mañana tratando de mantenerme apartada de ti.

—Me di cuenta —admití—. No te reconocí cuando te arrastrabas con los globos ni cuando te chocaste conmigo en el vestíbulo ni, por cierto, en el ascensor…

Ella arrugó la nariz.

—No me lo recuerdes, por favor.

—No te he reconocido hasta que entraste en mi despacho para la reunión. Aunque tengo que reconocer que hiciste todo lo posible por esconderte detrás de Stan.

Ella gimió y sepultó la cara entre las manos.

—Tan obvio era, ¿eh?

—Por desgracia, sí. —Sería difícil ignorarla dondequiera que fuera—. Y después en la reunión del almuerzo…

Levantó la mano.

—Vale, puedes parar ahí. No volvamos a hablar de la comida. Estaba nerviosa. No suelo actuar así. No sabía si debía decirte que te conocía o no. ¿Viste las miradas que me echó Stan? —Levantó la vista al techo y volvió a gemir—. Cree que se me ha ido la olla.

Me recosté en mi asiento.

—Me temo que sí. Y tú no ayudaste con la situación. —Se produjo un momento de silencio en el que evitó mis ojos—. ¿Por qué no dijiste nada? —pregunté.

—Porque estaba claro que no me reconocías…, o al menos es lo que pensé…, y eso me dolió un poco si te soy sincera. Sé que solo hablamos durante una semana, pero para mí fue una semana importante… bueno, quizá no importante, pero digamos que me dejó huella. ¿Tiene sentido?

Noté que sus dedos apretaron con más fuerza los papeles y el portátil; seguía nerviosa en mi presencia y era muy probable que también le pusiera nerviosa admitir que la semana en que nos conocimos había sido importante para ella.

Y lo que dijo tenía lógica porque yo había sentido lo mismo.

—Lo tiene —admití. La miré mientras soltaba un largo suspiro. Le brindé una pequeña sonrisa—. A mí también me marcó, Charlie. —¿Cómo no iba a hacerlo?

—Estuvimos yendo a la misma cafetería durante una semana y nos veíamos día tras día. Eso no pasa muy a menudo, ¿verdad? Al menos a mí. Ya sé que no tiene mucha lógica, pero sentí una extraña conexión. Por lo menos eso pensaba entonces. —Dio un pequeño respingo, como si ya se estuviera arrepintiendo de compartir todo esto—. Seguro que no debería contarte esto.

Yo sacudí la cabeza.

—No, sí puedes hacerlo. Claro que debes.

Ella hizo una pequeña mueca, pero continuó:

—Volviendo a mi explicación… Te conté muchas cosas sobre mí y cosas en general. ¿Y si te decía delante de todo el mundo que ya nos conocíamos y tú no te acordabas de mí? Preferiría morirme, lo cual es demasiado dramático, lo sé, pero es solo una expresión. En resumidas cuentas, demasiada ansiedad. Así que pensé que debía olvidarme de todo y actuar con normalidad. Y, por algún motivo, eso no funcionó. Y ahora estoy parloteando. Ya me callo.

—No te calles. ¿A lo mejor no te salió bien porque no actuaste de forma normal, sino todo lo contrario?

—Eso hice, sí —admitió, y luego me sonrió—. Basta ya de hablar de mi estupidez y de lo rara que soy. Finjamos que he actuado como un ser humano normal todo el día. ¿Por qué no dijiste nada en ese momento?

—Pensaba hacerlo. Me he pasado todo el día intentando encontrarte a solas para poder hablar contigo, pero eres un poco escurridiza.

Me dedicó una sonrisa pícara mientras se mordía el labio.

—He estado ocupada.

Asentí.

—Vale. Ya veo que vas a seguir con eso.

—En fin, ¿cómo estás? —Ella cambió de tema—. ¿Qué tal te ha ido los últimos seis años?

Como no lo dijo en voz alta, decidí ignorar el tema tabú sobre por qué aquellas reuniones en la cafetería habían terminado de un modo tan repentino. En lugar de eso, me incliné hacia delante y le sonreí.

—Me ha ido bien. Estuve trabajando en California. De hecho, allí conseguí mi primer trabajo. Me casé. Me...

—Enhorabuena —me interrumpió antes de que pudiera terminar.

—Gracias. Me divorcié.

—Oh no... —Hizo otra mueca—. Lo siento.

—No hay nada que lamentar. No funcionó y ya está. Hace poco más de seis meses que firmamos los papeles. No hace mucho decidí volver aquí y dar clase en Columbia durante un tiempo, pero es evidente que cambié de opinión al respecto. También quería estar cerca de mi familia después de vivir fuera seis años.

—¿Tu familia aún vive aquí? ¿En... Montauk? ¿Estoy en lo cierto?

—Sí, siguen viviendo en Montauk. ¿Llegaste a ir allí? Recuerdo que querías hacerlo después de ver todas las fotos.

Charlie sacudió la cabeza con una sonrisa pesarosa.

—Todavía no. Pero ¿están todos bien? Me parece que tu hermana estaba teniendo un embarazo difícil, ¿verdad?

—Te acuerdas.

—Por supuesto que sí.

Los dos éramos todo sonrisas.

—Tuvo una niña sana, que nos tiene a todos bailando a su son. Es la mejor.

Se mordió el labio, vacilante.

—Y tú eres tío. Me parece que eso te hacía muchísima ilusión.

Sabía cuánta ilusión me hacía porque me había escuchado hablar de ello durante horas.

—Soy el mejor tío del mundo entero.

Charlie se rio a carcajadas.

—Creo que eso lo has oído de la fuente.

Oí a más gente salir de la oficina mientras sus voces se apagaban lentamente. Vi que Charlie seguía con la mirada a la gente por encima de mi hombro y luego posó sus ojos en los míos una vez más. Me relajé aún más en mi asiento.

—Me lo recuerda cada vez que hablamos por teléfono. Luego me da una lista de cosas que quiere que le lleve. Es muy específica y mandona para tener seis años. Te sorprendería lo duro que es ser su tío.

—Te creo. Parece adorable. ¿Tienes hijos propios? —preguntó dubitativa.

—No. ¿Y tú?

Esbozó una pequeña y tímida sonrisa mientras negaba con la cabeza.

—Ni estoy casada ni tengo hijos.

—Pero querías tener hijos, ¿verdad? Eso es lo que recuerdo. Creo que querías dos.

—Te acuerdas. —Hizo una pausa—. Sí, quiero dos hijos. Uno o dos, me conformo con lo uno o con lo otro.

—Creo que recuerdo casi todo lo que hablamos como si fuera ayer. Por extraño que parezca.

—Un poco extraño, tal vez. Un poco.

—¿Tú crees? Lo recuerdo porque fue importante para mí.

Charlie entrecerró un poco los ojos mientras pensaba.

—Tengo curiosidad, ¿qué tipo de cosas recuerdas exactamente?

—Recuerdo que odiabas a la gente que hablaba a voces y le faltaba el respeto a nuestra camarera favorita de setenta años. Doris… ¿no se llamaba así?

Miró al suelo un segundo y luego volvió a mirarme.

—¡Sí! Me acuerdo de Doris. Era la mejor.

—Lo era. También recuerdo que te dolían las mejillas de tanto sonreírme y que tenías que sujetártelas para relajarlas un poco. Y evitabas mi mirada cuando te hacía un cumplido. —Esta vez no evitó mi mirada al escucharme. Estaba interesada en lo que le decía. Me sorprendió darme cuenta de que tenía ganas de seguir—. Recuerdo que hablamos de tu madre, que se fue cuando eras pequeña. También recuerdo que llegaba a la cafetería antes y que tú entrabas y escudriñabas el lugar con los ojos. Entonces me veías y sonreías, sin más. Y recuerdo que ambos le preguntábamos al que había llegado primero: «¿Está ocupado este asiento?». Como si esa fuera nuestra contraseña. Recuerdo que me quedaba y hablaba contigo hasta la hora de cerrar. —Nos miramos durante largo rato y la tensión en la habitación aumentó de repente—. Parece que recuerdo muchas cosas —admití en voz alta. Tanto a ella como a mí mismo. Y recordé aún más.

—Supongo que los dos recordamos muchas cosas.

A continuación se produjo un momento de silencio; ella evitó mis ojos y volvió a mirar por encima de mi hombro.

—Creo que casi todo el mundo se ha ido —dijo y se deslizó un poco hacia delante en su asiento—. No quiero retenerte. Uh, quiero decir entretenerte, no retenerte ni nada parecido.

—No me estás entreteniendo, Charlie. ¿Qué tal te ha ido? ¿Cómo va todo?

—La verdad es que no ha habido grandes cambios —empezó a decir mientras se levantaba, así que yo también me puse en pie despacio. Tal vez era yo quien la entretenía cuando tenía planes—. Sigo soltera —continuó. Me pareció ver una pequeña mueca de dolor, pero se apresuró a disimularla con una sonrisa—. He estado en la ciudad desde la última vez que me viste. Y nada nuevo en realidad. Al menos, nada demasiado emocionante. Tengo citas, claro. Aunque nada serio. Tuve una relación a distancia durante unos años, pero no funcionó. Y teniendo en cuenta que han pasado seis años, es un poco patético que no me haya ocurrido nada, así que, dicho esto, creo que me voy a marchar de aquí.

—Charlie —empecé y esperé hasta que me miró—. Tú no eres patética. Estoy seguro de que han pasado muchas cosas en tu vida. Sé que había un millón de cosas que querías hacer.

—Por desgracia, los planes cambian. —Dio unos pasos, evitando mi mirada. Acto seguido dio una vuelta y caminó hacia atrás hasta llegar a la puerta—. ¿Te parece bien si llamamos a Laurel mañana? Sentirá que estamos confabulando contra ella después de mi llamada.

—Tú conoces mejor a tus clientes. Si crees que reaccionará mejor después de serenarse un poco, lo haremos.

Agarró el pomo de la puerta que tenía detrás y se coló por la pequeña abertura que había creado.

Mientras la observaba intentando alejarse de mí una vez más, sentí algo en el pecho que no había sentido en mucho tiempo, pero no me sorprendió demasiado. Si mal no recordaba, Charlie Davis también había tenido ese mismo efecto en mí hacía seis años, y recuerdo que entonces me sorprendió. Me sorprendió el hecho de que hubiera ido a esa cafetería a la misma hora, todos los días durante una semana, solo por la remota posibilidad de que ella también estuviera allí. Nunca nos dijimos si estaríamos allí al día siguiente o no. Nunca tuvimos una cita. Nunca nos dimos nuestros números y lo único que sabía era su nombre. Siempre terminábamos nuestras conversaciones nocturnas como si no fuéramos a vernos más. Recuerdo que durante siete noches seguidas dijo lo mismo cuando nos despedíamos en la puerta de la cafetería.

«Ha sido un placer conocerte, William. Muchas gracias, ha sido una gran noche».

También recuerdo que me reía de ella y ella me sonreía, con las mejillas un tanto sonrojadas y los ojos brillantes bajo las tenues luces de la cafetería, como si yo fuera lo mejor de su día, igual que ella lo era del mío. Sin ella saberlo, conseguía hacer que me sintiera feliz a su lado. No tenía ni idea de si se debía a lo cercana y sincera que era o a alguna otra cosa.

Teníamos un tipo diferente de conexión. Una conexión que no había encontrado antes de conocerla a ella.

Me metí las manos en los bolsillos y la seguí hasta situarme cerca de la puerta. También dejé de mirarla tan fijamente a la cara, intentando leer sus pensamientos.

—Parece que tenías razón. Solo queda el equipo de limpieza —comenté después de echar un vistazo a la oficina.

Todavía agarrada a la puerta, miró por encima del hombro antes de volver a mirarme.

—Eso parece —asintió. Tras echar otro rápido vistazo a su alrededor, soltó un largo suspiro—. En fin, ha sido un placer verte de nuevo, William. Y me entusiasma que vayamos a trabajar juntos. Bienvenido. ¿Ya te lo había dicho? Me refiero a lo de bienvenido.

Asentí y tuve que esforzarme para contener la sonrisa.

—Creo que sí. Me parece que en la comida lo dijiste un par de veces y una más antes de eso.

—Ah, bueno. Ya que no volveremos a mencionar la reunión del almuerzo... —Con la mano con la que no estaba abrazando el portátil, los papeles y el teléfono describió un amplio arco, creo que para hacer el gesto que significaba «dicho queda», pero en lugar de eso se golpeó el dorso de la mano contra el cristal, haciendo sonar las finas paredes.

Hice una mueca de dolor y di un paso adelante.

—¿Estás bien?

—Oh, estoy bien. —Sujetó el portátil y el resto de sus cosas con más fuerza contra su cuerpo con ambas manos y mantuvo la puerta abierta con la cadera, lo que solo le permitía hablar a través de la pequeña abertura. La sonrisa que me brindó mostraba muchos dientes y quizá también un poco de alegría forzada—. En fin, buenas noches.

—Buenas noches, Charlie.

Cuando oyó su nombre, la sonrisa se suavizó, soltó la puerta y se despidió con la mano de forma rápida una última vez.

No dejé de mirarla mientras ella daba unos pasos hacia su despacho, que se veía desde el mío, y luego vacilaba un momento o dos antes de erguir los hombros y volver directamente a mi puerta con determinación en el rostro, empujándola para abrirla con el cuerpo.

—Hola. Otra vez yo —empezó. La única parte de su cuerpo que estaba en mi despacho era su cabeza.

—Hola, Charlie. Ya lo veo —respondí mientras esperaba.

—Bueno… Quiero…, no, más bien *tengo* que decirte una cosa, pero antes de eso, de verdad que me sorprende mucho que te acuerdes de mí.

—Parece que tú también me recuerdas muy bien. Y con todo detalle. ¿Por qué no iba yo a acordarme de ti?

—Ya sabes por qué. Pero no es eso lo que quería decir. Estaba un poco más… —Guardó silencio un instante e hizo una mueca, mirando a cualquier parte menos a mí.

La miré con el ceño fruncido.

—Un poco más ¿qué?

—No importa. —Dudó y empezó a girarse. Pensé que se marchaba, así que di un paso adelante y agarré el pomo de la puerta con la intención de seguirla—. No, no, no —protestó cuando empecé a abrir la puerta y la cerró de nuevo—. Ya te lo digo. Puedes quedarte ahí.

Me hizo gracia y me intrigó al mismo tiempo, así que solté el pomo y esperé a que continuara.

Después de respirar hondo, por fin empezó a hablar a través de la puerta de cristal.

—Vale, voy a divagar un poco. Estoy haciendo esto por mí… Hay una lista. Aún no he terminado de elaborarla, pero estoy haciendo una lista con reglas para tener una buena vida…, o reglas, sin más… Aún no estoy satisfecha al cien por cien con el título, pero de todos modos eso no es importante. Desde hace poco me ha dado por ser sincera. Al menos *intento* ser todo lo sincera que puedo en lugar de guardarme las cosas dentro y volverme loca y, básicamente, hacerme daño en el proceso —explicó—. Estaba loca por ti por aquel entonces, algo de lo que estoy segura de que eras consciente, así que eso en sí no es tan importante. Pero solo quiero que sepas que ahora mismo no. Vamos, que ya no estoy loca por ti. Sigues estando estupendo, no me malinterpretes..., cualquiera estaría encantada de estar loca por ti, y si me fijase mejor, es probable que estés incluso mejor ahora. A nosotras, me refiero a las mujeres, a casi todas nos gustan los hombres más maduros, pero ya estoy mejor. Y permíteme añadir que esa barba de tres días te queda genial. Solo lo menciono porque antes no te quedaba tan bien.

Sorprendido por su confesión, tardé unos segundos en asimilar todo lo que estaba diciendo y volver a hablar. No sabía por dónde empezar la conversación.

—¿Ya estoy... mejor? Haces que parezca una enfermedad.

—No, no era esa mi intención. Es que ya no siento lo mismo por ti, eso es todo. Solo quería que lo supieras para que no te sientas incómodo trabajando conmigo o algo así. Si no me quieres en tu equipo principal, lo entenderé. Y en cuanto al enamoramiento, pronto me marcharé de todos modos, así que no tendría sentido enamorarme de ti aunque lo estuviera, que no lo estoy. —Hizo una pausa y se puso un poco más recta—. Eso es todo. Solo quería que lo supieras para que las cosas entre nosotros no sean incómodas. Bueno, entonces. Adiós.

Fruncí más el ceño mientras intentaba seguir su conversación unilateral y digerir todo lo que decía al mismo tiempo.

—Más despacio. ¿Te marchas? ¿A dónde? ¿Cuándo?

Ella asintió.

—Sí. Es una larga historia. Necesito irme, así que voy a irme. Así de simple. Y pronto. No tengo una fecha fija. Antes tengo que encontrar trabajo. Y hay muchas posibilidades de que me mude a Los Ángeles o a Oregón. Aquí nadie lo sabe aún, ni siquiera mi padre, así que te agradecería que no dijeras nada.

—Comprendo. No se lo diré a nadie.

Ella volvió a asentir.

—Bueno. Entonces, ¿estamos bien? —preguntó y yo asentí—. Buenas noches, William.

Cuando se dio la vuelta, agarré la puerta y la abrí antes de que pudiera alejarse demasiado.

—¿Charlie?

Se giró al oír mi voz, pero en lugar de detenerse, siguió caminando hacia atrás. Miré a mi alrededor, pero el equipo de limpieza no aparecía por ninguna parte, aunque el carro seguía en el mismo sitio.

—¿Sí? —preguntó al ver que no añadía nada, ya a medio camino de su despacho.

—No me sentiré incómodo trabajando contigo, no tienes que preocuparte por eso. Tengo por norma no liarme nunca con compañeros de trabajo, así que estamos a salvo. Y por último, pero no menos importante, creo que ambos sabemos que yo también estaba loco por ti por aquel entonces.

Se quedó inmóvil durante lo que parecieron diez segundos, pero que probablemente fueron solo unos pocos, y nos miramos a los ojos.

—No tienes por qué decir eso, pero lo has dicho y no pasa nada. Me parece que no te creo del todo, ya que ambos sabemos lo que pasó, pero aun así es agradable oírlo. —Luego levantó la barbilla despacio y me brindó una cálida, amplia y hermosa sonrisa—. Es bueno saberlo. Me alegro de saberlo. Bueno, pues ya me voy. Nos vemos.

Continuó caminando hacia atrás y me hizo un pequeño gesto con la mano justo antes de chocar con la puerta de su despacho.

Horas más tarde, seguía sonriendo cada vez que Charlie me venía a la mente. Y me vino a la mente más de una o dos veces. En general, incluso con toda la incomodidad y su actitud evasiva, creía que había sido un buen primer día. De hecho, había sido un día estupendo.

4

Charlie

Después de uno de los días más desastrosos de mi vida, llegué a casa de una pieza. Por los pelos, pero aun así contaba. Como todas las noches, entré en mi oscuro apartamento del Upper East Side y cerré la puerta con llave. Encendí las luces, apoyé la espalda contra la puerta y respiré hondo.

«Ha sido el día más raro e incómodo que has tenido en mucho tiempo, Charlie...».

Cuando por fin abrí los ojos, vi que el reloj de la pared había dado las nueve y media de la noche. Solté un sonoro gemido y dejé el bolso en el comodísimo y profundo sofá, en el que pensaba acomodarme en cuanto tuviera algo de comer en las manos.

Daba igual las veces que había oído decir a mi padre que quizá debería plantearme no comer a partir de cierta hora, no había fuerza en la tierra que me impidiera cenar. Jamás me saltaba una comida. Y después del día que había tenido, lo menos que me debía a mí misma era comer.

Corrí a mi dormitorio, me quité la falda y me hice a un lado. Dejé que la camiseta de *Titanic* me tapara hasta la parte superior de los muslos porque no pensaba cocinar desnuda, fui directamente a mi pequeña pero moderna cocina y consideré mis limitadas opciones. Una ensalada sonaba bien, pero sabía que no me saciaría después del día que había tenido. Tal vez la pasta no fuera la mejor idea ni la más saludable, pero era la más fácil. Después de rebuscar en mi bolso, abrí Spotify en mi teléfono y le di al *play* en mi lista de reproducción *On Repeat*. En cuanto oí a JP Saxe y Julia Michaels, lo dejé y me puse con la cena. Tardé veinte minutos en preparar un plato raro, aunque con suerte apetitoso, que llevaba pasta, atún, un poco de zumo de limón, perejil, sal, pimienta y bastante parmesano. Hubiera preferido una salsa boloñesa, pero el tiempo era un problema. Como siempre. Por mucho que cocinar me ayudara a no pensar en William, no podía evitar que mi cerebro lo evocara cada diez segundos. ¿Quién iba a imaginar que me encontraría con él de nuevo? Aún no podía creerlo. Era una locura.

William Carter.

No llegamos a preguntarnos nuestros apellidos en el pasado, así que no había podido seguirlo en las redes sociales. Siempre lo había considerado como algo único en la vida y alguien prácticamente inalcanzable. En sentido figurado y literal. Lo sabía. Era ese desconocido con el que esperaba encontrarme al final de cada día, aunque ni siquiera estaba segura de que fuera a aparecer. Sentada en la cafetería, sentía mariposas mientras esperaba que él fuera el siguiente en entrar. Me daba un vuelco el corazón cada vez que sonaba la campanilla de la puerta. Fue una semana repleta de sueños y esperanzas. Y aunque sabía que no iba a conseguir nada, la esperanza que me embargaba cada vez que él aparecía y venía directo a mi mesa era maravillosa.

E incluso después de que dejara de venir, cuando alguna vez me sentía sola o desesperanzada, recordaba el breve tiempo que estuvimos juntos y pensaba en lo que podría haber sido o *si* podría haber ocurrido algo entre nosotros. Las fantasías siempre habían sido más amables conmigo que la realidad. ¿Acaso no decían que las mejores cosas de la vida son las que están por venir? ¿Que las mejores palabras son las que aún no se han dicho? Creo que eso era lo que William había sido para mí. Quizá lo importante no era que hubiera estado loca por él; quizá era la idea de que fuera mío lo que me producía mariposas en el estómago. Quizá si hubiera pasado algo entre nosotros, habría sido la peor relación del mundo.

Quizá le olían los pies.

Quizá era malísimo en la cama.

Quizá también odiaba besar.

Quizá…

Exhalé un suspiro porque estaba pensando demasiado sin necesidad, tomé un plato y me apresuré a servirme la comida.

Por el momento, vivía en una casa de piedra rojiza de un dormitorio propiedad de mi padre. No me lo habría podido permitir de no ser por él. Aun así pagaba alquiler, aunque solo un tercio de lo que él podría haber conseguido si se tratara de otra persona. El apartamento no era tan pequeño como otros de Nueva York y mi cocina seguía pareciendo una cocina con espacio limitado en la encimera y todo eso, pero por muy bonito que fuera el edificio, a veces aún hacía que me sintiera como si estuviera atrapada y no hubiera escapatoria posible. Las preciosas ventanas arqueadas del salón compensaban en cierto modo todo lo demás porque eran mi parte favorita del edificio. Me encantaba sentarme en el asiento de la ventana a leer un buen libro al atardecer (aunque nunca estaba en casa al atardecer) o por la mañana temprano. O contemplar el cielo mientras llovía o nevaba, escuchando de fondo mi lista de reproducción, cuando estaba demasiado cansada para hacer otra cosa. En medio del caos de la ciudad y de mi mente, esos momentos eran un remanso de paz para mí.

Además, no se podía negar que las hileras de casas adosadas de piedra marrón y las coloridas hojas en otoño creaban un paisaje romántico. Pero tenía la sensación de que ya no era suficiente para hacer que siguiera allí.

Rallé un poco más de parmesano porque…, ¿por qué no? No había nadie para juzgarme. Espolvoreé el perejil restante sobre la pasta y tomé la botella de prosecco que me había sobrado unas noches antes. Mientras subía las piernas y me acomodaba en un extremo del sofá, pensé en encender la televisión, pero desistí de la idea enseguida. Recogí el móvil de la mesita, puse a Dermot Kennedy en pausa y llamé a Valerie, mi mejor amiga desde el instituto, que en ese momento estaba a cinco mil kilómetros de distancia. Lo atendió al cuarto tono.

—¡Hola! ¿Estás en casa? ¡Necesito oírlo todo, cuéntamelo! ¿Le has hecho una foto como te dije en la comida?

Con una sonrisa, dejé el plato a mi lado y sujeté la botella de prosecco.

—Hola. ¿Qué tal? ¿Qué tal el día? Yo estoy muerta.

Oí unos ruidos de fondo y Valerie resopló.

—Oh, cállate. Dime que le has hecho una foto. Este William es como el Yeti de nuestras vidas. No creeré que exista hasta que vea una foto.

Sacudí la cabeza y bebí un trago. Un buen trago directamente de la botella, porque era una chica con clase.

—Por desgracia, he estado demasiado ocupada intentando evitarlo todo el día. Así que no hay fotos.

—No, no lo hiciste.

—Sí que lo hice.

—¡Ed! —gritó, y tuve que bajar el volumen y ponerla en el manos libres para protegerme los tímpanos—. ¡No tiene foto y al parecer tampoco le ha dicho quién era!

—Yo no he dicho eso —la corregí.

—Ed, dice que… Espera que te pongo en el manos libres.

—Claro, vamos a compartir mi vergüenza con todo el mundo.

—Por ahora basta con mi prometido. Venga, no nos hagas esperar más —suplicó Valerie.

—Hola, guapa —me saludó Ed—. Val no paraba de hablar de ello. Un día duro, ¿eh?

—¡Pues sí! —respondí al tiempo que asentía con la cabeza y levantaba la mano, casi salpicando la camisa con el prosecco.

Valerie gruñó.

—Llevo esperando tu llamada desde que me mandaste un mensaje esta mañana. ¿Qué quieres de mí?

—Se acuerda de mí —dije, mirando al techo. Era imposible contener mi sonrisa de entusiasmo. Sabía que no significaba nada, pero como lo único que había sentido era angustia cuando di por hecho que no se acordaba de mí, me lo tomé como una victoria.

Valerie profirió un chillido que me hizo estremecer. Oí a Ed murmurarle que se lo tomara con calma, pero la voz de mi mejor amiga no hizo más que subir de volumen.

—Sabes lo que esto significa, ¿verdad? —preguntó con entusiasmo.

Apoyé la cabeza en el respaldo del sofá y cerré los ojos durante un segundo. En otra realidad, podría haber significado que tenía una pequeña posibilidad de tener otra oportunidad con alguien de quien había estado enamoradísima, pero en esta realidad en la que no todo era tan fácil ni romántico, no significaba nada.

—Nada —murmuré y abrí los ojos de nuevo—. No significa nada. Pero ha sido agradable hablar con…

—Charlie…

—Vale, bien, ha sido muy muy agradable oír que me reconocía.

—Charlie, ¿de qué estás hablando? Podría significar…

—Me voy a mudar y lo sabes, por lo que da igual que esté aquí. Está estupendo, Val. Increíblemente estupendo. Así que todavía está un poco fuera de mi alcance, o más que un poco, y además voy a irme…

—Charlie… —Esta vez fue Ed el que murmuró mi nombre con suavidad—. Tú eres guapa.

Esbocé una sonrisa mientras una sensación de calor se propagaba por todo mi cuerpo y dejé la botella.

—Gracias por decir eso, Ed. No digo que sea la persona más fea del mundo, me gusto mucho, pero él es demasiado para mí. No es que me quiera en ese sentido, pero aunque fuera mío, no sabría qué hacer con él. Permíteme repetirlo otra vez, me gusto. Y de todos modos… —continué antes de que Val pudiera volver a interrumpir—, no puedo quedarme aquí. Ya sabes cómo son las cosas con mi padre, con mi abuela e incluso con Kim. Perderé la cabeza si me quedo aquí otro año. Quiero empezar de nuevo.

Un nuevo comienzo. En algún lugar que no sea Nueva York. Saldré con quien consideres digno cuando vaya a California. Lo prometo solemnemente.

Al otro lado de la línea se hizo el silencio.

—Parece un buen plan, Charlie —dijo Ed al ver que Val no hacía ningún comentario—. No he visto a ese hombre, así que no tengo ni idea de qué consideras tú que es estar súper sexi, pero tendría suerte de tenerte si tú también lo quisieras. Valerie dijo que vas a trabajar con él, así que yo diría que salir juntos podría ser una mala jugada de todos modos.

—¡No, no le digas eso! —susurró Val—. ¿Por qué le vas a decir eso?

Ed murmuró algo que no pude oír.

—Gracias, Ed —convine, interrumpiendo a Val antes de que pudiera emprenderla con él—. Ha sido un shock verlo, ¿sabes? Nos conocimos hace años y ahora está aquí y voy a trabajar con él. No consigo asimilarlo. Es una sorpresa muy agradable, pero no significa necesariamente nada. —Bebí un buen trago de prosecco.

—Bien. Entonces ten sexo con él —dijo Valerie.

Empecé a toser con fuerza porque las burbujas se me fueron por otro lado.

—¿Qué? —protestó Val, y supuse que Ed debía de haber dicho algo mientras yo estaba ocupada atragantándome—. Hace demasiado tiempo que no se come una rosca. Ni siquiera cuento a esa sabandija de Craig. —Abrí los ojos como platos y seguí tosiendo—. Acuéstate con él, bésalo. Haz *algo*. Será tu venganza —continuó, ajena a mi angustia.

—¿Qué clase de venganza es esa? —pregunté con voz ronca, inclinándome hacia delante y dejando la botella.

—Te dejó plantada. Puedes revolcarte con él hasta dejarlo seco y enseñarle lo que se perdió. A mi parecer, todo el mundo gana.

—Me encanta tu lógica. Como hace años que no practico sexo, ahora lo hago tan bien que seguro que se queda alucinado y se da cuenta del error que cometió. Y gracias por decirle a Ed que no he tenido sexo en años. Siempre he querido que lo supiera.

—Vale, no quiero estar aquí durante esta conversación. De todas formas tenemos que irnos, cielo. Hemos quedado con unos amigos, Charlie.

—Pero, Ed —protestó Valerie. A continuación se oyeron murmullos demasiado bajos como para que yo los oyera.

Se produjo un incómodo momento de silencio.

—Vale, chicos. Id a divertiros. Hablamos pronto. —Habría mentido si dijera que no había una pequeña punzada de celos en mi pecho que desapareció tan pronto como apareció.

—Lo siento, Charlie —murmuró Val—. Lo habría anulado, pero…

—No seas boba. ¿Por qué vas a anular tus planes por esto? Es solo una tontería de nada. Hablaremos más tarde.

—Dame un segundo que quito el manos libres. Vale, hecho. Ve tú que yo iré enseguida, Ed. Vale, Charlie, me estoy alejando de Ed y no puede oírme. Estabas medio enamorada de ese chico. Te pasaste meses hablando de él incluso después de que te dejara plantada. Estás hablando conmigo, así que no actúes como si el hecho de que esté aquí no significara nada. Si no, no habrías huido literalmente de él.

—No he huido de él —refunfuñé, quitándome unas pelusas fantasma de las mallas.

—Oh, lo siento. Alejándote a gatas de él. ¿Cómo nos hemos podido olvidar de eso?

—Val, han pasado años. Pues claro que el hecho de que esté aquí no significa nada. Fue un shock verlo en la oficina de repente. Estaba casado, ¿te lo había dicho? Al parecer se ha divorciado hace poco, pero de todas formas, lo que intento decir es que no somos las mismas personas. Ya ni siquiera lo conozco. Me he enamorado de mucha gente. Por ejemplo, de Chris Evans, la estrella de cine, que es guapo a rabiar. Que haya estado enamorada de él durante años no significa que vaya a empezar a acosarlo ni que no vaya a estar nunca con otro.

—Es un mal ejemplo y lo sabes. Ya acosas a Chris Evans —alegó, pero yo no reconocí nada—. Hablaremos de esto cuando vuelva —empezó con voz poco impresionada—. No te has librado. Tienes que empezar a salir con hombres de nuevo.

—Por Dios. Ya salgo con hombres. De vez en cuando. Estaré durmiendo cuando vuelvas. Es fin de semana, así que pienso dormir doce horas. Y sabes que yo también quiero estar con alguien. Echo de menos estar con alguien, ser una parte importante de la vida de otra persona. Pero ya hemos visto cómo salieron las citas *online* y las citas a ciegas. Así también estoy bien. Me gusta mi propia compañía. Soy feliz. No voy a conformarme solo para mostrar a otras personas que estoy saliendo. Encontraré a alguien cuando llegue el momento. Hablaremos más tarde. Vete. Ed está esperando.

Val exhaló un suspiro.

—¿No sales esta noche?

—No. —Me quedaba en casa todas las noches—. De todas formas tengo cosas que hacer en la casa —mentí. Más o menos.

—De acuerdo. Entonces hablaremos mañana. Mándame un mensaje cuando te despiertes, ¿vale? Sobre todo si volvéis a hablar. Y nunca se sabe, Charlie. En este momento él también podría estar pensando en ti.

—*Vaaale*. Adiós. Dale a Ed un abrazo de mi parte.

Terminé la llamada y me recosté durante un momento, con la cena ya olvidada. Debería haber hecho patatas fritas. Nunca habría renunciado a las patatas fritas. Cuanto más tiempo pasaba, peor empezaba a sentirme. Estaba harta de sentirme sola. Harta de estar sola. No mentía al decir que me gustaba estar sola, pero sentirme sola era otra cosa muy distinta. Incluso cuando tenía a Craig, en realidad no lo tenía a él. ¿Qué clase de idiota era yo que había dedicado casi seis años de mi vida a una relación a distancia que estaba claro que no iba a ninguna parte? Solo porque tenía miedo de perder a una persona más en mi vida y porque era más fácil de llevar. No todo había sido malo, ya que era bueno conmigo cuando de verdad me prestaba atención, pero sobre todo se le daba de fábula manipularme para que siguiera con él y me decía que todo iría genial. Solo que aún no era el momento adecuado.

Tenía unos pocos amigos íntimos repartidos por todo el país. Claro que tenía una familia, pero a veces tratar con ellos me partía el alma.

Una abuela que ni siquiera aceptaba un abrazo y mucho menos un simple beso en la mejilla. Nada de sentirte querido por ella, ya que el amor era una debilidad, y aunque quisieras a alguien, jamás debías demostrarlo (sus palabras, no las mías). Cuando su marido la dejó por otra mujer con un niño de cuatro años (mi padre), se volvió una persona amargada y hermética. Yo no quería ser como ella.

Un padre que no me conocía de verdad, que ni siquiera se preocupaba por conocerme, que me juzgaba de forma constante, que se burlaba de las personas que yo quería insultándolas, tan inflexible que no escuchaba mi opinión sobre ningún tema. Un padre que no me respetaba, pero al que yo seguía queriendo.

Una hermana con la que ya apenas hablaba y con la que no tenía nada en común.

Por no hablar de una madre que había elegido a otra persona, un hombre al que apenas conocía, y había abandonado su matrimonio y a sus hijos, sin siquiera volver a llamarlos.

Pensándolo bien, ya era hora de que hiciera cambios de verdad y una lista de verdad sería un buen punto de partida. La palabra escrita siempre tenía más poder. Después de beberme el resto de mi prosecco, recogí mi plato a medio comer y la botella ya vacía y dejé todo en el fregadero.

Me dirigí al rincón del salón donde estaba mi estrecho escritorio, enganché una libreta y un bolígrafo y me acomodé en el asiento de la ventana, tratando de pensar en nuevas reglas por las que regir mi vida. Apoyé la cabeza en el cristal de la ventana y eché un vistazo al peral que había justo delante de la casa. Después de pensar durante un rato, empecé la lista.

«Asegúrate de no morir sola».

No tenía ni idea de cómo iba a asegurarme de que no moriría sola, ya que no se me daban bien las citas ni siquiera encontrar un buen candidato, pero incluso admitir que no quería morir sola me parecía un buen punto de partida. Después de pensar un poco más, añadí:

«Pero tampoco te conformes solo porque tengas miedo de morir sola».

Prefería pasar años sola que conformarme y ser aún más desgraciada. Quería estar locamente enamorada, no un poco enamorada. Mientras mordía el extremo del bolígrafo que sujetaba entre los labios, pensé en el segundo punto que tendría que figurar en mi lista. No me llevó mucho tiempo.

«Múdate. Múdate. ¡MÚDATE!».

Una vez que empecé a escribir, el resto me vino con facilidad, y enseguida elaboré la lista de reglas por las que regir mi vida:

- Asegúrate de no morir sola. Pero tampoco te conformes solo porque tengas miedo de morir sola.
- Múdate. Múdate. ¡MÚDATE!
- Añade un poco de romanticismo a tu vida. Solo se vive una vez, y si quieres que tu desayuno del domingo sea especial, si solo quieres contemplar las estrellas una noche en vez de ver la tele o si quieres encender todas las velas y limitarte a leer... hazlo. Asegúrate de disfrutar de tu vida, asegúrate de que eres feliz; nadie más va a pensar en ti tanto como tú. Te esforzarás por conseguir la energía del personaje principal.
- Experimenta el amor a primera vista. Es poco probable que ocurra, pero nunca se sabe.
- Múdate.
- Ríete más. Esto es una necesidad. Tienes que hacerlo. No te vuelvas como tu abuela.
- Sé todo lo sincera que puedas. (Si sientes algo, tienes que hablar de ello. Guardártelo todo dentro solo causa dolor).

- Está bien ser egoísta a veces. Tú eres importante. Tienes que ser lo primero para ti.
- NO…, repito…, NO pospongas más tu vida.
- ¡MÚDATE!
- Coquetea. Coquetear es divertido, y por raro que parezca, no se te da tan mal. Inténtalo varias veces.
- Besa mucho. Hace que te sientas feliz, y todo pegajoso por dentro. Has pasado mucho tiempo sin hacerlo. Encuentra a alguien que bese bien y BÉSALO durante días. Ya está bien.
- Vuelve a enamorarte de un desconocido. Aunque solo sea por una noche. Al menos una vez más, porque sabes lo que se siente en el corazón. (Muy importante también).
- Pero enamórate de verdad de alguien que merezca tenerte en su vida. Alguien que no haga que te preguntes si le importas o no. Si no, olvídate. (De verdad quiero que te enamores).
- Un cachorro. Necesitas un cachorro en tu vida. Uno adoptado. ¿Tal vez un buen *perrete*?
- Rodéate de personas que sepan abrazar como es debido. Un buen abrazo puede arreglar muchas cosas.
- Sabes cuánto hieren las palabras. Sé amable con los que te rodean.
- Encuentra tu felicidad cada día. Pase lo que pase. Con quien sea. Tienes que tener una sonrisa en la cara cada noche al acostarte.
- ¡Y VIVE! Solo tienes una vida, no la desperdicies. Como un buen libro, haz de cada capítulo de tu vida algo de lo que te sientas orgullosa. No querrás mirar atrás y solo ver todo lo que te has perdido.
- Sexo. Es todo lo que voy a decir. ¡S-E-X-O! Encuentra a alguien que conozca todas las posiciones. O al menos más de una. Y no estaría tan mal si de vez en cuando tuvieras un orgasmo, con un auténtico pene de carne y hueso, claro. Y tiene que durar más de dos minutos. Por favor.

- Nunca cambies tu vida por un hombre. Ni esperes por ellos.

Qué Dios me libre, pero iba a tener que darle otra oportunidad a las citas *online*. Y si me sentía lo bastante desesperada, tal vez incluso una cita a ciegas.

Cuando me quedé dormida en el sofá aquella noche con mi cuaderno en el regazo, me sentí más ligera y, de algún modo, un poco más positiva ante las cosas. Y si tenía una sonrisa en la cara, no era porque estuviera pensando en William Carter justo antes de que el sueño se apoderara de mí. En absoluto. Porque yo nunca haría eso.

5

Charlie

Al día siguiente, Michael Ashton llegaría desde California e íbamos a celebrar una discreta reunión en equipo para conocer todos los detalles.

Aunque estar cerca de William no me ponía tan nerviosa como el día anterior, y conseguí no hacer el ridículo delante de toda la oficina, que estuviera en mi espacio seguía resultándome un poco desconcertante y extraño en cierto modo. Me sorprendía observándolo sin parar mientras trabajaba en su despacho y seguía evitándolo de forma general. También descubrí que era de los que se paseaban de acá para allá. Lo vi pasearse por su despacho durante una llamada tras otra.

Mientras esperábamos a que llegara el cliente, nos enteramos de que habían cancelado su vuelo y había que posponer la reunión un día.

Mi padre quería que William asistiera a otras dos reuniones, así que se ausentaron de la oficina durante horas. Por lo que me contó Gayle, no íbamos a aceptar a esos posibles nuevos clientes porque William no estaba convencido de que quisiéramos trabajar en los problemas que tenían.

La única vez que pasé más de unos minutos a su lado fue por la tarde, cuando volvió a la oficina y llamamos a Laurel Nielson, la famosa con la que yo estaba trabajando, para que me librara de ella. Lo vi hablar con ella durante menos de cinco minutos, y cuando colgó, no pude aguantarme y me eché a reír.

—¡Acabas de decirle que sí! —lo acusé, olvidándome de mis nervios, y sonreí de oreja a oreja.

—Yo no… —empezó, con el ceño fruncido—. ¿Qué narices acaba de pasar?

—Te la ha colado —respondí, atenuando mi risa—. Deberías verte la cara.

Él frunció aún más el ceño y su frente se arrugó al mirarme. Dejé de reír despacio, sin perder mi gran sonrisa, pero no estaba segura de lo que estaba pensando. ¿Estaba enfadado conmigo? No lo creía, pero…

Cierto era que conocía detalles de su antigua vida, de su familia y su color favorito (si seguía siendo el verde, claro), de modo que sí, en el pasado sí lo conocía.

Pero ¿y ahora? No estaba segura.

—¿Qué te ha dicho? —pregunté mientras me levantaba de la silla, reduciendo mi sonrisa a su mínima expresión.

—La verdad es que no tengo ni idea. Tampoco tengo idea de cuál es su situación. Ha divagado un poco, pero no he entendido ni una palabra. Intentaba negociar conmigo por ti.

—¿Y aun así has dicho que sí? —William frunció más el ceño—. Entonces, básicamente me has entregado a ella. ¿Ha sacado algo de la negociación?

—Yo…, esa mujer me ha confundido. La llamaré de nuevo mañana y arreglaré esto.

—En vez de hacer eso, ¿qué te parece si sigo trabajando con ella? Es difícil, pero en realidad quiero hacerlo. Quiero ayudarla.

William suspiró y se frotó el puente de la nariz.

—Cuéntame algo sobre su situación.

Levantó la vista y me indicó con un gesto que volviera a sentarme, pero negué con la cabeza.

—Tengo que ir a una cosa. Ya llego tarde.

Él consultó su reloj.

—Entiendo. Bien, Laurel Nielson. ¿Tienes tiempo para hacerme un resumen rápido al menos? No creo que se trate de una situación de crisis en este momento, ¿me equivoco?

—Tienes razón. El mes pasado estuvo en un programa de entrevistas y el presentador se le insinuó detrás de las cámaras. Fue a su camerino para darle la bienvenida y desearle buena suerte, como hace con todos los invitados, así que a nadie le pareció raro. Y luego, cuando ella empezó a hablar de forma pública de lo que pasó en el camerino..., que él se puso un poco sobón, o intentó ponerse un poco sobón, esa parte es un misterio..., en las redes sociales mucho después de que pasara todo, de alguna manera lo volvieron contra ella. El hombre está casado y es lo bastante mayor como para ser su padre, así que nadie le cree. A cambio, él la acusó de insinuarse y Laurel perdió los estribos. Lo estropeó todo, se emborrachó y se puso delante de las cámaras, y al final perdió su papel en una nueva serie de televisión. Su agente estaba furioso y contrataron a la empresa equivocada, lo que complicó aún más la situación. Huyó a España para tomarse unas semanas de descanso. Aún no es importante, pero iba camino de serlo, y todo esto que está pasando está acabando con su carrera antes incluso de que empiece.

William se reclinó en su asiento y me estudió con detenimiento. Me removí en mi sitio y rompí el contacto visual.

—Y tú crees que dice la verdad.

Asentí y volví a mirarlo a los ojos.

—Soy un poco como tú. Le pedí a Gayle que lo investigara y creo que este presentador ha intentado hacer lo mismo con otras famosas de segunda fila, pero no hablaron de ello en la prensa, así que el asunto no llegó a estallar como ahora. Pero Laurel es..., creo que «fiera» es una buena palabra para describirla, y no controla muy bien sus emociones. Me parece bien que comparta lo que pasó en las redes sociales, pero ha manejado mal el asunto y ahora es ella la que parece culpable. Y eso me cabrea. No sé en qué estaba pensando, pero creyó que podía manejarlo sin ayuda y simplemente se ha perjudicado más.

—De acuerdo.

—¿De acuerdo? —pregunté con escepticismo. Acababa de dedicar cinco minutos a intentar conseguir que ella trabajara con otra persona, ¿y ahora se limitaba a soltar un simple «de acuerdo»?

—Sí. Si le crees y si Gayle investigó todo el asunto y piensa que es legítimo, trabajaremos juntos con ella. Dime, ¿por qué está tan empeñada en que te encargues tú? ¿Os conocéis?

—Trabajé con una de sus amigas el año pasado. Creo que me vio por ahí y le gustó cómo manejé la situación. Eso es lo que me dijo cuando se puso en contacto conmigo.

—¿Supongo que será algo continuo y que estabas considerando tu estrategia a largo plazo? ¿Tiene problemas con el alcohol o fue algo puntual? ¿De verdad te escucha cuando hablas con ella?

Un poco nerviosa, me aclaré la garganta. ¿Íbamos a trabajar juntos en esto? ¿En un espacio reducido? ¿Los dos solos?

—Sí. Quiero decir, no. Sí a lo primero, no a lo segundo, sí a lo último. Se emborrachó cuando estaba con sus amigas en una despedida de soltera y le pusieron una cámara en la cara. Y he oído que prefieres no trabajar con famosos, William. No tengo inconveniente en encargarme de ella yo misma.

—No pasa nada —dijo tras dudar un segundo—. No quiero que nadie del equipo trabaje solo en nada. Necesito que te concentres en el equipo en su conjunto. Tendremos una reunión con ella cuando vuelva de… ¿España?

—Sí. Tiene familia allí. Estaba dispuesta a volver, pero quería que pasara desapercibida y se mantuviera alejada al menos unas semanas para que no la acosaran los *paparazzi*. Seguro que dirá algo que acabará perjudicando nuestro trabajo. Aceptó, así que me parece que estará allí una semana más.

—Eso es bueno. Algo más pasará en el mundo de los famosos para cuando vuelva y la atención no se centrará tanto en ella. Tendremos una reunión fuera de la oficina para que no la vean entrar aquí. No quiero que todos sepan que está recibiendo ayuda antes de que hablemos con ella. Así está bien. Tú y yo nos sentaremos y hablaremos de lo que podemos hacer un día o dos antes de que llegue. ¿Te parece bien?

Asentí con una sonrisa. Él sonrió. Todo eran sonrisas. Y tal vez por primera vez en dos días, no fue tan malo. O al menos tan raro.

Lancé una mirada a la puerta y me encaminé hacia ella sin darle aún la espalda a William.

—Bien, ahora que estamos de acuerdo en eso, me marcho. ¿Puedo ayudarte con alguna otra cosa?

—No, estoy bien. Tenemos la reunión con Michael Ashton mañana a las diez, no te...

—No lo olvidaré.

Antes de que él pudiera terminar la frase, yo ya estaba saliendo por la puerta, medio corriendo hacia mi propio despacho para recoger mis cosas. Emocionada y nerviosa como nunca antes.

6

Por fin llegó la mañana de la reunión que habíamos fijado con Michael Ashton. Al terminar mi llamada con él, entré en la sala de conferencias y vi que Stan ya estaba sentado y ocupado trabajando en su portátil y que Rick rondaba por la zona de la cafetera, que estaba ubicada al fondo de la habitación, contra las ventanas. Nuestro cliente había aterrizado en Nueva York sin mayor problema, pero estaba en un atasco y llegaría con diez o veinte minutos de retraso. Miré a mi alrededor, pero no pude ver a Trisha ni a Charlie por ningún lado.

—Buenos días —saludé a los chicos y recibí un par de gestos distraídos con la cabeza cuando sus ojos se posaron en mí—. Supongo que Charlie y Trisha están en camino. —Sin esperar una respuesta, fui directo hacia Rick y la máquina de café con la esperanza de que hubiera una jarra recién hecha.

Rick me dio los buenos días entre dientes y se apartó de mi camino.

—¿Alguna razón para estar aquí una hora antes? Creía que la reunión era a las diez.

Le lancé una mirada divertida.

—¿Echas de menos tu sueño reparador?

Él masculló algo y bebió un buen trago de café antes de responder a mi primera pregunta.

—Trisha ha ido a por Gayle. Le pediste a Gayle que estuviera aquí, ¿verdad? —preguntó y yo asentí—. Llegarán en breve. ¿Ashton ha aterrizado esta vez?

Enganché una taza y me serví del negro líquido, aspirando el intenso aroma y disfrutando del silencio. Asentí y dejé la jarra.

—Está de camino y llegará en quince minutos. Tiene que tomar el siguiente vuelo de vuelta, por eso cambiamos la hora.

Le di la espalda a las vistas de la ajetreada ciudad, cerré los ojos y bebí un buen trago. Mientras paladeaba su sabor, miré de pasada a Rick y lo encontré echándole el ojo a la fuente de cruasanes y fruta que sin duda eran para Ashton.

—¿Y Charlie? —pregunté con indiferencia, aunque no estaba muy seguro de por qué intentaba aparentar que no sentía curiosidad.

—Aún no la he visto —respondió Rick, con la mirada puesta en el plato al tiempo que su mano trataba de hacerse con un trozo de manzana del mismo borde de la fuente, con tanto esmero dispuesta.

Me volví hacia Stan cuando habló desde su asiento.

—Me pareció verla en el despacho de Douglas antes de subir aquí.

Rick exhaló un suspiro, renunciando a los cruasanes y a la fruta.

—Yo he subido justo después de Stan, pero no he visto a nadie en el despacho de Douglas.

—Teniendo en cuenta que ayer también tuvimos problemas para dar con ella… ¿Siempre cuesta tanto localizarla?

—Trabaja mucho —repuso Rick a la defensiva.

—No he dicho que no esté trabajando. —Bebí otro trago de café, sin saber muy bien qué decir—. ¿Podéis llamarla alguno de vosotros? Todavía no tengo su número. Necesito a todo el mundo en la sala para que no haya que repasar las cosas con el cliente más de una vez.

—Yo la llamo —anunció Rick y se llevó su taza de café consigo cuando se dirigió a la silla que ya estaba arrimada a la de Stan—. Seguro que llega antes que Ashton. —Tomó su teléfono. Yo me concentré en mi café y volví a mirar la hora—. No responde —comentó Rick, llevándose de nuevo el teléfono a la oreja.

Oímos el pitido de las puertas del ascensor y al cabo de unos segundos entraron Trisha y Gayle y saludaron a todos. No quedaba tiempo para esperar a Charlie. Estábamos repasando las cosas que ya sabía, cuando recibí un mensaje de Ashton en el que decía que estaba subiendo.

Miré el reloj. Pasaban cinco minutos de la hora de la reunión y aún no había ni rastro de Charlie. Me aclaré la garganta, tratando de disimular la irritación.

—Ashton está subiendo. ¿Se sabe algo de Charlie? Necesito que todo el mundo esté presente cuando hablemos con el cliente. —Miré de nuevo a Rick, ya que había sido quien la había llamado.

Rick comprobó su teléfono y meneó la cabeza antes de mirarme a los ojos.

—Puedo bajar corriendo y tratar de…

—No —le interrumpí, con más brusquedad de lo que pretendía—. Empezaremos sin ella. Hablaré con Douglas…; quizás estaría mejor en otro equipo. —Sabía que estaba siendo severo, pero me tomaba muy en serio mi trabajo, y si ella no tenía una buena razón para no presentarse, no pensaba tolerarlo. Necesitaba saber que podía confiar en mis colegas cuando abordaba una situación de crisis. Era la única forma de que pudiéramos trabajar juntos.

Vi la mirada inquisitiva de Gayle, pero tuve que ignorarla cuando oí que las puertas del ascensor volvían a abrirse. Me levanté para recibir a Ashton junto a la puerta.

—Hola, William. Me alegro de volver a verte.

Nos estrechamos la mano mientras le brindaba una sonrisa.

—Yo también me alegro. Vamos, te presentaré a tu equipo.

Exhaló un profundo suspiro, con pinta de estar nervioso, me soltó la mano y se volvió hacia la habitación.

—Espero no haberles hecho esperar demasiado.

En menos de un minuto pude ver que se los había ganado a todos. Tal vez fuera por su apariencia juvenil o simplemente por lo sincero, torpe y nervioso que se mostraba cuando hablaba con la gente. Una vez que todos se presentaron y acabaron las formalidades, comencé la reunión como correspondía.

—Si estás listo para empezar, Michael. —Le indiqué con un gesto que tomara asiento. Él me brindó una sonrisa tímida, se restregó las manos en los pantalones y a continuación se sentó—. Necesito que analices con el resto del equipo todo lo que me contaste ayer por teléfono, pero profundiza más para que conozcamos todos los aspectos a los que nos enfrentamos y podamos trabajar para solventar la situación.

Él asintió unas cuantas veces.

—Sí. Sí, por supuesto.

Todos estaban repartidos alrededor de la mesa. Gayle había optado por apoyarse contra la mesa del café, con los brazos cruzados. Cuando rodeé la mesa para sentarme, la vi sacar una pequeña libreta y un bolígrafo del bolsillo de los pantalones. Después de brindarme una sonrisa distraída, centró de nuevo la atención en Michael.

—Isaac y yo montamos nuestra empresa, EVA, justo al acabar la universidad y hemos estado trabajando en un nuevo...

Se oyó un lejano pitido, seguido de un gran estruendo y una sonora palabrota que interrumpió a Michael en mitad de la frase. Todo el mundo, incluido Michael, dirigió la mirada hacia la puerta justo cuando Charlie irrumpió con un zapato en la mano y se quedó inmóvil en medio de la habitación.

Sus ojos buscaron los míos primero. Luego se enderezó un poco más con rapidez y esbozó una sonrisa forzada mientras se centraba en Michael. Se estaba ruborizando.

Recorrió los pocos pasos que los separaba. Se acercó cojeando a él, ya que solo llevaba puesto un zapato, y le tendió la mano libre. Me puse a frotarme las sienes, pues ya notaba que empezaba a dolerme la cabeza.

Al levantar la mirada vi que Michael la estaba mirando con incertidumbre. Y por fin se estrecharon la mano.

—Siento llegar tarde y... siento lo del zapato. Estaba intentando correr, pero el ascensor me lo impedía, así que me he roto el tacón y ahora me está mirando como si hubiera perdido la sesera. No la he perdido, solo estoy divagando. Usted debe ser Michael Ashton. —Justo al terminar de hablar, se retorció como si fuera un pretzel para ponerse otra vez el zapato con el tacón roto con la mano libre.

—Sí..., ehh..., lo soy. Y usted es... —Michael me lanzó una mirada rápida antes de dirigirse de nuevo a Charlie. Ella se limitó a seguir sonriéndole mientras yo los observaba con sorpresa y perplejidad.

Me levanté.

—Michael, la señorita Davis estaba a punto de marcharse... —empecé, pero Charlie me interrumpió.

—Estoy en el equipo del señor Carter. Soy Charlie Davis. Un imprevisto me ha retenido abajo, pero he subido corriendo tan rápido como he podido. —Hizo una pausa para tomar aire y se sujetó el cabello detrás de la oreja. Se las arregló para que su sonrisa resultara aún más amable y siguió andando—. Ocuparé este asiento —continuó, encaminándose de puntillas a una silla. Retiró la que estaba dos más allá a la izquierda de Michael y se sentó. La colocó de forma que todo su cuerpo quedara frente a él—. Espero no haberme perdido mucho, pero ya soy todo oídos, señor Ashton. Continúe usted y yo lo entenderé.

Me senté a regañadientes.

—Gracias, señorita Davis.

—Acababa de empezar —comentó Michael.

La sonrisa de Charlie se ensanchó y ella desvió la atención de mí a Michael mientras encendía su ordenador portátil.

—¿De veras? Es genial. Muy bien, señor Ashton, ¿cómo podemos ayudarle con su problema?

Me aclaré la garganta, sintiendo que ya había perdido el control de la situación.

—Por favor, continúa, Michael. —Después de dirigirle una rápida mirada significativa a Charlie, me puse a examinar los documentos que tenía delante mientras Michael empezaba de nuevo.

—Como iba diciendo, montamos EVA justo al salir de la universidad y tardamos diez años en desarrollar la tecnología que hoy utilizamos en nuestros vehículos eléctricos. Estamos..., o debería decir que estábamos..., a punto de... No, en realidad Isaac dejó la empresa de repente y yo le compré sus acciones hace solo un mes. Así que mi gente y yo nos estábamos preparando a toda prisa para el lanzamiento cuando todo se fue a pique.

—¿Por qué Isaac dejó la empresa cuando faltaba tan poco para el lanzamiento? —preguntó Gayle, tomando por fin asiento justo a mi lado.

Me recosté en mi silla, satisfecho porque estaba haciendo la pregunta adecuada. A pesar de que había revisado el trabajo de cada persona de la habitación antes de aceptarlos en mi equipo, seguía siendo la primera vez que iba a ocuparme de un caso con ellos. Me llevaría un tiempo confiar plenamente en que mis compañeros harían su trabajo.

—Estábamos teniendo problemas. Tanto personales como algunas discrepancias sobre nuestro trabajo. Nunca imaginé que se iría por unas pequeñas diferencias de opinión, pero quiso marcharse.

—¿Seguís en contacto? —prosiguió Gayle.

Michael se frotó la nuca.

—La respuesta es no.

Gayle tomó algunas notas en su libreta mientras continuaba haciendo preguntas sobre la clase de diferencias de opinión que tenían y después asentía para que continuara cuando estaba satisfecha.

—En cualquier caso, utilizamos una tecnología a la que nadie le daba una oportunidad y sabíamos que nos llevaría mucho tiempo, pero logramos llegar a donde queríamos. Desarrollamos un prototipo de coche urbano funcional. Hace un año que empezamos ya a trabajar en la campaña de marketing. La gente es escéptica porque la tecnología que estamos utilizando es muy innovadora y vamos en contra de todos los fabricantes de automóviles tradicionales.

Hemos causado un gran impacto publicitario. Yo soy el rostro de nuestras campañas en redes sociales porque pensamos que sería la mejor manera de enseñarle a la gente lo que hacemos y lo que esperamos lograr.

—Es una gran idea. Tiene una personalidad muy sincera y afectuosa. Debe tener un buen equipo de marketing —le interrumpió Charlie con una sonrisa.

Michael se volvió hacia ella y respondió también con otra sonrisa.

—Gracias.

—Háblenos de la campaña de marketing en cuestión que originó el problema, por favor —le corté antes de que pudieran volver a desviar el tema. Michael miró hacia mi lado de la sala y juntó las manos sobre la mesa. Tenía el cuerpo un tanto ladeado hacia Charlie, cosa que me molestó.

—Bueno, con nuestro equipo de marketing elaboramos una campaña publicitaria para enviar uno de nuestros prototipos de coche a unas cuantas personas bien elegidas y proporcionarles acceso a él durante doce horas. Las dos primeras personas no tuvieron problemas y todo fue genial. La tercera persona, una periodista llamada Kylie Combs, fue la siguiente en recibir el coche. Tuvo un accidente tres horas después. Iba conduciendo el prototipo y el vehículo mostraba que le quedaba más del cincuenta por ciento de batería cuando en realidad estaba casi sin carga. Se quedó tirada de noche y mientras intentaba descubrir qué pasaba, otro coche la atropelló.

—¿La atropellaron cuando aún estaba dentro del coche? —inquirió Trisha.

—No. No, estaba fuera. El prototipo está bien. A ella la atropellaron cuando decidió plantarse en medio de la carretera para parar a alguien y pedir ayuda. Todo quedó grabado porque iba a utilizarlo en su página web para hablar de su experiencia con nuestro coche. Vi el vídeo y en el salpicadero se ve con claridad que quedaba un cincuenta por ciento de batería.

—Supongo que la policía está investigando.

—Sí. Aún no han encontrado a quien la atropelló, ya que en el vídeo solo se ve que la atropellan. Tienen el modelo del coche, pero a día de hoy no se sabe nada más.

—Ha traído el vídeo, ¿verdad? —pregunté.

—Sí, lo he traído. —Buscó algo en el bolsillo y luego me pasó una memoria USB—. Esta es una gran oportunidad para que nuestros competidores lancen una campaña difamatoria contra EVA y no tengo ni idea de cómo manejar la situación.

—¿Qué tal está Kylie Combs? —intervino Charlie.

Michael sacudió la cabeza.

—Lo siento, debería haberlo mencionado. No está bien, claro, pero teniendo en cuenta toda la situación, podría haber sido peor. Se hirió la pierna y se fracturó el tobillo. Y tiene magulladuras y cortes. Nos ha demandado.

—Hablemos de la batería —dijo Stan—. ¿Vio el prototipo? ¿Sabe por qué falló?

Michael empezó a explicar que habían diseñado sus propias baterías y que estaban trabajando con un desarrollador de baterías externo. Su diseño era lo que los diferenciaría de los demás.

—EVA tiene un código, un conjunto de datos que introducimos en el ordenador del vehículo. Es único y exclusivo para nuestras baterías de coche. Esto es lo que programamos. Así que, la respuesta sencilla a su pregunta es sí, es culpa nuestra que haya ocurrido esto. Pero el problema es que no debería haber ocurrido. Yo mismo lo revisé todo y encontré algo en el software. No sé explicarlo sin provocarles dolor de cabeza, pero los códigos no estaban bien.

—Entonces esto fue todo culpa de EVA —comentó Trisha de manera pragmática, interrumpiendo la conversación.

Estaba pensando, pero sentí que me miraban, así que levanté la vista. Mis ojos se encontraron con los de Charlie y ella me brindó una sonrisa apenas perceptible antes de apartar la mirada con rapidez y tomar algunas notas más.

Fruncí el ceño.

Michael exhaló un suspiro y se pasó las manos por la cara.

—Sí y no.

Pasamos otra hora comentando cada detalle y todos se turnaron para hacerle preguntas a Michael con el fin de abarcar los temas que faltaban. Cuando Michael, ya exhausto, se marchó para tomar su vuelo de regreso a California, solo quedamos nosotros cinco en la sala. No sabría decir con exactitud por qué me molestaba que Michael se hubiera entretenido con Charlie cuando se estaba despidiendo y que ambos se hubieran reído de algo que ella dijo, además de que su apretón de manos había durado más que el del resto de los presentes en la sala. Eso no era precisamente lo que me molestaba, pero no me gustaba intimar demasiado con los clientes. Sobre todo a nivel romántico. A lo mejor era otra cosa de la que tendría que hablar con todo el equipo.

—Gayle, necesito que investigues la empresa de software. Y de paso intenta ponerte en contacto con el ex mejor amigo y ahora exsocio —le sugerí. Ella me hizo un gesto con la cabeza, sin levantar la vista de sus notas, y salió de la sala. Me di cuenta de que me iba a gustar trabajar con la sensata Gayle porque todas las preguntas que había formulado en la reunión eran inteligentes. Todo el equipo lo había hecho muy bien—. Stan, Trisha, necesito que vosotros dos intentéis anticiparos a esto. Todo esto, el accidente de la señorita Combs, ocurrió hace solo unos días. Se las han arreglado para que esto no salga, pero no creo que eso dure mucho, así que preparad las declaraciones que necesitamos y enseñadme lo que se os ocurra con respecto a las relaciones con los medios. Os pondré en contacto con algunas personas.

Después de que se fueran, Rick y Charlie se levantaron de sus asientos y yo me puse a recoger todos los documentos sobre EVA.

—Charlie, tú y yo conseguiremos más detalles sobre lo que fue mal con su software y…

—A lo mejor podrías hacerlo con Rick —me interrumpió, haciendo que levantara la cabeza para poder mirarla—. Estaba pensando que tal vez yo debería seguir en contacto con Michael y hablar con su equipo de marketing sobre…

—¿Hay alguna razón en concreto para que no puedas trabajar conmigo? —pregunté, cortándola a media frase. Tal vez tuviera que hablar con Charlie, y solo con ella, sobre la posibilidad de tener una relación romántica con los clientes.

Estábamos los tres de pie en torno a la mesa. Charlie evitaba mi mirada mientras hacía una pausa para apagar su portátil y Rick paseaba la vista entre Charlie y yo.

—No. No es eso —acertó a decir, con la mirada en los papeles que aún tenía en mis manos. Los dejé en la mesa, dirigí una mirada a nuestro espectador y me senté despacio.

—Rick, quiero que empieces a hablar con los empleados. Trata de hacerte una idea de la empresa y de cómo funcionaban las cosas antes de que uno de los socios se marchara. Y ¿te importaría darnos a Charlie y a mí...?

Él asintió antes de que pudiera terminar la frase.

—Iré abajo y me pondré a ello.

Mantuve la vista fija en Charlie mientras ella se removía en su asiento.

—Sí, por favor.

Antes de que Rick pudiera abandonar la sala vi que Charlie se apresuraba a recoger su portátil y retrocedía unos pasos de forma tambaleante.

—Iré con él y...

—No, creo que vas a quedarte.

Ella cerró los ojos y exhaló un suspiro, sujetando aún el portátil contra su pecho. Rick le susurró algo a Charlie que no pude oír y luego desapareció.

—Vale. Hablemos de esto —dije cuando oí el pitido del ascensor y supe que estábamos solos—. Creía que habíamos decidido que no íbamos a estar incómodos en presencia del otro y que no tenías problemas en trabajar conmigo en este equipo. Primero llegas tarde a la reunión, ¿y ahora esto? —Hice una pausa en un intento de leer su expresión para poder dilucidar cuál era el problema—. ¿Es que has cambiado de idea respecto a quedarte en el equipo?

Ella me estudió un breve instante y después suspiró y volvió a dejar el portátil en la mesa.

—No. Quiero decir que no he cambiado de opinión. Puedo estar en este equipo. Pero...

—¿Pero? —la urgí al ver que no continuaba.

—Aún es un poco incómodo. —Hizo una pequeña mueca—. Lo es y no lo es. Ya sé que no tiene sentido.

Me apoyé de nuevo en el respaldo de mi asiento.

—¿Has llegado tarde a la reunión solo para evitarme?

Abrió un poco los ojos y sacudió la cabeza.

—No. En absoluto. Yo jamás haría algo así cuando se trata de trabajo. Créeme si te digo que puede que actúe de forma un poco rara en tu presencia, pero mi trabajo me importa demasiado como para hacer eso.

—Entonces, ¿qué ha pasado?

—Mi padre tenía una reunión con un cliente nuevo y quería que yo estuviera. A veces quiere que esté presente cuando se reúne con alguien nuevo. Traté de decirle que tenía una reunión contigo, pero me dijo que solo me necesitaba unos minutos. Luego esos minutos se convirtieron en media hora y al final se me hizo tarde. Créeme que no intentaba escaquearme de la reunión por ti.

Dejé que mi silencio llenara el espacio entre los dos mientras nos estudiábamos el uno al otro. En realidad no me estaba mirando a los ojos, pero casi.

—Está bien —dije, decidiendo creer que no se escaquearía de una reunión adrede.

—¿Está bien?

Asentí y me puse en pie.

—Sí, está bien, Charlie. Pero una última cosa. Tener una relación romántica con un cliente es algo que no apruebo, así que vamos a dejar las cosas muy claras al respecto.

—¿Cómo dices?

—Si te supone un problema...

La miré mientras se enderezaba.

—No me supone ningún problema porque jamás lo he hecho y tampoco pienso hacerlo en un futuro próximo.

—Muy bien. Bajemos y pongámonos a trabajar.

Charlie hizo otra pequeña mueca mientras se apartaba de la mesa.

—En realidad le prometí a mi padre que me ocuparía de algunas cosas después de la reunión. Por eso te he dicho que tal vez debería estar en contacto con Michael y su equipo. Pero si necesitas que trabaje contigo, no tengo ningún problema. ¿Te sigue pareciendo bien que vaya primero con mi padre y luego me una a vosotros?

Recogí los documentos, agarré mi móvil y rodeé la mesa para encaminarme a la puerta, aprovechando ese tiempo para pensar mi respuesta con cuidado.

—¿Tengo que hablar con Douglas sobre…? —Me detuve y miré a Charlie mientras se quitaba el zapato con el tacón aún intacto y empezaba a doblarlo de un lado a otro—. ¿Qué estás haciendo?

—¿Eh?

Enarqué las cejas y miré de forma deliberada el zapato que tenía en la mano. Ella bajó la mirada, después la alzó hacia mí y vi que se le encendían las mejillas. Una repentina sonrisa amenazó con dibujarse en mis labios, pero me las arreglé para contenerla.

Ella se enderezó, se puso de nuevo el zapato y se aclaró la garganta.

—Oh, nada. Bajemos y pongámonos a trabajar. —Antes de que pudiera decir nada, ella tomó su portátil y empezó a caminar (no, más bien a cojear) delante de mí y salió por la puerta. La seguí solo porque no sabía qué más hacer. Esperamos al ascensor uno al lado del otro—. Y no, no tienes que hablar con mi padre. He hablado yo con él esta mañana y todavía quiere que también trabaje fuera de tu equipo —añadió, rompiendo el silencio.

Fruncí el ceño y miré su perfil, pero ella tenía la vista al frente mientras esperaba a que se abrieran las puertas.

—Ese no era el trato que tenía con tu padre. Se supone que tengo un equipo principal y se supone que deben centrarse en lo que yo...

Ella me lanzó una mirada rápida.

—Lo sé. Es lo que dijo, pero aún necesita que yo me ocupe de algunas cosas. Al tener a Stan, a Trisha y a Rick, no cree que yo te haga tanta falta. Al parecer, lo que quiere es que, sobre todo, aprenda de ti. De verdad que tienes en tu equipo a los mejores de la oficina. Creo que haréis grandes cosas juntos este o no esté yo.

No me gustaba lo que estaba diciendo.

—Eso lo decido yo. Y si piensa que tienes que aprender algunas cosas de mí, ¿por qué parece que te necesita más que a ninguna otra persona en esta empresa?

Ella me miró con sorpresa y se mofó.

—No me necesita más que a ninguna otra persona en esta empresa.

Llevaba solo un par de días en la empresa, pero ya había visto que Douglas invitaba a Charlie a casi todas las reuniones que tenía. Decidí dejarlo estar. No era problema mío a menos que Douglas hiciera que lo fuera.

—No es lo que he visto ni oído. No tendrás tiempo para trabajar en otras cosas. No puedo consentir que ni tú ni nadie del equipo se distraiga.

Las puertas del ascensor se abrieron por fin y entramos. Oí el débil sonido de un solo de piano por los altavoces.

—No pasa nada. Estoy acostumbrada a trabajar en más de una cosa a la vez. Descuida que no me distraeré.

Las puertas se cerraron y, antes de que se me ocurriera apretar algún botón, el ascensor subió en lugar de bajar a nuestra planta.

—Michael me cae genial —prosiguió Charlie—. Parece auténtico. Y por mucho que mi padre piense que necesito aprender a ser más despiadada o lo que sea, trabajo duro. No te retrasaré ni te defraudaré. —Me echó una mirada rápida—. Si todavía me quieres en el equipo, claro.

No era eso en lo que estaba pensando, pero decidí guardar silencio y esperar uno o dos días para ver que tal iban las cosas. Después hablaría con Douglas si era necesario. No porque se tratara de Charlie, sino porque necesitaba que cada integrante de mi equipo estuviera de verdad en mi equipo.

Las puertas se abrieron en la planta 32, pero no había nadie esperando. En medio del silencio, justo cuando las puertas empezaron a cerrarse de nuevo, pulsé el botón de nuestra planta y la observé cuando se agachó para lidiar con su zapato.

—¿Te puedo ayudar en algo? —pregunté por educación.

Ella exhaló un profundo suspiro y se enderezó con el zapato en la mano. Me puso el ordenador portátil en los brazos.

—¿Me sujetas esto un momento?

Con su portátil en la mano, bajé la mirada a su pie descalzo y me fijé en que tenía las uñas pintadas de color lila. Por alguna razón continué mirando mientras ella se ponía de puntillas y me daba la espalda. La curiosidad se impuso y logré apartar la vista de sus pequeños pies. Miré por encima de su hombro mientras ella levantaba la mano y golpeaba el tacón contra la barandilla. Se rompió con un fuerte ruido y el trozo roto resonó en el suelo.

Estaba saltando sobre un pie mientras intentaba volver a ponerse el zapato, ahora sin tacón, cuando perdió el equilibrio y cayó contra mi pecho, haciéndome dar un paso atrás. Rodeé su estrecha cintura con el brazo derecho, ya que con el otro sujetaba el portátil. Nos quedamos así unos segundos más de lo necesario. Creo que los dos nos sorprendimos un poco. A continuación, sin dejar de sujetar su portátil, logré ponerla de pie y ella se apartó de mí enseguida.

—Lo siento —susurró hacia las puertas del ascensor y después se agachó y recogió el tacón del rincón de la cabina. El incidente había durado diez o tal vez quince segundos y ahora ninguno de sus zapatos tenía tacón.

Charlie sostuvo una mano abierta en alto, sin mirarme, y le devolví el portátil en silencio.

—Gracias —murmuró con un hilo de voz.

—Vale, bien —dije y me metí las manos en los bolsillos. Me debatía entre la diversión y alguna otra emoción que no lograba identificar. ¿Atracción? Era posible.

Tras unos segundos de silencio, Charlie exhaló un suspiro.

—Crees que soy rarita, ¿verdad? —preguntó en medio del silencio.

Esbocé una sonrisa, ya que parecía muy afligida al respecto, pero como estaba muy pendiente de las puertas del ascensor, no lo vio.

—Charlie, creo que eres…

Las puertas se abrieron antes de que pudiera terminar la frase y ella prácticamente huyó de mí sin articular palabra.

Vi a Charlie dos veces más ese día. Todos estábamos trabajando en la complicada y, según descubrimos a medida que ahondábamos, peliaguda situación de Michael Ashton. Y Charlie se unió a las dos reuniones que convoqué en mi despacho e hizo todo lo que le pedí que hiciera. Habló con Michael Ashton y consiguió toda la información que nos faltaba y necesitábamos. Me di cuenta de que era muy buena en su trabajo. Mucho mejor que el resto del equipo. Cuando recabamos todo lo que pudimos por ese día, huyó a su despacho y luego estuvo yendo y viniendo entre el despacho de su padre y el suyo.

Cada vez que levantaba la vista de mi mesa, ella siempre estaba ocupada y corriendo de un lado a otro. No miró en mi dirección en todo el día. Ni una sola vez. Por eso, cuando convoqué las dos reuniones, tuve que dejarle una nota en su mesa para que tuviera tiempo de llegar, además de enviarle una convocatoria de reunión por *e-mail*. A lo mejor la razón de que mis ojos la siguieran siempre a todas partes fuera asegurarme de que la recibía. Porque no podía ni debía haber otra razón.

Eran cerca de las siete y media de la tarde cuando salí del metro y emprendí el camino de vuelta a mi apartamento provisional, cortesía de Douglas Davis. Como el trabajo y las cosas que tenía que revisar cuando llegara a casa seguían acaparando mi mente, no oí los gritos ni las maldiciones en voz baja. Fue un milagro que no me cayera de culo cuando primero un perro pasó corriendo por mi lado a escasos centímetros de mi cuerpo y luego una persona se abalanzó sobre mí por la izquierda.

—¡Atrápame, por favor!

Me agarré a la farola en el último momento para que ninguno de los dos cayera de bruces y acto seguido me giré un poco para intentar suavizar el golpe y que la chica pudiera golpearse contra mi pecho. Chocó conmigo a tal velocidad, que de haber fallado, seguro que habríamos acabado en el hospital.

La agarré del hombro y del brazo mientras ella hacía todo lo que podía para sujetar el extremo de la correa mientras el perro intentaba por todos los medios arrastrarla tras de sí.

—Lo siento mucho —jadeó, con el cuerpo estirado hacia delante. Volvió ligeramente el rostro hacia mí, pero mantuvo la vista fija en el perro—. Tienes que parar —resolló, tirando de la correa. El animal volvió la cabeza para lanzarle una mirada y después miró otra vez calle abajo—. La has perdido —prosiguió, tirando con algo más de fuerza—. Se ha ido, colega. Le has dado un susto de muerte y nos has salvado. Eres un buen chico. Es hora de dejar al desconocido e irnos a casa ya.

Reconocí a quién estaba sujetando en cuanto abrió la boca. El perro la miró por encima del hombro y gimoteó un poco mientras su cuerpo temblaba de ganas de seguir al monstruo que había estado persiguiendo. Pero volvió hacia ella pavoneándose con la lengua fuera cuando Charlie tiró de nuevo.

Charlie exhaló un profundo suspiro y su cuerpo se relajó un poco.

—Lo siento mucho —repitió mientras yo empezaba a aflojar—. Ha visto una gata… y no sabía que… —La solté y por fin me miró—. No sab… No…, no. ¡No! ¿En serio? —preguntó, levantando la voz.

Reí al ver la sincera decepción en su rostro.

—Me temo que sí —respondí, sin dejar de sonreír ante su cara de sorpresa y descontento.

El perro llegó a su lado y la empujó con su cuerpo, acercándola un paso hacia mí. Ella retrocedió un poco de inmediato.

—¿De dónde has salido? ¿Me… estás siguiendo o algo así?

Me reí y miré al perro cuando me ladró una vez.

—Del metro. Y sí —respondí, riendo entre dientes—, eso es lo que hacía cuando te chocaste conmigo por detrás, seguirte.

—Pero… Vale, ha sido una pregunta estúpida. ¿Qué haces aquí?

—Yo podría preguntarte lo mismo —repliqué, enarcando una ceja.

Se frotó el brazo con la mano mientras sujetaba la correa con firmeza.

—Vivo aquí. —Señaló al otro lado de la calle, unas casas más abajo, y luego me miró mientras esperaba una respuesta.

—Bueno —empecé, un tanto sorprendido—. Al parecer vivo enfrente de ti.

Ella pareció entender.

—En la casa de mi padre —concluyó y yo asentí.

El perro volvió a ladrar, medio escondido detrás de Charlie, y atrajo mi atención. Me acuclillé delante de él. El animal retrocedió en el acto, tratando de fundirse con Charlie, con el rabo entre las patas.

—No pasa nada, cielo —lo tranquilizó Charlie, con un tono muy diferente—. No es tan malo, Pepp.

Levanté la vista hacia ella desde donde estaba. Ella arrugó la nariz con una pequeña sonrisa y se encogió de hombros.

—¿Cómo se llama? —pregunté con voz queda.

—Le llamaban Duke, pero decidí cambiarlo por Pepperoni. Le encanta. Anoche pedí una pizza y quería darle una porción para celebrar que nos hayamos encontrado, pero se comió solo el pepperoni y dejó el resto.

Pepperoni le dio un topetazo en el muslo, así que Charlie se puso en cuclillas y le acarició la cabeza.

—¿Acabas de adoptarlo? —pregunté con una sonrisa.

Ella me sonrió a su vez. Una sonrisa auténtica y preciosa.

—Hace dos días. Fue amor a primera vista. De hecho, fue la razón de que tuviera que marcharme corriendo aquel día en la oficina.

Mis ojos se clavaron en sus labios.

—Ya veo. —Nuestras rodillas no llegaban a tocarse, pero casi. Pepperoni hundió la cabeza bajo el brazo de Charlie, granjeándose una risita por su parte.

Un coche pasó a toda velocidad, tocándole el claxon a alguien. Tanto el perro como la dueña me miraron.

—Pepperoni, este simpático hombre que ha conseguido evitar que me arrastres de un lado a otro es William —nos presentó—. Además es un compañero de trabajo. —Acercó un poco más al perro y le acarició la cabeza y las orejas caídas—. Y este chico tan bueno es Pepperoni. Yo lo llamo Pepp.

Me reí cuando Pepperoni empezó a menear el rabo y me dio un lametón en la mejilla. Le tendí la mano y esperé a que se armara de valor para dar un paso y olisquearme. No dejó de lanzarme miradas mientras se acercaba, alerta en todo momento. Cuando se dio cuenta de que no iba a hacerle daño, dio un paso más y dejó que le rascara detrás de las orejas.

—¿Adoptado? —pregunté con la voz un poco ronca.

Charlie suspiró.

—Sí. Dos familias distintas lo devolvieron. Y además los otros perros lo acosaban.

Sacudí la cabeza cuando Pepp me dio un topetazo en el brazo, esperando más mimos.

—Es muy guapo —dije, enmarcándole la cara entre las manos—. Un gran danés, ¿no? —Ella asintió y sonrió a Pepp—. ¿Cuándo tiempo tiene?

—Nueve meses.

—Ya sabes que va a ser gigante, ¿verdad? —Ladeé la cabeza para mirar a Charlie al ver que usaba el silencio como respuesta.

—No creo que crezca más.

—Pues prepárate para llevarte una buena sorpresa.

Pepp sintió que estaba bastante a salvo, así que decidió olisquearme a conciencia y me rodeó, tirando un poco de la correa. Sobre todo tirando de Charlie. Ella se enderezó antes de que pudiera chocar conmigo y me rodeó, siguiendo a Pepp.

—Bueno —dijo cuando terminaron el recorrido y estuvo de nuevo frente a mí—. Siento haberte entretenido tanto rato. Y siento haberme abalanzado sobre ti de esa manera. En el refugio me dijeron que se pasaba el día durmiendo la siesta. No esperaba este nivel de… entusiasmo. También siento haber cuestionado tus motivos para estar aquí.

Me hizo reír de nuevo y me obsequió otra de sus sonrisas.

—Me alegra oír que no crees que te estuviera acosando.

—Es que… —Pepperoni tiró de la correa, con el hocico pegado al suelo. Charlie me miró por encima del hombro—, no esperaba verte aquí, ¿sabes?

Cuando empezó a caminar porque era imposible frenar al perro, los acompañé.

—A mí también me ha sorprendido verte. Douglas no mencionó que vivías en la misma calle.

—El apartamento en el que vivo también es suyo. Tenía mi propia casa, pero tuve que quedarme un tiempo con mi abuela cuando enfermó y luego, cuando me puse a buscar, no encontré… En fin, me estoy enrollando. Supongo que ahora somos vecinos además de compañeros de trabajo.

—No tienes por qué parecer tan decepcionada, pero eso parece.

Charlie clavó en mí la mirada.

—No estoy decepcionada. Solo sorprendida. —Nos detuvimos frente a mi casa y Pepperoni olfateó la planta que había al lado de las escaleras. Charlie miró hacia las escaleras y luego comenzó a retroceder, evitando de nuevo mi mirada—. Bueno, esta es la tuya. Seguro que estás cansado por el trabajo. Ha sido un placer encontrarme contigo, William. Buenas noches. —Tiró de Pepperoni, se dio la vuelta y se acercó al borde de la acera.

Di un paso hacia ellos con las manos en los bolsillos.

—Soy nuevo en la ciudad, así que no conozco bien la zona. Aún no he comido nada. ¿Conoces una buena pizzería o algún otro sitio por aquí cerca?

De pie entre dos coches estacionados, se dio la vuelta para mirarme.

—Tú ya has vivido en Nueva York, William.

—En esta zona no. —Nos miramos y ambos sonreímos. Yo me limité a observarla—. ¿Y bien?

—Sí. Uh, hay una pizzería italiana calle abajo, a la izquierda. Johnie's. Es muy pequeña, pero hacen la mejor pizza de por aquí. No te decepcionará.

—¿Te apetece acompañarme? —No pensé demasiado si era una buena idea cenar con alguien de mi equipo antes de proponerlo. Pero cuando las palabras brotaron, decidí que no sería tan malo cenar juntos de manera informal para relajar la tensión entre nosotros y recuperar la amistad. Me di cuenta de que en realidad me gustaba.

Ella se tomó su tiempo para responder. No estaba seguro de si era porque estaba considerando mi ofrecimiento o intentando encontrar la forma de escaquearse.

—No puedo —dijo al final—. Tengo una cita o algo así.

Enarqué una ceja.

—¿Una cita? —No era asunto mío—. ¿Algo así? ¿Cómo es eso?

Cuando Pepp comenzó a tirar de ella, echó un vistazo a la calle antes de empezar a ir hacia atrás con la ayuda de Pepp.

—No tengo ni idea. Es algo por internet, de modo que no sé si cuenta como una cita. Voy a probar, así que supongo que debería contar para algo.

Yo asentí.

—Ah, lo entiendo. Las maravillas de las citas *online*.

—Sí, las maravillas... Yo diría más bien los horrores, pero vamos a ser positivos como tú. Bien, que pases buena noche. Ah, y gracias por salvarme. —Levantó la mano y se despidió.

—De nada. —Di algunos pasos más, como si fuera a seguirla, hasta que me di cuenta y me detuve. Estaba en el borde de la acera y ella lo estaba en el otro lado de la calle—. ¿Dejamos la pizza para otra ocasión? —Tuve que levantar un poco la voz para que me oyera.

Ella se paró de camino a las escaleras de su casa.

—Ehh… Claro. ¿Quizá otra noche? Saldremos todos como un equipo.

Un equipo, sí. Seguro que esa era también la respuesta correcta.

7

Charlie

—Necesito que alguien me bese. Ya lo sabes. ¿Estás cien por cien segura de que es un buen hombre? —le pregunté a Gayle mientras rondaba la puerta de mi despacho.

Después de que mi cita de internet apareciera borracho y sin parecerse ni en el blanco de los ojos a su foto de perfil (algo que habría podido pasar por alto si se hubiera disculpado por ello en vez de estar borracho y gritar mi nombre por todo el bar para intentar encontrarme), estaba dispuesta a tomar medidas drásticas. Y no había nada peor que las citas a ciegas. Ya lo sabía. Lo había aprendido por las malas este último año tras mi ruptura con Craig.

—¿Qué pasa con los besos? Ya te lo he dicho, es uno de los amigos de Kevin y es ortodontista. Solo lo he visto dos veces…

—Sí, sí, ya lo sé. Tu marido es genial, así que su amigo no puede ser tan malo. ¿Cómo se llamaba?

Gayle suspiró, cruzó los brazos y se apoyó contra el marco de la puerta.

—Se llama Ralph.

—Ralph. —Probé a decir su nombre unas cuantas veces más e hice una mueca—. Nunca he salido ni he besado a ningún Ralph. No sé qué siento al respecto. —Cuando vi que Gayle se enderezaba un poco y abría la boca (su posición de combate), levanté la mano con la palma hacia fuera y la detuve antes de que pudiera emprenderla conmigo—. Lo sé, lo sé. Estoy siendo pesada. Es que… ya sabemos lo mal que se me dan las citas a ciegas y las citas en general. Estoy nerviosa, es todo.

Gayle arqueó una ceja.

—¿Solo has tenido…? ¿Cuántas? ¿Un par de citas a ciegas? La que te organizó la mujer de Rick y la otra que ya ni me acuerdo. ¿Fue con el chico de la planta 13?

Me estremecí.

—Sí, ese. El informático. Parecía tan agradable, pero… —Volví a estremecerme y Gayle se rio—. Él solito me arruinó las citas a ciegas. ¿No te parece?

Al final asintió después de pensarlo un par de segundos.

—Sí, lo reconozco. Que tratara de lamerte los pies en el restaurante… Sí, puede que fuera un poco excesivo.

—¿Tú crees? —Sentí cierto malestar ante el recordatorio y me estremecí para dejar a un lado la pesadilla que fue mi cita a ciegas de hace unos meses. No era de extrañar que no quisiera salir con nadie.

—Ralph es un buen tipo —continuó—. Estoy segura de que no intentará meterse debajo de la mesa para lamerte los pies. Es muy tranquilo comparado con los otros amigos de Kevin. Me gusta hablar con él cuando está. Y has visto su Facebook. Es un hombre guapo.

—Una sonrisa preciosa —reconocí. Una buena sonrisa siempre resultaba atractiva.

—Como mínimo, disfrutarás de una cena agradable y de buena conversación y te servirá para practicar. Solo has tenido tres o cuatro citas después de Craig, ¿no?

Dado que pensaba mudarme, algo que Gayle desconocía aún, no buscaba nada serio. Solo quería probar y ver qué tal iba… en general. Algo así como un ensayo. Suspiré y eché la cabeza hacia atrás para mirar al techo cuando reconocí, avergonzada:

—Sí, solo cuatro citas. Y no los besé a ninguno. O ninguno me besó a mí. Han pasado cinco o seis años desde la última vez que me besaron. —Quise que las palabras regresaran a mi boca en cuanto salieron de ella. Cerré los ojos despacio y deseé que Gayle no hubiera oído lo que acababa de soltar.

Se produjeron unos segundos de silencio y luego oí que Gayle cerraba la puerta de mi despacho y se acercaba a mi mesa. No la miré, ya que el techo era muy interesante, más… interesante.

—Creo que has calculado mal, Charlie. Rompiste con Craig hace un año.

Gruñí y me tapé la cara con el brazo.

Ella se sentó en la silla delante de mi mesa.

—Explícate.

Gruñí de nuevo.

—No quiero hablar de esto.

—Mala suerte porque vamos a hablar de esto.

Llamaron a la puerta y vi que Rick la abría cuando eché una ojeada por debajo de mi brazo.

—Hola, Gayle. Charlie, tenemos un nuevo caso. William quiere una reunión…

Ya me había levantado de un salto en cuanto oí las palabras «un nuevo caso» y cuando Rick terminó su frase estaba justo a su lado.

—Lo siento, Gayle. El deber me llama —me disculpé, puse cara triste de forma exagerada y después, antes de que ella pudiera articular una sola palabra, agarré a Rick del brazo y me lo llevé de mi despacho.

—¿Qué tal hoy, Rick?

—¿Quiero saber qué está pasando?

—En realidad te encantaría saberlo, pero no pienso contarte nada. ¿Sabemos cuál es el nuevo caso?

—Una aplicación de compras está teniendo problemas con los clientes. Nos estamos encargando de ellos. Aunque todavía no sé qué opina William al respecto, así que tal vez no nos hagamos cargo. Sus palabras exactas fueron: «Ya veremos».

Enlacé mi brazo con el suyo y fuimos directamente al despacho de William.

—El problema de los coches eléctricos nos está quitando mucho tiempo. ¿Cuántos casos crees que llevaremos a la vez?

—No tengo ni idea. Todavía intento averiguar cómo trabaja William y a qué atenernos.

Titubeé, pero guardé silencio.

—¿Conoces la nueva aplicación? —preguntó.

—¿Qué aplicación?

—Ya sabes, la nueva aplicación de la que todo el mundo habla. Tal vez sea mejor que tu aplicación. A lo mejor deberías buscarla.

Ladeé la cabeza y lo miré con los ojos entornados.

—Me he perdido. ¿Mi aplicación? ¿De qué estás hablando?

—Sabemos que le estás dando otra oportunidad a las citas.

Perdí el ritmo, así que le solté el brazo y me paré. Rick se detuvo el tiempo suficiente para mirar atrás. Sentí que me ardía la cara.

—Define «sabemos» —insistí mientras un espantoso presentimiento se apoderaba de mí.

Él me brindó una sonrisa que traduje como triste.

—Bueno, cariño…, mucha gente aquí sabe que hace bastante que no sales con nadie, así que… han estado apostando…

Un poco mortificada ante la idea de que la gente hablara de mi inexistente vida amorosa y que encima apostara al respecto, reprimí por la fuerza todos los sentimientos que amenazaban con salir a la superficie y sacudí la cabeza.

—¿Has…? Vale, no, no quiero oírlo. ¿Cómo es que lo sabes?

—Alguien te oyó hablar con Gayle el otro día.

—Para que lo sepas —empecé, levantando un poco la voz para que más gente pudiera oír. Otra vez—, es decisión mía no querer salir con nadie. No es que haya un montón de opciones en lo que a hombres se refiere y que no haya podido elegir a uno de ellos. Elijo no conformarme, y si eso significa que no saldré con cada bobo que se me cruce y que me sentiré sola durante un tiempo, y no es que me sienta sola, pues que así sea. Vamos.

Antes de que pudiera abrir la boca y responder, le agarré del brazo otra vez y lo arrastré deprisa hacia el despacho de William.

Eran las nueve de la noche y todavía estaba atrapada en el bar. Que yo supiera, no había ni rastro de Ralph. Y teniendo en cuenta que habíamos quedado para cenar a las ocho en un restaurante en la otra punta de la ciudad y no había aparecido, di por hecho que me había dado plantón de manera oficial.

Las citas a ciegas, mi suerte y la vida… ¡Qué gran combinación!

Como ya estaba allí y el camarero parecía bastante simpático, me quedé con él y decidí pasar la noche. De todas formas ya iba bastante arreglada. Me estaba bebiendo mi segunda copa. El camarero, cuyo nombre desconocía, no era consciente de que era mi cita de esta noche, pero tampoco tenía por qué saberlo.

Mis vecinos de arriba, Antonio y Josh, estaban cuidando de Pepp. Como era de esperar, Daisy, su perra de cinco años, adoraba a Pepp y mi tímido Pepp también adoraba a Daisy, así que no quise llegar pronto y acortar su tiempo de juego.

Valerie: ¿Qué tal la cita? ¿Tengo que prender fuego a tu casa para salvarte? ¿O algo más ingenioso?

Charlie: No es necesario. Me ha dado plantón.

Valerie: Bueno…, qué le jodan. Por delante y por detrás.

Tenía el codo apoyado en la barra y estaba jugueteando con el tallo de mi copa de margarita. Cerré los ojos un instante y tararé la melodiosa canción que sonaba en el restaurante. No sabía de quién era, pero se trataba de un solo de piano y me encantaba. Oí que retiraban un taburete a lo lejos y el ruido que hizo contra el suelo me hizo estremecer, pero no me estropeó el momento, así que seguí con los ojos cerrados.

—¿Estás dormida? —preguntó alguien a mi lado y me levanté de un salto de mi taburete, derramándome parte de mi bebida en la mano, como si acabaran de gritarme en el oído.

—¡Mierda! —murmuré, limpiándome con una servilleta mientras me enderezaba un poco y miraba a mi izquierda. Me encontré cara a cara con William, que tomó asiento justo a mi lado.

Me echó un vistazo rápido y me recorrió el cuerpo de la cabeza a los pies con los ojos, haciendo que me ruborizara. Sus ojos hicieron que me removiera. Luego miró hacia la barra como si me hubiera dado un susto de muerte al aparecer como por arte de magia.

—Es complicado dormir en un bar —respondí, tratando por todos los medios de parecer tranquila—. ¿Quién se quedaría dormido en un bar? —Todavía un poco desorientada, lo miré con el ceño fruncido mientras me bajaba el vestido con disimulo y echaba un vistazo al restaurante. Todo el mundo parecía estar en el mismo sitio.

—Suponía que tú. Te pido disculpas. Has tenido los ojos cerrados tanto tiempo que he sacado una conclusión equivocada.

—¿Qué haces tú aquí? —pregunté y oí lo ronca que sonaba mi voz. Me aclaré la garganta y con despreocupación miré hacia el espejo detrás de las hileras de botellas de alcohol para ver si llevaba bien el pelo. ¿En serio me había quedado dormida? Sin duda sería caer muy bajo.

—Un viejo amigo mío estaba en Nueva York por un día. Hemos cenado juntos. —Levantó la mano y mis ojos captaron el movimiento cuando, de manera sexi, le hizo al camarero un gesto para llamar su atención. Fruncí el ceño y aparté la vista de su atractiva mano.

¿A quién le resultaba atractiva una mano?

—¿Aquí? ¿Has cenado aquí con él? —Si era así, debía de haberme visto sentada en el mismo sitio durante una hora. Gemí para mis adentros.

Mi pregunta me valió otra mirada por su parte, pero conseguí sostenérsela.

—Sí, aquí. ¿Por qué?

—Por nada. ¡Es perfecto! De todos los lugares de Nueva York, cómo no ibas a cenar aquí —farfullé por lo bajo, apartando un poco la cabeza y bebiendo un sorbo del margarita que había derramado.

—¿Cómo dices? —preguntó y pude oír con toda claridad la diversión en su voz.

Le brindé una sonrisa forzada.

—Nada.

El camarero se acercó con una sonrisa y le tomó nota.

—¿Quieres otro? —me preguntó. Estaba convencida de que no me estaba imaginando que su sonrisa se volvía un poco más amable cuando se dirigía a mí.

Miré mi copa, después a William y lo encontré mirándome, esperando mi respuesta.

No era una buena idea. No tenía ningún problema, o al menos no demasiados, en trabajar con él, pero pasar más tiempo con William podía resultar peligroso, teniendo en cuenta el pasado. Por no mencionar que el hecho de que me hubieran dejado plantada y él hubiera tenido un asiento en primera fila no ayudaba mucho. Negué con la cabeza mientras me disponía a bajarme del taburete para poder marcharme, pero William me puso la mano en el brazo e hizo que me detuviera. Se arrimó a mí y a mi corazón le costó un poco decidir la forma de reaccionar a su repentina cercanía.

—¿Me haces compañía un rato? —preguntó con voz tranquila al captar mi expresión de sorpresa.

Tragué saliva a pesar del nudo que tenía en la garganta mientras su tacto me quemaba la piel, haciendo que un cosquilleo me recorriera el brazo.

—Claro —respondí y por fin logré apartar la mirada de sus cálidos ojos castaños. Me estaba portando como una tonta. Estaba claro que era culpa del alcohol. Me aclaré la garganta. Él me soltó el brazo después de darme un suave apretón. Tuve que flexionar las manos para sacudirme la electricidad que lo recorría. Me centré en el camarero y le devolví la sonrisa. Era una vista más segura—. Claro, me tomaré otro. —Luego mantuve la vista fija en las botellas alineadas en los estantes con espejos.

—¿Una noche difícil? —preguntó William después de unos segundos de incómodo silencio. Me pregunté si las cosas también habían sido un poco raras cuando nos conocimos. No lo recordaba así, pero a lo mejor estaba embelleciendo el pasado. No sabía qué sentir al respecto.

Después de haber perdido el filtro con mi segunda copa hacía al menos media hora, decidí que no quería andarme con rodeos. Sobre todo teniendo en cuenta que teníamos que estar juntos todos los días. Y aparte de eso, me había prometido que iba a ceñirme a la lista, así que era el momento perfecto para ser más sincera.

—¿No te resulta esto demasiado familiar? —pregunté en lugar de responder a su pregunta—. Es decir, ¿qué posibilidades hay de que termines en el mismo restaurante que yo? Sobre todo cuando ambos vivimos en la otra punta de la ciudad.

El camarero regresó con mi copa y, después de darle las gracias con rapidez, la agarré de inmediato y bebí un sorbito de mi fresco y delicioso margarita. No todo el mundo lo preparaba bien, pero mi camarero tenía mucho talento.

William le dio las gracias cuando deslizó la bebida hacia él, y con mi copa todavía en la mano, lo miré una vez más mientras bebía un buen trago y se giraba un poco en su asiento para mirarme. Por fin me sentía lo bastante bien como para fijarme en lo que llevaba puesto; un jersey gris oscuro con las mangas subidas cubría sus atléticos y anchos hombros y los pantalones negros que cubrían la mitad inferior de su cuerpo le quedaban perfectos. Era un atuendo muy sencillo, pero como ocurría con algunos hombres, él hacía que luciera. Debía haber tardado solo unos minutos en prepararse y parecía un modelo. Mientras que a mí me había llevado casi una hora, quejándome delante del espejo, y no pasaba de… pasable.

—Tienes razón, sí que me resulta familiar —dijo William tras una larga pausa.

Dejé a un lado mis pensamientos y me centré en nuestra conversación.

—Sé que hace días que lo digo, pero es que resulta muy raro.

—¿El qué? ¿Que esté aquí?

—Puede que no específicamente aquí, sino en Nueva York. O que los dos estemos aquí en general. Otra vez. Después de tanto tiempo.

Él asintió.

—Es raro. Nunca imaginé que volvería a verte.

Opté por no decir nada y juguetear con mi copa. ¿Había pensado en verme de nuevo? ¿Después?

—Supongo que esperas a alguien —preguntó William, llenando el silencio entre nosotros.

«A mi cita». Cierto. Me abstuve de soltar un gemido y erguí un poco más la espalda.

—Así era. Pero creo que a estas alturas ya no va a venir, así que se me ha ocurrido disfrutar de la compañía del camarero y aprovechar al máximo. —¿No resultaba divertido, irónico o como prefieras denominarlo que el tipo al que había esperado más de dos horas en el pasado, el tipo que también me había dejado plantada, ahora estuviera sentado a mi lado preguntándome por otro tipo que me había dejado plantada?

Los placeres de la vida.

—¿Tu amigo está ocupado?

Me encogí de hombros y me volví hacia la barra, un poco perdida en mis propios pensamientos.

—Mi amigo no. Mi cita a ciegas estaba ocupada. Supongo —murmuré.

William se inclinó hacia mí solo un poco y yo me aparté para protegerme. No sabía de qué.

—Lo siento, no podía oírte.

—Acabo de decir que mi cita a ciegas estaba ocupada.

—Una cita a ciegas, ¿eh? ¿Es el mismo del otro día, cuando me topé contigo?

Miré a William de reojo y sonreí al ver que me devolvía la sonrisa. Era difícil no hacerlo cuando te sonreía. Era esa misma sonrisa y algunas otras cosas las que hicieron que volviera al restaurante todas las noches hacía años. Así que intenté librarme de lo que fuera que creía que estaba sintiendo debido a su proximidad. Éramos compañeros de trabajo. No podía comportarme como una colegiala ruborizada con él, lo que sin duda debía hacer por aquel entonces. Ahora ya no podía ser así. Al menos no todo el tiempo. Y a lo mejor tampoco era tan malo que nos hiciéramos amigos. Amigos en ciernes con un número limitado de sonrisas compartidas entre nosotros. Eso podía sobrellevarlo.

—Ah, no, aquello era una cita *online*. Este era otro tipo, una cita a ciegas. Son las peores y lo sé —reconocí, obligándome a relajarme un poco más—. Pero estoy probando a salir un poco a ver qué tal se me da. Lo de ligar y todo eso. No busco nada serio, pero supongo que estoy viendo qué tal va la cosa. ¿Tú sales con alguien? —Cuando me di cuenta de cómo sonaba eso decidí recular—. No tienes que responder, claro. No es asunto mío. Es que dijiste que te habías divorciado y... supongo que únicamente lo pregunto porque tengo curiosidad por saber si solo es horrible para mí o si es algo generalizado.

Él bebió otro sorbo de su whisky, con la sonrisa aún en los labios.

—Puedes preguntar, Charlie. No pasa nada. No he salido con nadie desde el divorcio, pero ¿cuándo las citas no han sido algo horrible?

—¿Verdad que sí? —pregunté con entusiasmo, girando el cuerpo hacia él un poco más. Eso de ser amigos en ciernes podía estar bien—. Siempre lo he pensado, pero créeme si te digo que las citas a ciegas y las citas por internet son muy diferentes.

—Tendré que fiarme de ti. Hace tiempo que no he tenido ninguna cita, ni a ciegas ni de ninguna otra manera.

—¿Nada de citas por internet? —inquirí con cierta sorpresa.

—Aún no. Ni nunca.

—Ah, eres como un bebé. ¡Qué inocencia! —Junté las manos y le brindé una dulce sonrisa—. Te estás perdiendo muchísimas cosas.

Su sonrisa se ensanchó a medida que me contemplaba. Sus ojos se detuvieron en mis labios.

—¿De veras?

Le devolví la sonrisa.

—No te haces una idea. Tendrás que contarme cómo va la primera. Será divertido, es probable que el mejor rato que hayas pasado.

—¿Por qué tengo la sensación de que tú serás la única que disfrute de esa cita?

—Jamás disfrutaría con las desgracias ajenas.

William rio y ese cálido sonido me hizo sonreír.

—Trato hecho —convine—. Si empiezo a tener citas *online*, serás la primera en conocer mi experiencia.

La curiosidad pudo más y no pude mantener la boca cerrada.

—Entonces, ¿no sales con nadie porque no has olvidado a tu ex? —Me arrepentí en cuanto las palabras salieron de mi boca. Él me lanzó una mirada interesada de reojo, además de enarcar la ceja, y tuve la decencia de apartar la vista. Limpié la humedad de mi copa para evitar tener que mirarlo—. Ha sido un poco personal y lo siento. Pero ahora que te he hecho una pregunta personal, tú puedes hacerme otra a mí. Por supuesto, si no quieres responder, tampoco pasa nada.

William rio entre dientes y sacudió la cabeza.

—He olvidado a Lindsey. Mi ex. Créeme. Es que ahora mismo no tengo tiempo para salir con nadie. Sucederá cuando suceda, pero no será hasta dentro de un tiempo. En este momento no estoy interesado en eso. No me preocupa.

Me aclaré la garganta y asentí.

—Puedo entenderlo. —Lindsey no tenía ni idea de lo que había perdido. Bebí unos sorbos más de mi copa en silencio antes de volver a hablar—. Las relaciones me parecen complicadas. Últimamente he estado pensando en esto más de lo normal y a veces creo que no merece la pena pasar por la angustia de encontrar a alguien decente con quien pasar tu vida. Si eres feliz solo, para qué molestarse, ¿no? Pero a veces pienso que no estamos hechos para estar solos y que amar a alguien y ser amado es…, no una necesidad, no quiero decir necesidad…, sino tal vez una de las cosas importantes que buscamos en la vida…

William guardó silencio a mi lado después de oír mis palabras. Y la gente del restaurante continuó a lo suyo, ajenos por completo a William y a mí. ¿Era demasiado profundo para una conversación casual? ¿Se preguntaba William por qué se había molestado siquiera en sentarse a mi lado? Lo que sin duda había hecho porque sentía lástima por mí al verme esperando sola durante una hora. Había un sinfín de charlas, ruidos y voces a mi alrededor. A grandes rasgos, supongo que sentarme con el chico del que más me había enamorado en mi vida después de tantos años y tener un grave caso de diarrea verbal no les afectaba.

—A veces puede valer la pena —repuso William al final.

—Con la persona adecuada para ti.

—¿Acaso existe una persona adecuada? ¿Un alma gemela? ¿O la persona perfecta?

—Depende de cómo lo mires. No creo que exista alguien perfecto, pero es posible que haya alguien perfecto para ti. Que te complementa, que encaja contigo, que tiene defectos, porque todos los tenemos, pero que es perfecto para ti.

—Suena bien.

Me aclaré la garganta, tratando de ignorar lo vulnerable que acababa de parecer incluso para mis propios oídos.

—Vale, te toca preguntarme algo personal.

—¿Puedo hacerlo más tarde?

Me relajé.

—Claro. —Pero después de mis comentarios no quería hablar más de cosas personales—. Es raro. No siento que esté borracha

—dije de forma casual. Nunca he dicho que se me diera bien cambiar de tema.

—Eso es lo que suele decir la gente que está borracha.

Levanté mi copa llena y la examiné con atención.

—Lo sé, pero de verdad creo que no lo estoy. Este es el... —Fruncí el ceño, intentando calcular el número—. ¿Tercero? Dos suelen ser mi límite cuando salgo, pero no me siento mal. Y he derramado más de la mitad del segundo cuando has aparecido, así que... —Lo miré cuando sentí sus ojos fijos en mí—. Vale, no se lo digas a nadie, pero no suelo beber. No había probado un martini en mi vida, así que lo he probado esta noche. Ha sido la primera copa. —Sacudí la cabeza de forma enérgica y dejé mi copa—. No me ha gustado. Bebí un par de sorbos. Supongo que esa no cuenta y la segunda se me derramó, por lo que esta es mi primera copa oficial —dije, levantando mi margarita.

Sus ojos se tornaron amables y sonrió.

—Me parece que estás un poco achispada, Charlie.

—Te prometo que no lo estoy —dije con vehemencia. No estaba muy segura de si el calor que sentía en todo mi cuerpo se debía a que William estaba en el mismo lugar que yo o al margarita y medio que me había bebido, pero sabía que estaba bien sobria—. Seguro que lo has olvidado, pero tengo el superpoder que me hace divagar sin parar si hay demasiado silencio. Compenso las cosas. Y por divertido que sea, estoy segura de que debería irme pronto —proseguí bajo su atenta mirada—. Debería recoger a Pepp de casa de mis vecinos. Lo están cuidado hasta que yo vuelva.

—Deja que me termine la copa y compartiremos un taxi. ¿Te parece bien?

Por lo general no me lo parecería, pero como vivíamos en la misma calle, habría parecido raro por mi parte que fuéramos cada uno por nuestro lado. Actuar como si él no me afectara tanto haría que no pareciera tan rara, así que decidí hacerlo.

—Pues claro que me parece bien. Vivimos en la misma calle.

Se produjo otro prolongado silencio y observé mientras William giraba su copa a uno y otro lado en vez de bebérsela para que pudiéramos marcharnos. Acababa de divorciarse, de modo que a lo mejor no quería volver a una casa vacía. A lo mejor quería salir hasta tarde. Conocer gente nueva. A fin de cuentas, era nuevo en la ciudad.

—Si quieres quedarte, puedo llamar a un taxi o a un Uber. De verdad que no estoy pedo.

Él me miró de reojo.

—No, yo también tengo que volver. Ha sido un día muy largo.

Después de asentir otra vez, bebí un último trago de mi margarita a medio terminar y lo aparté. Ninguno dijo nada durante un minuto entero. No estaba borracha, eso era un hecho, pero eso no impidió que apoyara las palmas en la barra y cerrara los ojos. La música, la charla y todo el ruido que nos rodeaba se mezclaba de manera perfecta.

Respiré hondo con tranquilidad y olí la embriagadora colonia de William. La recordaba del día anterior cuando estuve en su despacho. Era sutil, fresca y un tanto amaderada, nada que pudiera causar jaqueca. La colonia me transportó a otro lugar. Estaba allí sentada, con William a mi lado, y me imaginé con un novio. Alguien que tenía defectos, pero en quien podía confiar y con quien podía compartir mi vida.

—¿Qué haces? —preguntó William con tono divertido.

—Yo… intento fantasear un poco —respondí con sinceridad.

—No me tengas en ascuas.

—¿Estás usando tu pregunta personal?

—Eso parece.

—Muy bien. —Entreabrí un ojo y lo miré un solo segundo. Descubrí que me estaba mirando. Volví a cerrarlo—. Me estoy imaginando a mi novio ideal. Cómo sería.

—Entonces, oigámoslo.

Dejé escapar un murmullo.

—Es posible que no ocurra si lo digo en voz alta.

—¿Funciona como un deseo de cumpleaños?

Todavía podía oír la diversión en su voz, así que abrí los ojos y lo miré. Sabía que tenía que responder a su pregunta, pero en su lugar me sorprendí soltando cosas que él no tenía por qué saber.

—Creo que antes debería reconocer que ha pasado tiempo desde la última vez que *salí-salí* con alguien. Así que he podido pensar largo y tendido en lo que quiero. —Volví a tomar mi margarita y empecé a juguetear con el tallo, ya que necesitaba entretenerme con algo.

—¿«Salí-salí»? ¿Cómo va eso exactamente?

Pensé en ello y me di cuenta de que sí estaba un poco achispada. Sobre todo si estaba aquí sentada y hablándole a William de mi falta de vida amorosa solo para evitar mirarlo.

—Me parece que debo avisarte de que es posible que sí esté un poco achispada.

—¿Significa eso que voy a obtener una buena respuesta?

Pensé en ello.

—Es posible. —Lo miré mientras él le hacía una señal al camarero. En cuanto se acercó, William le pidió un vaso de agua para mí—. Gracias —dije. William buscó mis ojos con los suyos y no pude apartar la vista.

—De nada. Ahora no me dejes en suspenso. Háblame del chico de tus sueños. ¿Tienes una descripción? ¿Cómo es? —Hice cuanto pude para romper el contacto visual, pero no encontré las fuerzas para hacerlo. Él fue el primero en apartar la mirada cuando el camarero vino con mi agua. William se volvió hacia mí con su copa en la mano y se acomodó en su nueva posición. Con un codo en la parte de atrás de su asiento y otro en la barra—. O quizá deberías explicarme primero qué es eso de *salir-salir* para que me haga una idea.

Me bebí la mitad del agua.

—Solo me refería a que he salido con algunas personas, tres para ser exactos. Tres relaciones en total, quiero decir. He salido, pero no he tenido una relación en el último año. Salir con la misma persona más de una vez, ese tipo de cosas.

—Entonces, ¿cuánto tiempo ha pasado? Desembucha de una vez.

Me reí.

—¿Que desembuche? —De cara a él, bebí algunos sorbos más de agua mientras lo veía sonreírme. ¿Tenía William el pelo tan bonito por entonces?—. Desembucha tú primero. ¿Cuánto hace que no tienes una cita?

—Hum. —Esta vez se tomó su tiempo para pensar—. Diría que seis años. Antes de que me casara.

—Bueno, al menos estabas casado. Tenías un ser humano de carne y hueso a tu lado. Ya me llevas ventaja solo con eso. Yo tuve una relación a distancia durante cinco años, así que, aunque se consideraba que tenía una relación, en realidad no la tenía porque apenas hablábamos. Y hace un año que rompí con Craig, pero incluso antes de la ruptura, llevaba dos años sin verlo cara a cara.

—Vale, tú ganas. Conque una relación a distancia, ¿eh?

—Sí, porque me gustan tanto las citas que he decidido que es buena idea probar todas las versiones que pueda mientras tenga la oportunidad. —Sacudí la cabeza y luego apoyé el codo en la barra y la cabeza en la mano—. La peor idea que jamás he tenido. A los diez meses juntos, pasó a ser una relación a distancia cuando se trasladó a Londres por una oportunidad de trabajo y puede que nos viéramos tres o cuatro veces en todos los años siguientes.

—¿Por qué rompisteis? ¿Por la distancia?

Me encogí de hombros.

—Por la distancia y porque me engañó. Seguro que más de una vez.

—Entiendo.

Me enderecé en cuanto William se terminó su whisky y llamé al camarero para pedirle la cuenta. Era hora de irme a casa antes de hacer el ridículo hablando más de lo que ya lo había hecho.

Miré a William con aire contrito.

—De verdad que debería ir a recoger a Pepp. Si has terminado, voy a pedir un Uber. ¿Te parece bien? Si no, puedo irme sola.

Él negó con la cabeza.

—Ya he terminado. Podemos irnos.

Cada uno pagó sus copas, pedí el Uber y luego atravesé el restaurante mientras William me seguía en silencio.

8

William

Una vez fuera, esperé el Uber junto a Charlie en la acera. O bien el cambio de lugar había disipado la sutil tensión que existía entre nosotros o bien eran las copas que se había bebido, pero sentía que estábamos en mejores términos.

Un grupo de cinco personas salió del restaurante riendo a carcajadas y por sus voces y sus pintas parecían borrachos. Después de echar un vistazo rápido por encima del hombro, Charlie se acercó un poco a mí cuando esos chicos se detuvieron al llegar a nuestro lado.

—Apartémonos un poco —sugerí, incómodo con su proximidad mientras sus voces comenzaban a atraer la atención de la gente que pasaba.

Ella asintió y le puse de forma instintiva la mano en la parte baja de la espalda, sorprendiéndola a ella y a mí. Fruncí el ceño y aparté la mano. A Charlie no le costaba tanto mirarme a los ojos, pero suponía que aún no éramos amigos. No era prudente tocarnos por casualidad. Ella se metió las manos en los bolsillos del abrigo y mantuvo la mirada gacha mientras yo retrocedía para dejar una distancia prudencial entre los dos.

—Nuestro coche llegará en unos minutos.

Dado que nuestra conversación en el bar me había intrigado tanto, no pude evitar preguntarle.

—Ibas a hablarme del chico de tus sueños.

Ella me miró de reojo y luego miró a los escandalosos imbéciles que estaban armando jaleo. Observé mientras tomaba una decisión y luego exhalaba una bocanada de aire.

—Voy a ser sincera contigo, así que más vale que lo valores. Y que no te rías.

Mientras trataba por todos los medios de no sonreír, me aclaré la garganta y asentí.

—Ni se me ocurriría.

Charlie suspiró y me miró, sacudiendo la cabeza.

—Te vas a reír, pero en fin… Es evidente que quiero muchas cosas, igual que todas las mujeres. Pero ante todo quiero que me mire embelesado —reconoció con voz queda mientras contemplaba su perfil. Alzó la cabeza para mirar al cielo—. Quiero eso de «tú eres mío y yo soy tuya». Quiero el queso.

Todavía estaba mirando su perfil, cuando me dirigió una rápida mirada (supuse que para comprobar si me estaba riendo de ella) y luego se volvió para estar pendiente de la calle por si aparecía el Uber.

—¿Quieres que te dé queso? —pregunté para hacer que se relajara.

—Yo… ¿Qué? No. —Me miró con sorpresa y se echó a reír. Tenía una risa preciosa. Suave. No demasiado estruendosa, pero tampoco tan silenciosa que resultara rara. Era la cantidad justa de sonido para llamar tu atención y retenerla. Y siempre había pensado que tenía una sonrisa preciosa. Todavía sonreía cuando me miró a los ojos. Le devolví la sonrisa, con los ojos en sus labios—. No, me refería a que quiero lo bueno, quiero todas esas cursilerías. Me siento feliz cuando las oigo en las películas o las leo en los libros. Cuando las dicen de corazón, esas cursilerías me hacen feliz. Un cliché es un cliché por una razón. Funcionan con los que son románticos de corazón e incluso con algunos que no lo son.

—Ahora tienes que ponerme un ejemplo. ¿De cuánta cursilería estamos hablando?

Ella consideró mi pregunta con cuidado mientras fruncía el ceño y se miraba los pies.

—Ah —exclamó con una chispa de satisfacción en los ojos—. Una de mis frases favoritas. «Cuando te das cuenta de que quieres pasar el resto de tu vida con alguien, deseas que el resto de tu vida empiece lo antes posible».

—¿De qué película es? Me suena.

—Es de *Cuando Harry encontró a Sally*. Un clásico. Si el chico de mis sueños me dijera eso, mi romántico corazoncito se pondría loco de contento.

—Ah, vale. Entiendo.

Me miró con incertidumbre, como si estuviera convencida de que no lo había entendido. Giró su cuerpo hacia mí y me miró a los ojos, casi como si me estuviera retando.

—Te pondré otro. «Bésame, bésame como si fuera la última vez».

¿Se daba cuenta de que su voz había bajado y se había vuelto más suave?

—Esa la conozco. *Casablanca* —adiviné con voz grave. Era una de las películas favoritas de Lindsey—. Buena película.

—Una gran película —convino Charlie, y después de asentir una vez, rompió el contacto visual—. Por supuesto, también quiero pasión. Quiero que me diga: «Aquí estás, te he encontrado. Llevo tiempo buscándote y esperándote y me hace muy feliz que ya estés aquí».

Justo al final de sus entusiastas palabras, uno de los chicos del grupo chocó con ella y se vio forzada a acercarse más a mí. El chico se disculpó, pero yo ya estaba cabreado con ellos, así que agarré a Charlie del brazo y la atraje contra mí. Ella me brindó una sonrisa.

—¿Estás perdida, Charlie? —pregunté con seriedad después de un momento de silencio en nuestro pequeño rincón de la noche en el que estábamos tal vez demasiado cerca el uno del otro.

Ella me miró a los ojos, perdió un poco la sonrisa y después de unos segundos parpadeó y miró hacia otro lado. Cambié el peso de un pie al otro y decidí cerrar la bocaza.

—¿Que si estoy perdida? —empezó justo cuando estaba dispuesto a dejar la conversación y a cambiar por completo de tema—. Otra vez lo de la sinceridad. Vale, voy a ser sincera. ¿Estás listo?

—Dale.

—No estoy segura. Creo que…, ya no estoy segura. Creo que a lo mejor estoy perdida. Sé que un nuevo chico no va a completarme de repente. Me gusta estar sola, me hago feliz. Solo quiero decir que me gustaría tener a alguien en quien apoyarme de vez en cuando. Alguien con quien pueda volver a casa y hablar, compartir algunas risas y un poco de conversación. Compartir la vida. Construir una vida juntos. Creo que estoy un poco harta de hacer las cosas sola, aunque sea tomar una pequeña decisión como por ejemplo decidir qué quiero cenar. A veces siento que estoy tan sola que podría empezar a perder la cabeza. Y no quiero encontrar a alguien solo porque me siento sola. Es que siento que estoy preparada para tener ese algo especial en mi vida que algunas personas tienen la suerte de tener. Quiero eso para mí. ¿Tiene algún sentido?

Sentí que se me encogía el pecho y recordé por qué Charlie había sido tan peligrosa para mí en el pasado.

—Has dicho pasión —le insté en lugar de decirle que entendía muy bien lo que quería decir y que no había nada malo en lo que quería de la vida.

Al darse cuenta de mi esfuerzo por aligerar el ambiente, continuó como si no me hubiera dado una de las respuestas más sinceras que había oído en mucho tiempo.

—Ah, sí. Hay que tener pasión. No es necesario que sea arrolladora, aunque siempre es bueno que exista, pero al menos hay que tener esa electricidad que te recorre cuando tocas al otro, esa… —se miró los zapatos y luego apartó la mirada— expresión que dice «estoy deseando estar contigo a solas» cuando estás en una habitación llena de gente. No voy a extenderme en detalles, pero no quiero tener una relación aburrida en la que nos conformemos con no tocarnos durante mucho tiempo. No es que haya nada de malo en eso. Tenía una amiga que solo mantenía relaciones sexuales con su marido una vez al mes. Y solo ocurría porque el marido le recordaba que había pasado un mes desde la última vez que lo hicieron. Si quisiera eso, buscaría un compañero de cuarto. Yo quiero amar a alguien como si mi corazón no fuera a romperse nunca.

Antes de que pudiera organizar mis pensamientos y abrir la boca para decir algo, para hacer un pequeño comentario, decirle que sabía lo que era eso…, ella se apartó de mi lado.

—Oh, mira. Creo que es nuestro coche. —Y a continuación se alejó de mí.

Íbamos en el coche y casi habíamos llegado a nuestra calle, cuando se acercó de nuevo. Yo me arrimé también porque pensé que iba a decir algo importante.

—Sigo sin estar loca por ti —susurró, con la vista fija en el conductor.

Mantuve los ojos en ella, divertido. Charlie se apartó de mí.

—Creo que eso lo dejaste bastante claro la última vez que hablamos de esto —le recordé.

Ella asintió.

—Vale, solo quería mencionarlo de nuevo.

Me reí con suavidad.

—Está bien. Hemos establecido que no estás loca por mí.

9

Charlie

Después de pasar un fin de semana estupendo y algo tranquilo con Pepperoni, en el que estrechamos lazos lo suficiente como para que se sintiera cómodo para acurrucarse y dormirse en mis brazos, el lunes en el trabajo fue un no parar. Kylie Combs, la mujer que se había lesionado al usar el coche de Michael Ashton, había hablado por fin de toda la situación en un video-blog, y por si eso no fuera ya lo bastante perjudicial, también había escrito un artículo para una de las mayores páginas web de tecnología en el que atacaba a la empresa de Michael. Después de recibir un mensaje corto y directo de William, me levanté deprisa de la cama, me ocupé de Pepperoni en un tiempo récord y, en pocas palabras, fui corriendo al trabajo. William ya estaba allí a las 7.30 y me alegró ver que no era la última en llegar.

La reunión duró más de lo que ninguno esperaba, pero sabíamos desde el principio que todo el asunto nos mantendría ocupados. Intentar averiguar qué había fallado era una de las cosas que más me gustaban de nuestro trabajo.

Mientras tomaba notas, observé con discreción a William por el rabillo del ojo. Mis ojos se las arreglaban para clavarse en él de forma natural. ¿Me sentía culpable por ello? La verdad era que no. En absoluto. Pero él me sorprendió mirándolo más de una vez y, lo mismo que un ciervo sorprendido por los faros de un coche, intenté hacerme la inocente. Dos veces puso su mano sobre la mía para impedir que hiciera clic sin parar con el bolígrafo. No me dijo nada. Parecía algo muy íntimo.

Cuando terminamos la reunión y todos se fueron para ponerse con sus tareas, nos quedamos solos William y yo. De repente, la habitación parecía demasiado pequeña para dos personas.

—Entonces, ¿estamos juntos? —pregunté y reculé de inmediato—. En esto, quiero decir. Estamos juntos en este asunto en concreto.

Su boca se curvó en una sonrisa; la primera de este tipo desde que nos hacinamos en esta habitación. Le devolví la sonrisa con cierta vacilación.

—Te pones nerviosa cuando estamos solos, ¿verdad?

«Puf. ¿Por qué iba a hacer tal cosa?».

Me obligué a sonreír más y negué con la cabeza como si estuviera diciendo una tontería.

—La verdad es que no. ¿Por qué iba a hacerlo?

Él se rio entre dientes.

—Estoy de acuerdo. ¿Por qué ibas a hacerlo? Sobre todo porque ya me has dicho que ya no te gusto.

Hice todo lo posible por no emitir ningún sonido extraño y por suerte lo conseguí. Mantuve la sonrisa intacta en mis labios.

—Exacto. Para serte sincera, ya no eres apto para un flechazo. Me parece que te has hecho mayor. Puede que sea eso. —Quise retirar las palabras en cuanto me oí decirlas porque más bien parecía que estaba coqueteando con él y no creía que fuera mi mejor idea hasta la fecha.

Él enarcó una ceja.

—¿Me estás diciendo que no soy apto para un flechazo? —Llevábamos mirándonos a los ojos al menos unos segundos, que parecieron minutos, cuando William suspiró y sacudió despacio la cabeza—. Lo siento, Charlie. Ha sido inapropiado para el trabajo.

Proferí otro sonido evasivo e hice otro gesto desdeñoso, pero cambié de opinión sobre lo de no hacer comentarios. «Sé sincera y lánzate. Recuerda la lista».

—¿Y si nos comportamos de manera profesional cuando estemos con el equipo y que cuando estemos solos seamos amigos como la otra noche? De lo contrario, estoy segura de que haré que todo resulte incómodo cada vez que interactuemos entre nosotros y de verdad no quiero eso. Además, también somos vecinos, así que no nos vemos solo en el trabajo. Creo que sería un buen arreglo, pero ¿a ti qué te parece? ¿Te gustaría ser mi amigo?

—De acuerdo. —Asintió—. Sí, hagámoslo. Entonces, ¿amigos?

Tenía unos ojos preciosos que me miraban de una forma que me resultaba difícil expresar con palabras. Su sonrisa era aún más bonita. Y era mi amigo. Después de pensar en él de vez en cuando durante años y de querer estar con él o con alguien muy parecido a él, nos habíamos hecho amigos de manera oficial.

«¡Yupi! Supongo».

No sabía si llorar o sentirme aliviada. Sentí la necesidad de ofrecer mi mano para sellar el acuerdo sobre nuestro destino de ser solo amigos, pero me contuve.

—Creo que seremos buenos amigos. Puedo ver nuestro potencial —dije, casi creyendo en mis propias palabras—. Al menos hasta que me mude.

Otra sonrisa danzó en sus labios y aparté la mirada.

Me llegó un nuevo mensaje al teléfono.

Valerie: Novedades, por favor. ¡Novedades! Estás acaparando información.

Charlie: Nos hemos hecho amigos oficialmente hace un minuto. Puedes tranquilizarte.

—¿Algo importante? —preguntó William, y dejé el teléfono.

—No.

—De todos modos, tenemos que preparar su declaración —continuó—. Nunca ha recibido formación mediática, así que tendrás que guiarlo, ya que se siente más cómodo contigo.

Necesito que parezca seguro de sí mismo y alguien que sabe lo que hace delante de la cámara, pero que también parezca arrepentido. No podemos dejar que se desmorone por el estrés.

—Puedo hacerlo. —Tomé mi bloc de notas y abrí el portátil—. ¿Por dónde empezamos?

William se levantó.

—Salgamos de aquí.

—¿No vamos a trabajar aquí? —pregunté.

Él sacudió la cabeza.

—Pero antes vamos a tomarnos diez minutos. Necesito despejarme y hacer una llamada a otro contacto.

Tenía razón; un descanso de diez minutos me parecía una idea estupenda, ya que llevaba dos horas sentada, y por muy acolchada que estuviera la silla, empezaba a dolerme el trasero. Después de dejar a William para que hiciera su llamada, llevé el portátil a mi despacho y me tomé esos diez minutos para ir a buscar a Gayle y preguntarle por Ralph, el que no se había presentado.

Resultó que había tenido una urgencia familiar y al parecer estaba muy disgustado por haberme dejado plantada.

—Quiere compensarte —me dijo—. También quería tu número para llamarte y disculparse en persona, pero no quise dárselo sin tu permiso. Creo que deberías salir con él, Charlie. Será bueno para ti. Es culpa mía no haber atendido su llamada y avisarte de que no iba a venir. Queda otra vez con él.

Sentada en el borde de su escritorio, hice una mueca, porque aún no podía contarle mis planes de mudarme.

—No eres nada insistente. No sé si habrá otra cita. Déjame pensarlo un rato y te lo diré.

Cuando acabaron mis diez minutos y Gayle se fue a almorzar con su marido (de lo cual no estaba celosa en absoluto) iba de vuelta a mi despacho, cuando vi a mi padre hablando con Wilma, su ayudante, justo delante de la puerta de Kimberly. Agaché la cabeza y deseé que no se diera cuenta de que me cruzaba con ellos, pero no tuve tanta suerte.

—Charlie, aguarda un momento.

Lo miré a los ojos y asentí. Por su tono plano y su mirada de desaprobación me di cuenta de que no estaba contento conmigo por algo, y no era por el trabajo. Tenía un tono de voz completamente diferente cuando quería hablar conmigo de cosas referentes al trabajo. De pie a un lado y esperando a que terminaran su conversación, miré hacia el despacho de William, pero no estaba. Wilma pasó junto a mí cuando terminó la charla y me brindó una pequeña sonrisa. Me preparé para lo que fuera a decir y me volví hacia mi padre.

—¿Cómo te va con William?

«Vaya». Tal vez había malinterpretado el tono. Me relajé.

—Va bien. Me gusta su estilo. Y has elegido un buen equipo para trabajar con él. Todo va sobre ruedas. Creo que será bueno para la empresa.

Él asintió con la cabeza.

—Por supuesto que lo será. ¿Los demás también están de acuerdo en trabajar con él?

Me encogí de hombros.

—Hasta ahora parece que sí. Les gusta el caso y Michael Ashton. Es un poco complicado y hay mucho que arreglar. Alguien de su equipo habló con los medios de comunicación, así que estamos intentando adelantarnos a eso, y hoy la señora Combs llamó a Michael y básicamente le pidió un soborno, amenazándolo con...

—Bien. Bien. William me dará un informe sobre eso. Necesito que llames al gerente de ese cantante con el que trabajamos hace unos meses.

Eché un vistazo rápido por encima del hombro al despacho de William y luego me volví de nuevo hacia mi padre.

—Estaba a punto de ir a una reunión con William. Tenemos que trabajar en la declaración para mañana y voy a preparar a Michael para...

—Charlie, llama al representante. Creo que William puede ocuparse muy bien sin ti.

Me limité a asentir, absteniéndome de darle una respuesta cortante. No tenía tiempo para discutir con él.

—¿Quieres algo más de mí?

Uno de los becarios, cuyo nombre desconocía, pasó justo cuando mi padre me preguntó:

—¿Cómo va tu dieta?

Sentí que me miraban, pero en lugar de mirar al desconocido que lo había oído y sin duda se lo contaría a toda la oficina, me contuve de nuevo. Esta vez no fue tan fácil, pero lo conseguí. No pude evitar que mi voz sonara más baja que antes, cuando respondí a mi padre.

—Va muy bien —repuse, aunque no estaba a dieta. Llevaba haciéndome esa misma pregunta desde que era adolescente. Por alguna razón mi peso siempre había sido un gran problema para él, y aunque yo sabía que era la forma natural de mi cuerpo, sus palabras siempre me afectaban. Cuando tenía menos años aún más, pero seguía lidiando con los persistentes efectos de sus preguntas.

—¿Estás segura? —preguntó mi padre, ajeno por completo a mi lucha interna con sus palabras—. Charlie, sé que eres susceptible con estas cosas, pero creo que debes tener un poco más de cuidado con lo que comes si quieres perder peso. —Retrocedió un poco y me miró con atención mientras yo intentaba no retorcerme bajo su escrutinio. Con la mano derecha me agarré el codo del brazo izquierdo. Mis dedos se clavaban un poco en la carne por encima de la camisa y mis hombros se hundieron hacia delante. Tras sacudir la cabeza con aire decepcionado, se inclinó hacia delante y me dio un beso en la mejilla mientras todo mi cuerpo se tensaba—. La falda ya te está quedando demasiado ceñida. Solo pienso en tu salud, nada más. No te enfades conmigo —susurró.

Erguí un poco la cabeza, con los ojos llorosos, y opté por no decir nada, ya que era una conversación que teníamos de forma habitual y él ni me oía ni me entendía, dijera lo que dijese. Sacudió de nuevo la cabeza, suspiró y siguió su camino. Me quedé allí plantada unos segundos más y luego fui directamente al baño para recobrar la compostura. No pensaba ponerme a llorar en la empresa.

De forma breve, hice contacto visual con Kimberly, que estaba en la puerta de su despacho, y luego aparté rápidamente la mirada. ¿Tenía que adelgazar? No estaría horrorosa si adelgazara cinco kilos. ¿No me gustaba cómo era? Me gustaba mucho. Me gustaba mi culo, me gustaban mis curvas, mi cintura, mis tetas. También me gustaba la comida. Pero como era mi padre quien comentaba y criticaba mi aspecto, cuando se suponía que era la única persona que me quería tal y como era, me dolía más. Podría deberse a que no había crecido con una madre que me enseñara a amar mi cuerpo y a mí misma a una edad temprana, sino que mi padre me había hecho sentir vergüenza de mí misma durante toda mi vida.

Aunque era lo bastante lista como para saber que no debía dejar que lo que pensaran los demás me afectara, me seguía importando lo que él pensaba.

Después de tomarme un minuto en el baño para dejar atrás sus comentarios, volví a mi despacho y vi una nota en mi mesa.

¿Te gustaría tener un almuerzo rápido y amistoso conmigo en el parque mientras trabajamos en la declaración? Te pediré algo con queso.

Me eché a reír al leer la última frase y levanté la vista de la nota para ver si lo divisaba, pero no estaba en su despacho. Por extraño que pareciera, estaba contenta por almorzar con William (de forma amistosa o no), y sonreí mientras recogía mis cosas para marcharme, ya olvidados los comentarios de mi padre. Tomé la nota y la guardé en uno de mis cajones para que estuviera a buen recaudo y luego me enderecé. Me encontré a William esperándome junto a la puerta de mi despacho.

Mi sonrisa se ensanchó aún más y sentí que mi cuerpo cobraba vida.

—Hola.

—¿Qué dices, Charlie? —preguntó.

—Si ahora somos amigos, una cosa que sin duda deberías saber sobre mí es que puedes conseguir que diga que sí a muchas cosas con comida. —Hice una pausa—. Espera, cuando digo un montón de cosas, no pretendía que pareciera que me refería a…

William se rio entre dientes y me interrumpió.

—No te preocupes, Charlie. No usaré esa confesión en tu contra.

Bien podría ser el mejor almuerzo de trabajo que había tenido en mucho mucho tiempo, si no el mejor. Fue a la vez divertido y profesional, por raro que pudiera parecer. Creo que fue uno de los primeros momentos en los que me di cuenta de lo mucho que me gustaba trabajar con William y de que no me importaría ser su amiga.

Cuando el reloj marcó las 21:30, el equipo entero estaba muerto de cansancio, pero ya habíamos hecho todo lo que podíamos durante el día y era hora de abandonar por fin la oficina. Todos los demás miembros de la empresa ya se habían marchado y nuestro equipo fue el último en terminar. Teniendo en cuenta que pensábamos que tendríamos que quedarnos al menos hasta las 10:30, nos consideramos afortunados.

Recogí mis cosas, cerré el portátil y apagué la lámpara de la mesa. Estaba a punto de cerrar la puerta del despacho, cuando vi a William dirigirse hacia mí. Llevaba el pelo revuelto y yo sabía que lo llevaba así porque se pasaba la mano por él cada vez que se sentía frustrado. Empezaba a conocerlo de nuevo. Aparte del pelo, tenía un aspecto perfecto, lo cual era injusto.

Sin embargo, todavía no estaba enamorada de él. Gracias a Dios. Me gustaba, pero en realidad no babeaba por él. Tal vez estaba un poquito enamorada, pero eso era algo normal. Más o menos.

William llevaba la chaqueta en la mano. La camisa blanca se ceñía a sus anchos hombros de una forma que me distraía demasiado y sus pantalones… no había mucho que pudiera decir sobre ellos que no fuera indecente. Me avergonzaba admitir, o tal vez no, que había visto un bulto esa misma noche mientras trabajábamos con todos en la sala de conferencias y que desde entonces me había costado mucho evitar que mis ojos intentaran volver a verlo. Hay cosas que no se pueden ocultar. No era culpa mía.

—Hola, Charlie. ¿Lista para irnos?

Señalé hacia los ascensores.

—Acabo de terminar. Me dirijo a casa. ¿Y tú?

Él frunció el ceño.

—¿No vienes?

—¿Ir? ¿A dónde?

—Stan y Rick me han invitado a ese bar que al parecer frecuentan. Solo para tomar una cerveza. Me han dicho que un grupo vais allí varias veces a la semana.

Me sentía un poco incómoda porque nadie me había invitado, pero no era para tanto. A veces Rick o Gayle me obligaban a ir con ellos, pero la mayoría de las veces me excluían. Tal vez porque era la hija del jefe o simplemente porque era aburrida. Sin embargo, la mayoría de las veces tenía que trabajar hasta tarde, nada más. Empecé a caminar hacia los ascensores y él se puso a mi lado.

—Ah, sí. Es verdad. Gayle también se une a ellos. Te divertirás.

—¿Y tú?

Me resultaba raro confesarle que no me invitaban cada vez que se reunían y no quería que pensara que yo era demasiado aburrida para participar, así que preferí no mencionarlo.

—De vez en cuando yo también voy, pero casi siempre estoy demasiado cansada para disfrutar de la multitud y del ruido. Suelo ser la última en salir de la oficina, así que eso tampoco ayuda.

Las puertas del ascensor se abrieron. Ya había tres chicos dentro, discutiendo de forma acalorada sobre fútbol. Me coloqué en el rincón izquierdo y William ocupó el lugar a mi izquierda. Para mi alivio, había algo de espacio entre nosotros.

«Ojos arriba, Charlie. Ojos arriba».

Estaba examinando el techo, solo para asegurarme de que mis ojos no me traicionaban, ignorando la charla a nuestro alrededor, cuando William habló:

—¿Y bien? —preguntó, arrimándose un poco a mí y tocándome el hombro con el brazo. Conseguí no moverme ni arrimarme a él. ¡Lo conseguí!—. ¿Vienes esta noche o no?

Lo miré.

—¿Al bar? Es bastante tarde. Probablemente debería volver a casa con Pepperoni.

—¿Está solo?

—No, llamé a mis vecinos antes, cuando creía que terminaríamos sobre las 10:30 o a las 11. Lo llevaron a su casa para que pudiera pasar un rato con su labrador, Daisy.

—Parece que tienes unos buenos vecinos.

Le dediqué una pequeña sonrisa, pensando en los encantadores Antonio y Josh.

—Son increíbles. Josh es escritor. Escribe novelas policíacas. Se ofrecieron a ayudarme con Pepp siempre que lo necesitara, sobre todo cuando estoy en el trabajo, ya que parece que no le gusta que me vaya, pero no quiero pasarme de la raya. Sé que Josh necesita tranquilidad cuando está trabajando, pero Pepp y Daisy se llevan muy bien. Tenemos llaves del apartamento del otro en caso de emergencia. Josh también se lleva a Pepperoni cuando saca a Daisy a pasear. —Mi sonrisa se ensanchó al imaginar la reacción de Pepperoni al verme llegar a casa—. Deberías ver lo contento que se pone cuando me ve al final del día. Actúa como si fuéramos viejos amantes.

William se rio.

—Entonces, se ocuparán de él durante una hora más. —Se detuvo cerca de las puertas, así que yo también me detuve—.

Vamos. Tomemos una cerveza y luego nos iremos juntos. —No podía negarme, ya que era la segunda vez que me invitaban. Por no mencionar que odiaba viajar en el metro sola.

Observé con fascinación mientras empezaba a ponerse la chaqueta y vi que la impecable camisa blanca se tensaba sobre su cintura.

«Aparta la vista, Charlie».

—En serio, no voy demasiado bien para salir en público, debería irme a casa. —Sin darme cuenta, me revisé la coleta y me sujeté unos mechones de pelo detrás de la oreja.

William ladeó la cabeza y me miró con aire confuso.

—Prueba con una excusa mejor. ¿Quizás una en la que haya algo de verdad esta vez?

Mientras él esperaba mi respuesta, tardé un momento en darme cuenta de que tenía que atenerme a mi lista e ir con él. Por dramático que sonara, esta era la única vida que tendría y tenía que dejar de pensar que habría un momento mejor para decir que sí a las cosas. Asentí al tiempo que sujetaba mi bolso.

—De acuerdo. Tomemos una cerveza.

William enarcó las cejas y vi que sus labios se curvaban hacia arriba.

—¿Sí?

—Claro. Esto de la amistad se nos da bastante bien, ¿verdad? Así que ¿qué es una cerveza entre amigos? ¿Por qué no?

Era imposible que hiciera el ridículo si me tomaba una sola cerveza con él.

«Por la boca muere el pez».

10

Charlie

El paseo hasta el bar no nos había llevado mucho tiempo y Parker & Quinn ya estaba abarrotado, tal y como yo había supuesto. Los demás (eran unos siete, incluida Gayle) se habían adueñado de dos mesas altas. Saludamos rápidamente a Rick, a Gayle y a todos los demás, y por suerte intentaron no hacerse los sorprendidos al verme allí. William se sentó junto a una chica de contabilidad y yo ocupé el único asiento que quedaba justo enfrente de él. Estaba un poco apartada de los demás por estar en el extremo, pero eso no era nuevo para mí, y en realidad me sentía más cómoda así. Me quité la chaqueta, la colgué del respaldo de la silla y me puse el bolso en el regazo, abrazándolo ligeramente contra el estómago como si fuera un manto protector.

Levanté la vista y Gayle me guiñó un ojo. Le devolví la sonrisa, relajando los hombros. Me encontraba bien. Me tomaría una cerveza o dos y luego volvería a casa con Pepp. Como premio, pasaría tiempo con William y no parecería una ermitaña. Así vivía mi vida y cumplía los pasos de mi lista. Pasando tiempo con los demás. Relacionándome.

Tenía un brazo alrededor del bolso, un codo sobre la mesa y la barbilla apoyada en la palma de la mano mientras observaba el entorno y nuestro grupo reía y charlaba, cuando William me habló:

—¿Estás cómoda?

¿Parecía incómoda?

—Sí, claro. ¿Y tú?

Sus labios se curvaron y me sonrió como si yo hubiera dicho algo gracioso. Le devolví la sonrisa con cierta vacilación. Se inclinó sobre la mesa y los latidos de mi corazón aceleraron un poco su ritmo. Cosas que hacen los corazones. Muy normal.

—Estoy cómodo, Charlie. —Sus ojos descendieron hasta mi regazo y luego volvieron a los ojos—. Estás abrazando tu bolso.

Miré mi regazo y luego volví a mirarlo.

—Sí, eso parece. Me gusta. Es reconfortante.

Su sonrisa se suavizó y se echó hacia atrás, poniendo así distancia entre nosotros de nuevo.

—Vale.

—No estoy actuando de forma rara, si eso es lo que estás pensando. Es una cuestión de comodidad.

—No es lo que estaba pensando en absoluto.

No tenía respuesta para eso.

—Ah. Pues vale.

—Y para que lo sepas, resulta que me gusta lo raro.

Aparté la vista de su mirada inquisitiva cuando sentí que unos brazos me rodeaban los hombros.

—Charlie, sabes que no te he invitado porque pensaba que no vendrías, ¿verdad? —me susurró Gayle al oído.

Me relajé en el asiento y apoyé las manos en los brazos de Gayle mientras ella posaba la barbilla en mi cabeza.

—Nunca vengo, así que ¿por qué ibas a seguir invitándome?

Era casi cierto. Seguía pidiéndome que saliéramos después del trabajo de vez en cuando, pero como siempre estaba muerta de cansancio al final de la jornada o algunos días tenía que ocuparme de asuntos familiares, por lo general lo único que deseaba era irme a casa y relajarme. Por supuesto, cuando estaba en casa y me relajaba, siempre me arrepentía de no haber salido.

—Al parecer, no era la persona adecuada para pedirlo —comentó.

Se produjo un breve silencio y me di cuenta de que William tenía la vista fija en nosotras. En cuanto nos miramos a los ojos, alguien del otro lado de la mesa le hizo una pregunta y él le prestó atención.

—Solo he venido a tomarme una cerveza —respondí a Gayle con voz queda—. No tiene nada que ver con eso. —Giré el cuello y levanté la vista hacia ella, pero antes de que pudiera decir nada más, una camarera se detuvo junto a la mesa y me puso un martini delante—. Aún no he pedido nada —barboté, pero Gayle me soltó y tomó la bebida.

—Es mío, cielo.

La chica se volvió hacia mí con una pequeña sonrisa.

—Soy Lola. ¿Qué os traigo?

—¿Nos pones un par de cervezas? —dijo William, captando de nuevo mi atención. Entonces se produjo un alboroto y dos personas más se unieron a nuestro grupo.

—¿Charlie?

Al volver la cabeza me encontré con la mirada de William.

—¿Sí?

Sonrió, con los ojos brillantes.

—¿Te he preguntado si te parece bien la de grifo?

Me aclaré la garganta y miré a Lola.

—Claro. La que tengáis de grifo me parece genial.

Después de esbozar una rutilante sonrisa, Lola nos dejó solos.

—Charlie, ¿puedes cambiarte? —preguntó Gayle.

La miré confundida.

—¿Que me cambie? ¿A dónde?

Ella bebió un sorbo de su martini y señaló a William con la barbilla. O más bien al pequeño lugar junto a William.

—Mi sitio está ocupado. Siéntate enfrente yo me sentaré aquí. Me duelen los pies.

Fruncí el ceño.

—¿Por qué no te sientas tú ahí? Yo ya estoy sentada aquí.

—Quiero hablar con William y no puedo hacerlo sentada a su lado. ¿Tienes algo que decirle?

—Yo... —Miré a un divertido William mientras se movía un poco a su derecha.

—¿Muerde o algo? —preguntó Gayle, haciéndome enrojecer. Eché un vistazo a nuestra mesa, pero me di cuenta de que nadie la había oído.

Se me cayó la cara de vergüenza.

—Gayle —me limité a decir.

Ella levantó la mano.

—Vale, lo siento.

Nerviosa, me levanté.

—¿Has tenido ya noticias de tu contacto? —le preguntó William a Gayle mientras yo plantaba el trasero a su lado y volvía a colocarme la bolsa en el regazo.

Gayle sacudió la cabeza, ocupó su asiento robado y dejó su martini en la mesa.

—Creo que mañana es el día.

Lola volvió con nuestras bebidas y las dejó en el borde de la mesa. De repente, antes de que me diera cuenta, William invadió mi espacio personal al inclinarse sobre mí para tomar las cervezas. Su pecho tocaba mi hombro, su brazo casi rozaba mis pechos y, Santo Dios, su cara, esa mejilla sin afeitar, estaba a escasos centímetros.

Y su colonia…

Su colonia.

Estaba demasiado cerca.

Era demasiado.

Gayle había desaparecido por completo de mi vista y lo único que podía ver, lo único que podía oler, era a William por todas partes. Si me inclinaba unos centímetros hacia delante, podía tocar su mejilla con los labios, y la idea me fascinaba. Sentí que me arrimaba un poco, que levantaba la barbilla para oler mejor su colonia, y pensé en lo estupendo que sería si pudiera apoyar la frente en su cuello y quedarme un segundo o dos así. Me pareció muy racional en ese momento.

En esencia, era como colgar una zanahoria grande y jugosa delante de un conejito. Demasiada cercanía, demasiado contacto, y me conocía lo suficiente como para saber que empezaría a comportarme como una idiota y que mi corazón optaría por sujetar la zanahoria y huir con ella.

Recordé dónde estaba y lo que estaba haciendo, así que miré al techo y exhalé un prolongado suspiro. Era evidente que estar tan cerca de él no era la mejor idea. Sobre todo cuando podía sentir su calor corporal abrasando el lado derecho de mi cuerpo.

Como premio, William apretó el muslo contra el mío y cerré los ojos.

Se acabó el juego.

Por suerte, puso fin a la tortura, y en cuanto tomó nuestras cervezas, algo que podría haber hecho yo sin problemas, se apartó y pude volver a respirar con normalidad.

—Aquí tienes —dijo en voz baja, imperturbable y ajeno por completo a la batalla que acababa de librar. Mientras intentaba encontrar las palabras adecuadas, mi mirada se cruzó con la de Gayle. No me gustó el brillo que había en ella.

—Gracias —murmuré.

Vi que se reía de algo que dijo Rick y se bebía casi la mitad de su cerveza de un trago. Mi oído no funcionaba a toda velocidad, así que no tenía ni idea de qué narices estaba pasando a mi alrededor.

Después de recuperar la compostura, bebí un buen trago de cerveza y disfruté de la fría bebida deslizándose por mi garganta, hasta que Gayle apoyó los brazos en la mesa, se inclinó hacia delante y abrió la boca.

—Bueno, William… ¿Por qué dejaste plantada a Charlie hace seis años?

Empecé a toser sin control y me golpeé el pecho con la palma de la mano.

—¡Gayle! —me atraganté. Ya sabía que tenía la cara roja como un tomate mientras resollaba para tomar aire. Sentí la mano de William en mi espalda mientras intentaba asegurarse de que estaba bien. Cuando me calmé, me dio una botella de agua salida de la nada, y me las arreglé para beber sin matarme en el proceso. Nuestras miradas se cruzaron y no pude distinguir si estaba enfadado o no—. ¿A qué viene eso? —pregunté, volviéndome hacia Gayle, con la voz aún ronca.

—¿Qué? —preguntó como si no acabara de soltar una bomba—. Solo intentaba…

—Por tu pregunta deduzco que Charlie te ha dicho que nos conocimos hace unos años —interrumpió William en voz baja.

—Se lo conté hace siglos. Ella lo sabía desde mucho antes —me apresuré a explicar.

Gayle miró a William y asintió. Contuve la respiración. Yo no había hecho esa pregunta al final de su primer día en la oficina porque en realidad no quería saber la respuesta. Por eso del instinto de conservación.

—Creo que eso es algo privado entre Charlie y yo —repuso William. Dejé escapar un suspiro…, demasiado pronto, ya que se volvió hacia mí—. ¿Quieres saber por qué? ¿Ahora, Charlie?

—No. No, de verdad que no. Ni aquí ni en ningún sitio —me apresuré a decir, sacudiendo la cabeza—. De todas formas no importa. Vamos, fue hace años. No importa —me repetí por si acaso.

—Importa. Claro que importa. —Me miró durante largo rato y luego asintió con la cabeza antes de volverse hacia Gayle—. No me gusta hablar de mi vida personal con los compañeros de trabajo. Te agradecería que no volvieras a sacar este tema. No conmigo.

Gayle se medio encogió de hombros.

—Me parece bien.

Si las miradas mataran, Gayle ya estaría dos metros bajo tierra. Y eso era todo. El misterio seguía siendo un misterio. Lo cual era bueno.

Entonces Gayle preguntó algo sobre el antiguo trabajo de William en California y la conversación derivó hacia temas más seguros. Como mi superpoder era pasar desapercibida y seguía algo apartada del grupo, no participé demasiado. El teléfono de Gayle sonó y tuvo que atenderlo fuera. Casi me había terminado la cerveza y volvía a observar mi entorno cuando sentí los ojos de William clavados en mí. Era imposible no notar su atención.

—¿Has decidido una fecha? —preguntó en voz baja y yo fruncí el ceño.

—¿Qué fecha?

Se arrimó un poco y su muslo presionó de nuevo contra el mío. Mi cuerpo vibró.

—Dijiste que te ibas a mudar pronto. ¿Tienes una fecha fija?

—No, no la tengo. Necesito ahorrar un poco más y encontrar un nuevo trabajo primero, si es posible. Ese sería el mejor plan. Puede que dos o tres meses. Espero que no más de seis.

Señaló hacia donde Gayle había desaparecido.

—Ella no lo sabe, ¿verdad?

Sentí una punzada de culpabilidad, suspiré y negué con la cabeza.

—No, no se lo he contado. Aún no. Sabe que quiero mudarme, pero no sabe que será tan pronto. Llevo tanto tiempo hablando de mudarme que me parece que ya no me cree. Quiero asegurarme de que lo tengo todo preparado antes de decírselo a nadie. Además, no quiere que me mude.

—Ella no quiere dejarte ir. ¿Cómo podría? —Bebió de su cerveza, así que hice lo mismo y dejé que mis ojos vagaran de nuevo por la habitación mientras hacía lo posible por ignorar sus últimas palabras—. ¿Has tenido más citas? —preguntó justo cuando vi a Gayle con su top rojo y sus vaqueros negros dirigiéndose a nuestra mesa con cara de preocupación.

Volví a centrarme en William de manera distraída.

—¿Perdón?

Ladeó un poco la cabeza, buscando algo en mi mirada.

—Me marcho —dijo Gayle en cuanto llegó a mi lado, salvándome del escrutinio de William. Recogió su abrigo que colgaba del respaldo de otra silla y se lo puso con rapidez.

—¿Qué pasa? —pregunté, sintiendo su enfado por la forma en que sus labios se apretaban en una fina línea.

—Nada importante, no te preocupes. Voy a comprobar una cosa en la oficina y luego me voy a casa. —Exhaló con fuerza y se sacó la coleta de la parte trasera del abrigo.

—Puedo acompañarte si me necesitas —me ofrecí, sabiendo que no aceptaría la ayuda.

—Está bien, confía en mí. Kevin, mi marido, está teniendo algunos problemas en el trabajo y solo necesita hablar conmigo, eso es todo. —Luego se encontró con la mirada de William—. Te llamaré en cuanto tenga la información que hemos estado esperando, jefe.

William asintió mientras yo paseaba la mirada entre ellos.

Gayle levantó la mano para despedirse de todos mientras llegaba a mi lado y luego se inclinó con disimulo para susurrarme al oído:

—Hacéis buena pareja. Os doy mi aprobación. A por ello.

Yo balbuceé algo ininteligible, pero Gayle ya se movía entre las mesas. No había nada a por lo que ir y ella lo sabía.

—¡No voy a por nada! —le grité porque quería tener la última palabra sobre este tema de una vez por todas. Solo obtuve un gesto distraído como respuesta y algunas miradas extrañadas de desconocidos.

—¿A por qué no vas? —preguntó William, y cerré los ojos en señal de derrota antes de volverme hacia él.

—No es nada importante.

—Entonces, ¿no soy importante?

Me quedé inmóvil un segundo y luego gemí.

—Lo has oído, ¿verdad?

Se dio un golpecito en la oreja.

—Tengo muy buen oído.

—Lo tendré en cuenta. —Sacudí la cabeza y bebí un trago de cerveza—. Gayle no sabe de lo que habla. No hacemos buena pareja y no pienso lanzarme a por ti.

William enarcó la ceja.

—No vas a lanzarte a por mí, ¿eh?

—Para nada. Ya no eres mi tipo. —Mentir nunca había hecho mal a nadie.

Oí de forma distraída al resto de nuestra mesa discutir acaloradamente sobre un viejo caso de la empresa. Habría resultado raro si hubiera gritado un comentario cualquiera para unirme a esa conversación, así que eso estaba descartado. William se removió en su asiento, se colocó casi por completo de frente a mí e ignoró al resto del grupo. Me las arreglé para no moverme.

—¿Cuál es tu tipo ahora?

—Esa me parece una pregunta personal.

—¿Vamos a llevar la cuenta de las preguntas personales?

—Solo intento ser justa.

—Ya te llegará tu turno. —Se arrimó un poco más para mantener la conversación en privado y dijo en voz más baja—: Si yo no soy tu tipo, ¿quién lo es? Tengo una idea de lo que quieres desde la otra noche, pero ¿físicamente? He oído a algunas mujeres decir que soy el tipo de todas.

Me reí entre dientes y, sin saber cómo, acabé arrimándome más a él.

—Eso ha sonado un poco arrogante, ¿no crees?

Vi que posaba los ojos en mis labios durante un segundo y acto seguido me devolvió la sonrisa.

—Una vez te enamoraste de mí, lo que demuestra lo que digo.

Me eché un poco hacia atrás, contenta de que no hubiera ni rastro de incomodidad entre nosotros. Al menos no en ese momento.

—Yo iría con cuidado. Las palabras clave son «una vez». Y ahora mi chico ideal es Chris Evans. Jamás me olvidaré de él como me olvidé de ti.

William frunció el ceño.

—No me parezco en nada a él.

Me reí.

—Ahí lo tienes. Por eso no voy a por ti.

Él sacudió la cabeza.

—Me parece que la última vez que salimos juntos, estuvimos hablando de las citas —continuó.

Esbocé una sonrisa.

—Soy un caso perdido cuando se trata de citas.

—¿Por qué?

Me encogí de hombros.

—La verdad es que no tengo ni idea. El chico de la relación a distancia…

—¿Cómo se llamaba?

—Craig. Me hizo daño, así que no ando muy allá de autoestima. —Tampoco andaba muy allá gracias a mi familia, pero esa era otra conversación que no estaba dispuesta a tener con él.

—Si las cosas no iban bien, ¿por qué no rompiste con él?

—Para serte del todo sincera, creo que solo tenía miedo de perder a otro. Además, cuesta mucho encontrar a alguien decente en internet. Hay que tener muy buena suerte. Y yo no la tengo. Tuve una experiencia con una cita por internet y eso fue suficiente.

—Y hay que tener buena suerte con las citas a ciegas.

Asentí y tomé mi cerveza.

—Eso también. La cita a ciegas de la otra noche fue más bien para que Gayle dejara de darme la lata. Me ha organizado otras dos citas en el último año. Ninguna salió bien.

—¿Sí? Y el tipo de la otra noche…, ¿cómo se llamaba?

—Ralph.

—Creo que no me gusta.

—¿Su nombre?

Lo miré mientras bebía un trago de cerveza.

—Sí.

—Bueno. Vale. Cuando vi su foto, me gustó su sonrisa. Me encanta una buena sonrisa.

Sus ojos volvieron a posarse en mi boca y luego apartó la mirada.

—No puedo discutir eso. —Los labios de William se curvaron y, quién lo iba a decir, Ralph no le llegaba ni a la suela de los zapatos—. ¿Y si las citas se convierten en algo serio? ¿Pospondrás la mudanza o no te mudarás?

—¿Te refieres a mi malogrado experimento de citas? ¿O a Ralph?

—Supongo que a cualquiera de las futuras citas. Teniendo en cuenta que Ralph te dejó plantada, creía que ya estaba descartado. ¿Sigue teniendo posibilidades?

—Al parecer esa noche le surgió una emergencia y quiere volver a quedar conmigo. No tenía mi número de teléfono y no pudo localizar a Gayle para que me llamara. —Bebí un trago de cerveza y me di cuenta de que casi me la había terminado, igual que él. William inclinó la cabeza y me miró durante largo rato—. ¿Qué? —pregunté, sintiéndome atrapada bajo su mirada.

—¿Le creemos?

Me reí.

—No sé tú, pero supongo que yo sí. Y respecto a la mudanza... Me mudo. No dejaré que otro tipo vuelva a controlar mi vida. Esperé a Craig durante mucho tiempo y no pienso volver a hacerlo. Yo soy lo primero.

William abrió la boca, pero Lola interrumpió la conversación.

—¿Otra ronda?

Ambos miramos a nuestra camarera, casi sorprendidos de verla allí.

William me miró.

—¿Una más?

Miré el reloj y me di cuenta de que estaba disfrutando de la charla.

—Vale. Puedo quedarme otros quince minutos.

Lola asintió y se fue.

—¿Por qué quedáis si no va a ir a ninguna parte? Corrígeme si me equivoco, pero creía que la idea de las citas era conocer a alguien para ver si era un buen partido para ti.

Me puse a jugar con mi vaso para eludir la mirada de William.

—Esa suele ser la idea, pero no me interesa algo serio. Al menos no ahora que he decidido irme a otro lugar. —Levanté la vista y él seguía mirándome de manera expectante. «¿Se lo cuento o no se lo cuento?». Suspiré y miré detrás de él para ver si alguien estaba pendiente de nosotros. No había nadie. Ni siquiera parecía que formáramos parte de su grupo. Hice una señal con el dedo para que se acercara. Y fue entonces cuando me di cuenta de que la cerveza me estaba afectando.

William se inclinó hacia mí con una sonrisa danzando en sus labios y yo me arrimé a su oído. Para cualquiera que nos rodeara, parecería que estábamos inmersos en nuestra propia burbuja, pero no era el caso. Solo intentaba asegurarme de que ninguno de nuestros compañeros nos oyera. Sobre todo Rick, porque era uno de los peores cotillas de la empresa. No era porque en el fondo disfrutara al estar tan cerca de él ni nada por el estilo.

—Voy a ser sincera otra vez, ¿estás listo? Y no puedes burlarte —susurré un poco demasiado alto.

Él echó la cabeza hacia atrás y me miró a los ojos. Conseguí sostenerle la mirada hasta que asintió de forma concisa. Entonces volví a arrimarme, cerré los ojos y respiré hondo, inhalando su increíble aroma.

—Hace cinco o seis años que no beso a un chico —solté.

Él tenía el ceño fruncido cuando nos apartamos.

—Aquí tenéis. —Y ahí estaba Lola otra vez.

La miré. Tenía un impecable don de la oportunidad.

—Gracias. —En cuanto dejó la cerveza, la agarré y bebí unos tragos.

William seguía mirándome.

—Estás de broma —consiguió decir, con la cara muy seria.

Negué con la cabeza.

—Me temo que no.

—¿Cómo? ¿Cuándo rompiste con el tal Craig?

—Hace un año.

—Acabas de decir seis…

—Cinco y medio, seis. Lo mismo da, que da lo mismo.

Bebí un poco más de cerveza mientras él sujetaba la suya con expresión ceñuda. Parecía que intentaba echar la cuenta. Me miró de un modo que me hizo reír y llamó la atención del grupo. Hice contacto visual con la chica de contabilidad y nos sonreímos.

Miré a William y me acerqué un poco a él mientras continuaba en voz baja.

—No le gustaba besar. Nos besamos unas cuantas veces, pero la mayoría fueron pequeños picos.

—No le gustaba besar —repitió, apartándose para mirarme a los ojos.

—¿Quieres saber la razón por la que no le gustaba? Porque es el no va más. —Él se removió en su asiento y bebió un trago, con los ojos clavados en mí. Así que me aclaré la garganta, hice una pausa dramática y susurré—: Tenía la lengua corta.

—Él... ¿qué?

Me reí entre dientes.

—Le daba miedo besar porque tenía la lengua corta. Ya sabes... —Agité la mano alrededor de mi cara con descuido, sin saber de qué forma decirlo— cómo funciona. Cuando pasaban cosas, se asustaba. Creo que es una especie de fobia. A mí me parece que tenía miedo de que me tragara su lengua.

—¿Seguro que sabes besar, Charlie?

Abrí los ojos como platos.

—¡Claro que sé! Que sabía.

William enarcó las cejas al oír eso.

—¿Sabías?

—A ti también se te olvidaría cómo besar después de seis años.

—No lo creo.

No sabía si las dos cervezas me habían afectado tanto por culpa del hambre o del cansancio o si era porque estaba exhausta de verdad, pero al acabarme la segunda cerveza me sentía muy contenta y achispada. No hasta el punto de no recordar lo que había dicho o hecho al día siguiente, pero sí lo suficiente como para que se me soltara la lengua, por desgracia para mí, y acabara arrepintiéndome de mi nueva obsesión con que la honestidad era la mejor política.

—En fin —me apresuré a decir, sin querer entrar en detalles sobre los besos—. Vamos, deprisa, confiésame algo personal. Tiene que ser también algo jugoso.

Apartó los ojos de mí y golpeó la mesa con la mano.

—Algo personal... Todavía estoy un poco conmocionado. Es la primera vez que oigo algo así. Dame un segundo. Bueno... Creo que esto te va a gustar. No voy a salir con nadie durante un tiempo. Debido a todo lo que pasó en mi matrimonio, creo que ahora mismo no confío en las mujeres.

La charla y la música suave llenaban el silencio a nuestro alrededor.

—¡Vaya! —logré decir al cabo de unos segundos. No era lo que esperaba oír.

William se terminó la cerveza y apartó la mirada de mí.

—Has dicho que fuera jugoso.

—Sí que lo ha sido. Cierto.

«¡Vaya!», me repetí para mis adentros. Parecía que Lindsey le había hecho daño de verdad. Y para ser sincera, la odiaba por eso.

—Si te hace sentir mejor, creo que yo tampoco confío mucho en los hombres en este momento. Es probable que por eso no me interesen las citas últimamente. Yo sé cómo hacerme feliz, así que ¿por qué arriesgarme con un chico?

—Somos tal para cual, ¿no?

Asentí con una sonrisa. Seguíamos mirándonos, cuando empezó a sonar mi teléfono. Miré la pantalla. Era mi abuela. Dejé que saltara el buzón de voz porque sabía que me llamaba para quejarse de que hubiera adoptado a Pepp. Había cometido el error de llevarlo a su casa para que conociera a la familia, pero no salió muy bien. Me había llamado las últimas noches. Silencié el teléfono y lo metí en el bolso.

—¿Algo importante? —preguntó William, captando mi atención.

Sacudí la cabeza.

—No. Esto es un poco peculiar, pero si no es demasiado, ¿me enseñas una foto de tu exmujer?

Él arqueó las cejas.

—¿Por qué?

—Quiero ver cómo es después de todo lo que me has contado, pero no pasa nada si no quieres compartirlo, por supuesto. Soy muy curiosa por naturaleza. Me pregunto cuál es tu tipo.

Se lo pensó un par de segundos.

—¿Por qué no? Dame un segundo. —Tomó su teléfono y lo revisó hasta que me mostró una foto de su exmujer y de él.

—Vaya. Es guapísima. —Me centré en la cara de William en la foto. Él estaba sonriendo, pero había algo raro. La sonrisa de ella era más amplia, pero también había algo raro.

—¿Ya está? —preguntó, y yo me encogí de hombros y le brindé una pequeña sonrisa—. Te toca. Veamos a tu ex de lengua corta.

Mi sonrisa se ensanchó y levanté el dedo. Encontré una foto de nosotros juntos y se la enseñé a William. Sus dedos rozaron los míos cuando me quitó el teléfono y nuestras miradas se cruzaron durante un breve instante. Después apoyé la mano en mi regazo y él miró la foto.

—¡Bah!

—¿Qué?

—Nada. —La miró un poco más y luego dejó mi teléfono.

—¿Y...?

—No me gusta.

Me eché a reír.

—Vale, me lo imagino.

—Sí, no me gusta para ti. —Por extraño que parezca, oírle decir eso me hizo feliz. Y luego sus ojos se posaron en el vaso de cerveza casi vacío que estaba dejando sobre la mesa—. ¿Quieres salir de aquí?

No tuve ni que pensarlo.

—Claro.

En pocos minutos nos habíamos despedido de todos los compañeros, a los que habíamos ignorado por completo durante todo el rato que estuvimos allí, y volvimos a salir a las abarrotadas calles neoyorquinas.

Hice todo lo que pude para no llenar el silencio con una cháchara sin sentido. Pero no dejé de lanzarle miradas mientras sorteábamos a la gente y acabábamos caminando de nuevo uno al lado del otro. También había visto a más de una mujer intentar llamar su atención al pasar, pero no creo que se fijara en ninguna de ellas.

Era muy guapo, eso era indiscutible, incluso más que años atrás. Pero más que su aspecto, me atraía su personalidad; la forma en que me hablaba, la forma en que sonreía cuando me miraba a los ojos y simplemente que me había prestado toda su atención esta noche.

Tomamos el siguiente tren y William me sorprendió al bajar en nuestra parada.

—Tengo una pregunta personal que hacerte, así que pregúntame algo personal primero. —Lo miré confusa—. Lánzate —me animó.

Miré al cielo sin estrellas mientras subíamos las escaleras. Vale, podría hacerlo.

—¿Puedo preguntar qué salió mal con tu exmujer? Ahora sabes muchos detalles de mi vida sin citas, así que siento que es justo que yo sepa más de la tuya.

Lo observé mientras se concentraba en la acera al tiempo que disminuíamos la velocidad.

—Teníamos nuestras diferencias incluso desde el principio. En resumen, diría que no queríamos las mismas cosas de un matrimonio. Me contó algunas mentiras y cambió de opinión sobre muchas cosas después de casarnos. Para no extenderme demasiado, intentamos solucionarlo, pero nos distanciamos. Ponerle fin fue una decisión mutua.

—¿Todavía está en California? ¿Por eso te has mudado?

—No solo por eso. Y sí, ella sigue viviendo allí. Por mucho que me gustara la empresa en la que trabajaba, estábamos empezando a aceptar todo tipo de casos con los que no me sentía cómodo, y creo que después de que el matrimonio fracasara de manera tan estrepitosa, volver aquí no sonaba tan mal. Estar más cerca de mi familia también me parecía bien. Además, la oferta de la universidad llegó en un momento perfecto, así que puse las cosas en marcha y presenté mi dimisión. Entonces, justo antes de llegar aquí…

—Mi padre te llamó —terminé por él. William asintió con la cabeza.

Sentía un poco de frío y me metí las manos en los bolsillos.

—¿Tienes frío? —preguntó William.

—No. Estoy bien.

En lugar de hacerme caso, empezó a quitarse la chaqueta gris oscuro y me la puso sobre los hombros a pesar de mis protestas.

Mientras su olor me envolvía, haciéndome sentir todo tipo de cosas a la vez, las ignoré todas y también los escalofríos que me recorrían la piel. Le di las gracias en voz baja.

—¿Cuál era tu pregunta? —le insté.

—Mi pregunta es… —comenzó mientras giraba la cabeza hacia mí—, si no has besado a nadie en seis años, ¿significa eso que no has tenido…?

Arqueé las cejas y esperé a que continuara con una pequeña sonrisa en los labios.

—Si quieres preguntar, vas a tener que decirlo todo. —Entonces no pude aguantarme y solté una risita, y como dos idiotas, nos sonreímos—. No voy a contestar a menos que puedas decirlo en voz alta.

—No soy tímido, Charlie —me advirtió en voz baja y grave.

Me burlé, ignorando lo que me hacía el tono de su voz.

—Entonces, puedes preguntar.

—De acuerdo. ¿Eso significa que no has tenido sexo en seis años?

Con los labios crispados, volví a mirar hacia delante. Porque en realidad era tímida, aunque era probable que no se diera cuenta por las cosas que había soltado esta noche. Pero mentiría si dijera que no disfrutaba siendo del todo sincera con él.

—En cinco años, unos meses arriba, unos meses abajo.

—Vale, lo entiendo. Pero lo viste después de que se mudara, ¿no? ¿No tuvisteis sexo?

—Te interesa mucho esto, ¿verdad?

—Más bien me sorprende.

—Sí, nos veíamos, pero yo no quería hacer nada. Intuía que las cosas iban mal, así que no tenía muchas ganas, y él tampoco dijo nada. Creo que nos queríamos, pero no de forma romántica llegado cierto momento. —Me encogí de hombros—. Es difícil de explicar.

—Lo entiendo. ¡Vaya! Cinco años, eh...

Me reí y sacudí la cabeza con asombro.

—¿Por qué a los hombres siempre os llama tanto la atención cuando se trata de sexo? —Levanté la mano con rapidez—. No contestes a eso. Escucha, soy feliz sola. El noventa por ciento del tiempo al menos. Pero quiero un hombre que me tome de la mano porque no puede evitarlo. Nadie tiene que verlo, pero si estamos viendo la tele o paseando por la calle, quiero que me tome la mano. Quiero que haga todo eso, pero también quiero que desee hacerlo.

Nos detuvimos frente a mi apartamento y William seguía escuchándome atentamente. Me brindó una de sus suaves sonrisas. Desaparecía apenas aparecía. Y recordé con exactitud esa sonrisa de antaño. Era un buen recuerdo. Me encogí de hombros y le devolví la chaqueta. El estupor de la cerveza estaba desapareciendo y, como Cenicienta, había llegado el momento de huir.

—Gracias por...

—Puedes quedarte con la chaqueta, yo...

Nos detuvimos, riendo. Sacudió un poco la cabeza, se frotó la nuca con la palma de la mano y miró calle abajo.

—¡Charlie!

Me sobresalté al oír una voz fuerte y familiar. William y yo levantamos la vista y vimos tres caras que nos miraban fijamente; mi vecino Josh, Daisy y Pepperoni. Se me dibujó una sonrisa de oreja a oreja.

—Ha estado llorando y gimoteando desde que oímos tu voz —dijo Josh.

—¿De veras?

Josh se rio.

—Sí, su cola va a cien por hora, cariño. Te ha echado de menos.

Eché una mirada rápida a William y vi que sus labios se curvaban en una sonrisa mientras miraba hacia la ventana de mi vecino.

—Pepp me ha echado de menos —le dije, con la voz teñida de emoción. Y entonces se oyó un dulce e impaciente ladrido. Cuando William bajó la vista, yo seguía mirándole los labios. Quizás había hablado demasiado sobre besos—. Lo quiero —repuse mientras mi corazón se llenaba de amor y volvía a encontrarme con la mirada de William—. Ya sé que solo han pasado unos días, pero él ya ha hecho que todo sea mucho mejor. —Entonces oí otro ladrido agudo e impaciente, seguido de un dulce quejido, y reí, sintiendo solo alegría—. Debo irme. Me llaman.

—Sí, no le hagas esperar.

Las palabras hicieron que se me erizara el vello de los brazos otra vez, así que me los froté con las manos y me di cuenta de que seguía agarrando su chaqueta.

—Oh, toma. Gracias.

Me la sujetó.

—Que pases una buena noche, Charlie. Te veré mañana.

—Lo mismo digo. Buenas noches, William. —A medio camino de las escaleras, me detuve y me di la vuelta—. Una pregunta rápida. Recuerdo muchas cosas del pasado, pero ¿también entonces era así? ¿Hablar nos resultaba tan fácil?

Su boca se curvó en una sonrisa.

—Sí. Por eso volvíamos todos los días. Y por eso nos sentábamos uno frente al otro durante horas y hablábamos de todo.

Asentí, feliz de que sus recuerdos coincidieran con los míos de hacía años. Con sus palabras aún dando vueltas en mi cabeza, subí el resto de las escaleras, saqué la llave, abrí la pesada puerta y miré hacia atrás una última vez antes de entrar, dejando la puerta abierta detrás de mí. William seguía allí de pie, con las manos en los bolsillos, esperando a que entrara. Me tomé unos segundos para grabarlo en mi memoria. Era alguien a quien quería, pero que no podía tener. Nos estudiamos mutuamente. Sonreí y su sonrisa se ensanchó.

—¿Listo para otra confesión sincera? —pregunté.

—Sí. Dispara.

—Creo que nunca me olvidaré de ti y creo que eso me gusta.

Su sonrisa desapareció poco a poco, pero no le di oportunidad de responder.

Levanté una mano en señal de despedida y oí el repiqueteo de unas patas bajando las escaleras. La última imagen que William vio de mí aquella noche era la de una sonrisa de oreja a oreja, dispuesta a saludar a mi guapo chicarrón.

11

William

Hubo mucho trabajo en la oficina y pasamos algo más de tres semanas sin ocuparnos más que del caso del coche eléctrico defectuoso de Michael. En cuanto descubrimos que el mejor amigo y compañero de Michael durante años, Isaac, había saboteado su trabajo (gracias a Gayle y a sus habilidades) empezamos a trabajar en un plan diferente. Michael compartió otro vídeo en el que explicaba la situación junto con todas las pruebas, pero seguía asumiendo la culpa, ya que era su responsabilidad y su marca, independientemente de lo que hubiera ocurrido entre bastidores. Su disculpa había sido sincera y efectiva.

Michael seguía queriendo que continuáramos trabajando con él para que su empresa pudiera tener un lanzamiento exitoso. La negatividad hacia la empresa no había desaparecido del todo, pero como equipo, todos estábamos contentos del cambio en la opinión pública. Y gracias a eso, por fin habíamos dejado de trabajar hasta tan tarde. No podía estar más contento con el trabajo que habíamos realizado, sobre todo teniendo en cuenta que era un caso tan importante y el primero que llevábamos juntos.

Y gracias a que el equipo había trabajado tan bien, Charlie y yo pudimos fijar una reunión con Laurel Nielson. Aunque había vuelto de España hacía apenas unas horas, llevaba dos días llamando sin parar a Charlie para pedirle un plan. La verdad era que no teníamos ninguno. Hasta que no pudiera hablar con ella cara a cara, no sabría qué le parecerían los planes que hiciera para ella. Tampoco ayudaba que su situación ya no fuera un momento de crisis por definición; la verdadera crisis había pasado hacía más de dos meses. El departamento de relaciones públicas de la empresa habría sido la mejor opción para ella, pero debido a su insistencia en trabajar con Charlie, aquí estaba yo, lejos de la oficina y atrapado en una cafetería del Upper East Side.

La cola en la que había estado esperando por fin se movió un milímetro y vi que dos personas pasaban a mi lado con las manos llenas de tazas de café y bolsas con pasteles.

Intenté ignorar la acalorada conversación que mantenía la pareja que tenía delante sobre sombreros de fiesta y globos mientras miraba en mi móvil si había recibido nuevos correos electrónicos. No había nada urgente que requiriera mi atención, cosa que resultaba sorprendente. Tenía un *e-mail* de Lindsey, mi exmujer, suponía que sobre la casa, pero preferí ignorarlo. Vi la hora y me di cuenta de que aún faltaba más de treinta minutos para la reunión en la casa de Laurel en Park Avenue. Pensé en enviarle un mensaje a Charlie para ver si quería quedar para tomar un café antes, pero desistí de la idea, ya que sin duda era aconsejable limitar nuestras interacciones fuera de la oficina. Llevaba un buen rato rondándome por la cabeza el recuerdo de la vuelta a casa juntos y no me parecía inteligente pasar demasiado tiempo con ella. Era peligrosa para mi tranquilidad.

—¿William?

Fruncí el ceño, pensando que había conjurado la voz de Charlie en mi imaginación, pero cuando volví a oír mi nombre, me giré y ahí estaba ella. Mis ojos la recorrieron de forma breve. Le sujetó la puerta a un adolescente que salía y luego se encaminó hacia mí.

—¡Hola! ¿Qué haces aquí? —preguntó, con una sonrisa demasiado grande y tentadora para esa hora del día.

—Hola. Tomando café.

Su sonrisa se ensanchó y su expresión se tornó más cordial.

—Eso ya lo suponía. Me refería a qué haces en esta cafetería en concreto.

Miré a mi alrededor.

—¿Por qué? ¿Qué tiene de malo? ¿Todo el mundo la odia por las colas? Porque eso lo entendería.

Ella negó con la cabeza.

—No, no. ¿Estás de broma? No tiene nada de malo. Es que me ha parecido raro que nos hayamos encontrado cuando hay literalmente al menos quince cafeterías más por aquí. De todos modos, no me hagas caso. Has elegido bien, ya que tienen el mejor café. Y algunos de sus pasteles… —Puso los ojos en blanco y se lamió los rosados labios, lo que atrajo mi atención. Empezaba a darme cuenta de que a Charlie le encantaba pintarse los labios. Casi todos los días los llevaba de un color sutilmente diferente. Siempre naturales, pero con diferentes tonos de rosas y *nudes*. Los días en que parecía estar más contenta de lo habitual, se aplicaba tonos rojos suaves. Todos los colores le quedaban muy bien. Entonces me di cuenta de cuánto tiempo pasaba mirando sus labios y me centré en sus complejos ojos color avellana. Con esta luz, parecían casi verdes. Tenía que dejar de mirarla a la cara y punto. Y necesitaba beberme mi café de las mañanas—. Son los mejores de por aquí. Confía en mí, te va a encantar.

—Si puedo probar su café en este siglo, te haré saber lo que pienso. La cafetera que pedí aún no ha llegado, así que supuse que podría tomarme un café en una cafetería antes de la reunión. Qué equivocado estaba.

Otra sonrisa se dibujó en sus labios, más pequeña pero más cálida.

—¿Alguien está de mal humor sin su café matutino?

—No. Pero a alguien no le gusta hacer cola, como a todo el mundo —repliqué, echando un nuevo vistazo a la fila. ¿Cómo es que no había avanzado?

Charlie me dio unas rápidas palmaditas en el brazo, distrayéndome de mis pensamientos mientras se movía de un lado a otro para ver el expositor de comida.

—Merece la pena. Confía en mí. Me encantan sus productos. Me encanta su decoración y lo sencilla, relajante y bonita que es con las flores y todo eso. Ah, y el nombre. ¿Sabes de dónde viene el nombre? Dime que lo sabes.

—¿Cómo se llama? —Miré a mi alrededor—. ¿La cafetería de la esquina? ¿Porque está a la vuelta de la esquina?

—William, me estás decepcionando. Es de una película. *Tienes un e-mail.*

—Ah —dije.

—Y… —se inclinó hacia mí y la escuché con atención—. En fin, da igual. —Charlie se alejó de nuevo.

—Dime. ¿Y qué?

Ella suspiró.

—Y no vengo aquí solo por eso. Me encanta leer libros, ¿vale?

La miré a los ojos, confundido e intrigado.

—¿Sí?

—Me encanta leer libros románticos. Leo muchos géneros, pero me encanta leer novela romántica porque hacen que tenga esperanza en que hay algo hermoso. Me dan una dosis, por así decirlo. Una dosis de romanticismo. Mi dosis de felicidad. Esa misma dosis la consigo viniendo aquí.

Lo sabía, porque cada vez que tenía que dejar una nota en su despacho, casi siempre tenía un libro distinto sobre la mesa.

—Por favor, no me digas que también consigues tu queso aquí.

—¿El qué?

Clavé la mirada en ella.

—¿El queso? ¿Lo que buscabas en una relación?

Se echó a reír al comprender de lo que estaba hablando, haciendo que mis propios labios se curvaran.

—Oh, William. —Por suerte, otras tres personas reclamaron sus pedidos y se trasladaron a una mesa con sus sándwiches, magdalenas y cafés para desayunar. ¿Quién comía tanto tan temprano? Eché un vistazo y vi a cuatro chicas adolescentes leyendo la carta en voz alta y preguntándose unas a otras qué iban a pedir. Suspiré y me pasé la mano por la cara. Si la siguiente pareja de la cola hacía lo mismo, me iría. Que le dieran al café—. Estoy disfrutando muchísimo de tu lado gruñón ahora mismo.

Eché una mirada a Charlie y vi que me sonreía.

—Me alegro de que uno de los dos se divierta, pero me iré si tengo que esperar otros veinte minutos.

—Venga ya. No exageres.

Me quedé mirando a Charlie con cara de pocos amigos.

—Llevo esperando un cuarto de hora, Charlie. —Señalé detrás de mí—. Entretenme para que la espera sea más llevadera.

Charlie me sonrió de oreja a oreja.

—Ahora mismo me pareces fascinante, William. A Gayle, a Rick y a mí nos pareces fascinante cuando estás malhumorado por la mañana, pero esto es como un espectáculo especial para mí y lo estoy disfrutando.

—Me alegra servir de diversión para la oficina —refunfuñé. Abrí la boca para decir algo más, pero Charlie estaba más cerca, con los ojos puestos en algo fuera de la cafetería, y entonces me agarró del brazo como si necesitara mi ayuda para mantenerse en pie.

—Oh, mira. ¡Es lunes! ¡Se me había olvidado! —susurró.

Distraído por el tacto de su pequeña mano que seguía aferrada a mi muñeca, miré por encima del hombro para ver de qué estaba hablando, pero lo único que pude ver fue a un tipo que entraba por la puerta con un gran ramo de rosas en las manos.

—¿Y bien? —pregunté, todavía tratando de encontrar algo fuera—. ¿Qué estoy viendo?

Charlie me estaba sujetando la muñeca con una mano, pero cuando el tipo de las flores pasó junto a nosotros, me agarró el brazo justo por encima del codo con la otra, casi pegando su cuerpo a mi costado.

—Mira —susurró—. Vas a ver una demostración de algo que haría suspirar a cualquier mujer.

Sorprendido, olvidé lo que se suponía que tenía que mirar y en su lugar miré a Charlie. Ella debió notar que estaba inmóvil, porque levantó la vista y nuestros ojos se encontraron. Entonces se dio cuenta de lo cerca que estábamos el uno del otro y del hecho de que sus manos seguían sobre mí. Entreabrió los labios y me soltó primero la muñeca y luego el brazo.

—Lo siento, me he dejado llevar por el entusiasmo —murmuró y dio un paso atrás de forma prudente. Me aclaré la garganta y ella negó con la cabeza—. No estás mirando, William —repitió con voz extraña. Señaló con la cabeza hacia el mostrador, donde el tipo de las flores hablaba con una de las camareras.

Mientras intentaba entender a qué se refería, el camarero dijo un nombre y una mujer salió de lo que parecía una cocina en la parte trasera. La hermosa mujer le dijo unas palabras al tipo con una gran sonrisa en la cara y luego levantó la encimera abatible para llegar hasta él.

—¿Qué estamos viendo ahora? —pregunté, aún sin saber lo que estaba pasando. ¿Conocía Charlie a la pareja?

—Es su mujer —susurró Charlie con algo cercano a la envidia en la voz—. Le regala flores todos los lunes.

—¿Eres amigo de ella o algo así?

—No, claro que no.

—Claro que no —repetí, de repente no tan sorprendido—. No sé cómo he podido pensar eso.

Me miró con una pequeña sonrisa en los labios.

—Le pregunté a uno de los camareros un día. Por lo visto lo ha hecho todas las semanas desde que abrieron. Es su costumbre. Yo quiero tener mi propia costumbre con alguien. Algo que hagamos nosotros. Ese es el tipo de queso que quiero. ¿Tenías algo así con tu exmujer?

—No, me parece que no —respondí, distraído mientras miraba fijamente a Charlie.

Su sonrisa se tornó afectuosa.

—Lo siento. Ojalá lo hubieras tenido.

Me di cuenta de que la pareja que teníamos delante se había quedado callada. La chica contemplaba la escena con el mismo embeleso que Charlie mientras intentaba aparentar que no estaba mirando. Eché un vistazo a la cafetería y todos los demás estaban pendientes de sus propios asuntos. No pude evitar sonreír al oír suspirar a Charlie; el hombre le estaba dando un beso a su mujer mientras le acariciaba la cara con la mano. La mujer estaba de puntillas, apretando las flores contra su pecho, y se sonrojó un poco cuando él la soltó y se arrimó para susurrarle algo al oído. Ella rio y le dio a su marido un beso en la mejilla.

—No está nada bien quedarnos mirando esto —le susurré a Charlie, pero ella me hizo callar.

—No me hagas parecer una mirona. No los estoy espiando. Solo soy una observadora. —Por fin se volvió hacia mí cuando la esposa empezó a arreglarle la corbata a su marido—. Ese es el queso y los clichés que te decía que quiero. ¿Te imaginas cuánta confianza que hay en una relación así? ¿Cuánto amor? ¿Y el mero hecho de saber que os tenéis el uno al otro? —Soltó otro suspiro y miró hacia delante—. Por esa razón no me conformo con cualquiera.

La pareja que esperaba en la cola delante de nosotros empezó a discutir en voz baja; no sabía lo que decían porque hablaban en alemán. Él se volvió, miró a la chica y luego le dio un beso en la parte superior de la cabeza. Por el rabillo del ojo pude ver que Charlie ya se derretía ante la escena. La chica lo rodeó con los brazos y se dieron un rápido abrazo y otro beso. Charlie suspiró a mi lado y la chica miró por encima del hombro.

—Hola. Lo siento, ¿hemos hecho demasiado ruido?

Charlie sacudió la cabeza con una sonrisa en la cara.

—En absoluto. No os preocupéis.

Por suerte, los adolescentes se marcharon con su pedido, lo que hizo que estuviera un paso más cerca de mi café.

—William, a esto me refiero. ¿Tú no querrías esto?

—¿El qué?

—Las bromas son un tópico en el mejor de los sentidos… —empezó a susurrar Charlie, inclinándose un poco hacia mí, pero se detuvo de inmediato cuando la chica que teníamos delante volvió a girarse.

—Hola, soy Melinda. —Sonrió de forma animada. Demasiado animada para las horas que eran—. Una pregunta rápida; ¿crees que debería ir sin pareja a la boda de mi amiga solo porque este no se lleva bien con ella?

Charlie ni siquiera dudó antes de contestar.

—De eso nada, él tiene que asistir. Eso está fuera de toda duda.

El chico lanzó una mirada rápida a Charlie.

—Genial, otra igual que tú. —Luego gruñó y miró hacia otro lado.

—Por favor, pasa de él —se disculpó la mujer—. Sabe que tengo razón y eso le fastidia. —Se volvió hacia su novio—. Vamos a ir juntos. Va a ser genial.

El chico suspiró y sacudió la cabeza.

—Me encanta esto —exclamó Charlie, dedicándome una gran sonrisa—. Quiero esto. —Se volvió hacia Melinda—. Sois afortunados de teneros el uno al otro.

—Sí que lo somos —murmuró el chico con una expresión tierna.

Charlie se volvió hacia mí de manera expectante.

—¡Yo qué sé! —murmuré sin entusiasmo.

Charlie puso los ojos en blanco, y aunque estuvo a punto de volver a ponerme la mano en el brazo, la apartó en el último momento.

—Su respuesta no cuenta. Solo está de mal humor porque no se ha tomado el café de la mañana. Deberías verlo cuando se levanta de la cama. Es un espectáculo.

Hubo una larga pausa. No pude evitar inclinarme para encontrarme con la fugaz mirada de Charlie.

—¿Acaso tú me ves todos los días cuando me levanto de la cama? —Ella tartamudeó, tratando de evitar mi mirada al tiempo que intentaba no sonreír demasiado—. Ya, eso es lo que pensaba —murmuré, enderezándome y cruzando los brazos sobre el pecho.

—¿Acabáis de empezar a salir? —preguntó Melinda. Charlie asintió, sin parecer muy segura.

No miré a mi flamante «novia», pero le hice un gesto con la cabeza.

—Dos semanas enteritas entre nubes de algodón con esta.

Charlie se rio y me miró con una gran sonrisa.

—Me enamoré de él a primera vista —dijo, lo que me hizo enarcar una ceja—. No podía pasar ni un minuto más sin él. Fue lo más romántico que me ha pasado en la vida.

—Te entiendo bien, los hombres gruñones son muy sexis —añadió Melinda.

Suspiré y levanté la vista al techo. Empezaba a cuestionarme si era sensato pensar que debía tomar café por la mañana.

Charlie estaba asintiendo con entusiasmo.

—Oh, sí. Deberías verlo cuando está sumido en sus pensamientos y se siente un poco frustrado. Lo observo con disimulo cuando está trabajando y se pasa la mano por el pelo de un modo que..., eh... —Al recordar quién estaba a su lado y darse cuenta de lo que estaba diciendo en realidad, se mordió el labio, miró mi cara de sorpresa y luego se volvió de nuevo hacia Melinda—. Hum, en fin —murmuró, agitando la mano al tuntún, como si pudiera borrar lo que acababa de decir.

—¿Charlie? —me dirigí a ella con voz suave y esperé a que me mirara con los ojos llenos de incertidumbre. Ni siquiera yo estaba seguro de que estuviera siguiéndole la corriente y actuando como si fuéramos una pareja ante estos desconocidos, pero sentía demasiada curiosidad como para no preguntar—. ¿Me observas?

Ella rio, empezó a toser, me dio una palmada en el brazo y luego se detuvo.

—¿Qué clase de pregunta es esa? Siempre lo hago. Ya lo sabes, hombre.

Eché la cabeza hacia atrás y me reí, saliéndome de mi papel. No pude aguantar más.

—¿Acabas de llamarme «hombre»?

Charlie cambió el peso de un pie al otro, pensándoselo un momento.

—¿Nene?

Contuve la sonrisa, enarqué una ceja y disfruté viendo que se ponía nerviosa.

—Inténtalo de nuevo.

—¿Amor? ¿Cielito? ¿Churri? —Al no darle una respuesta lo bastante rápida, elevó un poco voz—. ¡Escoge uno ya!

La miré fijamente a los ojos durante unos segundos, haciéndola esperar.

—Me gusta cuando me llamas cielito, amor, churri, cariñito… —dije, bajando la voz—. Me gusta todo lo que haces o dices, Charlie. Y desde luego me gusta cuando me dices que soy tu chico.

Charlie se quedó mirándome, con los labios entreabiertos. Melinda rio entre dientes, ayudando a Charlie a salir de su desconcierto, y abrazó a su novio.

La fila volvió a avanzar, acercándome un paso más a la libertad. Sin pensarlo, le puse la mano en la parte baja de la espalda a Charlie para ayudarla a avanzar ya que seguía inmóvil en su sitio y demasiado callada.

—Por fin —murmuró el novio de Melinda, y yo asentí con la cabeza.

Alguien debió de oírnos, porque la siguiente persona de la fila pidió un simple café solo y se fue en un santiamén.

—¿Crees que deberíamos compartir mesa? —preguntó Melinda.

Charlie estaba asintiendo cuando el chico y yo dijimos «no» al mismo tiempo. Nos miraron, sorprendidas.

—Tenemos una reunión… —Miré mi reloj— en quince minutos. ¿Te suena de algo, mi amor? —pregunté mientras los ojos de Charlie se clavaban en mí con aire pensativo.

La pareja pidió, nos despedimos deprisa y por fin llegó nuestro turno.

Charlie se volvió hacia mí. Estaba un poco sonrojada, el pelo le caía en grandes ondas alrededor de la cara y tenía una expresión alegre.

—Ha sido divertido, ¿verdad? Deberíamos repetirlo.

—¿Quieres decir que ha sido divertido fingir que somos pareja aunque no lo somos?

—¡Sí! Y ¿entiendes ahora lo que quiero decir sobre los clichés? Son lo más. Estoy dispuesta a vivir nuevas experiencias.

Esperé una explicación con interés, pero no me la dio.

Me atreví a adivinar.

—¿Estamos hablando de hacer puentismo? Por lo de la emoción... ¿quieres hacer puentismo y yo me lo estoy perdiendo? ¿O quieres que él haga puentismo contigo?

Charlie se lo pensó.

—No creo que quiera hacer puentismo, pero ¿a lo mejor sí? Lo que quiero es que me escojan, quiero que alguien venga y quiera llevarme. Estoy dispuesta a vivir nuevas experiencias.

Entrecerré los ojos. Era demasiado pronto y punto.

—¿Quieres que él te lleve a hacer puentismo?

—¡No! —Se rio y yo me quedé mirando—. Solo estoy lista para que alguien se fije en mí por lo que soy. Y para que ese alguien se comprometa conmigo, que venga a por mí. ¿Tiene sentido ahora?

—Tanto como lo del puentismo. Gracias.

Charlie continuó antes de que pudiera abrir la boca y hacer otro comentario.

—Bueno, basta de perder el tiempo. ¿Cómo quieres llevar la reunión? Vamos a compartir nuestras ideas sobre cómo queremos manejar a Laurel.

Su cara fue todo sonrisas durante toda la reunión y me di cuenta de que no podía dejar de mirarla ni un segundo.

***

Más tarde esa noche, después de terminar el trabajo que me había llevado a casa, decidí salir y dar un paseo rápido hasta la pequeña pizzería que Charlie me había mencionado. Con las manos en los bolsillos y un millón de cosas en la cabeza, intenté recordar las indicaciones de Charlie para llegar a la pizzería y disfruté de mi paseo nocturno en el fresco clima de abril. Envié un mensaje rápido a Lindsey, ya que había ignorado sus últimos *e-mails* y llamadas, pero luego no tardé en olvidarme de ella.

Caminé durante diez minutos hasta que vi un cartel azul y amarillo sobre una puerta en el que ponía JOHNIE's. Entré y me di cuenta de que era uno de los únicos clientes, aparte de una pareja sentada en un rincón muy pequeño. Conocí a Johnie y a su mujer, Emilia, y charlé con ellos mientras él trabajaba la masa de mi pizza delante de mí y colocaba los ingredientes de forma generosa. Cuando por fin se me despejó la mente del trabajo gracias a la amena conversación de Johnie y de Emilia y mi pizza estuvo lista, pagué y di las gracias.

Me estaba guardando la tarjeta de crédito en el bolsillo, cuando alguien abrió la puerta y empezó a gritar pidiendo su pedido. Me reí entre dientes al reconocer la voz y al girarme vi a Charlie haciendo todo lo posible por evitar que un cachorro lleno de vitalidad y muy fuerte entrara en tromba.

—¡Lo siento mucho! —gritó, sujetando la puerta abierta con una mano mientras con la otra agarraba a Pepperoni con todas sus fuerzas.

Oí a Johnie reírse detrás de mí mientras su mujer gritaba:

—No te preocupes, Charlie. Sujeta a la bestia y te traeremos tu pedido.

Charlie suspiró y Pepperoni ladró presa del entusiasmo.

—Gracias. —Entonces por fin me vio de pie a pocos metros de ella y abrió los ojos como platos—. ¿William?

Me acerqué a ella y cubrí la distancia que nos separaba.

—¿Segunda vez en un día, Charlie?

—No te estoy siguiendo, si eso es lo que estás pensando.

Caja de pizza en mano, me agaché para ponerme a la altura de Pepperoni.

—Hola, Pepperoni. —Volvió a hacer lo típico en él y se escondió detrás de la pierna de Charlie, pero movía la cola como loco y esta vez no tardó demasiado en saludar. Empujó la palma de mi mano con el hocico y le rasqué detrás de la oreja mientras miraba a Charlie—. Ni se me había pasado por la cabeza. ¿Qué haces aquí tan tarde?

Sonrió al ver que Pepperoni intentaba meter el hocico en mi cena.

—Estábamos dando nuestro último paseo del día y nos dimos cuenta de que nos habíamos olvidado de cenar. —Me miró a los ojos y me levanté—. No me gusta irme a la cama con hambre, así que aquí estamos. ¿Y tú?

—Básicamente lo mismo.

—Supongo que es inevitable que nos encontremos al vivir tan cerca.

—Me parece que tienes razón.

Nos sonreímos y Charlie se sujetó un mechón suelto de pelo detrás de una oreja, apartando la mirada de mí durante un momento.

—Discúlpennos.

La pareja que salía de la pizzería tuvo que pasar entre los dos, ya que seguíamos de pie en la entrada, y aproveché para observar a Charlie. Ella brindó a la pareja una sonrisa de disculpa cuando Pepperoni la hizo retroceder unos pasos con las prisas por alejarse de los desconocidos. Llevaba unas mallas y una camiseta azul claro bajo la fina chaqueta que ponía «Solo amor» con letras de colores. El azul claro le sentaba muy bien. Tenía un ligero rubor en las mejillas que podía deberse al corto paseo o a los esfuerzos de Pepperoni por arrastrarla. En cualquier caso, aumentaba su atractivo.

Algo en lo que no tenía ninguna razón para fijarme. Ella no tenía ningún atractivo para mí. No importaba lo fácil que me resultara hablar con ella o estar a su lado, eso era todo. Aun así, me di cuenta de que llevaba el pelo medio recogido y medio suelto y que estaba preciosa. Relajada, natural y…, guapa, sin más. También estaba guapa antes, cuando entró en la cafetería y actuó como si fuéramos pareja, y estaba guapa ahora. Y yo tenía que parar.

Me reuní con ella fuera y acortó la distancia que nos separaba.

—Se te enfría la pizza. No quiero entretenerte —dijo, aflojando la correa cuando Pepperoni decidió sentarse justo delante de mí. Supongo que esperaba convencerme para que le diera un trozo.

—No pasa nada. Me gustaría caminar con vosotros, si os parece bien.

Ella sonrió.

—Gracias. Nos gustaría.

Pepperoni me dedicó un pequeño ladrido, y en cuanto bajé la vista, empezó a mover la cola de nuevo. Cuando empezamos a negociar por una porción de pizza con pequeños ladridos aquí y allá, disfruté escuchando las risas de Charlie mientras observaba nuestro ridículo tira y afloja. Cada vez que yo decía «no» o «creo que no», Pepperoni profería un suave ladrido y movía las patas como si estuviera dando golpecitos en la acera.

Cuando la pizza de Charlie estuvo lista y pagada, me ofrecí a llevársela para que pudiera centrarse en Pepperoni y emprendimos nuestro corto camino de vuelta.

—No quiero hablar de trabajo fuera del trabajo, así que solo te preguntaré una cosa: ¿qué te ha parecido Laurel? No he podido deducirlo en la reunión.

—Creo que dice la verdad. Me gustaría ayudarla a salir de este lío, aunque ya no sea exactamente una crisis.

Charlie soltó un largo suspiro mientras Pepperoni caminaba un poco por delante de nosotros, olisqueándolo todo.

—Vale, eso me alegra. Sé que eres exigente con los casos en los que trabajas, pero me alegro de que no quieras que otro se encargue de ella.

—Te cae bien.

Me echó una mirada rápida.

—Sí. Es un poco caótica, pero me cae bien.

Le sonó el teléfono al recibir un nuevo mensaje y ella lo miró con rapidez.

—¿Una cita potencial? —pregunté de repente, sin saber de dónde había salido la pregunta.

—Sí —murmuró Charlie, guardándose el móvil en el bolsillo sin enviar ninguna contestación.

No sé si su respuesta me sorprendió o qué, pero no supe qué decir.

—¿El que te hizo esperar o uno nuevo? —pregunté al cabo de un momento.

Volvió a mirarme y me dedicó una pequeña sonrisa.

—No se me da nada bien decir que no. Es el que no se presentó. Gayle le dio mi número y nos hemos enviado algunos mensajes. No estaría mal salir una vez, ¿verdad? Sería bueno para mí. Un cambio.

Llegamos a nuestra calle y nos detuvimos frente a la casa de Charlie. Los diez minutos del trayecto de vuelta con Charlie a mi lado me habían parecido solo uno o dos minutos.

—Claro —convine, sin estar seguro de si estaba de acuerdo o no—. El cambio puede ser bueno.

—Sí, supongo. —Nos miramos durante un instante y ella me dedicó una pequeña sonrisa—. Ha sido agradable encontrarme contigo otra vez, William. Gracias por hacernos compañía.

—Cuando quieras, Charlie. —Le entregué su pizza y rasqué a Pepperoni en la cabeza por última vez mientras me daba un rápido lametón.

—Eres un buen chico —dijo Charlie—. Vamos a casa. —El cachorro le hizo caso y se puso a corretear a su alrededor—. Buenas noches, William.

—Buenas noches. —La detuve antes de que pudiera entrar en el edificio—. Charlie. —Se dio la vuelta con una sonrisa en la cara y la llave en la mano—. ¿Cuándo es la cita?

—Tiene un asunto fuera de la ciudad durante dos semanas. Quizá cuando vuelva. Tal vez. No estoy segura. ¿Por qué?

—Es solo curiosidad. —No tenía ninguna razón legítima para preguntar. Ninguna en absoluto—. Entonces, ¿estáis en contacto?

—Nos mensajeamos. Un poco. A veces.

Demasiados «tal vez» y «a veces».

—Espero que esta vez salga bien

Después de despedirnos una última vez, la vi entrar en el edificio con un cachorro aún lleno de energía a su lado. Crucé la calle y entré en mi apartamento vacío, ya sin hambre.

12

Charlie

El día después de la reunión con Laurel, que duró casi todo el día, las cosas no empezaron tan bien para mí. Después de sacar a Pepp a dar su paseo matutino, me despedí de él durante un largo rato y fui corriendo a la oficina para poder ponerme con una propuesta en la que mi padre quería que trabajara. Dado que estaba en el equipo de William, ya no era responsabilidad mía cortejar a los clientes de mi padre, pero esa era solo una de las habilidades que ni a mi padre ni a Kimberly les gustaba reconocerme pero que aprovechaban en infinidad de ocasiones. Cuando llegué a nuestra planta, allí solo había otras dos personas que estaban bebiendo café y encendiendo sus ordenadores.

Entré en la cocina y me serví un café. Me senté en mi mesa, encendí mi portátil, abrí el archivo que mi padre me había enviado la noche anterior y empecé a trabajar en él. Antes de darme cuenta siquiera, ya había pasado una hora y media. Cuando terminé de preparar la propuesta, me puse con la pequeña investigación sobre Laurel Nielson que William me había pedido que hiciera.

Llamaron a la puerta y levanté la vista del ordenador. Gayle y Rick irrumpieron antes de que pudiera articular una sola palabra.

—Reunión —dijeron a la vez y Gayle casi apartó a Rick con el hombro.

Gayle miró a Rick y frunció el ceño.

—Había dicho que yo le avisaría. Tú ve a avisar a Stan.

Rick resopló y se marchó; Gayle podría dar miedo cuando se lo proponía, así que no lo culpé. Guardé el archivo de Laurel Nielson y agarré mi ordenador a la vez que me levantaba de mi silla.

—¿Un caso nuevo?

—Sí —respondió Gayle, pendiente de mis movimientos. Estiré la espalda e hice una mueca—. ¿Cuándo has llegado? —preguntó.

—Temprano. Tenía que preparar una cosa para mi padre. —Llega hasta ella y nos dirigimos a la pequeña sala de conferencias donde ya podía ver a William y a Trisha hablando—. ¿De qué va el caso?

—¿Le has enviado un mensaje a Ralph?

—No —resoplé y le dirigí una mirada rápida—. Como ya te dije, nos mensajeamos anoche, pero eso fue todo. Quiere que le dé otra oportunidad.

—¿Se la vas a dar?

—Aún no lo sé. ¿De qué va?

—Una filtración de información de una empresa privada. Además de eso, parece que algunos de sus ejecutivos vendieron sus acciones antes de que se corriera la voz. Están peleando. Me ha vuelto a preguntar por ti.

«¿William?», pensé por alguna estúpida razón.

—¿Quién?

—Ralph. Te prometo que es la última vez que te pregunto por él. Solo quería que supieras que quiere que le respondas.

—Vale, le mandaré un mensaje.

—¿En serio?

Asentí mientras entrábamos en la sala de reuniones. Estaba a punto de rodear la mesa con Gayle para tomar asiento mientras esperábamos a Rick y a Stan, pero William estaba de pie en la cabecera de la mesa. Apartó el asiento que estaba a su lado nada más verme y me indicó por señas que me sentara.

—Buenos días, Charlie —dijo con aire distraído.

—Buenos días, William —repuse con una sonrisa. Lo observé durante unos segundos, pero no parecía malhumorado, así que debía haberse tomado su café matutino.

Gayle me lanzó una mirada inquisitiva mientras se sentaba frente a mí, junto a Trisha. Yo me encogí de hombros.

Una vez que llegaron los demás, William tomó asiento y nos dio la información de la que disponía sobre el nuevo caso y lo que estaba pasando. Estábamos en plena reunión, hablando con el director general de la empresa, explicándole los pasos que debíamos seguir, cuando llamaron a la puerta y apareció mi padre.

—¿Charlie?

—¿Sí? —susurré. Vestía un traje azul marino y no llevaba ni un solo pelo fuera de su sitio.

—¿La propuesta? —preguntó, con los ojos clavados en mí.

Me abstuve de suspirar, y después de lanzarle una mirada fugaz a William, me excusé con voz queda y salí de la sala para hablar con mi padre. Procuré ser breve, con la mano aún en el pomo.

—Te la he enviado por *e-mail* esta mañana.

—No está en la bandeja de entrada, Charlie.

Cerré los ojos y me froté las sienes.

—Te la he enviado hace dos horas, papá.

—Envíamela otra vez. ¿Te has asegurado de incorporar la información?

Eché un vistazo por encima del hombro y me encontré con la mirada de William. Sus labios se movían, pero tenía los ojos puestos en nosotros. Me volví de nuevo hacia mi padre.

—Sí, he agregado todo lo que me pediste. ¿Te parece bien que te la envíe cuando termine la reunión? Tendremos un descanso dentro de poco.

—La necesito antes de las cuatro.

—No hay problema.

—Bien.

—Vale, hablamos... —Empujé el pomo y estaba a punto de entrar, cuando mi padre me puso las manos encima e hizo que me quedara inmóvil—. Papá —dije entre dientes, mortificada mientras me abrochaba un botón de la camisa—. ¿Qué haces?

—Te veo el sujetador —replicó, como si fuera la cosa más normal del mundo que me abrochara la camisa en mitad de la oficina, donde todos podían vernos. Por no hablar de que en absoluto se me veía el sujetador—. ¿Qué te pasa en la piel? Tienes la cara diferente.

Alguien que pasó por detrás de mi padre me miró y luego desvió la mirada.

Intenté con todas mis fuerzas que sus palabras no me afectaran, pero últimamente resultaba casi imposible ignorarlas. Sentí que se me ponía la carne de gallina y no para bien. Estaba llegando al límite de mi paciencia con mi familia y las cosas empezaban a bullir.

Cerré los ojos e inspiré hondo. Cuando los abrí, mi padre me estaba mirando.

—A mi piel no le pasa nada —respondí, con voz débil y cansada—. Es que hoy no me ha dado tiempo a maquillarme. —Notaba que el calor se estaba apoderando de mi cara.

El sacudió la cabeza, siempre descontento conmigo.

—Es el perro, ¿verdad? Ya te dije que era un error adoptar un animal con todo el trabajo que tienes.

Empezó a hervirme la sangre.

—Ha sido la mejor decisión que he tomado en mi vida —repliqué—. Te volveré a enviar el *e-mail*. Si no hay nada más, tengo que entrar.

Mi padre apretó la boca con fuerza, como si no pudiera conmigo.

—Últimamente no se te puede decir nada.

—Tengo trabajo. —Me habría encantado entrar en eso, pero en su lugar hice un gesto sucinto con la cabeza y abrí la puerta.

La conferencia telefónica con el director general ya había terminado y me la había perdido. Todos menos William estaban ocupados, ya fuera con sus ordenadores o con los móviles. Gayle se levantó y se acercó a mí.

—Me pondré en contacto con los ejecutivos que vendieron sus acciones —anunció en voz alta y me brindó una pequeña sonrisa mientras salía. No tenía ganas de corresponderle con otra.

Tomé asiento, con el rostro aún acalorado. Esperaba que William no hubiera visto a mi padre abrocharme la camisa, pero con mi suerte, estaba segura de que había estado observando todo el tiempo.

—¿Va todo bien, Charlie? —preguntó en voz baja, y algo dentro de mí se derritió al oír su voz.

Tragué saliva y decidí limitarme a asentir, sin levantar la vista para evitar reaccionar. Tomé mi portátil, tratando de parecer ocupada a la vez que intentaba escuchar la conversación entre Stan, Rick y Trisha para ponerme al corriente del plan. Entonces sentí una cálida mano en mi muñeca y levanté la vista hacia William. Él enarcó una ceja, insistiendo en que le diera una respuesta.

Un poco nerviosa bajo su mirada y por la tibieza de su tacto, me apresuré a mirar a nuestros compañeros de trabajo y noté que todos estaban ocupados y pendientes de sus cosas. En el trabajo debíamos actuar como profesionales, no como amigos. Miré de nuevo a William y esbocé una débil sonrisa forzada mientras el corazón me retumbaba en el pecho.

—Todo va bien —susurré, tratando de mostrarme tranquilizadora.

Mantuvo los ojos fijos en los míos, reteniéndome unos segundos más, y luego apartó la mano y pude respirar un poco más tranquila. Apoyé la mano en el regazo y me froté donde él me había tocado para deshacerme del estúpido cosquilleo.

Sonó el teléfono de William, así que aproveché para arrimarme a Stan, que estaba sentado a mi lado, escribiendo algo en su libreta.

—¿Qué me he perdido? —susurré.

Él no me miró.

—Nada. Sigues con las declaraciones y mañana iremos a sus oficinas.

Asentí.

—Vale. Gracias, Stan.

—Charlie —dijo William y me volví hacia él—. No estarás trabajando en algo ajeno al equipo, ¿verdad?

Negué con la cabeza. La ira y la frustración casi habían desaparecido.

—No, soy toda tuya. —Entonces oí mis palabras y me sonrojé por una razón muy diferente. Y temía que esta vez había captado la atención de todos. Miré a mi alrededor y sí, todos tenían los ojos puestos en mí—. Oh, venga ya. Ya sabéis a qué me refiero —farfullé. Miré de nuevo a William—. Estoy comprometida con este equipo. Mi padre me pidió que hiciera una cosa y me he ocupado fuera de las horas de trabajo. Eso era lo que quería decir —añadí la última frase para que todos la oyeran. Vi un pequeño movimiento nervioso en los labios de William, así que exhalé un suspiro e ignoré a todos los presentes en la sala y me centré en el trabajo que tenía que realizar—. Voy a preparar el comunicado que saldrá en sus *e-mails* —dije a nadie en particular y me puse manos a la obra.

El equipo hizo un pequeño descanso para comer alrededor de las tres. O debería decir que ellos hicieron un tardío descanso para comer, pero yo tenía que volver a enviarle la propuesta a mi padre, así que me quedé en mi despacho. Me dirigía de nuevo a mi despacho con una taza de té en la mano, cuando decidí pasarme por el de mi padre solo para asegurarme de que esta vez recibía el correo electrónico.

Llamé a su puerta y entré. Estaba con un pie dentro y otro fuera para poder escapar con rapidez. Mi padre levantó la vista de su móvil.

—¿Todo bien con el archivo que te he enviado? —pregunté.

—Sí, sí. Gracias por ocuparte de ello tan rápido, Charlie.

—De nada. Hasta luego, papá. —Ya estaba cerrando la puerta, cuando me detuvo.

—Espera. Pasa un momento.

Abrí la puerta y entré. Preferí quedarme en medio de su despacho en vez de tomar asiento.

—Aún no he comido y tenemos otra reunión en breve, papá. Tendrá que ser rápido.

Sus ojos se desplazaron hacia mi cuerpo. Fue un movimiento rápido, pero lo capté de todos modos. Y me percaté de lo que estaba pensando, pero intentaba no decir; «puedes permitirte saltarte la comida». Rechiné los dientes.

Mi padre llamó a alguien con su teléfono.

—Charlie está aquí, puedes venir.

Fruncí el ceño. Bebí un trago, sujetando mi taza entre las manos, y me pregunté qué iba a pedirme ahora que hiciera.

—¿Quién va a venir? —pregunté cuando él colgó.

—Empiezo a estar harto de esto entre las dos. Trabajáis juntas y tenéis que...

Kimberly entró antes de que mi padre pudiera terminar la frase. Llevaba puesto un traje pantalón rojo y la temperatura de la habitación descendió unos cuantos grados.

—Hola, papá. Hola, Charlie.

Me erguí un poco más, la saludé con la cabeza y bebí otro sorbo. No era una persona vengativa. No necesariamente. Pero después del problema con su marido, las cosas no habían vuelto a la normalidad entre nosotras. Para ser sincera, yo estaba conforme con eso, ya que nuestra normalidad tampoco fue nunca buena. No nos odiábamos, pero nunca habíamos tenido una relación cercana de hermanas.

—Estoy con algo, así que tengo que darme prisa —explicó, como si fuera la única que estuviera ocupada. Miró a nuestro padre y después a mí. Yo me limité a enarcar las cejas mientras esperaba.

Mi padre exhaló un suspiro.

—Charlie, dentro de una o dos semanas necesito a Kimberly en Míchigan durante unos días, pero tiene una cena con un cliente aquí. Es muy inoportuno. Necesito que te ocupes tú de la cena.

Bajé la taza y me dirigí a Kimberly.

—¿No se puede encargar nadie de tu equipo? Es decir, ¿no sabrán más ellos de tu cliente?

Ella meneó la cabeza de un lado a otro.

—No, Charlie. Es un antiguo cliente mío. Se trata más bien de un trabajo de canguro para apaciguarlo. Yo estaré aquí para la reunión con él del día siguiente. Y mi equipo está trabajando en otras cosas. No puedo apartarlos por esto.

Claro. Pero yo sí podía dejar lo que estuviera haciendo y bailar a su son. Ya no.

—Lo siento —dije, tratando de parecer pesarosa—. Tengo planes para esa semana y mucho trabajo. Me encantaría ayudar, pero no puedo.

—Charlie —susurró mi padre, masajeándose el puente de la nariz como si me estuviera portando de forma intratable. Me miró mientras Kimberly estaba junto a su mesa. Podía sentir que las paredes se cerraban a mi alrededor y me di cuenta de que daba igual que tuviera o no planes—. ¿Qué planes tienes? —preguntó—. ¿Son de trabajo?

—No. Tengo una cita. —No era verdad, pero Gayle me había dicho que Ralph estaba esperando tener noticias mías, así que para librarme del asunto del canguro bien podía tener una cita. Así que tenía una cita.

Mi padre enarcó las cejas, con la incredulidad patente en sus ojos.

—¿Estás saliendo otra vez?

—Sí —respondí—. ¿Algún problema?

Él levantó las manos.

—No, no. Es solo que me sorprende, nada más. ¿Es alguien nuevo? ¿O has empezado a hablar con Craig otra vez?

Le caía bien Craig. Me mordí la lengua para no saltar.

—Craig me puso los cuernos, papá. Lo sabes. ¿Por qué iba a hablar con él? Es alguien nuevo.

—Solo preguntaba. No tienes que ponerte a la defensiva.

—Si no hay nada más, tengo que volver al trabajo —continué, ignorando sus palabras, tratando de que no me afectaran. Me dispuse a marcharme, pero no tuve tanta suerte.

—Cambia tu cita a otra semana, Charlie —me ordenó, y esta vez fui yo quien enarcó las cejas—. No me mires así. Esto es importante para la empresa. ¿Qué más te da salir con alguien otro día?

—Papá...

El teléfono de Kimberly empezó a sonar y miró a nuestro padre después de echar un vistazo a la pantalla.

—Papa, tengo que atender la llamada. ¿Puedo irme? Te ocupas tú de esto, ¿verdad?

—Sí. Vete, vete.

Kimberly salió de la habitación y yo me quedé mirando, atónita.

—Charlie —suspiró—, sé que sigues enfadada con ella y tienes todo el derecho, pero esto es trabajo.

—Ya no estoy cabreada —farfullé, pero ambos sabíamos que era mentira—. Se ha reconciliado con su marido, ¿verdad? Es lo único que importa.

—Ambos sabemos que no es eso lo que piensas. —Se levantó y rodeó la mesa hasta llegar a mí para colocarme bien el cuello de la camisa pese a que no era necesario. Cerré los ojos, procuré estarme quieta y respiré hondo—. Tienes que hacer las paces con tu hermana. Se siente fatal por todo lo que pasó.

Nunca me había dicho que se sintiera fatal, lo que no me resultaba nada extraño. De repente ya no podía respirar en su despacho. Así que cedí solo para poder salir de allí.

—Cambiaré mi cita al sábado y me reuniré con su cliente el viernes. No puedo prometer que haga de canguro. Yo no trabajo en su equipo.

Mi padre apretó los labios con fuerza.

—Qué cabezota eres a veces.

—No puedo cambiar quién soy —farfullé, levantando más la cabeza. A mí me gustaba tal y como era.

—Vale, está bien —repuso, dejando escapar un suspiro—. Como quieras. —Me dio un abrazo y traté de no ponerme rígida en sus brazos mientras se lo devolvía. Quería a mi padre, pero a veces me ponía las cosas muy difíciles—. Me alegro de que hayas empezado a salir con alguien. Espero que aciertes con este. Esta noche preparas tu lasaña para cenar en casa de la abuela, ¿verdad?

Contuve un gemido a duras penas. Se me había olvidado por completo la cena mensual en casa de la abuela. Eso explicaba por qué tenía tantas llamadas perdidas de ella en el teléfono.

—Papá —empecé, apartándome de su abrazo—. Tengo un montón de cosas que hacer con el nuevo caso de hoy y con el de Laurel Nielson también.

—Está bien. Hablaré con William y saldrás un poco antes. Su equipo y él pueden ocuparse de las cosas sin ti.

Su teléfono empezó a sonar al mismo tiempo que alguien de contabilidad llamaba a la puerta.

—Señor Davis, tengo esto listo para que lo revise.

Y así, sin más, perdí la oportunidad de escaquearme de la cena de esta noche.

Cuando salí por fin de su despacho y volví de nuevo al mío, cerré los ojos, respiré hondo y traté de expulsar toda la mala energía que se aferraba a mí. Repetí la acción varias veces para calmarme. Luego saqué el móvil para enviarle un mensaje a Val, pero mis ojos se posaron en el libro que estaba leyendo. No pude evitar sonreír cuando lo recogí y encontré una nota entre sus páginas.

¿Por qué no has comido, Charlie? Estoy dispuesto a compartir mi sándwich esta vez. Puede que también tenga un brownie para ti. Y patatas fritas, si te interesa.

La sonrisa se ensanchó de oreja a oreja y miré de inmediato hacia el despacho de William. Había gente que pasaba por el espacio compartido de trabajo por lo que al principio no pude verlo, pero después ahí estaba él, apoyado en su mesa y mirándome.

Me reí y él me devolvió la sonrisa. Le brindé un pequeño saludo con la mano y levanté un dedo para indicarle que iba para allí y también lo articulé con la boca por si acaso.

No quería que pensara que estaba chalada, así que me di la vuelta, aún con la sonrisa en los labios, hice una foto rápida a la nota y se la envié a Val antes de guardarla con las demás en el cajón.

Charlie: Esta es su tercera nota. Creo que ahí hay algo. Dime que hay algo. Yo creo que lo hay.

Valerie: ¿Es de Willy? Dime que es de Willy.

Reí entre dientes. «Willy» no le pegaba nada a William.

Charlie: Sí, es de William.

Valerie: ¡Charlie! Le gustas. ¿Sándwich, patatas fritas y brownie? ¿Estás de broma? Cásate con él o lo haré yo.

Sacudí la cabeza.

Charlie: No le gusto. Somos amigos. Pero las notas me hacen feliz.

Valerie: Sin comentarios, pero que sepas que te portas como una idiota. ¿Qué lleva puesto?

Charlie: Un traje negro. Se quitó la chaqueta en plena reunión. Menudo regalo para la vista.

Valerie: ¡Toma ya! Graba un vídeo la próxima vez.

Charlie: ¿Qué tal si le llamo para que venga a mi apartamento y le pido un *striptease* privado?

Valerie: ¡Oh! ¡Buena idea! Haremos una videollamada.

Todavía riendo, dejé de mandar mensajes y me dirigí al despacho de William. Abrí la puerta, entré y la cerré a mi espalda.

Nos miramos durante un segundo eterno.

—Hola, colega —dije con una sonrisa mientras algo dentro de mí cambiaba. Estaba bien jodida.

William se levantó y me sonrió con sus pantalones negros y su nívea camisa blanca.

—Hola, Charlie. Creo que has venido a por las patatas fritas.

—Cuesta mucho decir que no a las patatas fritas. —Le brindé una amplia sonrisa, sintiéndome feliz.

Oh, ojalá hubiera sido la última vez que lo hubiera visto ese día.

13

William

Salí de la oficina alrededor de las siete de la tarde y pronto llegué a la dirección que me había enviado Douglas. Como ya había tenido que rechazar su invitación a cenar en dos ocasiones debido a todas las cosas de las que tenía que ocuparme (nueva casa, nuevo equipo y los casos) esta vez dije que sí. Mi casa tampoco me parecía un hogar todavía, así que acepté la invitación. Había mencionado que su madre y Kimberly estarían allí, pero Charlie no.

Por eso me sorprendí tanto cuando llamé a la puerta de su lujosa casa a solo unas manzanas de la mía y Charlie abrió. Todavía vestía la misma falda negra y la misma camisa lila que se había puesto ese día, pero se había recogido en un moño el rizado cabello que antes llevaba suelto y algunos mechones le enmarcaban la cara. La curva de su cuello llamó mi atención mientras mis ojos seguían la V de su camisa hasta los botones. Levanté la vista de golpe.

—¿William? —preguntó, y la sorpresa en su cara era un reflejo de sus palabras—. ¿Qué haces tú aquí?

—Douglas me ha invitado a cenar.

—Ah —dijo entre dientes, con la cara un poco desencajada. Miró por encima del hombro, sujetando aún la puerta.

—Yo…

Fruncí el ceño.

—¿Te parece bien? —Volvió la cabeza hacia mí de golpe, pero evitó mi mirada. Confuso, esperé en el umbral con el vino que había comprado de camino aquí—. Si es mal momento… —Mi voz se fue apagando.

—No —se apresuró a decir—. No, claro que no. Mi padre no me lo ha dicho. —Exhaló un suspiro, abrió más la puerta y me hizo un gesto con la mano para que entrara—. Me estoy portando como una idiota. Lo siento, entra, por favor.

Entré y le di la botella de vino después de que cerrara la puerta.

—¿Es William? —Oí que preguntaba Douglas desde algún lugar de la casa.

—Sí, papá —respondió Charlie.

No sabía por qué, pero parecía preocupada; algo no iba bien.

—Charlie —murmuré y me arrimé a ella—. No sé qué pasa, pero si no te sientes cómoda con que esté aquí, puedes decírmelo. —La miré a los ojos y ella me miró por fin. Al estar tan cerca de ella, también noté el ligero arrebol en la parte alta de sus mejillas—. Puedo poner una excusa y marcharme.

Su rostro se suavizó y por fin apareció una sonrisa en sus labios. Era una sonrisa pequeña, pero me conformaba con eso.

—No seas bobo. Vamos. Mi padre está en el cuarto de estar. La cena está casi lista.

Sin estar del todo seguro, la seguí por el pasillo y me encontré cara a cara con Douglas.

—Bienvenido, William —me saludó.

Le estreché la mano, pero estaba pendiente de Charlie. Me dirigió una última mirada, con la botella de vino que le había dado en la mano, y luego salió por la otra puerta. Douglas me llevó al cuarto de estar donde conocí a su madre, Susan, a Kimberly y a su marido, Scott. Parecía que estaba irrumpiendo en una cena familiar. A lo mejor por eso Charlie se había comportado de forma tan rara. Después de charlar un rato, Charlie entró para avisar a todos de que la cena estaba lista.

Ya en el salón, me senté al lado de Douglas y Kimberly se sentó enfrente de mí. Cuando su marido agarró la silla al lado de la mía, perdí la esperanza de sentarme junto a Charlie. Me libré de la inesperada decepción y vi a Charlie y a su abuela traer la comida que olía de maravilla. Charlie empezó a cortar la lasaña y, como un imbécil, fui incapaz de quitarle los ojos de encima. ¿Había cocinado ella? Esperé para ver si me miraba, pero no lo hizo. Ni una sola vez.

La mesa estaba perfecta, la conversación fluía y en cuestión de minutos, casi todos teníamos el plato lleno de comida, pero Charlie seguía sin parecer ella. Ni sonrisas espontáneas. Ni miraditas en mi dirección. Nada de conversación fascinante mientras por fin se servía en su plato. En cierto modo parecía que estuviera viendo una versión descafeinada de la Charlie que había vuelto a conocer estas últimas semanas y me molestaba mucho. Me molestaba hasta el punto de que apenas pude dejar de mirarla porque estaba intentando llamar su atención con todas mis fuerzas.

—Charlie. —Su padre captó su atención cuando estaba a punto de sentarse con su plato—. ¿No es demasiado para ti? ¿Quieres un poco de ensalada de judías verdes?

Confuso, paseé la mirada entre Charlie y Douglas. Charlie se quedó paralizada. Luego, sin mediar palabra, cortó casi la mitad de la lasaña, volvió a dejarla en la cazuela y se sentó en su sitio. Como no me daba buena espina lo que acababa de pasar, me removí en mi asiento e intenté no fruncir demasiado el ceño, pero no pude evitarlo. Nos pusimos a charlar de manera informal mientras empezábamos a cenar, pero aun así no pude evitar mirar a Charlie. Si alguien le preguntaba algo, ella respondía con una sonrisa ausente, pero no estaba atenta a la conversación.

—¿William? —me llamó Kimberly, y dejé de intentar captar la mirada de Charlie y me centré en su hermana, con la que no había tenido tiempo de conversar demasiado en la oficina debido a la cantidad de trabajo que teníamos—. He de reconocer que ya te conocía antes de que vinieras a nuestra empresa, pero no esperaba que llevaras el caso del coche eléctrico de Michael Ashton tan bien. He oído que también ayudaste al equipo de marketing. Sus nuevos anuncios están llamando la atención de…

—Kimberly —la interrumpió Douglas—, no hablemos de trabajo esta noche.

—Por supuesto, papá.

Le brindé una sonrisa a Kimberly.

—Solo diré que Douglas me eligió un equipo perfecto. Sin duda ha sido un trabajo en equipo. Todos trabajamos en ello día y noche. —Miré a Charlie y vi que la comisura de su boca se curvaba hacia arriba. Un gesto tan pequeño, pero que puso una sonrisa en mi cara, y procuré relajarme—. Formamos un buen equipo —añadí. No pasaba nada. Tal vez solo se había sorprendido al verme en casa de su familia. Me volví hacia la abuela de Charlie, que estaba sentada a la cabecera de la mesa enfrente de Douglas—. La lasaña está buenísima, Susan. Gracias por invitarme a cenar.

Ella bebió un sorbo de vino y señaló a Charlie.

—Oh, la ha preparado Charlie. Íbamos a cenar salmón, pero se me antojó la lasaña de Charlie, así que le pedí que saliera antes de trabajar para que viniera a cocinar. No sé por qué, pero a mí nunca me sale bien.

Así que por eso había desaparecido de la oficina. Estaba mirando a Charlie mientras Susan hablaba y estaba a punto de hacer un comentario, cuando Douglas se me adelantó.

—¿No te ha salido un poco aguada esta vez, Charlie? —preguntó—. A lo mejor es el ragú.

Paseé la mirada entre Douglas y Charlie y luego miré mi plato mientras fruncía el ceño. ¿Se había vuelto loco? De ninguna manera estaba aguada. Era la mejor lasaña que había probado en toda mi vida.

—Aguada o no, está buena, Douglas —intervino Susan.

—¿Buena? —repliqué—. Está de muerte, Charlie.

Vi que Charlie se tragaba la comida y luego me brindó una rápida sonrisa antes de volverse hacia su padre.

—Necesitaba tiempo para reposar, papá. Cuando la cortas antes de tiempo, a veces no mantiene la forma. ¿Está bien de sal esta vez?

—Puede que un poco menos hubiera sido mejor.

Fruncí el ceño. La lasaña estaba perfecta de sabor. ¿De qué narices estaban hablando? Antes de que pudiera intervenir y volverle a decir a Charlie lo buena que estaba, Douglas habló:

—Sé que acabo de decir que nada de hablar de trabajo esta noche, pero William, ¿qué tal es trabajar con Charlie?

Miré a Charlie por si acaso ella quería responder, pero estaba callada y apenas estaba comiendo nada.

—Es genial. Como he dicho, estoy muy contento con todo el equipo.

Kimberly asintió.

—Quería tener a Charlie conmigo, pero no se le da demasiado bien trabajar en equipo. Me alegra saber que a ti te va bien.

Vi que Charlie se ponía tensa en su asiento. No estaba seguro de lo que estaba pasando, pero sabía que no me gustaba en absoluto.

—En realidad es estupenda con los clientes —prosiguió Douglas—. A veces la llamo para una reunión si necesito tranquilizar a alguien, ya que parece que a Charlie eso se le da genial. —Por lo que había visto, no la llamaba solo «a veces», pero lo dejé correr por el momento—. Pero por alguna razón es más que nada una persona solitaria. No tiene casi amigos.

Me puse tenso en mi asiento y dejé despacio el cuchillo y el tenedor. De repente la comida me estaba dejando un regusto amargo en la boca.

Todos nos volvimos hacia Charlie cuando dejó el vaso de agua vacío en la mesa con demasiada fuerza antes de hablar.

—No es que tenga que dar explicaciones, ya sabes que tengo amigos, pero ¿cuándo tengo tiempo de salir con alguien? Me paso casi todo el tiempo en la oficina.

—Tenías tiempo para un perro, cosa que sigue sin gustarme.

—No tiene por qué gustarte. El perro es mío, no tuyo. Y tener tiempo para un perro no es lo mismo que salir con un amigo diferente cada noche. Que a vosotros no os guste pasar tiempo a solas no significa que tenga que ser una persona social. Estoy contenta con quien soy y con el número de amigos que tengo. —Observé mientras ella cortaba un trozo de lasaña y se la metía en la boca de forma airada.

—Charlie, nadie está criticando cómo eres —dijo Kimberly con un suspiro—. Solo decimos que es posible que a veces seas un poco antisocial.

—Y ¿eso no te parece algo malo? En fin, si quieres llamarme antisocial, allá tú. Soy más feliz cuando paso tiempo sola o con mis escasos amigos. Preocupaos de vosotros mismos.

La tensión en la habitación aumentó de golpe y yo estaba demasiado sorprendido e incómodo como para decir o hacer nada. Por no hablar de que no estaba seguro de qué le parecería a Charlie que intentara protegerla de su propia familia.

Douglas suspiró y sacudió la cabeza mientras agarraba el vino que había traído yo y se servía una segunda copa.

—Nadie te juzga, Charlie. Es que pensamos que tal vez sería bueno para ti que salieras un poco más. Que conocieras a gente nueva.

Charlie dejó el tenedor y rellenó su copa de agua.

—Bueno, papá, lo tendré en cuenta cuando me pidas que me quede después de mi hora de salida. Al fin y al cabo, puede que tengas razón.

—Charlie, Douglas, no es momento para esta charla cuando tenemos compañía —interrumpió Susan, centrando su atención en mí—. He oído que tu familia vive en Montauk, William. ¿Es cierto?

—Sí —respondí, aún sin saber muy bien qué estaba pasando y también bastante cabreado—. Sí, viven allí. Mis hermanas y yo nacimos allí. Una de mis hermanas vive en Pittsburgh, pero mis padres y mi otra hermana siguen allí. —Me esforcé por ser respetuoso mientras me centraba en Susan. El respeto que sentía por Douglas ya había desaparecido.

—Deben estar encantados de que te hayas venido a vivir más cerca de ellos. A lo mejor vienen a verte pronto.

—Tengo pensado hacer un viaje cuando tenga un fin de semana libre. Me resultará más fácil.

Estudié a Charlie mientras bebía unos sorbos de agua; apenas había tocado su comida mientras los demás comían tan contentos lo que ella había cocinado. Y ¿así la trataban?

—No me entusiasman las judías verdes, pero estas están increíbles. ¿Es el aliño, Kimberly? —pregunté solo para molestar. Ella me miró a los ojos y vi el leve ceño que reflejaba su confusión—. Oh, lo siento, suponía que las habías preparado tú. Como Charlie ha preparado la lasaña, pensaba que el resto lo habías hecho tú.

—Me temo que no. No me gusta cocinar tanto como a Charlie, como bien puedes adivinar por su figura. Ella es la que mejor cocina de las dos. Además, yo tenía un montón de cosas de las que ocuparme en la oficina. Ella disponía de más tiempo. Ahora mismo estoy liadísima con los casos.

Sabía que Charlie apenas tenía tiempo para respirar en la oficina.

—Hasta yo cocino mejor que Kimberly —apostilló Scott. Era la primera vez que hablaba desde que nos habíamos sentado. Casi me había olvidado de que estaba aquí.

Kimberly sonrió a su marido y él le devolvió la sonrisa.

—Eso es verdad —convino tan tranquila—. A Scott se le dan bien la pasta y los huevos.

—Al comienzo de nuestro matrimonio aprendimos que era mejor que yo me ocupara de la cocina —afirmó Scott.

Me obligué a tomar otro bocado de lasaña y traté de no estar pendiente de cada movimiento de Charlie.

—¿Cuánto lleváis casados? —le pregunté a Scott. Era rubio con los ojos verde oscuro y, en mi opinión, demasiado callado y pasivo para alguien como Kimberly. No me había parecido que ella tuviera por fuerza nada de malo antes de esta cena, pero me recordaba a alguien con quien había trabajado hacía un par de años y no me sorprendió demasiado ver que no estaba unida a Charlie, ya que eran polos opuestos en cuanto a carácter.

—Cuatro años —respondió Scott, sacándome de mis pensamientos.

—Enhorabuena.

—Gracias —dijo Kimberly—. He oído que tú acabas de divorciarte. Lo siento.

Me puse un poco tenso en mi asiento, pero pensaba que había disimulado bien mi reacción. Bebí un sorbo de vino y asentí.

—Sí, es cierto. ¿Tú también te dedicas a las relaciones públicas?

Él negó con la cabeza a la vez que masticaba la comida.

—Eso es cosa de los Davis. En realidad soy profesor de instituto.

—Es genial —comenté, escuchándolo solo a medias mientras mi mirada volvía una y otra vez a Charlie. Estaba medio levantada de su asiento y se inclinaba hacia delante para sujetar el salero, cuando noté que Susan le hacía un gesto para que se subiera la pechera de la camisa a fin de no enseñar el escote. Entonces miró a Scott por alguna razón y luego a Kimberly.

Vi que Charlie volvía a plantar el trasero en la silla con rapidez, se miraba y luego me miraba a mí a los ojos. Continué observando mientras un ligero rubor teñía sus mejillas. Acto seguido se arregló la camisa en silencio e irguió la espalda. Seguí conversando con Scott e hice algunas preguntas al azar sobre su labor como docente para desviar la atención de Charlie.

Al cabo de un rato de haber empezado a cenar, Douglas ya le había pedido otro trozo de lasaña a Charlie. ¡Y un cuerno estaba aguada y salada! Cuanto más tiempo pasaba, más furioso me ponía por Charlie. Un pequeño comentario aquí y otro allá de pasada... De verdad estaba empezando a ponerme de los nervios. A veces Charlie se limitaba a ignorarlos, pero parecía que nadie la escuchaba ni siquiera cuando intentaba responder.

Me froté las sienes y traté de librarme del dolor de cabeza que estaba empezando a sentir.

—Me incomoda mucho la forma en que estáis tratando a Charlie en este momento.

Douglas se rio de mi comentario como si no acabara de hablar.

—Vamos, ella está bien. Es estupendo que vuelvas a salir, Charlie —dijo Kimberly sin darle importancia mientras continuaba comiendo—. Me alegro por ti. Ha pasado mucho desde lo de Craig, aunque ni siquiera le gustabas tanto. Espero que al menos esta vez encuentres a alguien que no se vaya y que esté disponible, claro.

Charlie debió hartarse porque por fin soltó el tenedor, que repicó con fuerza contra el plato.

—Kimberly —dijo Scott con voz queda y su mujer lo miró con el ceño fruncido.

—¿Estas de broma? —explotó Charlie—. ¿De veras piensas que esto es algo de lo que deberías hablar delante de alguien con quien trabajo? ¿Con un compañero mío? ¿Con un compañero tuyo? ¿Debo empezar a preguntarte por tus problemas matrimoniales? Porque desde luego puedo hacerlo.

—Basta, Charlie —intervino Douglas con voz firme.

—¿Basta?

Cuando la voz se le quebró un poco, levanté la vista de mi plato y me di cuenta de que tenía los ojos llenos de lágrimas. Cerré los puños debajo de la mesa y a duras penas me contuve para no ir a su lado y llevármela lejos de esta gente. Y dejar a todos ahí plantados.

—No hay nada de qué avergonzarse —medió Susan—. Como bien has dicho, tú eres quien eres y haces las cosas a tu manera. Así que tal vez no encuentres a alguien con quien quieras estar el resto de tu vida como hizo Kimberly tan pronto. ¿Cuánto tiempo llevo yo sola? ¿Más de veinte años? Pues soy muy feliz. —Estiró el brazo y posó sus largos y delgados dedos sobre la mano de Charlie—. No tienes el aspecto físico de Kimberly, así que es duro. —Kimberly sonrió, sin duda pensando que pasaría desapercibido, mientras yo miraba, conmocionado—. Y si ya no quieres vivir sola, siempre puedes volver a vivir conmigo. No sé por qué quisiste mudarte si en realidad no tenías por qué hacerlo.

No podía apartar la mirada de Charlie y vi que una lágrima resbalaba por su mejilla. Jamás había volcado una mesa en mi puta vida, pero eso era lo que me apetecía hacer en esos momentos. Estaba a punto de levantarme, darle un puñetazo a alguien y llevarme a Charlie de aquí, pero ella se me adelantó. Empujó su silla hacia atrás despacio y se levantó mientras todos, incluido yo, la mirábamos.

Ella miró a su padre.

—Lo siento, papá. Como he salido antes de la oficina para venir aquí a cocinar, tengo que trabajar en algunas cosas. Creo que es mejor que me marche ya.

—No seas ridícula, Charlie.

—Por favor, disfrutad de la cena. Buenas noches.

Y luego se limitó a salir del comedor. Segundos más tarde oí que la puerta principal se abría y se cerraba en silencio.

El suspiro de Kimberly llamó primero mi atención.

—No quería decir nada con mi comentario. Me alegro de que vuelva a salir. No sé qué he dicho que sea tan malo.

Douglas dejó el cuchillo y el tenedor.

—Charlie puede ser…, un poco demasiado sensible a veces —me explicó—. Espero que no pienses mal de ella. Es muy buena en su trabajo. Hablaré con ella mañana.

Luego, como si nada hubiera pasado, todos reanudaron la conversación y siguieron cenando. Me quedé sentado oyéndolos hablar, todavía un poco conmocionado.

No habían pasado ni diez segundos, cuando retiré mi silla igual que había hecho Charlie y dejé mi servilleta.

—Creo que yo también me marcho ya. —Aunque sabía que todos me miraban, me centré en Douglas—. Me gustaría decir que agradezco que me hayas invitado a tu casa, pero lamento decir que estaría mintiendo. Al igual que Charlie, me gustaría estar en cualquier lugar menos aquí, así que me iré y alcanzaré a tu hija para darle las gracias como es debido por la cena que ha preparado, ya que a ninguno se os ha ocurrido hacerlo. —Douglas se puso de pie—. No es necesario —dije, sin darle tiempo a que hablara porque no sabía cómo reaccionaría si decía algo inapropiado, y no quería poner en evidencia a mi nuevo jefe, al menos por el momento—. Saldré solo. Creo que después de lo que he visto esta noche deberíamos relacionarnos solo a nivel profesional. —Me volví hacia la abuela de Charlie e incliné la cabeza—. Diría que ha sido un placer conocerla, pero me cuesta articular las palabras, señora. Buenas noches. —Ignoré a Kimberly y a su marido.

Y así, sin más, me marché de la casa, sabiendo que no volvería más. En cuanto salí, eché a correr hacia nuestra calle, esperando que Charlie no hubiera llamado un Uber y pudiera alcanzarla. Vi su silueta encorvada a dos manzanas más allá y reduje el paso para no asustarla.

—Tenemos que dejar de tropezarnos en lugares tan aleatorios como este —comenté con voz serena cuando llegué a su lado. Ella evitó mi mirada. Unas emociones que no podía describir me atravesaron el pecho—. Charlie —murmuré mientras ella se secaba las lágrimas de los ojos con el dorso de la mano—. ¿Recuerdas tu norma de ser sincera? Me gustaría saber en qué piensas.

—Me siento avergonzada —susurró—. Me parece que no tengo ganas de ser sincera ahora mismo.

Fruncí el ceño.

—¿Por qué estás avergonzada? Tú no has hecho nada. De hecho, has manejado la situación muchísimo mejor de lo que yo lo habría hecho.

—Pero hubiera preferido que no lo hubieras visto.

—¿Por eso estabas un poco distante cuando me viste en la puerta? —Charlie se limpió la cara y sorbió por la nariz una vez antes de asentir.

Yo solo quería acompañarla a casa, no tenía ganas de volver a hablar de la desastrosa cena, así que me metí las manos en los bolsillos y caminé en silencio a su lado durante los siguientes cinco minutos.

—Hice una lista el día que te vi en la oficina. Cuando volví a casa esa noche, claro. De verdad que no tuvo nada que ver con haberte vuelto a ver después de tantos años. Hacía tiempo que quería hacerla.

—¿De qué es?

—La llamé *La búsqueda de Charlie*. Aún sigo dándole vueltas al nombre. Tengo que hacer algunos cambios en mi vida. Y lo primero de la lista es mudarme. La he hecho muchas veces. Quiero a mi familia. Los quiero. De verdad que sí. No son siempre así, pero últimamente siento que se han vuelto completamente locos y no creo que pueda aguantarlo más. Me molesta todo lo que hacen o dicen y parece que solo va a peor. Creo que sería mucho mejor si no nos viéramos tan a menudo.

—Después de esta noche, créeme que entiendo por qué.

—Ya.

—¿Puedo preguntarte algo?

—Claro. No creo que la cosa pueda empeorar mucho después de lo que acaba de pasar. Adelante.

—No tienes que responder. No es que entienda por qué tu padre o tu abuela han dicho algunas de las cosas que han dicho, pero ¿ocurre algo más con Kimberly? Parecía que era la que más te fastidiaba.

Charlie respiró hondo y expulsó el aire despacio. Luego cruzó los brazos a la altura del pecho y levantó la vista al cielo nocturno.

—Me da rabia que no podamos ver las estrellas por culpa de la contaminación lumínica. Siempre he querido vivir el algún lugar en el que pueda pasarme horas contemplándolas. Son preciosas. —Guardó silencio durante otro momento, pero luego continuó—: Kimberly y yo tuvimos una pelea monumental el año pasado, que fue cuanto empecé a considerar con más seriedad la posibilidad de mudarme. Mi hermana cree que coqueteé con su marido. De veras creía que estaba…, o a lo mejor todavía piensa que estoy interesada en Scott, vete tú a saber. Según su razonamiento, él era callado y yo también, y él me sonreía y yo le sonreía cuando creía que ella no miraba. Supongo que nos mensajeábamos de vez en cuando. Ni siquiera recuerdo sobre qué, pero te prometo que nunca lo he visto como algo más que un hermano. ¿Por qué narices iba a hacerlo? La primera vez que me acusó no dije nada porque me quedé estupefacta. Ella se lo tomó como un confirmación y siguió adelante. Por suerte, Scott no lo sabe porque está claro que la culpa era mía. Jamás se le pasó por la cabeza considerar que el chico pudiera ser el problema, y no es que lo fuera, porque quiere a mi hermana con todo su corazón. Y se tomó el hecho de que no hubiera tenido ninguna cita en años como la prueba de mi amor no correspondido por su marido. —Caminamos en silencio durante al menos unos cuantos minutos antes de que prosiguiera—: Ni mi padre ni mi abuela estaban de mi lado. No creían que de verdad sintiera algo por Scott, eso no, pero tampoco impidieron que Kimberly me dijera todas las cosas que me dijo. Pensaron que estaba siendo ridícula. No sé cómo superar todo eso. Siguen diciendo que soy demasiado sensible o que estoy haciendo una montaña de un grano de arena, pero estoy muy harta de guardar silencio.

—¿Cómo es que lo dejó estar?

—¿Kimberly? —preguntó y yo asentí—. No tengo ni idea. Supongo que al final me creyó porque vino a mi despacho unos días después y me dijo que solo se había puesto celosa.

—Pero ¿no se disculpó?

—No. Aunque se hubiera disculpado, el solo hecho de que creyera que se me podría pasar siquiera por la cabeza algo así…

—Es difícil recuperar la confianza. Lo entiendo.

—Aun así siento la forma en que he actuado esta noche. No quería que vieras eso.

—¿Por qué? —insistí—. Solo soy un tipo cualquiera con el que te encuentras de vez en cuando.

—Pero no lo eres —replicó, y sentí sus ojos en mí, así que la miré—. En realidad, no. Estuve loca por ti —reconoció con una sonrisa triste que no me gustó ver—. Me resulta vergonzoso.

—Deja que te lo repita. No tienes nada de qué avergonzarte porque lo de esta noche no ha cambiado en absoluto lo que pienso de ti. Pero si te hace sentir mejor, podemos olvidarlo.

Charlie asintió.

—Te lo agradecería mucho.

Tardamos otros diez minutos en llegar a nuestra calle y nos encontramos de nuevo delante de su edificio. Charlie miró a la ventana de su apartamento y yo seguí su mirada.

—¿Crees que volverá a oírte? —susurré.

Ella negó con la cabeza.

—Esta noche está en casa. Normalmente duerme cuando no estoy.

No quería dejar que se fuera aún, así que le pregunté algo que había estado rondándome la cabeza.

—¿Qué tal la búsqueda de empleo?

—Ayer tuve una entrevista *online*. Después del trabajo. No creo que encajemos bien. Seguiré buscando.

—Puedo ayudarte —me ofrecí—. Si quieres.

Ella enarcó una ceja.

—Ayudarme, ¿cómo?

Señalé las escaleras que conducían a la puerta de su edificio y me senté. Ella hizo lo mismo.

—Puedo llamar a una amiga, Nora. Acaba de abrir una nueva empresa de relaciones públicas en California y creo que necesitan contratar a más gente. Tendrían suerte de contar contigo. —Entrelacé las manos y apoyé los antebrazos en los muslos.

—¿Crees que les parecerá bien una entrevista *online,* ya que ahora mismo no puedo dejar el trabajo para ir a California?

—Claro, ¿por qué no?

Un adolescente y su padre pasaron con su labrador e hicimos una pausa en nuestra conversación mientras lo veíamos correr en círculos alrededor del padre.

—También puedo hablar con alguien de la empresa que acabo de dejar, pero no creo que sea una buena opción para ti. Nora sería mejor opción.

—Voy a aceptar tu ayuda porque no parece que esté haciendo progresos por mi cuenta. Parece que sigo posponiendo las cosas y posponiendo mi vida. Te lo agradecería mucho, William. Muchísimas gracias.

Sonreí e incliné la cabeza.

Se produjo un cómodo silencio entre nosotros y creo que ninguno quería romperlo ni dejarlo atrás. Todavía no.

Miré al frente.

—La lista que escribiste… ¿Qué más hay en ella…, si es que puedo preguntar?

—¿Qué más…? —murmuró y luego se rio un poco—. Me temo que el tema de los besos. Además ocupa un lugar bastante alto en la lista. —Escondió el rostro entre las manos y gimió—. Estoy bastante centrada en los besos.

Me reí con suavidad.

—Lo echas mucho de menos, ¿eh?

—Creo que sí. Supongo que echo de menos la parte fácil de una relación. Despertar y simplemente ser feliz por tener a alguien a quien quieres a tu lado. Besarte nada más. Los primeros meses antes de que Craig se marchara fueron geniales. Él era diferente. El tema de los besos era una mierda, pero todo lo demás era estupendo.

—Siempre los besos.

Charlie asintió con una gran sonrisa en la cara.

—¿Y tú? ¿Lo echas de menos?

—Creo que en mi caso no ha pasado tanto tiempo. —Pero pensé en ello. Tal vez. Tal vez sí echaba de menos las partes fáciles de una relación. Las partes felices. Lindsey y yo no tuvimos mucho de eso hacia el final—. ¿Qué más hay ahí? —pregunté, tratando de distraerme de las relaciones, los besos y los labios de Charlie, que estaban sin maquillar, y sin embargo aún conservaba un oscuro tono rosado.

Charlie juntó las rodillas, apoyó los codos en los muslos y la cara en las manos.

—Lo de la sinceridad. Intento decir lo que siento y pienso la mayor parte del tiempo para no acumular emociones. —Me dirigió una mirada rápida y luego miró de nuevo al frente—. No es exactamente una lista de cosas pendientes, sino más bien una lista de cómo debería vivir la vida. Esta el tema del coquetear.

—¿Coquetear?

—Sí. Solo por diversión, ya sabes. Me hace sonreír. Y me gusta sonreír.

—Se te da bien.

—¿El qué? ¿Coquetear? —Me miró con el ceño un tanto fruncido.

—Yo eso no lo sé. —Mantuve la vista fija al otro lado de la calle—. Pero se te da bien sonreír. Te sienta bien.

Por el rabillo del ojo vi que una sonrisa se dibujaba en su rostro.

—Gracias, William.

—¿Se te da bien coquetear?

—Creo que sí. ¿Por qué? ¿Crees que se me da mal?

—No lo sé. ¿Quieres probar conmigo algún día? —Era masoca. Mi pregunta lo demostraba.

—¿Coquetear contigo?

—Puede que no sea buena idea, ¿no?

—No sé. Solo por diversión, ¿verdad? —preguntó despacio.

—Claro.

—Sí. Te enseñaré mi arsenal. Practicar es bueno. —Reí entre dientes y ella me miró de reojo con aire pensativo—. No estarás pensando en ofrecerte a trabajar también en los besos, ¿verdad?

Solté una carcajada.

—No te preocupes. Me temo que es más de lo que puedo manejar.

—Uf. Ya te gustaría que quisiera besarte.

Reí por lo bajo; tenía razón. Seguramente era lo que deseaba.

—¿Qué tal estás? —pregunté en su lugar, estudiando su perfil.

Ella respiró hondo y soltó el aire despacio.

—Mejor. —Me miró a los ojos—. Gracias a ti. Así que gracias, William. Te lo agradezco.

—Yo no he hecho nada, Charlie.

—Solo por escucharme. Y por estar aquí. Eso es más que suficiente. No todo el mundo tiene eso.

—Siempre que quieras. Estoy pensando en tomar un desayuno rápido antes del trabajo mañana. ¿Te apetece que quedemos a las 7:30?

—Que quedemos, ¿dónde?

—Tú eliges. Sabrás mejor adónde ir.

—Vale, pues nos vemos a las 7:30 en medio de la calle y luego iremos a desayunar algo rápido antes de ir a trabajar.

—Hecho —acepté.

Charlie se levantó despacio, así que yo también tuve que levantarme, pero me habría venido bien unos minutos más para hablar con ella. Tal vez solo media hora más. Nos miramos durante unos segundos y traté de no pensar demasiado.

—Gracias de nuevo —repitió.

—Yo no he hecho nada.

Una sonrisa danzaba en sus labios.

—Sabes que sí. —Acto seguido dio un paso y me sorprendió dándome un abrazo—. Y te lo agradezco —susurró—. Debería entrar.

—¿Hay algo más que pueda decir para hacer que te sientas mejor, Charlie?

—Has dicho cosas muy buenas.

Mi cuerpo se relajó contra el de ella y la rodeé con mis brazos de forma instintiva y sonreí. Deberíamos habernos separado, pero no lo hicimos. Los segundos transcurrieron mientras estábamos bajo la tenue luz de la noche y me sorprendió darme cuenta, o admitir, que estaba perdiendo un poco la cabeza por su perfume. Suave, un tanto floral, puede que rosas o algo así, pero desde luego fresco. Y además estaba la sensación de tenerla entre mis brazos. Cerré los ojos un segundo.

—Siempre quise hacer esto, sabes —susurró.

—Hum —murmuré como un idiota porque no se me ocurría nada más que decir. Ni siquiera sabía de qué estaba hablando.

—Estoy haciendo que esto sea un poco incómodo, ¿no?

Exhalé, rodeándola todavía con los brazos.

—No demasiado.

Pasó un momento. Y en ese breve momento cometí el error de darme cuenta de lo bien que su cuerpo se amoldaba al mío.

—¿William? —Se giró en mis brazos y apoyó la sien en mi hombro.

—Sí, Charlie —respondí con voz ronca.

—¿Quieres saber otra cosa de mi lista?

—Cuéntame.

Ella se apartó un poco, con los brazos todavía alrededor de mis hombros y los míos todavía alrededor de su espalda, y nos miramos.

—Abrazar. Creo que era algo parecido a: «Buscar gente que dé buenos abrazos».

Entonces dio un paso atrás y tuve que soltarla. Ambos dejamos caer los brazos a los lados. No parecía correcto.

—¿He aprobado? —pregunté, tratando de que mi voz sonara lo más normal posible.

Ella me miró a los ojos y me regaló una enorme y alegre sonrisa.

—Pues sí. —Sacudió la cabeza—. Hasta tus abrazos son buenos. —A continuación se arrimó, ahuecó la palma sobre una de mis mejillas, se puso de puntillas y me dio un suave beso en la otra. Me estaba mirando a los ojos cuando habló y no pude apartar la mirada—. Y los mejores abrazos son los que no se piden.

—¿Tienes que pedir un abrazo?

Ella se encogió de hombros y sentí que me miraba muy hondo.

—Creo que me gusta ser tu amiga, William. Gracias.

Y de repente me dejó ahí, de pie, y entró en el edificio. No era la primera vez que sentía lo que acababa de sentir cuando estaba cerca de ella y tampoco pensaba que sería la última. Solo esperaba que se mudara antes de que alguno de los dos cayéramos en eso. Parecía que nunca nos encontraríamos en el momento adecuado. Porque era imposible que pudiera pasar algo entre nosotros.

14

Charlie

Acabábamos de cerrar otra situación de crisis que nos había llevado diez días resolver. Habíamos trabajado hasta tarde casi todas las noches salvo la noche anterior. Como hoy era sábado, no había hecho nada más que holgazanear en mi apartamento y pasar tiempo con Pepperoni. Los dos estábamos en el séptimo cielo. Y tuve que reconocer que era agradable estar en el equipo de William, trabajando con él, con Trisha, con Stan y con Rick. Me di cuenta de que me hacía más feliz compartir la carga con ellos que correr por la oficina tratando de llegar a todo lo que mi padre me pedía. Seguí haciéndolo, pero no en la misma medida, y si no me equivocaba, todavía estaba un poco avergonzado por lo que había pasado en la cena. No por la forma en que me trataron, pues ninguno veía nada malo en ello, sino porque William lo había presenciado. No tenía idea de qué se habían dicho, pero por el lenguaje corporal deduje que William se mostraba distante cuando ambos estaban en la misma habitación.

O más profesional en cierto sentido.

Sobraba decir que no creía que aceptara una invitación a cenar de nuestra familia en breve, si acaso alguna vez lo hacía.

A lo mejor después de que yo me marchara.

Eran cerca de las siete de la tarde y estaba disfrutando de las compras en el supermercado, cuando lo vi aparecer en el pasillo del pan. Lo vi antes de que él reparara en mí y sonreí mientras algo se agitaba en mi pecho. Había aprendido muy bien a ignorar ese aleteo en las últimas semanas, pero aún no había desaparecido a pesar de ello. Mis ojos se fijaron sin prisa en lo que llevaba puesto (un fino jersey negro y pantalones vaqueros) y se estaba quitando las gafas de sol. Su imagen hizo que mi corazón diera un vuelco.

Mi sonrisa se ensanchó cuando nuestras miradas se cruzaron y él se dirigió hacia mí con una sonrisa en los labios. Agarré con demasiada fuerza el paquete de panecillos que tenía en la mano y tuve que obligarme a relajar los dedos. Él sacudió la cabeza cuando se detuvo frente a mí.

—Ya ni nos sorprendemos —repuse.

—No puedo ir a ningún lado sin toparme contigo —replicó.

Me eché a reír.

—Vas a tener que admitir que no te cansas de mí. Cuanto más pienses en mí, más me entregará a ti el universo.

William enarcó una ceja y una pausada oleada de ardiente calor estalló en mi pecho.

—¿De veras?

Intenté recular.

—Con lo de entregarme a ti me refiero a que me pone en tu camino.

En sus labios se dibujó una sonrisa.

—Ya sé a qué te referías, Charlie.

«¡Uf!».

Sus ojos y la forma penetrante en que me miraban, como si estuviera tratando de entenderme con solo mirarme, siempre me afectaban y hacían que me derritiera un poco. Por dentro, claro. Pensé que se me daba muy bien ocultar que volvía a estar loca por él. Por encantada que estuviera con lo de «ser sincera» que figuraba en mi lista, esta era una de esas cosas que no creía que hiciera ningún bien confesar en voz alta. En otras circunstancias, claro. Tal vez.

Ahora no. No serviría de nada y solo haría que nos sintiéramos incómodos.

—Vale. Bien, porque… ¿sabes qué? Ni siquiera pienso intentarlo porque estoy segurísima de que la cagaría todavía más.

—Te ayudaré a cambiar de tema —dijo, con una chispa de humor en los ojos.

—No es que necesite ayuda, pero adelante, por favor. —Metí los panecillos en la cesta que llevaba en la mano y comenzamos a caminar juntos.

—Me alegro de haberme encontrado contigo otra vez porque hace apenas una hora me ha llamado mi amiga de California. Te hablé de ella… Nora, ¿te acuerdas? Ha estado fuera del estado, pero ha vuelto y le gustaría hacer una videoconferencia contigo esta semana cuando estés disponible. Están buscando a alguien y creo que te gustaría trabajar con ellos.

Me detengo y miré a William.

—¿En serio?

—Sí. Le he hablado un poco de ti y está deseando conocerte. El puesto aún está disponible.

—Podría besarte ahora mismo, señor Carter —solté con suavidad, sin pensar en qué narices estaba diciendo. El corazón empezó a latirme como loco.

Se produjo un breve silencio mientras me preguntaba si podía retirar lo que había dicho o reírme para restarle importancia, pero él habló primero:

—Nada más lejos de mi intención que impedirte…

—Disculpe —dijo alguien con voz débil, y tanto William como yo nos volvimos hacia ella. Era un adolescente que parecía incómodo y cauto—. ¿Podrían…, solo quiero tomar el pan?

—Oh, lo siento —balbuceé y empecé a andar de nuevo. Era una idiota. Al cabo de un segundo sentí que William me seguía. Cerré los ojos y respiré hondo.

«Recomponte, Charlie. Nada de besos».

—¿No tienes ninguna cita interesante esta noche? —me preguntó cuando doblé una esquina.

—Me he pasado todo el día en una cita —respondí de forma distraída—. Me ha dejado agotada y ahora necesito comer. —William estaba callado, así que miré por encima del hombro—. ¿Vienes? Necesito queso.

—¿Cómo se llama? —preguntó cuando me alcanzó—. ¿Era Randy el fugitivo?

—¿Qué Randy? —Fruncí el ceño—. ¿Te refieres a Ralph? ¿Y «el fugitivo»? ¿En serio?

—Fugitivo, desertor, prófugo. Es lo mismo, ¿no?

—¿No es pasarse un poco? Ni siquiera lo conozco aún.

—Así que has decidido quedar con él, ¿no? La última vez que hablamos no estabas segura.

—Sí. Eso creo. Intercambiamos algunos mensajes el otro día. Solo iremos a cenar. Por divertirnos. Nada serio.

—Suena bien. Entonces, ¿quién era tu cita de hoy?

—Pepp. Le había prometido un día y lo hemos aprovechado al máximo. —Lo miré de camino a la sección de quesos y vi su tierna expresión. Le sentaba bien. Exhalé un suspiro. Siempre estaba guapo—. Bueno, ¿y qué haces tú aquí?

—¿Qué quieres decir?

Miré alrededor y enarqué las cejas.

—En el supermercado.

—Ah, sí. Necesito café y aceitunas.

—Buena combinación.

—¿No te gustan las aceitunas?

—Me encantan las aceitunas.

—Genial.

Reí entre dientes.

—Genial. Pero ¿a ti qué te pasa? —William parecía un poco confuso y de mal humor—. Es de noche, así que es imposible que hayas estado tanto tiempo sin café. ¿Por qué estás tan gruñón?

El me miró durante largo rato y luego suspiró y sacudió la cabeza.

—Supongo que solo estoy cansado. Y a veces me siento un poco desquiciado cuando estás tú. Hoy he rechazado otro caso. Una disputa familiar. Una de esas familias de *reality shows*. El productor se puso en contacto.

Elegí mi cheddar favorito y de paso un poco de queso suizo para acompañar los panecillos.

—Gracias por eso —dije, mirándole por encima del hombro—. Tenía ganas de pasar el fin de semana en casa.

—No tengo nada que hacer. ¿Te gustaría...? —empezó, pero le sonó el móvil, así que se disculpó y atendió la llamada al tercer tono—. William Carter. Sí. Entiendo. ¿Puedes darme alguna información?

Mientras William seguía hablando con quien estuviera al otro lado de la línea, vi que un chico de no más de siete años venía disparado hacia nosotros con su madre corriendo detrás de él.

—¿Qué medidas has tomado hasta ahora? —preguntó William.

Le puse la mano en el antebrazo con suavidad y lo aparté para que el crío no nos arrollara. William posó la mirada en mi mano y luego, sin dejar de hablar por teléfono, la alzó hacia mí. Le brindé una pequeña sonrisa y aparté la mano.

William seguía mirándome a los ojos cuando terminó la llamada.

—Me temo que estoy a punto de estropearte los planes para esta noche, Charlie.

Estaba decepcionada, pero intenté que no se notara. Tenía muchas ganas de estar con Pepp, cocinar y ver comedias románticas.

—¿Qué ha pasado?

—Tenemos una crisis con una aplicación de citas. La han hackeado y han robado información.

—¿Nos vamos a la oficina?

William me miró durante unos segundos mientras hacía cálculos.

—Estoy un poco harto de ver las paredes de la oficina esta semana. ¿Y si trabajamos en mi casa esta noche y mañana vamos a la oficina? ¿Crees que todos los demás pueden venir?

Una sonrisa se dibujó en mi cara.

—Me parece genial. Estoy segura de que ellos también lo preferirán así.

Entonces me acordé de Pepp y de que mis vecinos estaban disfrutando de una escapada romántica de fin de semana. Ahora no tenía problema en quedarse solo en casa, pero eso no significaba que quisiera estar separada de él, menos aún el fin de semana.

William empezó a alejarse.

—Se me está acabando el café, así que voy a por él y luego nos iremos. ¿Puedes llamar a los demás? De momento no necesitamos que venga Gayle.

—William —lo llamé y él se paró para mirarme—. No quiero dejar solo a Pepp esta noche. ¿Puedo llevarlo a él también? Te prometo que se portará bien.

Me miraba de una forma... Una chica podría acostumbrarse a eso, pensé.

William ladeó la cabeza con una pequeña sonrisa en los labios.

—Charlie, no tienes ni que preguntarlo. Nunca.

¿Me molestaba un poco que nuestro «nunca» fuera a ser tan breve porque iba a irme de Nueva York? Es posible. Es posible que un poco.

Una hora después, todos estaban en casa de William. Trisha había ocupado un extremo del sillón en forma de ele y Stan el otro. Rick estaba de pie delante de las ventanas que daban a mi casa, hablando con el departamento de informática de la aplicación de citas. Yo estaba sentada en la mesa, comiéndome la última porción de pizza que habíamos comprado en Johnie's para el equipo. Pepp estaba durmiendo junto a mi silla, roncando con suavidad después de haber pedido comida a todo el mundo hasta que se quedó agotado. No tenía ni idea de dónde estaba William. Debido al calor que hacía en el apartamento, me había recogido el pelo en un moño en la nuca, pero empecé a sentir más calor a medida que pasaban los minutos. Me sequé las manos con una servilleta, me quité el grueso jersey y suspiré al sentir el frescor de mi camiseta sin mangas. Me miré y me subí un poco el escote. Como Trisha había venido directamente de una cena con su marido, su vestido era más escotado que mi camiseta, así que no me importó enseñar algo de piel. Era eso o sudar hasta morir.

Me levanté, tiré la caja de pizza en la cocina y después abrí el grifo para lavarme las manos. Me apliqué un poco de agua fría en el cuello y luego me pasé las manos por los hombros y el cuello, ya que aún tenía un poco de calor. Aunque me hubiera acostumbrado a estar con William, estar en su casa me parecía una nueva intimidad. Eché un vistazo con discreción. William cocinaba para él en esta cocina, que desde luego era más grande que la mía, y pasaba tiempo en el sillón en el que estaban trabajando Stan y Trisha. Era probable que…

—¿Charlie?

Me sobresalté y salpiqué agua por todas partes.

—Me has dado un susto de muerte —siseé, con la mano en el corazón mientras me giraba para mirarlo—. ¿Qué? —pregunté al ver que se limitaba a mirarme desde la mesa.

Había algo en sus ojos que no pude identificar. Su mirada se clavaba en la mía.

—¿Qué estás haciendo?

—William, el director general no está seguro de informar a sus usuarios antes de que averigüen qué ha pasado o cómo ha pasado —dijo Trisha, rompiendo nuestro contacto visual.

William se acercó a ella y yo hice lo mismo. Pepp se despertó y levantó la cabeza. Me coloqué a su lado, me agaché y le pasé las manos todavía húmedas por la cara.

—Hola —susurré—. Hola, guapetón. ¿Estás durmiendo? —me agaché más, le di un beso en la nariz y recibí otro de él—. Yo también te quiero —le dije con voz queda cuando agachó de nuevo la cabeza y estiró las cuatro patas.

Me levanté y volví a quedar atrapada en la mirada de William. Estaba hablando por teléfono, pero tenía puesta toda su atención en mí. No sé qué me pasó, pero de repente solo podía pensar en acercarme a él y besarlo. Por mí, todos los presentes en la habitación podrían haber desaparecido. Se me aceleró la respiración y me sentí un poco mareada, perdida en su mirada. No tenía ni idea de en qué estaba pensando mientras me miraba así, pero sentí una fuerte atracción hacia él.

Entonces apartó la mirada y pude volver a respirar con normalidad. Planté el trasero en la silla junto a Pepp y agarré mi portátil y mi móvil.

Charlie: Distráeme.

Valerie: ¿De qué?

Charlie: Todo el equipo estamos trabajando en el apartamento de William. No dejamos de hacer contacto visual y me cuesta un poco.

Valerie: ¿Estás loca? ¡Mantén el contacto visual! No apartes la mirada. Son buenas noticias.

Charlie: No me estás distrayendo.

Valerie: ¡Chis! Ve a mirarlo un poco, que yo estoy ocupada.

Lo miré de vez en cuando. Después intenté no mirarlo. Trabajamos sin parar durante tres horas. Era difícil concentrarse con William tan cerca.

Eran alrededor de las once de la noche y tenía a Trisha y a William uno a cada lado, señalándome por encima del hombro qué más tenía que añadir a la declaración inicial del director general. Les habíamos aconsejado que era importante mantener a los clientes informados de cada paso antes de que la prensa pudiera enterarse de la historia y sembrar el pánico entre los usuarios.

—Creo que esto es bueno —dijo Trisha a mi derecha—. No es una respuesta genérica. Expresa preocupación, es sincera y demuestra que se están ocupando del problema. También les permite saber que no han robado la información de sus tarjetas de crédito, ya que se guarda en un sistema diferente. Me parece que hemos hecho todo lo que hemos podido por esta noche.

—Creo que tienes razón. —William se quitó las gafas, se frotó los ojos y luego volvió a ponérselas. Y yo me quedé mirando este nuevo accesorio que le quedaba perfecto—. Vale, se acabó por hoy. Nos vemos mañana en la oficina y repasaremos el resto de la lista.

Trisha se alejó, pero William seguía de pie a mi derecha y estaba acariciando de forma distraída a Pepp mientras él golpeaba la pata de la mesa con el rabo. Entonces Rick llamó a Pepp para despedirse, ya que se habían hecho muy amigos en menos de una hora, y corrió hacia él, contoneando el trasero con entusiasmo.

Todavía estaba sonriendo, cuando noté que William me miraba.

—¿Pasa algo? —pregunté. Sus ojos bajaron hasta mis labios, después subieron hasta mis ojos y luego fueron a mi ordenador.

—¿Te importaría quedarte otros veinte minutos? Creo que tengo algo que añadir.

—Ehh… —Miré la hora en mi portátil antes de girarme en parte hacia él otra vez—. Claro —dije entre dientes. Me aparté un poco mientras nuestras miradas se cruzaban. Me aclaré la garganta—. Por supuesto.

Centré la atención de nuevo en el ordenador, me removí en mi sitio e intenté no menearme demasiado.

—Ehh, Charlie —dijo con voz queda justo al lado de mi oído, señalando la pantalla con el dedo—. Falta algo. Prueba a ponerlo en primera persona. Después quiero añadir algo más.

Era la cuarta vez que se inclinaba para señalarme algo. La primera vez no había reaccionado. No pasaba nada. Todo bien. A fin de cuentas Rick había hecho lo mismo y no me había parecido mal. La segunda, su tibio aliento me había acariciado el cuello y mis ojos se habían agitado un poco. La tercera me falló la voz durante al menos unos minutos y me limité a asentir y murmurar mi respuesta a lo que me estuviera diciendo.

Su pecho estaba contra mi hombro y podía sentir su suave jersey contra la piel. Me puse tensa. Se me erizó el vello de los brazos y cerré los ojos. No me moví. Tampoco empecé a trabajar en el párrafo.

—Charlie. —Esta vez William susurró.

¿Acaso había notado que me estaba costando tenerlo tan cerca?

Contuve la respiración.

Como estábamos de espaldas a los demás, no pensé que nadie pudiera darse cuenta de que me pasaba algo. Aunque todavía podía oírlos hablar y prepararse para irse, la voz queda de William era la más sonora de la habitación para mí. Me debatí entre echarme hacia delante para que el jersey de William dejara de rozarme la piel y recostarme para vivir el momento al máximo. No hice ninguna de las dos cosas. Ya se sabe que la tortura es divertida.

Por suerte Rick eligió ese momento para preguntarle algo a William, así que pude empezar a respirar con normalidad de nuevo, pero mi corazón no había recibido la circular y estaba decidido a mantener su rápido y frenético ritmo. Me abaniqué con la mano para tranquilizarme al menos un poco. ¿Por qué nadie había abierto una ventana?

Los demás se despidieron y se fueron uno a uno.

—Adiós, chicos —grité mientras le plantaba un pequeño beso a Pepp en su no tan pequeña nariz. Cada día estaba más grande—. Eres un buen chico —susurré, sujetando su rostro entre mis manos. Él empujó su nariz contra la mía y sonreí.

Mientras William dejaba salir a Rick y a Stan, agarré mi portátil y me fui directamente al sillón, con Pepp siguiéndome. Me senté y gemí en silencio. Tenía el culo bien mullido, pero después de tres horas derecha en una silla, aún me dolía. Cerré los ojos y exhalé un suspiro. Pepp se subió de un salto al sillón y se hizo un ovillo, con la espalda apoyada contra mi muslo. Con la mano derecha en el teclado, pasé los dedos de la izquierda entre los ojos de Pepp, donde más le gustaba. Los ojos se le cerraron despacio y así se quedó dormido. Oí que se cerraba la puerta.

—Espero que no te importe terminar en el sillón porque me duele muchísimo la espalda y el cuello —le dije a William mientras borraba un párrafo y comenzaba a reescribir con ambas manos.

De repente sentí una mano en mi cuello. Me incliné hacia delante en tiempo récord mientras un escalofrío me recorría la espalda y dejé el portátil en la mesa de centro. Miré a Pepp; seguía con los ojos cerrados y no se había movido de donde estaba. Apoyé la espalda en el cojín y levanté la cabeza para mirar a William a los ojos mientras él mantenía la mano en la base de mi cuello.

—¿A qué debo el placer, Will?

—William. ¿Te llamo yo Chariot? Y has trabajado más que nadie esta noche, así que no me extraña que te duela el cuello.

Solté una gran carcajada y desperté a Pepp. Volvió la cabeza para mirarme.

—Lo siento, peque —murmuré y le acaricié el cuerpo con la mano hasta que se relajó—. ¿Chariot? —pregunté, levantando la cabeza, aún sonriendo—. ¿Qué tiene eso que ver con Charlie? Yo he acortado tu nombre a Will. Tenía lógica. —Sus dedos me apretaron los hombros y volví a echarme hacia delante de golpe para poder mirar por encima del hombro—. ¿Estás coqueteando conmigo, William? Porque se me da muy bien coquetear. Ya te lo dije. Lo veo a la legua.

William se echó a reír y luego suspiró.

—Sí que me lo dijiste. ¿Quieres que te relaje los músculos o no?

Me recosté de nuevo con una sonrisa. Podía hacerlo. No pasaba nada. Nada de nada.

—Acepto, gracias. ¿Quieres que te enseñe mis habilidades para coquetear? Puedes ser mi modelo de prueba para mi cita de esta semana.

¿Por qué de pronto estaba jugando con fuego?

—¿Por fin sales con Rupert?

Lo miré por encima del hombro.

—¿Lo haces a propósito?

William me sonrió.

—¿El qué?

Sacudí la cabeza y miré del nuevo al frente.

—No sé quién es Rupert, pero con Ralph, sí. Puede que el jueves, depende de cómo vaya el trabajo.

—Buena suerte.

—Gracias. ¿Qué tal el coqueteo?

—Relaja los hombros —murmuró William cuando sus manos hicieron contacto con mi piel una vez más y fue música para mis oídos.

No era más que masilla bajo sus dedos. Podía sentir que mi cuerpo se estaba derritiendo poco a poco. No solo por tener sus manos sobre mí, sino también por su voz. Tuve que obligarme a mantener los ojos abiertos cuando empezó a masajearme los músculos.

Pasaron unos instantes en silencio y entonces tocó un punto concreto y se me cerraron los ojos solos.

—Qué gustito —susurré, y cuando William murmuró tuve que luchar para evitar que se me pusiera la carne de gallina. Fue inútil. Un escalofrío me recorrió los brazos y el cuerpo entero—. ¿Puedes hablarme? Me gusta mucho tu voz. —Ladeé el cuello y gemí en voz baja. Una chica podía acostumbrarse a tenerlo cerca. Y no solo por sus habilidades para los masajes.

De repente sus grandes y hábiles manos abandonaron mi piel y el sillón se hundió un momento después. Abrí los ojos despacio y me encontré a William sentado a mi lado.

Él se aclaró la garganta.

—Se hace tarde. Vamos a revisarlo para que podamos enviarlo.

Procuré no sonreír demasiado.

—Te dije que se me daba bien coquetear. —Tomé un cojín para poder colocarme el ordenador en el regazo y que los dos pudiéramos ver la pantalla. Pero a mi espalda no le gustó la idea.

—¿De qué estás hablando? Ni siquiera has dicho nada.

—Así de buena soy. Ni siquiera necesito hablar para coquetear —dije con tono serio y sonreí cuando oí su risa—. Por supuesto, puedes engañarte a ti mismo. Yo sé la verdad y es lo que importa. En fin —empecé, fijando la vista de nuevo en la pantalla—, ya que no quieres coquetear con tu amiga, terminemos con esto para que pueda llevarme a mi peque a casa. —Puse el cursor sobre el párrafo que él quería revisar.

—Vale, hagámoslo. —Se arrimó a mí para ver mejor la pantalla, pero yo me eché hacia atrás—. ¿Qué pasa? —preguntó, con los ojos fijos en mí mientras ladeaba la cabeza.

—Las gafas.

—¿Qué? —Se las quitó y nos quedamos mirándolas un segundo. Luego se las volvió a poner—. A veces necesito ponérmelas si trabajo hasta tarde.

—William… —Me miró a los ojos. ¿De verdad quería decir lo que estaba a punto de decir en voz alta? Lo más probable era que no, pero también en cierto modo sí. La política de la sinceridad. Siempre podía echarle la culpa a eso—. Nunca te las pones en la oficina. Esta noche es la primera vez que te las veo. Ahora mismo estoy intentando con todas mis fuerzas no enamorarme de ti. Y para que lo sepas, cuesta horrores.

Me miró durante largo rato y guardó silencio unos segundos más después de que hubiera terminado mi confesión.

—Intento dilucidar si estás coqueteando conmigo para preparar tu cita o si estás siendo sincera.

Le brindé una pequeña sonrisa.

—Si te digo algo es porque soy sincera. Con o sin coqueteo. Tus gafas me están distrayendo.

Sus ojos no dejaron que apartara la mirada.

—Te gusta cómo me quedan —supuso.

No era una pregunta porque ya sabía que me gustaba su aspecto. Tuve unas ganas repentinas de levantar la mano y tocar su cabello revuelto, pero cerré el puño para contenerme.

Como no apartaba la mirada, mi corazón empezó a latir a cien por hora otra vez y tuve que obligarme a mirar hacia otro lado.

—Ya lo sabes —murmuré, removiéndome en mi asiento para enganchar el portátil. Cerré los ojos, respiré hombro y luego solté el aire despacio para serenarme porque no pasaba nada. No me pasaba nada. Abrí los ojos para centrarme en la declaración, ya que teníamos que enviársela al director general esta noche. No lo miré, pero podía sentir el peso de sus ojos en mi piel de todas formas. No era prudente coquetear con William—. Vale, puede que eso haya sido un error por mi parte. Me parece que se acabó el coqueto. —Me aclaré la garganta y empecé a cambiar el párrafo a primera persona lo más rápido que pude.

—¿Por qué has cambiado de opinión? Creía que querías practicar.

Lo ignoré.

—Vale, ¿qué te parece así?

Giré el portátil para que pudiera ver mejor la pantalla, pero él se arrimó más, hasta que nuestros hombros casi se tocaban. No podía dejar espacio entre nosotros porque, en primer lugar, Pepp estaba apoyado en mi muslo y, en segundo lugar, parecería raro. Erguí la espalda y traté de actuar como si su cercanía no me afectara en absoluto.

—Charlie, creo que te has equivocado de párrafo.

Estaba apartando la vista de la pantalla, pero en cuanto él habló, me di cuenta de mi error.

—Oh, lo siento mucho. Lo dejaré como estaba. Un segundo. —Pinché en «deshacer» y luego empecé con el párrafo que quería que cambiara.

—Eso no es primera persona. ¿Qué estás haciendo, Charlie? —me susurró al oído y tuve que dejar de teclear en el acto—. ¿Es que te pongo nerviosa? —Un lento escalofrío me recorrió la espalda y mis dedos aferraron el borde del ordenador.

Estábamos trabajando. Teníamos un plazo de entrega. La empresa estaba esperando. No debía dejarme llevar por lo que estaba sintiendo. Por lo que él me estaba haciendo sentir.

—Solo un segundo —susurré y cerré los ojos para recobrar la compostura. No eran solo sus ojos, su pelo, sus brazos, su pecho, ni siquiera sus gafas, su cercanía, ni su voz lo que me desconcertaba, también era su colonia—. Creo que debería irme…

¿Qué narices estaba haciendo? No era esa chica que podía ser juguetona, coqueta y no enamorarme del chico.

—Charlie —dijo William con suavidad y dejé de hablar. Volví la cabeza y lo miré a los ojos.

Me quedé callada. William levantó la mano derecha y mis ojos lo siguieron. Me quedé paralizada cuando sus dedos me rozaron la sien con delicadeza y me retiró el cabello para sujetármelo detrás de la oreja. El calor invadió mi piel y el sendero que obró su dedo dejó tras de sí una sensación de hormigueo mientras mi corazón dejaba de latir de forma regular. El tiempo se ralentizó cuando miré a William a los ojos y me transportaron a aquella única semana que pasé corriendo a aquella cafetería para verlo. Aquella Charlie se había sentido eufórica ahora mismo si viera la expresión de William. Esta Charlie… no estaba segura de lo que sentía con exactitud, pero como mínimo estaba abrumada.

—Eres preciosa, Charlie —dijo sin más.

—Pero…

—Sin peros. No hay peros contigo.

Tragué saliva y traté de pensar.

—Ah. Vale. Esto…, sí, el documento. —Me aclaré la garganta y miré el documento abierto sobre mi regazo con el ceño fruncido—. Querías que lo cambiara a primera persona. Después querías leerlo otra vez y hacer algo más. Vale, sí, voy a…

—Charlie —murmuró William y después, para mi sorpresa, cerró despacio el ordenador.

Yo lo abrí otra vez.

—No. No voy a coquetear contigo. No juegas limpio.

William rio entre dientes a mi lado.

—Charlie, no estoy coqueteando contigo. Bueno, sí, pero no intento ser…, como tú dices…, un «modelo de prueba» para tu cita.

—Todavía estoy loca por ti —solté y acto seguido me tapé la boca con las manos y giré la cabeza hacia William. Esto era lo que ocurría cuando se jugaba con fuego. Él me miró durante un largo rato mientras el silencio se dilataba entre nosotros y poco a poco aparté las manos de mi cara. Esta vez yo cerré el portátil—. ¿Podemos actuar como si no hubiera dicho eso? —le pedí.

En lugar de darme una respuesta, exhaló un suspiro y me tomó la mano, entrelazó los dedos con los míos y apoyó los dorsos en su muslo. No podía apartar la vista. ¿Por qué parecía algo tan natural? ¿Por qué parecía que mi corazón hubiera exhalado un profundo suspiro, como si eso fuera todo. Como si William y la mano de William asiendo la mía lo fueran.

—Siento lo mismo que sentía por ti hace años, Charlie.

Dejé que sus palabras hirvieran bajo mi piel. Haciendo que me hirviera la sangre.

Seduciendo mi corazón.

Estábamos sentados uno al lado del otro. Hombro con hombro, muslo con muslo, en un sillón modular relativamente grande de cara a la ventana. Mi mano descansaba con lasitud en la suya por culpa del shock, o eso creía. Pero después de escuchar sus palabras, le apreté los dedos. Lo agarré con más fuerza porque esto era algo muy gordo para llevarlo sola. Necesitaba que él fuera mi ancla.

—¿Por qué iba a creer eso, William? No viniste. Te lo pedí. Me armé de valor y te lo pedí. «Si sientes que esto puede ir a alguna parte, mañana te estaré esperando aquí otra vez» —reconocí, sintiéndome muy vulnerable. Todavía recordaba mis palabras—. Creí que vendrías. Así que no significa demasiado que digas eso ahora.

Sus dedos apretaron los míos.

—Estaba enamorado de ti entonces y lo estoy ahora. Si estás lista para oírlo, te contaré por qué te dejé plantada.

Lo pensé durante un segundo, pero me di cuenta de que no quería saberlo. Simplemente porque me asustaba demasiado la respuesta que iba a darme. No quería que me rompiera el corazón por segunda vez. Ni siquiera me importaba si eso me convertía en una cobarde.

—No creo que lo esté.

Nos quedamos sentados, tomados de la mano, durante varios minutos. Al menos eso parecía. Durante mucho tiempo lo único que había deseado era salir de esta ciudad. Y ahora él estaba aquí.

—Yo…, William…

—Charlie, tengo que confesarte una cosa. —Escuché en silencio—. La mejor parte del día para mí es cuando te sorprendo mirándome en las reuniones. Levanto la vista para buscarte en la habitación y ahí estás tú, mirándome. Supongo que debería decir que una de las mejores parte del día para mí es levantar la vista y verte tan cerca de mí.

Podía sentir el calor que se extendía por mis mejillas. Podía oír mi corazón latiendo contra mi pecho, rogando que lo dejaran libre. Las mariposas en mi estómago. Y la carne de gallina en los brazos.

Entonces William se volvió hacia mí y clavó la mirada en mis desorbitados ojos.

—¿Cuál es la otra? —pregunté en un susurro, pues temía que todo desapareciera ante mis narices.

Él suspiró. Y una vez más levantó la mano libre y me sujetó otro mechón de pelo detrás de la oreja. Esta vez sus dedos se tomaron su tiempo.

Entreabrí los labios. Mi pecho subía y bajaba.

—La otra es cuando te sorprendo mirándome, entonces entras en pánico y actúas como si no te hubiera sorprendido. La mejor parte de mi día es cuando te veo. —Yo bajé la mirada a nuestras manos y vi a William darle otro apretón a la mía—. Recuérdame por qué esto no funcionaría —dijo en voz baja—. Por qué no deberíamos empezar algo. Porque últimamente he estado teniendo problemas con eso.

Tenía las palabras en la punta de la lengua, pero no pude pronunciarlas de inmediato. En esos momentos no había nada que deseara más que darle una oportunidad a lo que había entre nosotros. Absolutamente nada. Pero me había prometido que no cambiaría de forma drástica por otro hombre. Me lo debía a mí misma.

—Tengo que mudarme —dije al final. No creía que tuviera que dar ninguna explicación al respecto—. Tengo que hacerlo y tú acabas de trasladarte aquí.

William asintió y se frotó el puente de la nariz con la mano libre.

—Me he divorciado hace…, ¿cuánto? ¿Siete u ocho meses? No pensaba salir con nadie. Solo centrarme en el trabajo.

—No confías en las mujeres —añadí.

William respondió con un gruñido.

—Trabajamos juntos —señaló—. Sé que te vas a marchar, pero por el momento, trabajamos juntos. En el mismo equipo.

—Sí. Me parece que eso sería difícil de manejar.

—Tú tampoco confías del todo en los hombres —afirmó, y luego me soltó la mano y se levantó. Se detuvo junto a la ventana y se pasó la mano por el pelo, como hacía siempre que estaba estresado o pensando.

Tenía razón cuando decía que no me fiaba mucho de los hombres. Lo más probable es que fuera así.

—¿Por qué me está costando tanto no…?

Sonó el teléfono de William y se acercó de nuevo a mí para recogerlo de la mesa de centro.

—Es el director general —dijo, pero no respondió.

Me aclaré la garganta y también me levanté del sillón, con cuidado de no despertar a Pepp, aunque tendría que hacerlo dentro de unos minutos. Ignoré el cosquilleo en mi mano y agarré mi portátil.

—¿A dónde vas? —preguntó William, con los ojos puestos en mí.

Me dirigí hacia la mesa.

—Creo que este lugar es más seguro. Tenemos que enviar esto lo antes posible. Ven a ayudarme para que el director general no llame a mi padre cuando no atiendas la llamada por segunda vez.

Terminamos la declaración y luego lo repasamos todo con el director general por teléfono. Era más de medianoche cuando me levanté, desperté a Pepp y me encaminé hacia la puerta.

Vi que William tomaba sus llaves y salía con nosotros del apartamento.

—No es necesario que vengas.

—Lo es. —Me acompañó hasta mi puerta a pesar de mis objeciones y vi que se acuclillaba delante de Pepp y lo acariciaba. Me pareció oír que le susurraba a Pepp: «Cuida de ella por mí», pero no estaba segura. Cuando se levantó y me miró, yo estaba confusa.

—Nada de coqueteos entre nosotros, William.

Tenía una pequeña sonrisa en los labios, pero era una sonrisa de todas formas, y sus ojos recorrieron cada centímetro de mi piel, como si estuviera intentando memorizar cada parte de mí. Nos miramos unos segundos y pensé que tal vez él...

—Nada de coqueteos —susurró, perforándome el corazón con los ojos—. Haces que sea peligroso.

15

William

Ya era miércoles y no tenía ni idea de qué había pasado con el lunes y el martes. El fiasco de la aplicación de citas había saltado a los medios, pero como habíamos respondido tan rápido, no habían perdido un número alarmante de usuarios. No estaba del todo resuelto, ya que seguían tratando de averiguar qué era exactamente lo que les habían robado, pero nosotros estábamos haciendo nuestra labor y la respuesta era alucinante. No podría haber estado más contento con mi equipo.

Había terminado por hoy, así que apagué el portátil y miré al otro lado de la oficina para ver si Charlie también había terminado. Estaba intentando ignorar el hecho de que era la quinta... o tal vez la octava vez que miraba hacia allí. A eso de las cinco, la tercera vez que miré, estaba en su despacho, pero después ya no. De repente vi una cabeza y Gayle entró por mi puerta.

—¿Buscas a alguien?

Mantuve la cara seria.

—No. ¿Qué puedo hacer por ti, Gayle?

—¿Quieres preguntarme algo?

La miré con el ceño fruncido.

—¿Como por ejemplo?

Ella agarró el respaldo de una de las sillas que estaba justo delante de mi mesa.

—Como por ejemplo dónde está Charlie.

Procuré no parecer interesado y en vez de eso suspiré. Ella se enderezó y ladeó la cabeza para mirarme durante un largo rato.

—Te gusta.

Mantuve la boca cerrada y me recosté en mi asiento, esperando para ver qué decía ahora.

—Puede que no haya estado en todas las reuniones de equipo, pero sí en las suficientes como para captar algunas miraditas de anhelo por ambas partes.

Ya no pude aguantar más. Me levanté del sillón y empecé a bajarme las mangas de la camisa para poder ponerme la chaqueta y marcharme. Pero no pude tener la boca cerrada.

—Ya te lo he dicho antes, pero te lo voy a repetir. No me gusta hablar de mi vida privada con mis compañeros de trabajo. Te estás pasando, Gayle.

—Así que lo admites. Te interesa Charlie.

Dejé de bajarme la camisa y la miré.

—Charlie y yo somos amigos. No salgo con compañeras de trabajo. Esta es la primera y la última vez que te lo consiento. No hay nada entre Charlie y yo.

—Vale. Entendido. —Me miró con aire pensativo y asintió con rapidez antes de dirigirse a la puerta.

Solté un largo suspiro, busqué mi chaqueta y me la puse mientras veía alejarse a Gayle. Desvié la mirada y eché un vistazo alrededor; la mitad de la oficina ya se había marchado.

—Charlie me ha mandado un mensaje hace diez minutos —añadió Gayle con tono alegre, deteniéndose junto a la puerta de cristal abierta—. Pero supongo que no te interesará.

Observé cuando ella levantó su teléfono.

—¿Y bien? —farfullé. Si no estaba siendo más duro con ella era solo porque sabía que estaba muy unida a Charlie y podía entender que intentara protegerla, o lo que estuviera intentando hacer en este momento. Alargué la mano para agarrar mi móvil. Por otro lado, yo no había recibido ningún mensaje ni llamada de Charlie. No es que los hubiera recibido antes. Ni que estuviera esperando alguno. Dejé a un lado mis pensamientos—. ¿Tienes algo que decir, Gayle? ¿O puedo irme?

Señaló el exterior de la oficina con la mano.

—Desde luego que puedes. Es que Charlie me pidió ayuda con una cosa, pero pensé que tú eras una opción mejor dadas las circunstancias. Además, estoy esperando una llamada, así que tengo que quedarme aquí. Pero si no quieres, lo entiendo. La ayudaré y volveré aquí.

Me guardé el móvil en el bolsillo y traté de actuar con despreocupación cuando en realidad no era eso lo que sentía.

—¿Tiene que ver con el trabajo?

—¿No la ayudarías si no fuera así? —Seguí mirándola hasta que se rindió—. Vale. Sí, tiene que ver con el trabajo. Te mandaré un mensaje de texto con la dirección. —Empezó a teclear en su teléfono—. Está haciendo de canguro con un cliente de Kimberly porque ella está fuera de la ciudad. Creo que se ha metido en un lío.

Me sonó el teléfono en el bolsillo.

—Iré, por supuesto. Si tú no puedes, claro. Pero Charlie es más que capaz de atender a un cliente.

Gayle sonrió y entrecerré los ojos mientras su sonrisa se ensanchaba.

—Sí, bueno, estoy de acuerdo contigo, pero puede que a este no. Reconozco que por eso Douglas quiere que asista a tantas reuniones como sea posible. Se le da muy bien interactuar y convencerlos para que trabajen con nosotros. Pero sí, puede que a este no.

Cuando el reloj marcó las nueve de la noche, yo estaba delante de un edificio bastante sencillo. Había tardado más de media hora en llegar aquí en un Uber y ya había llamado a Charlie cinco veces, pero en cada una me saltaba el buzón de voz. Probe una última vez, pero oí la misma grabación. Con la esperanza de que

Gayle no me hubiera enviado a la dirección equivocada o a una búsqueda inútil, me dirigí al interior de lo que parecía un bar o un club. Me pidieron la palabra de la noche, que Gayle me había enviado de manera servicial en otro mensaje. En cuanto abrieron la puerta y entré, me envolvió la fuerte y ruidosa música. El interior del lugar no estaba tan oscuro como cabría esperar en un club, pero la iluminación era tenue. La gente estaba bailando en mitad de un gran círculo y el gigantesco espacio estaba rodeado de mesas. Pude ver a algunas personas bailando justo delante de sus mesas en lugar de en la pista de baile. Miré a la derecha para ver si encontraba a Charlie, pero en lugar de eso, mis ojos se fijaron en una pareja que se estaba enrollando con mucho entusiasmo en su mesa mientras el chico metía despacio la mano bajo el vestido de la chica. Mientras pensaba que podría plantearme matar a Gayle si encontraba a Charlie en una situación similar, divisé la barra al otro lado de los cuerpos en movimiento. Decidí abrirme paso entre la multitud para llegar a una zona más elevada e intentar localizar a Charlie y al cliente.

Tardé un buen rato en llegar a las cortas escaleras que llevaban a la barra que se extendía a lo largo de todo el espacio. Sentí el calor, ya fuera del local o de los cuerpos a los que tenía que acercarme demasiado, así que me pasé la mano por el pelo y me aflojé la corbata antes de empezar a subir los escalones. No sabía en que estaba pensando Charlie al traer a un cliente a este lugar, pero estaba deseando averiguarlo.

En lo alto de los escalones había una chica alta y rubia mirando la pista de baile. Me sonrió cuando nuestras miradas se cruzaron. Lo siguiente que supe fue que ella tenía la mano en mi hombro y luego me agarró de la corbata. En una mano sujetaba una copa, que parecía ser un martini con aceitunas en el fondo y con la otra tiró de la corbata para acercarme un poco. Cuando llegó al final, la soltó y se arrimó a mí.

Su atrevimiento me hizo arquear una ceja, pero a ella no parecía importarle que no le respondiera del todo. Mantuvo la vista clavada en mí mientras en sus brillantes y rosados labios se dibujaba una sonrisa. En realidad sus labios no me interesaban.

—¿Has venido con alguien? —me preguntó al oído, agarrándome la corbata con la mano otra vez.

Me aparté de ella y me alisé la corbata, quitándolas de sus manos con suavidad.

—Sí, he venido con una amiga.

—Qué lástima. —Hizo un pequeño mohín, pero me dejó pasar—. Búscame si quieres otra amiga. No me importaría unirme a vosotros.

La vi marcharse con el ceño fruncido. No recordaba la última vez que había estado en un club, pero seguro que fue antes de casarme. ¿Tal vez en la universidad? No me gustaba demasiado por entonces y no me gustaba mucho más ahora.

Examiné a la gente que bailaba y desvié la mirada hacia las mesas. No veía a Charlie por ninguna parte. Saqué el móvil y probé de nuevo. Sin suerte.

Exhalé un suspiro, me giré a la izquierda y de repente ahí estaba. Al otro extremo de la barra, hablando con alguien. Sonriendo. Tardé un momento en reconocerla, con sus labios rojos y su vestido negro. Lo mismo me pasó con su cabello castaño, que caía en grandes ondas por debajo de los hombros. Estaba un poco despeinada, como si acabara de levantarse de la cama y no hubiera podido hacer otra cosa que despeinárselo todavía más. Contrastaba con lo esmerada y profesional que parecía en el trabajo. También lo llevaba suelto y rizado, pero no así. No como si acabara de practicar sexo.

«¿Acababa de practicar sexo?».

Me sorprendí yendo hacia ella a toda prisa. Aunque desde lejos parecía que estaba sonriendo y charlando con alguien, a medida que me acercaba me di cuenta de que estaba un poco incómoda y tensa. No tenía ni idea de cuándo había empezado a reconocer sus gestos, pero el que sonriera sin mostrar los dientes, que la sonrisa no se reflejara en sus ojos, que... Dejé de pensar en su aspecto cuando estaba frente a mí, cuando hablaba conmigo, y me limité a centrarme en llegar hasta ella.

Justo cuando me estaba acercando, el hombre con el que hablaba asintió y se fue de su lado. Ella levantó la vista al techo mientras se frotaba el puente de la nariz y farfulló algo por lo bajo antes de dar un paso. Entonces miró a su alrededor, como si buscara a alguien. Su mirada se detuvo en mí y abrió los ojos como platos.

—¿William? —No podía oírla, pero vi que sus labios pronunciaban mi nombre, y acto seguido me acerqué a ella. Sus ojos se abrían más a medida que me aproximaba y gritó—: ¿Qué... qué haces tú aquí?

Le puse la mano con suavidad en el brazo y me arrimé para no tener que responderle a gritos.

—Gayle me preguntó si podía...

Charlie gruñó y me agarró la muñeca antes de que pudiera terminar la frase.

—Vale. Te ha enviado Gayle. ¡Genial! —Se inclinó hacia delante y apoyó la frente en mi pecho. Luego me soltó la muñeca y en su lugar me agarró el bajo de la chaqueta—. Voy a respirar un segundo y después te cuento lo que está pasando.

Al principio me sorprendí y no supe qué hacer, sobre todo porque no tenía ni idea de lo que pasaba, pero asumí como un imbécil que había perdido al cliente y que estaba teniendo un ataque de pánico. Así que le pasé la mano por el brazo para hacer que se tranquilizara. Ella respiró hondo de nuevo, me soltó la chaqueta y luego me miró sin dar un paso atrás. Me puso la mano en el hombro y se arrimó para hablarme al oído mientras la música cambiaba a más lenta, alterando el ambiente del club. Parecía que las cosas estaban tomando un rumbo diferente.

—El cliente de Kimberly. Una celebridad —explicó Charlie—. Tienen un asunto de relaciones públicas, pero me ha dicho de qué se trata. La semana pasada me pidieron que lo atendiera porque Kimberly está fuera de la ciudad. Vuelve mañana y tiene una reunión con el tipo, pero yo tenía que llevarlo a cenar y vigilarlo. El mánager me pidió que lo hiciera. Hubo un cambio de agenda, así que me lo han pedido a mí. Le he llevado a cenar, pero después de cenar me ha traído aquí en vez de ir a su hotel. No tenía ni idea hasta que dejó el coche en el aparcamiento. Joder, tampoco tenía ni idea cuando entré aquí.

Exhalé un suspiro y sacudí la cabeza. «¡Vaya familia!», pensé.

Charlie se apartó y me miró, sin duda esperando que dijera algo, pero estaba demasiado impactado por el tacto de su delicada y pequeña mano en mi hombro y porque su pecho prácticamente se apretaba contra el mío. Tragué saliva y procuré centrarme en su rostro, pero sus labios rojos no dejaban de acaparar mi atención. ¿Por qué llevaba pintalabios rojo para hacer de canguro? Y además ese pelo. Le enmarcaba el rostro y, junto con el maquillaje, hacía que sus ojos parecieran más grandes. Llevaba unos zapatos de tacón muy sexis, y ahora que era casi tan alta como yo, besarla me resultaría muy fácil. Y su olor, esa suavidad contra mí. Estaba…

—¿William? —preguntó, frunciendo el ceño.

Cerré los ojos un segundo y respiré hondo de nuevo con la esperanza de que sirviera de ayuda. No fue así, ya que solo podía ver y pensar en Charlie.

—Te estoy escuchando —farfullé, furioso conmigo mismo.

La confusión no desapareció de su rostro, pero continuó hablando.

—Cuando me he dado cuenta de dónde me había traído, he intentado que se fuera, pero se me ha escapado.

—No lo encuentras. ¿Por eso has llamado a Gayle? —pregunté, tratando aún de centrarme en el tema.

—Mi padre no puede enterarse de que he permitido que viniera aquí.

—¿Por qué?

—¿Charlie? —gritó alguien y ella miró por encima del hombro, pero no apartó su cuerpo del mío.

Tuve que controlarme.

Levanté la vista y vi al camarero hablando con ella.

—¿Por ahí? —preguntó Charlie, levantando la voz mientras los dos miraban a algún lugar por encima de mi hombro. El tipo asintió y sentí que ella se relajaba un poco junto a mí. De repente el tipo le puso la mano en la cadera y le dijo algo al oído. Ella negó con la cabeza y él dejó que su mano resbalara despacio mientras se alejaba. Charlie se había apretado prácticamente contra mí, suponía que para evitar su contacto, y tuve que rodearle la cintura con el brazo para no perder el equilibrio.

Cuando me miró, tenía las mejillas ruborizadas.

Una chica que bajaba hacia la pista chocó con ella. Charlie puso la mano izquierda en mi pecho y el deseo se apoderó de mí. Para el caso, bien podríamos habernos pegado. Si nunca antes hubiera pensado en besarla, la forma en que estábamos habría puesto fin a eso con mucha rapidez. Pero ya había pensado en ello muchas veces. Me miró a los ojos y se humedeció los labios, sin darse siquiera cuenta del efecto que tenía en mí. Podía sentir el latido de su corazón acelerándose contra mí mientras su pecho subía y bajaba más deprisa.

—¡Joder! —farfullé y cerré los ojos un instante. Tenía que dejar de mirarle los labios…, y de pensar que hacía años que no besaba a nadie y que me encantaría que fuera a mí a quien besara por primera vez…, aunque solo fuera por el bien de mi cordura.

Apreté los dientes, abrí los ojos y me aclaré la garganta al mismo tiempo que ella apartaba la mirada, daba un paso atrás y me quitaba la mano del pecho. Ambos decidimos ignorar el momento.

—¿Amigo tuyo? —pregunté, pero no conseguí reunir las fuerzas para apartar la mano de su cintura.

Ella miró de nuevo.

—¿Quién?

—El camarero.

—Ah, sí. Quiero decir, no. No lo conozco, pero ha visto con quién he entrado, así que sabía a quién estaba buscando.

Sabía que no tenía derecho a preguntar, pero tenía que hacerlo.

—Por la forma de tocarte…

—Ya, eso. —Dio otro paso atrás y tuve que soltarla—. Seguro que es porque…

No pude oír lo que decía, así que me arrimé un poco y le pedí que me lo repitiera.

No respondió de inmediato.

—No quiero hablar a gritos.

Fruncí el ceño un poco y me arrimé hasta que su rostro estuvo junto al mío y pude sentir el roce de su cabello en mi mejilla. Cerré los ojos mientras esperaba a que hablara.

Ella inclinó la cabeza hasta que tuvo la boca junto a mi oreja y apoyó la mano en mi hombro para sujetarse.

—Me vas a matar —me susurró al oído y yo abrí los ojos, esperando a oír el resto. Ella también me estaba matando—. Parece ser que es un club sexual para ricos. ¡Bienvenido!

Abrí la boca para decir algo, pero no se me ocurría nada que fuera útil. Me aparté un poco y la miré a los ojos. Después bajé la mirada a la sonrisita que danzaba en sus labios y fruncí aún más el ceño. Me arrimé de nuevo para hablarle al oído.

—¿Has dicho club sexual? —Cuando la miré a la cara, otra sonrisa se dibujaba en sus labios y estaba asintiendo.

Se puso de puntillas y me atrajo con la mano que aún tenía en mi hombro para responderme al oído.

—Tenemos que encontrarlo. No podemos arriesgarnos a que lo reconozcan. Llamé a Gayle porque creía que no podría ocuparme de esto yo sola. Pero que hayas venido tú es mejor.

Dediqué un momento a escudriñar nuestro entorno. En realidad no había nadie practicando sexo en público, pero me di cuenta de que no era un club normal.

La curiosidad se impuso.

—¿Qué te ha dicho el camarero al oído? —pregunté esta vez.

En su boca se dibujó una enorme y preciosa sonrisa.

—Me ha preguntado si estaba interesada.

Abrí la boca y la cerré.

Charlie se echó a reír. A continuación, como si lo hubiéramos hecho un millón de veces antes, me agarró de la mano y comenzó a tirar de mí. Estábamos caminando entre cuerpos que giraban, cuando volvió la cabeza con una sonrisa aún en la cara y me di cuenta de que tendría que esforzarme más para mantenerme alejado de ella. Si pensaba mantenerme alejado de ella.

Llegamos al fondo del club, donde nos encontramos con un estrecho pasillo. La música no sonaba tan alta como en la pista de baile, por lo que me fue más fácil oírla cuando habló.

—Parece ser que se dirigía a una de las salas privadas. ¿Cómo quieres hacerlo?

Enarqué una ceja.

—¿No piensas decirme a quién buscamos antes de hablar de cómo vamos a hacerlo?

—Ay, lo siento. ¿Conoces a Hugo Oak?

—No. ¿Quién es?

—Veintiún años. ¿Uno de los miembros del grupo del que todo el mundo habla? ¿Los Oak? Que son tres hermanos.

—No tengo ni idea de quién hablas.

—Por Dios, William. En serio, tienes que dejar de trabajar tanto. Vamos, de todas formas parece que no vas a reconocerlo. —Trató de agarrarme la muñeca, pero le sujeté la mano. Ella se detuvo y miró nuestras manos unidas.

Cuando llegamos a la primera puerta cerrada nos dimos cuenta de que no teníamos más remedio que abrirla y ver quién había dentro.

—He visto a otras personas practicar sexo. Yo también veo porno. Esto no es ningún problema —dijo Charlie frente a la puerta y entró sin más. Como se quedó paralizada, viendo a un grupo de personas haciéndolo de forma muy escandalosa, tuve que sacarla yo.

—Huelga decir que no es lo mismo ver porno que ver a gente montándoselo delante de ti —dije mientras ella se sonrojaba y evitaba mi mirada de manera deliberada cuando nos alejamos.

Intentó soltarse de mi mano, pero por alguna razón no quería soltarla y la retuve mientras me dirigía a la siguiente puerta.

El cliente no estaba detrás de las siguientes cinco puertas tras las que miramos, pero sí muchas otras personas. Nada de lo que vi me afectó tanto como ver a Charlie afectada por aquello. Cuando llegamos a la sexta puerta, tenía las pupilas dilatadas, respiraba de forma agitada y tardaba demasiado en cerrar las puertas que abríamos. Su pequeña mano agarraba la mía con toda sus fuerzas. Hice una pausa y agaché la cabeza para mirarla. Sus grandes ojos se clavaron en los míos y la vi examinar mis labios mientras su pecho subía y bajaba más deprisa.

Abrí la boca, pero ella se me adelantó.

—Dame un respiro —comenzó, casi sin aliento, y apartó la mirada de mí—. Acuérdate que hace más de cinco años. Nada de besos ni de sexo. Es normal que me afecte. Es porno en directo. Y encima me llevas de la mano y estás...

Lo intenté, pero no pude reprimir la sonrisa.

—Charlie, iba a preguntarte qué aspecto tiene. Búscalo en Google y enséñame una foto. No creo que debas mirar en más habitaciones.

—Ah. —Respiró hondo y luego soltó el aire—. Ignora lo que he dicho, ¿vale?

—Vale. No he oído nada. Dime cómo es el cliente.

—Rubio. —Me miró con atención—. Tiene el pelo parecido a ti, pero el tuyo es mejor. El suyo parece raro. Creo que es alto y delgado.

—¿Crees?

—Bueno, no es tan grande como tú. No tiene tus hombros. No tiene tus brazos, ya sabes. Parece más un crío que un hombre. No me obligues a explicártelo. —Sacó el móvil y me enseñó su foto.

—¿A explicarme que te gustan mis hombros y mis brazos? —pregunté, bajando más la voz.

Una pareja tomada de la mano nos miró y se paró justo al lado de Charlie. Ella se acercó a mí y me rodeó el antebrazo con la mano libre.

—¿Queréis jugar? —preguntó el joven calvo mientras la chica apoyaba la cabeza contra su espalda y nos brindaba una suave sonrisa.

—Gracias, pero esta noche no —dije. Ellos asintieron y continuaron por el pasillo.

Charlie me golpeó el brazo con suavidad.

—¿Esta noche no? Como si fuéramos a venir mañana por la noche a montárnoslo con ellos.

—Pensaba que querías divertirte y besar a alguien —repliqué de forma distraída mientras probaba suerte en la puerta número seis. No había ningún rubio. Pasamos a otra puerta.

—Sí. A ti a lo mejor. A ellos no. —Me paré y Charlie se chocó conmigo.

—¡Ay!

—¿A mí? ¿Qué? ¿A lo mejor?

—Solo ponía un ejemplo. Supongo que preferiría besarte a ti antes que a un desconocido.

—¿Lo supones?

Me obligué a dejar de mirarla a los ojos, a los labios, su vestido y cualquier otra cosa de Charlie. Probé con la puerta número siete y vi a un chico rubio que estaba besando a dos mujeres y quitándose la ropa.

—¿Es él? —pregunté y dejé que Charlie se colocara delante de mí para que pudiera verlo.

—Sí —dijo y cerró la puerta—. Era él y su pene.

Me eché a reír.

—¿Quieres entrar y ayudarme con él o...?

—¿Y si espero aquí y lo sacas tú? Creo que ya he visto suficientes vergas y vulvas por esta noche.

—Charlie... —gruñí. Incluso las palabras que salían de su boca me estaban afectando. De repente mi verga estaba teniendo una noche difícil—. Creo que tienes que tener más cuidado con las palabras que dices delante de mí. —Sin volverme para mirarla, porque no estaba seguro de cuántas veces más podría obligarme a apartar la vista, le solté la mano y entré en la habitación.

Tardé varios minutos en convencer al chico de que se marchara. No sabía quién era él ni su grupo, pero la sola mención del revuelo de los medios bastó para conseguir que abandonara el club. Salimos sin las chicas, ya que ellas continuaron sin Hugo.

Hugo echó un vistazo a una nerviosa Charlie y suspiró.

—Oh, Charlie de mi corazón, estábamos destinados a estar juntos —dijo de forma teatral.

—Sí, ya —farfulló Charlie antes de que yo pudiera intervenir. Agarró a Hugo del brazo y echó a andar—. Creo que ya te he oído hablar de sobra por esta noche. —Me miró por encima del hombro—. La puerta de atrás está por ahí. Lo he preguntado cuando has entrado. Vamos. Vas a tener que conducir su coche. No he bebido nada, pero no creo que deba conducir ahora mismo.

Los seguí hasta el todoterreno aparcado atrás. Mentiría si dijera que disfruté enormemente al ver a Charlie rechazar al tipo ese una y otra vez.

—Charlie, ven a mi habitación esta noche —insistió Hugo—. No se lo diremos a nadie.

—¿Y qué pasa con el que tenemos al lado? Ya te ha oído, así que es demasiado tarde. Además, estás pedo —dijo por enésima vez. Sacó una llave y abrió la puerta de atrás.

—Pero te gusta mi voz. Puedo cantarte.

—¿Y qué? También me gusta su voz. —Me señaló por encima del hombro—. ¿Me ves abalanzarme sobre él solo porque me gusta su voz? Pues no. —El chico me echó un vistazo mientras me reía entre dientes de las palabras de Charlie y luego sacudió la cabeza mientras se agarraba a la puerta que Charlie acababa de abrir.

—Entonces, ¿estáis juntos?

Charlie resopló.

—¿Has escuchado lo que he dicho? Sube. Mi padre me matará si se entera de lo que has hecho esta noche.

El chico suspiró, pero siguió sus instrucciones. Se montó en el coche y cerró los ojos en cuanto se sentó.

—Aguafiestas.

—Lo intento, gracias —repuso Charlie con tono inexpresivo.

Me acerqué para cerrar la puerta, pero Charlie aún tenía medio cuerpo dentro del coche mientras intentaba abrocharle el cinturón de seguridad al chico. Empezó a retroceder, pero antes de que pudiera hacer nada, el chico tiró de ella hacia el asiento trasero y la oí jadear mi nombre.

Mi sonrisa se esfumó en el acto cuando me abalancé sobre ella y la agarré de la cintura con ambas manos para sacarla de allí. En cuanto estuvo de pie, me asomé al interior del coche y me encaré con él.

—Tócala otra vez y te rompo las manos.

El chico sonrió y cerró los ojos inyectados en sangre. No cabía duda de que se quedaría dormido en diez segundos.

Cerré la puerta de golpe e intenté serenarme. Esta era una de las muchas razones por las que no me gustaba trabajar con celebridades. Creían que el mundo giraba a su alrededor.

Por suerte, Charlie estaba bien, pero la tenía atrapada entre el coche y yo, así que ahora era yo quien la molestaba. Se agarraba al brazo con el que aún le tenía rodeada la cintura. Dado que estaba demasiado cerca, la miré a los ojos mientras ella me observaba en silencio. Todo el mundo desapareció a nuestro alrededor.

—Charlie —murmuré.

—Yo no estoy haciendo nada —susurró.

—Sabes que sí.

—Eres tú quien me está tocando.

—Intentaba sacarte del coche antes de que te sentara sobre su regazo.

—No dejaría que hiciera eso.

Nos miramos en silencio unos instantes más. Entonces el viento hizo que un mechón de su cabello se le viniera a los ojos y parpadeó. Se disponía a apartárselo de la cara, pero no pude evitar adelantarme a ella. Le acaricié la mejilla con los nudillos mientras se lo colocaba detrás de la oreja y ese gesto tan simple hizo que se me acelerara el corazón. Aflojé la mano con la que le agarraba la cintura y su cuerpo se estremeció de forma apenas perceptible. La miré a los ojos y exhalé despacio.

—¿Qué crees que estoy haciendo? —preguntó con voz queda—. ¿Con exactitud?

—Me estás tentando —respondí. Me estaba costando ocultar una pequeña sonrisa.

—Vale. Pero ¿qué es lo que hago para tentarte? No es que vaya a usarlo como un arma contra ti. Solo lo pregunto con el fin de documentarme.

—¿Porque quieres tentar a futuros ligues? —¿Y por qué eso me molestaba tanto? ¿Por qué quería que me tentara todos los días con cada mirada que me lanzaba, sin importar dónde estuviéramos?

Levantó la cabeza un poco y posé la mirada en sus labios un breve instante. Así de cerca era aún más hermosa. Sus ojos, con esa mezcla de avellana y castaño. Y más aún que los ojos… Había dicho que la miraba de una forma en particular, pero no tenía ni idea de lo expresivos que eran sus ojos. Era deslumbrante. De arriba abajo, era simplemente deslumbrante.

Charlie movió despacio la cabeza de un lado a otro y se humedeció los labios.

—No —susurró—. Solo para que tal vez pueda hacer que me miren como tú me miras ahora.

Exhalé un suspiro.

Charlie levantó un poco más la cabeza y sus ojos me estudiaron.

De repente agaché la cabeza y me centré en sus labios. Tal vez un solo beso no fuera tan malo. No íbamos a volvernos adictos el uno al otro. Tampoco iba a desearla más después de un solo beso. Durante un segundo me pregunté quién estaba sufriendo más por culpa de esta atracción entre nosotros. No creía que hubiera un ganador.

—¿A dónde vamos? —susurré, apoyando la mano en el coche para no tocarla.

—¿A dónde quieres ir?

Reí entre dientes y respiré hondo. Luego cerré los ojos y apoyé la frente contra la suya en vez de saborear sus labios.

—Tienes que centrarte. Uno de los dos tiene que hacerlo, cielo.

Charlie soltó una bocanada de aire y frotó la nariz contra la mía con suavidad.

—¿Por qué tengo que ser yo? Creo que a ti se te daría mejor.

Exhalé un suspiro y sonreí. Incapaz de controlarme, ahuequé la palma sobre su mejilla y aparté la frente de la suya, pero no me alejé demasiado. Ella cerró los ojos despacio en cuanto mi mano le tocó la piel. Tenía sus labios a un suspiro.

Charlie levantó la mano y la apoyó en mi pecho, haciendo que el calor inundara mi cuerpo con ese pequeño contacto.

—¿Crees que es solo el sexo y la música o somos nosotros?

Lo preguntó en voz tan baja, tan dulce, que no supe dónde meterme. La verga se me puso dura dentro de los pantalones.

—Ambas cosas —respondí, dudando de mi propia respuesta—. Creo que sobre todo nosotros. Ahora mismo deseo tocarte con todas mis fuerzas, Charlie.

—No te diría que no —murmuró—. Creo que no me vendría mal que me lo recordaras otra vez. ¿Por qué no podemos hacerlo?

Exhalé un suspiro. Era una buena pregunta. A los dos nos vendría bien refrescar la memoria.

—Te vas a mudar.

—Sí, me dudo, ¿verdad?

—Sí.

—Y está la cuestión del trabajo.

—Sí.

—¿Qué más? —susurró. Sus dedos aferraron con suavidad la tela de mi camisa contra mi pecho, como si necesitara agarrarse a algo—. ¿William?

Oír mi nombre salir de su boca estuvo a punto de acabar conmigo.

—No consigo recordarlo —respondí en voz baja, acercando de nuevo la cabeza a la suya.

Charlie abrió los ojos y nuestras miradas se cruzaron. Se puso de puntillas aun agarrada a mi camisa, su pecho tocó el mío y yo...

Se oyó un fuerte golpe en la ventana, justo donde estábamos, y el imbécil lo echó todo a perder.

—¡Eh! Y yo, ¿qué?

Tanto Charlie como yo nos sobresaltamos, pues nos habíamos olvidado por completo de Hugo, o como se llamara. Tardé un momento, pero aparté la mano de su cara y me alejé.

—Deberíamos llevarlo —farfullé.

Charlie se aclaró la garganta una vez. Dos veces.

—Sí. Sí.

—¿La llave?

—La llave del coche. Sí. Yo... Un momento. —Abrió la puerta de atrás, ignorando a Hugo (que ya tenía los ojos cerrados y la cabeza apoyada en el respaldo del asiento), metió medio cuerpo dentro, agarró algo del suelo y cerró la puerta de nuevo—. Toma. —Me tendió las llaves, con la voz un poco entrecortada—. Vámonos.

En cuanto las agarré, ella se dio la vuelta y se montó en el asiento del copiloto. Respiré hondo unas cuantas veces. Tuve que acomodarme la entrepierna de forma discreta mientras rodeaba el coche y me sentaba al volante.

—¿A dónde?

16

William

No tardamos tanto como pensaba en llegar a nuestro destino. Hugo roncó durante todo el trayecto hasta el hotel y Charlie y yo guardamos silencio. No pude evitar mirarla de vez en cuando, pero no tenía ni idea de en qué estaba pensando. ¿Tal vez pensaba que era una estupidez que nos mantuviéramos alejados cuando estaba claro que existía una conexión, una conexión o como quisieras llamarlo? Empezaba a pensar que sí.

Estaba a punto de aparcar delante del hotel, cuando Charlie se dio cuenta de que había un grupo de gente esperando en la puerta.

—¿Crees que están aquí por él?

—Podría ser.

Ella suspiró y profirió un gemido.

—Deberíamos entrar por la puerta de atrás. Solo por si acaso. No quiero que mi padre vea nuestras caras en alguna revista sensacionalista.

Decidí no hacer ningún comentario sobre su padre, pero me costaba contener las preguntas que tenía.

—Tú mandas —dije con desenfado y me aparté del bordillo.

Nos llevó unos minutos, y una llamada al conserje, localizar la entrada secreta del hotel. En cuanto llegamos, nos bajamos del coche. Esta vez no dejé que las manos del imbécil se acercaran a Charlie mientras ella nos seguía a una distancia prudencial.

El conserje nos recibió en la puerta y nos llevó hasta un pequeño ascensor para empleados. El imbécil por fin volvió en sí cuando estábamos entrando a trompicones por la puerta de su habitación. Charlie le dio las gracias al conserje, cerró la puerta y apoyó la espalda en ella.

Hugo nos ignoró a los dos, se fue al baño y cerró de un portazo. Segundos después oímos el delator sonido de una dura noche. Se lo merecía. Me pasé la mano por la cara y me acerqué a Charlie. Apoyé la espalda en la pared y nuestros hombros se rozaron.

—¿Crees que deberíamos irnos? —preguntó en voz baja.

—Creo que sí. Pero vamos a esperar hasta que haya terminado.

Se oyó un fuerte golpe a mi lado cuando Charlie apoyó la cabeza contra la puerta sin mucha suavidad y exhaló con ganas.

—Estoy cansadísima. —La miré de reojo y contemplé sus rasgos. Ahora que había mejor iluminación pude ver lo pálida que estaba. A saber cómo la habría tratado ese chico antes del fiasco del club sexual.

—Antes del club... —Volvió la cabeza, esperando a que terminara la frase—. No intentó ni hizo nada, ¿verdad? —Charlie frunció los labios. Después entrecerró los ojos, se tapó la boca con la mano y bostezó, apartando de nuevo la mirada de mí—. ¿A qué venía esa sonrisa? —No me contestó, pero su sonrisa se ensanchó y no tardó en sonreír de oreja a oreja. Le estaba mirando los labios, cuando volvió a mirarme y nuestros ojos se encontraron—. Dime algo más de tu lista —pregunté para distraerme.

Ella bajó la mirada durante un instante.

—Viste a mi abuela. No sé si te diste cuenta o no, pero ¿la viste sonreír?

Hice memoria, pero no estaba seguro. Si su abuela sonrió o no, no fue lo que llamó mi atención en esa cena.

—Tal vez. Una o dos veces. Lo siento, en realidad no presté atención.

Su expresión era ilegible y apartó la mirada. Podíamos oír las arcadas procedentes del cuarto de baño, pero los dos lo ignoramos.

—Este año cumple los ochenta y tiene unas arrugas permanente alrededor de la boca. Hacia abajo. —La observé mientras levantaba la mano y dibujaba una línea invisible alrededor de mi boca con la yema de los dedos. Su tacto era más suave que las plumas. Luché por contenerme, pero ella ya se estaba apartando—. Casi nunca sonríe. Parece que le gusta que los que la rodean sean infelices. Todo siempre es malo. No confía en nadie. Los hombres son una mierda. La vida es una mierda. Nadie es como ella quiere que sea. Y si de verdad disfrutas de la vida, intenta molestarte para que no seas feliz. Después actúa como si no tuviera ni idea de lo que estás hablando. Ella nunca se equivoca. Sabe más que nadie porque es mejor que nadie. —Me miró a los ojos otra vez y me brindó una pequeña sonrisa—. En resumen: reír más. Eso figura en la lista. Es una necesidad. No quiero tener esas arrugas alrededor de la boca si tengo la suerte de llegar a esa edad. No quiero convertirme en ella. Quiero reír más. Ser más feliz.

Hugo salió del baño antes de que pudiera hacer ningún comentario, con el pelo chorreando agua y una toalla alrededor de la cintura. Se detuvo cuando posó los ojos en nosotros y yo me enderecé.

—Si ya has terminado, nos vamos.

Tenía los ojos rojos. Asintió y se rascó la nuca con la mano.

—Lo siento, Charlie —murmuró—. No quería que la noche se me fuera tanto de las manos.

Charlie asintió de manera apenas perceptible, se enderezó y abrió la puerta.

—Buenas noches.

La seguí fuera y cerré la puerta al salir.

Esperamos el ascensor en silencio y entramos cuando las puertas se abrieron.

17

Charlie

—Gracias por venir —dije, brindándole una sonrisa a William. Después tuve que ocultar otro bostezo.

—No hay de qué. —Por el rabillo del ojo le vi meterse las manos en los bolsillos y eso hizo que sus hombros parecieran alucinantes. Levantó la vista y yo me quedé ahí, apoyada contra el fondo del ascensor, contemplando sus rasgos; la mandíbula, la barba incipiente de las mejillas que le quedaba genial. Hasta su garganta parecía sexi—. ¿Suceden a menudo este tipo de cosas? —preguntó mientras bajábamos.

Asentí y me froté los ojos.

—Es decir, no siempre, pero sí, a veces tengo que sustituir…

Antes de que pudiéramos llegar al vestíbulo, se abrieron las puertas en la octava planta y entró un grupo de cinco mujeres, charlando y riendo. Me acerqué por instinto un poco a William al mismo tiempo que él se arrimaba a mí y mi espalda chocó contra su pecho. Miré por encima del hombro con sorpresa y me encontré con sus ojos. Sus preciosos ojos, que me atrapaban cada vez que hacíamos contacto visual. Hacían que me olvidara de cosas.

—Lo siento —susurré, pero no me aparté. Él tampoco se apartó.

No tenía ni idea si estaba demasiado cansada como para actuar de forma estúpida, pero a pesar de que aún quedaba algo de espacio en el ascensor, cambié el peso de un pie al otro y me acerqué medio paso más a él, con la espalda bien apoyada contra su pecho. Cerré los ojos y saboreé la sensación. Entonces me puso la mano en la cintura y mi corazón se desbocó. No solo sentía mariposas cuando estaba cerca de él.

Estaba claro que las mujeres eran un grupo de amigas porque no paraban de reír y charlar en voz alta mientras yo sufría un pequeño infarto en un rincón del ascensor. Traté de respirar como una persona normal y no darle demasiada importancia a una situación tan nimia, pero me di cuenta de que estaba conteniendo la respiración para ver cuánto tiempo mantenía la mano en mi cuerpo. Mi pecho se inundó poco a poco de calor mientras las risas se volvían más ruidosas y el corazón empezó a latirme con fuerza. Por segunda vez esa noche, empezaba a sentirme mareada con solo estar cerca de él y de la posibilidad de que hubiera un «nosotros». Incapaz de contenerme, levanté la vista hacia él. William ya tenía los ojos clavados en mí. Así que le brindé una débil sonrisa y aparté de nuevo la mirada.

Las puertas del ascensor se abrieron y maldije por lo bajo. Las chicas empezaron a salir, pero ni William ni yo movimos un solo músculo. Durante unos segundos dejamos que todos los demás se fueran y después sentí que me daba un suave y pausado apretón en la cintura, que se propagó por todo mi cuerpo, y tuve que obligarme a poner un pie delante del otro.

Me aclaré la garganta mientras empezábamos a caminar por el vestíbulo.

—¿Qué vamos a hacer? ¿Nos vamos en un Uber o...? —Alargué la mano de forma automática para agarrar el bolso y mirar la hora, pero me di cuenta de que no lo tenía. Me paré y me volví hacia William—. Mis cosas están en el coche. Se me cayeron cuando me metió dentro.

William miró a su alrededor y se encaminó hacia la recepción, hacia el conserje que nos había ayudado a colarnos en el hotel. Unos minutos después, teníamos las llaves del coche y nos dirigíamos a recoger mis cosas.

William lo abrió y yo abrí la puerta trasera y me asomé al interior. Antes de que pudiera agacharme y recoger mi bolso del suelo, donde había caído, la mano de William en mi cintura me detuvo.

Miré por encima del hombro, sintiendo un cosquilleo en esa zona.

Él exhaló un suspiro.

—Tal vez no deberías volver a hacer eso delante de mí.

Me enderecé.

—¿El qué?

—Inclinarte así. Déjame a mí.

Un poco confusa, me hice a un lado y vi que se inclinaba hacia el interior para recoger mis cosas. Cuando mis ojos se posaron en su culo, ese culo que me había llamado la atención desde el primer día que lo vi en el vestíbulo, comprendí por qué no quería que tomara mis cosas yo misma.

Con una sensación de mareo, me mordí el labio e hice cuanto pude para ocultar mi sonrisa y no decir nada. Por desgracia, William no tardó mucho en erguirse de nuevo.

—Tu teléfono —empezó, tendiéndomelo con cierta incomodidad—. Tienes unos cuantos mensajes.

Fruncí el ceño, lo tomé y comprobé quién me había enviado mensajes.

Uno era de Valerie. Los otros tres eran de Ralph.

Después de leerlos, miré a William y abrí la boca, pero esta vez empezó a sonar su teléfono. Sin apartar los ojos de los míos, lo sacó del bolsillo y miró quién llamaba.

En vez de contestar, bajó el móvil, pero siguió sonando.

—¿Quién es? —pregunté, pensando que podríamos tener que pasar otra noche trabajando hasta tarde. Para ser sincera, no me quejaría.

—Mi ex —respondió.

—Ah. —Intenté pensar en algo que decir, pero no se me ocurrió nada. Miré hacia otro lado.

—¿Qué te dice Erasmus?

—Erasmus… —Sacudí la cabeza—. Tenemos una cita mañana. Quiere saber adónde quiero ir.

Él asintió.

—Eso es bueno.

¿En serio? ¿Era bueno que tuviera una cita con otro hombre? Yo no veía nada bueno en ello. Ya no.

Su teléfono dejó por fin de sonar y ambos lo miramos.

—¿No vas a llamarla?

—No es necesario. ¿Lista para ir a casa?

¿Estaba cabreado conmigo? Asentí al cabo de un momento de silencio. «Casa». Viniendo de William sonaba demasiado perfecto.

18

William

Un día después del fiasco del club sexual estaba en mi despacho, tratando de contactar con un periodista sobre la situación de la aplicación de citas. El director general estaba contento con nosotros porque en lugar de perder usuarios, habían incorporado otros nuevo. Pero no era eso lo que tenía en la cabeza. Llevaba todo el día disperso. Algo nada habitual en mí. Charlie estaba presente en casi cada uno de mis pensamientos.

—¿Qué te pasa hoy? —preguntó Rick mientras estábamos justo fuera de mi despacho.

Me volví hacia él.

—¿A qué te refieres?

Rick enarcó las cejas.

—Te he hecho la misma pregunta durante el último minuto y ni siquiera me has oído.

Suspiré y empecé a frotarme las sienes.

—Estoy un poco distraído. Perdona, Rick. ¿Qué querías saber?

Con la vista clavada solo en él, esta vez logré concentrarme y respondí a sus preguntas.

—¿Te vas ya? —me preguntó cuando terminamos.

Mis ojos revolotearon hacia Charlie, que estaba de pie en una de las mesas rectangulares en el espacio de trabajo compartido, y la vi reírse de algo que le estaba diciendo un chico.

—Todavía no —respondí de forma distraída. Debería haber sabido que despertaría el interés de Rick, pero no he pensado con claridad en todo el día. ¿Para qué empezar ahora?

El tipo, que debía de ser un cliente ya que no lo había visto antes en la oficina, tocó la espalda y el contacto se prolongó antes de apartar la mano. Charlie lo miró y le regaló una cálida sonrisa.

—¿William?

—¿Sí? —respondí, pero continué mirando a Charlie.

Douglas pasó junto a ellos y se detuvo. Vi que Charlie se ponía tensa durante un instante, pero entonces su padre debió decir algo normal porque ella se relajó y le brindó una sonrisa mientras los tres se ponían a charlar. Luego Douglas se alejó y volvieron a quedarse solos Charlie y el joven. Él se acercó y agachó la cabeza para decirle algo al oído. La sonrisa de Charlie se ensanchó.

Di un paso al frente, pero me detuve. Alguien carraspeó a mi lado. Apreté los puños y me obligué a relajarme.

—Son amigos —repuso Rick sin más en voz baja.

Aparté la mirada de Charlie y la dirigí hacia él.

—Gracias, pero no creo que eso sea asunto mío, Rick. —Él me miró levantando una ceja. Exhalé un suspiro y les di la espalda a Charlie y a su «amigo». Lo cual no estaba seguro de creer—. Trabajamos juntos. No me gustan las relaciones románticas de oficina entre compañeros. —«Compañeros no por mucho tiempo», pensé para mis adentros, pero no lo expresé en voz alta—. Por no mencionar que no estoy buscando ningún tipo de relación en este momento.

—Eso lo entiendo, pero la cara que tenías hace un momento dice lo contrario.

Miré a Rick durante un largo rato y luego entré de nuevo en mi despacho. Él me siguió mientras me sentaba en mi mesa e hice todo lo que pude para parecer ocupado. No estaba seguro de haberlo conseguido porque él se quedó ahí, esperando a que le hiciera caso.

—¿Qué cara tenía? —pregunté con voz hastiada, evitando su mirada.

Sus labios se curvaron poco a poco.

—La misma que tienes desde tus primeras semanas aquí. —Se dio la vuelta y se encaminó a la salida, pero se detuvo en el umbral de la puerta—. Ella te interesa. Estaba seguro de que ya habríais empezado algo. Charlie es genial.

Refunfuñé algo en voz baja y empecé a clasificar algunos papeles que tenía sobre la mesa. Más tarde tendría que comprobar qué narices eran. Pues claro que me interesaba, joder. ¿A quién no le interesaría Charlie? Y cualquiera que no pensara que era absolutamente asombrosa era un imbécil. Por supuesto, nada de eso entrañaba que fuera a hacer algo al respecto. No cuando teníamos tantas cosas en nuestra contra.

—¿No vas a preguntar con quién está hablando? —Me desafió Rick.

—Puede hablar con quien le plazca, Rick. Si no tienes más preguntas…

—Está hablando con Liam. Tuvo una emergencia familiar y por eso estaba de permiso, pero ha vuelto hoy. —Tras ese comentario de despedida, salió de mi despacho antes de que pudiera pedirle más información.

¿Habían salido alguna vez? No, no podía ser. ¿Tal vez en el último año? No lo creía. Pero ahora estaba lista…

Me recosté en mi silla y cerré los ojos un segundo. Me levanté, di una vuelta y volví a sentarme. Me masajeé el puente de la nariz, pero nada me ayudaba. Ni siquiera intenté trabajar. Recorrí la oficina con la mirada, y al no verlos entre las mesas, me levanté y los vi entrar en su despacho. Él le abrió la puerta y la siguió adentro.

Crucé el despacho como una bala e iba a…

Mi teléfono empezó a sonar, haciéndome perder la concentración. Respondí al tercer tono sin ver quién llamaba, pendiente de cada movimiento de Charlie y del tal Liam mientras me detenía para abrir la puerta.

—¿Sí?

—¿Sí? ¿Así respondes al teléfono?

Solté una larga bocanada de aire al tiempo que agachaba la cabeza y cerré los ojos. Era mi hermana.

—Beth. Lo siento. Estaba ocupado. ¿Puedo llamarte cuando haya terminado?

—Da igual, no tienes que llamarme. Ivy quería asegurarse de que llamaba...

Se oyó un crujido y luego oí una dulce voz al otro lado.

—Tío Willie, vas a venir, ¿verdad? Mamá decía que a lo mejor debíamos llamar por la noche, pero a veces me quedo dormida y a veces se olvida de llamar aunque diga que lo hará, así que quería asegurarme de que vendrías. Vendrás porque lo prometiste, ¿verdad?

El estrés que me generaba Charlie se desvaneció de golpe y sonreí.

—Sí, allí estaré, Ivy.

—¿Lo ves, mamá? Te dije que vendría. Hola, tío Willie. ¿Se me había olvidado decirte hola?

—Sí. Hola, monstruito. —Oí una risita que me alegró el corazón.

—No soy un monstruito. Te echaba de menos, tío Willie.

—¿Me has echado de menos? ¿He oído bien? ¿Es esta la misma jovencita que me dejó solo para irse a jugar con su nuevo amigo al otro lado de la calle la última vez que estuve allí?

—Sí, te he echado muchísimo de menos. Y ya no me cae bien. Es idiota.

Oí el suspiro de Beth y su suave voz de fondo diciendo: «Ivy, no puedes llamarle idiota».

Ivy ignoró a su madre.

—A veces los chicos pueden ser idiotas. Pero me encanta que me digas que me echas de menos. ¿Me lo repites, por favor?

Me llegaron más risitas y después su dulce voz se calmó.

—Te he echado mucho de menos, tío Willie.

—Yo también te he echado de menos, preciosa. Y me rompe el corazón que pienses que me perdería tu cumpleaños. Ni hablar. Por supuesto que iré.

—Pero ya te has perdido tres cumpleaños... ¿Y si también te pierdes este?

Rodeé mi mesa y me senté.

—Eso es imposible. Entonces, ¿quién te llevaría tu regalo? Voy a estar todo el fin de semana.

—Pero lo prometes, ¿verdad?

—Te lo prometo, peque.

—Vale. Te creo. Y sin emergencias. No quiero ninguna emergencia.

Me eché a reír.

—Gracias por creer en mí.

—Pero sin emergencias —repitió, bajando la voz—. Dilo.

Tuve que contener la risa.

—Sin emergencias.

—¿Y sin Lindsey?

Eso prácticamente me borró la sonrisa. A Ivy no le caía bien Lindsey. Nada bien. También pude oír a Beth murmurándole algo de fondo.

—Sin Lindsey. Solo yo.

—Vale. No te olvides de mi regalo. Bueno, puedes hablar con mamá, pero no demasiado. No os pitéis.

Reí por lo bajo.

—No nos liaremos. Vale. Gracias, monito.

Todavía sonreía cuando Beth se puso de nuevo al teléfono.

—Lo siento, William. Nos tiene a todos bailando a su son.

—No pasa nada. Me alegra que hayáis llamado.

—¿Por qué? ¿Ocurre algo?

—No, no pasa nada. —Había llamado en el momento justo para evitar que cometiera una estupidez—. Solo un día agitado. ¿Necesitáis algo de aquí?

—Solo a ti. William, no hemos hablado mucho estás últimas semanas. Estás bien, ¿no? ¿Con Lindsey...?

—Sí, Beth. Estoy bien. Ahora todo va mejor.

—Vale. Hablaremos más cuando llegues. Mamá te manda saludos. A todos nos hace mucha ilusión verte.

—Solo hace unas semanas que estuve allí.

—Te echamos de menos, qué se le va a hacer. En fin, tengo que dejarte. Ivy se está subiendo al árbol otra vez. ¡Ivy! ¡No! No se te permite… —La llamada se cortó antes de que pudiera despedirme.

—¿William?

Levanté la vista y vi a Gayle en la puerta.

—¿Sí?

—Douglas quiere vernos a los dos en su despacho por un nuevo caso.

Me levanté y fui hasta ella.

—¿Sabes de qué se trata?

—Creo que es una compañía aérea. No sé nada más, acababa de recibir la llamada mientras estábamos en otra reunión.

Al cerrar la puerta no pude evitar mirar hacia el despacho de Charlie.

—¿Charlie se ha ido ya? —le pregunté a Gayle al no verla allí. No había ni rastro de ella ni de Liam—. Si vamos a empezar con otro caso esta noche es necesario que vuelva.

—Espero que no. Por fin tiene una cita.

Me paré en seco. ¿Ya tenía una cita con él?

—¿Con Liam? —pregunté, dejándome llevar.

Gayle se paró también y se volvió para mirarme, confusa.

—¿Liam? ¿El de la oficina? No, sale con Ralph. —Ladeó la cabeza y me observó con demasiada atención.

Me aclaré la garganta, metí las manos en los bolsillos y me puse en marcha de nuevo. Por suerte no me cuestionó y caminó a mi lado. Ralph. El pequeño desertor. El imbécil. Me había olvidado por completo de él.

—Espero que vaya bien. Van a ir al bar al que fuimos todos a tomar unas cervezas la otra noche, ¿verdad? —pregunté como si tal cosa, como si supiera algo sobre dónde estaba.

—No, no van al bar. Querían quedar en un lugar más tranquilo.

—Supongo que es lo... lógico. —Esperaba que mencionara dónde estaba Charlie, pero no mordió el anzuelo—. Si tenemos un caso nuevo, este no es el momento adecuado para tener una cita a ciegas. Deberíamos llamarla —comencé, pero no continué cuando nos paramos delante del despacho de Douglas.

Gayle abrió la puerta antes de mirarme y responder con voz queda:

—Deja de preocuparte. Está a solo cuatro manzanas de aquí. Además, podemos prescindir de ella por una noche. Deja que se divierta un poco. Rick todavía está por aquí.

Abrí la boca, pero ella sacudió la cabeza para frenarme, como si estuviera siendo exasperante.

Me costó más de media hora encontrar el restaurante en el que estaba, después de mirar en unos cuantos lugares que no eran. En realidad, cuatro manzanas no reducían mucho la búsqueda. No salí de la oficina pensando: «Esta es mi oportunidad de acosarla y arruinarle la cita». No. No era eso. Solo quería asegurarme de que estaba bien y de que Ralph el fugitivo no había vuelto a dejarla colgada. El plan era asegurarme nada más de que no estaba sola, que ese tal Ralph no era un asesino con un hacha ni nada parecido y luego irme a casa.

Cuando por fin la vi, no sabía qué hacer ni en qué demonios estaba pensando. A fin de cuentas, presentarme por sorpresa no parecía la mejor idea, pero tampoco lo era marcharme. Me quedé ahí, pensando en mis escasas opciones. Al final Ralph el fugitivo había aparecido. En cuanto lo vi, tendría que haberme dado media vuelta y haberme marchado, que era el plan inicial, pero no lo hice. Me quedé ahí como un absoluto imbécil y la contemplé con otro hombre. Igual que había hecho hace años. Mi pecho se inundó de temor y decepción y no podía moverme. Estaba tan guapa como entonces, en realidad aún más. Porque ahora la conocía mejor.

No era una desconocida que me atraía y por la que sentía curiosidad. Ahora era más. Dulce, amable, preciosa, lista, considerada…, preciosa. Sabía más de ella. De quién era. De cómo era. Lo que quería de la vida. Qué la motivaba. Qué la impulsaba, qué le hacía sonreír. Y la deseaba aún más por ello. Pero de nuevo estaba paralizado al otro lado de la ventana mientras ella sonreía. La única diferencia era que ahora no estaba sola allí sentada, esperándome a mí. Esta vez estaba sentada con alguien.

Con un ligue. No conmigo.

Esta vez no tuve fuerzas para alejarme. Tampoco me había planteado alejarme en el pasado.

Pero justo cuando estaba al otro lado de la ventana de la cafetería aquella noche, a punto de entrar para que tal vez pudiéramos darle una oportunidad a nuestra reciente e inesperada amistad fuera de aquella burbuja, recibí una llamada de Lindsey después de no haberla visto ni sabido nada de ella durante semanas tras nuestra ruptura. Todavía recordaba las tímidas palabras de Charlie la noche anterior.

—Si mañana por la noche venimos de nuevo aquí, a lo mejor podemos ir a otro sitio. Tal vez probar.

Recuerdo que le sonreí.

—¿Te refieres a una cita?

—Sí. Tal vez. Si te interesa, claro.

Y a la noche siguiente, cuando estaba a punto de entrar, no pude hacerlo. Lindsey había sido mi novia durante tres años y le había pedido que se casara conmigo solo un mes antes de conocer a Charlie en aquella cafetería. Cuando Charlie llegó a mi vida, yo no buscaba a nadie. Pero ella estaba ahí, como si siempre me hubiera estado esperando. Era diferente a todo el mundo. Tenía algo. Era algo inexplicable que terminara en esa cafetería noche tras noche, solo por la posibilidad de volver a verla y que pudiéramos hablar. Y cuando estaba justo en la calle de enfrente de la cafetería, observando a Charlie, una repentina llamada de teléfono lo cambió todo.

Ahora Lindsey estaba dispuesta a casarse conmigo. Creía que estaba embarazada, y no solo eso, sino que además se había dado cuenta de que no quería pasar la vida sin mí. Fue ella quien dijo que no a mi proposición. Pero eso había sido un toque de atención para ella.

No fui a verla esa noche porque aún estuviera locamente enamorado de ella, ya que algo en mí cambió cuando me dijo que no con tanta facilidad. Pero la posibilidad de un embarazo...

Un hijo. Mi hijo.

Tuve que elegir a Lindsey antes que a alguien a quien acababa de conocer en una cafetería. No importaba que aquella noche me hiciera más ilusión ver a Charlie que volver a ver a Lindsey.

Aun así regresé. La noche siguiente. Pero ella no estaba allí. No sé qué habría dicho si hubiera estado ni qué habría hecho. Si eso hubiera cambiado algo. Pero no estaba. Y luego las cosas con Lindsey mejoraron un poco, incluso después de enterarnos de que no estaba embarazada, y nos casamos. Charlie se convirtió en un buen recuerdo que me hacía sonreír de vez en cuando.

Alguien que pasaba por la acera chocó con mi hombro e hizo que dejara los recuerdos a un lado. Solté una profunda bocanada de aire, miré el rostro risueño de Charlie una vez más y no pude ni quise marcharme. Esta vez no. Por muy egoísta que fuera, no era capaz de dejarla con él. Si los observaba durante un rato tal vez pudiera convencerme de que no tenía derecho a alterar sus planes.

Entré con sigilo y me escondí detrás de la gente para poder llegar a la barra sin que Charlie me viera. Choqué con un camarero, pero conseguimos recuperarnos sin que a él se le cayera ningún plato y continuamos hacia nuestras respectivas direcciones.

Una vez sentado en la barra, era demasiado tarde para marcharme. Ya que estaba aquí, bien podía tomarme algo y luego irme. Eché un vistazo por encima del hombro y vi que ella sonreía a su cita y que él, como quiera que se llamara, asentía con entusiasmo. Ella agarró su copa y bebió un pequeño sorbo, todavía sonriéndole. Ralph continuó hablando y yo me eché hacia atrás para intentar oír de qué estaban hablando, sobre todo para saber qué decía que la hacía sonreír, pero no funcionó. Había demasiada gente alrededor y yo estaba demasiado lejos.

—¿Qué te pongo? —preguntó el camarero, y me sobresalté como si me hubieran sorprendido con las manos en la masa. Me sentía como un completo imbécil. Me froté la nuca y traté de pensar. No tenía derecho a estar allí, eso estaba claro, pero no pensaba irme. Aún no.

—Un whisky, por favor —dije después de exhalar un suspiro.

Decidí beberme mi copa, quizá la mitad, asegurarme de que Charlie se lo estaba pasando bien, ya que se merecía tener una buena cita, y marcharme después. Lo último que quería era ver a Charlie en una cita. O a Charlie al terminar la cita. Besando a su pareja. Pero no cabía duda de que estaba actuando como un imbécil celoso y no creía que tuviera fuerzas para levantarme de mi asiento a menos que fuera para acercarme a ella.

Me arriesgué a echar una ojeada por encima del hombro cuando el camarero se fue. Ralph, un tipo rubio de ojos azules, estaba sonriendo de oreja a oreja a Charlie, sin apartar los ojos de ella, y Charlie se estaba inclinando hacia delante, como si estuviera a punto de contarle un secreto. Como llevaba un vestido negro con un buen escote que resaltaba su pecho, vi que él desviaba la mirada. La expresión de Charlie cambió de forma momentánea al darse cuenta de dónde estaba mirando. Mis hombros se pusieron rígidos.

—Su whisky, señor.

Exhalé un suspiro y me di la vuelta.

—Gracias.

Tomé el vaso, sacudí la cabeza y bebí un buen trago. Ya era oficial; había perdido la cabeza. Recorrí con la mirada al resto de clientes que estaban disfrutando de su cena y de sus copas. Luego eché un vistazo a la razón por la que estaba sentado en el restaurante. Estaba guapísima. Como siempre. Y casi feliz. Ya conocía sus sonrisas a estas alturas y esa no era una de mis favoritas. Bebí otro generoso trago de mi copa y el suave líquido hizo que me ardiera la garganta a su paso. Logré estar unos minutos sin mirar por encima del hombro mientras jugueteaba con mi vaso. Miré el móvil. Dos veces. Me masajeé las sienes. Hice de todo menos irme.

Dejé escapar un largo suspiro y volví a mirar hacia ellos. Estaban cenando en silencio. Entonces Charlie levantó la vista y le brindó una de sus otras sonrisas. Verla sonreír me hizo estremecer de entusiasmo, pero no tardó en desvanecerse. Ralph debía de haber dicho algo muy divertido porque su sonrisa se ensanchó y echó a reír. El suave y muy hermoso sonido llegó a mis oídos. O tal vez me había acostumbrado tanto a él que solo lo oía en mi cabeza. Entonces comoquiera que se llamara tomó el móvil en vez de reír con ella y empezó a mandar mensajes a alguien. Era la segunda vez que le faltaba al respeto y eso no me gustó.

Bastante disgustado conmigo mismo, pedí otro vaso de whisky. El último. Cuando apoyé la mano en la rodilla para impedir que siguiera botando, ya que había empezado a molestarme incluso a mí, decidí que era hora de irme tan pronto me terminara la copa. Charlie no parecía extasiada de estar allí, pero debía de estar disfrutando. No necesitaba que yo acudiera en su rescate.

Mi teléfono vibró junto al vaso al recibir un mensaje de texto y la pantalla se iluminó. Lo sujeté y vi toda una serie de emoticonos, desde sirenas hasta una tarta de cumpleaños y globos. Sonreí y envié un mensaje rápido a Beth para que pudiera enseñárselo a Ivy. Estuve a punto de dejar el móvil, pero no lo hice. Bebí otro trago de mi vaso. Luego decidí que iba a mandarle un mensaje a Charlie. Si me respondía, a lo mejor no estaba disfrutando de su cita tanto como parecía. Si no me respondía o ni siquiera leía mi mensaje, me marcharía de inmediato.

Deslicé los dedos por la pantalla, pero no estaba seguro de qué quería escribir.

William: Hola otra vez.

Gemí para mis adentros, pero no me atrevía a borrar el mensaje. No estaba seguro de que se acordara, pero así la había saludado durante una semana cuando nos conocimos en aquella cafetería hace años. No era original ni interesante, pero a saber si miraría el móvil. Le di a «enviar» y esperé sin girarme a ver si ella se daba cuenta.

Charlie: Hola, William.

Me había respondido.

William: ¿Estás bien? Hoy casi no te he visto en la oficina.

Charlie: ¿No hemos tenido una reunión hoy?

William: Sí. Apenas te he visto. No cuento las reuniones.

Charlie: Por casualidad... ¿me has echado de menos? ¿Tal vez?

Volví la cabeza y miré de nuevo hacia su mesa. Charlie tenía el móvil en el regazo y estaba mirando la pantalla, pero no distinguía si estaba sonriendo o no. Entonces su cita dijo algo y ella levantó la vista hacia él. No aparté los ojos de ella y vi que se curvaba una comisura de su boca, pero no se parecía a una de las sonrisas que me regalaba a mí. Para él no resplandecía. Me di la vuelta y centré la atención en el móvil.

William: ¿Eso te haría feliz? ¿Que te echara de menos? ¿Te gustaría que estuviera a tu lado ahora mismo?

Miré de nuevo a Charlie.

Y esta vez... Esta vez no pudo intentar disimular lo que mi mensaje le hacía sentir aunque quisiera. A Charlie se le iluminó la cara. Por mí. Pero entonces él le tocó la mano que seguía apoyada en la mesa al lado de su vaso de agua y Charlie lo miró con mi sonrisa aún en los labios. Los labios que tanto me fascinaban.

Eso fue el acabose. Dejé unos billetes al lado de mi copa y me fui hacia su mesa sin pararme a pensar en lo que estaba haciendo.

Me detuve al lado de Charlie, con la vista clavada en su cita. Él me miró y frunció el ceño, confuso.

—¿En qué puedo ayudarle? —preguntó.

Retiré una tercera silla de su mesa y me senté sin mediar palabra. Charlie me miraba con la boca abierta mientras paseaba la mirada entre su cita y yo.

—Uh…, yo… ¿Qué…?

Ignoré por completo al guapito de Ralphy, me volví hacia Charlie y arrimé la silla a ella.

—¿Por qué me haces esto? —repliqué lo bastante alto como para que su cita pudiera oír lo que decía.

Ella miró a su cita y luego a mí con expresión ceñuda.

—Te hago… ¿qué?

Cerré los ojos y sacudí la cabeza, haciendo todo lo posible para parecer disgustado.

—Me estás rompiendo el corazón. ¿Cómo has podido hacernos esto, Charlie? —La miré a los ojos, que estaban llenos de confusión, y esperé su respuesta.

—¿Qué está pasando aquí? —preguntó Ralphy, dejando su copa de vino y paseando la mirada entre Charlie y yo—. ¿Conoces a este hombre?

No le presté atención. Alargué el brazo y agarré la mano de Charlie con firmeza.

—¿Recuerdas el día que me dijiste que te habías enamorado de mí nada más verme? —Ella intentó zafarse en cuanto le agarré la mano. Todavía parecía muy desconcertada. Si no estuviera intentando parecer y sonar tan serio, solo la expresión de su rostro me habría puesto furioso. Y no es que estuviera mintiendo, ya que me había dicho esas cosas antes. Casi—. ¿Cómo puedes olvidar tan rápido lo que tenemos? Siempre decías que no podías vivir ni un solo minuto más sin mí.

Cuantas más palabras salían de mi boca, más abría ella los ojos. Entonces se inclinó hacia delante, dejó de intentar zafarse de mi mano y me tocó la frente con el dorso de la mano derecha.

—¿Tienes fiebre o algo así?

—¿Lo conoces, Charlie?

—No te metas, Rowan —le ordené sin mirarlo de nuevo.

Los labios de Charlie se curvaron ligeramente hacia arriba mientras me miraba a los ojos.

—Se llama Ralph, William. —Después se volvió para mirar a Ralph—. Lo conozco. Es mi...

Con la mano de Charlie todavía agarrada, miré a Ralphy, que estaba tan confundido que resultaba cómico, y terminé la frase antes que ella.

—Novio.

—No es mi novio —se apresuró a corregirme Charlie.

Sin embargo miré su mano y ya no estaba intentando zafarse. Me permití una pequeña sonrisa y luego centré otra vez la atención en la guapísima mujer que tenía delante.

—Estábamos en un descanso, Charlie. Sigo siendo tu novio. ¿No me dijiste que solías mirarme a escondidas cuando trabajaba y estaba sumido en mis pensamientos? Aún lo haces. Siempre sé cuándo me miras. Y te gusta la forma en que me paso los dedos por el pelo cuando estoy frustrado. ¿Era todo mentira?

Tomados de la mano, me miró durante un largo rato.

—Parece que he dicho muchas cosas.

—Creo que debería... —murmuró Ralph, pero lo interrumpí a mitad de la frase.

—Charlie, ¿qué haces aquí con él?

—Tengo una cita.

—Pero aún eres mía.

—¿Lo soy?

—¿No lo eres?

—¿Lo soy? —preguntó, inclinándose hacia mí mientras entrecerraba los ojos.

A duras penas fui capaz de contener la risa.

—¿Me estás dejando por él?

—Vale, creo que deberíamos... —Ralph intentó interrumpir.

Me senté en el borde de mi silla para acercarme a Charlie.

—¿Quieres que diga algunas de tus cosas favoritas? ¿Solo para demostrarte cuánto me importas?

—Soy todo oídos. Esto promete ser bueno.

—¿Crees que a estas alturas no conozco tu corazón?

—Parece que llevamos años juntos, así que imagino que sí.

—Te gusta quedar para comer, te encantan las patatas fritas, no te gustan las zanahorias y te encanta echármelas a mi plato. Te gusta que te tome de la mano, sin importar cuándo o dónde estemos. Te encanta que te deje notas en la oficina..., sobre todo las que dejo en tus libros. Te encanta sentir mis manos sobre ti...

—¿Trabajáis juntos? —preguntó Ralphy después de aclararse la garganta.

Charlie volvió la cabeza hacia él, pero no apartó sus recelosos ojos de mí. Traté por todos los medios de seguir serio.

—Así es. Estamos en el mismo equipo.

—No quiero que me dejes por él, Charlie.

—Pero estábamos en un descanso, como tú has dicho —respondió—. A mí me parece que ya has renunciado a mí, así que ¿por qué no debería tener una cita?

—Charlie, no me dijiste que tenías una relación —intervino Ralph.

—Un segundo, Ralph —refunfuñó, volviendo toda su atención hacia mí—. ¿Decías?

—¿Haces esto porque no me gustó la tarta que me regalaste en mi cumpleaños?

—¡Venga ya! ¡Era una tarta perfecta! Yo no tengo la culpa de que no agradecieras el gesto. La tarta no tenía nada de malo.

—¿Volverás conmigo si te doy la razón?

Charlie ladeó la cabeza y me sonrió un poco.

—¿Por qué quieres que vuelva, William? ¿Por qué has venido?

Me incliné hacia delante en mi silla y me centré en ella nada más. Había jugado a fingir porque sabía que a ella le había gustado antes, pero hablaba muy en serio cuando abrí la boca.

—Porque tú eres tú. Eres tan excepcional. Tan preciosa. Amable. Tímida. Trabajadora. Divertida. Dulce. Y porque sé lo que quieres de una relación. Ahora te conozco. Y creo que mereces tener la clase de relación con la que siempre has soñado.

—¿Con qué tipo de relación sueño? —preguntó a media voz mientras su sonrisa desaparecía poco a poco.

Sabía que tal vez estaba yendo demasiado lejos, pero era incapaz de cerrar la boca. No cuando me miraba como lo hacía. De todas formas todo era verdad. Le di un apretón en la mano.

—No quieres solo a alguien con quien compartir tu tiempo. Quieres amar a alguien tanto como quieres que te amen a ti. Quieres ser siempre lo primero para alguien. No eres una opción. Eres la opción. La única opción y quieres poder sentir eso. Y quieres reír. Quieres sonreír. Ya no quieres perder el tiempo. Quieres ser feliz en tu día a día. Ya no quieres estar sola. No quieres que te rompan el corazón. Quieres envejecer con alguien. Tener a ese alguien con quien reír y con quien llorar. Quieres ser su mejor amigo. Quieres confiar en alguien sin pensarlo dos veces. —Para mí, el restaurante quedó en silencio y me olvidé de Ralph y de cuantos nos rodeaban. Acerqué la mano y la ahuequé sobre su rostro—. Eres... A veces no puedo dejar de mirarte —susurré.

—Parece que quiero demasiadas cosas —me susurró ella.

—Y ¿por qué no deberías tenerlo todo?

—¿Es que alguien puede tener todas las cosas que has dicho? Le acaricié el rostro con el pulgar.

—No sé los demás, pero sé que tú sí.

Una comisura de su boca se curvó hacia arriba.

—¿Has venido aquí para decirme todo esto?

—¿No es suficiente?

La sonrisa que tanto esperaba se ensanchó y no pude apartar los ojos de ella.

—Lo es. Es más que suficiente —repuso, devolviéndome la sonrisa con los ojos—. Vaya, sí que quieres volver a ser mi novio, ¿eh?

Ralph carraspeó con gran estruendo, rompiendo la conexión entre Charlie y yo. Retiré la mano de su cara y ella liberó la suya de la mía. Me recosté en la silla y disfruté viendo que Charlie se ponía nerviosa.

—Lo siento, Ralph —se disculpó con voz queda, removiéndose en su asiento—. Yo... —Me dirigió una mirada rápida que decía a las claras: «Sálvame, di algo» y después miró de nuevo a su cita—. No sé qué decir.

Yo sí sabía qué decir, así que pensé en hacerles las cosas más fáciles a los dos. De todas formas no habría funcionado entre ellos.

—Deberíamos irnos. —Me levanté y le ofrecí la mano a Charlie. Ella la miró durante dos segundos enteros con los ojos llenos de asombro y luego la asió y se levantó. Entrelacé nuestros dedos y me volví hacia Ralph—. Lo siento, pero no podía renunciar a ella. ¿Sin rencores?

Él me miró con expresión ceñuda y confusa y después desvió la mirada hacia Charlie, que se aferraba a mí con tanta fuerza como yo a ella. Con juego o sin él. Ralph se frotó la nuca, sin dejar de mirar a Charlie. La miré, con las manos entrelazadas entre ambos. Charlie no le devolvía la mirada a Ralph, pero cuando sintió mis ojos clavados en ella, levantó la vista y me dedicó una pequeña sonrisa. Le apreté la mano con suavidad y me volví hacia Ralph para que pudiéramos irnos.

—Sí —balbuceó y volvió a aclararse la garganta. Luego nos sonrió y asintió—. Buena suerte a los dos.

—Gracias, Ralph. Ha sido una agradable velada —dijo Charlie con delicadeza.

Le hice un gesto con la cabeza y me llevé a Charlie. Antes de salir del restaurante, pagué su cuenta. Era lo menos que podía hacer después de interrumpirlos. Cuando nos íbamos, lancé otra mirada rápida a Ralph, que seguía sentado en su mesa. Sentí pena por él porque sabía bien cómo se sentía.

En cuanto salimos, Charlie empezó a reírse, con los ojos brillantes y felices. Seguíamos tomados de la mano.

—Ha sido… increíble. ¡Pero también muy divertido! ¡Deberías haber sido actor!

La miré enarcando una ceja mientras la acercaba despacio a mí con el pretexto de que no tropezara con nadie.

—Dijiste que deberíamos volver a hacerlo en algún momento. Mi objetivo es complacerte como tu novio falso.

Su sonrisa era más amplia que nunca.

—Lo dije, y no podría haber pedido un novio falso mejor. Me has alegrado la noche, Willy.

Me mofé.

—¿Willy?

—Si volvemos a hacer esto, quiero ponerte un apodo.

—No volveremos a hacer esto. —La acerqué aún más. No tendríamos que fingir.

Ella enarcó las cejas y su voz se tornó cautelosa.

—Deberíamos hacerlo por lo menos una vez más antes de que me vaya.

La miré a los ojos.

—Willy no —dije sin más.

Charlie me brindó una sonrisa.

—¿Will?

—No.

—¿Willie? ¿Con una i y una e?

—No.

—¿Y Liam?

La miré con el ceño fruncido.

—Joder, no.

—¿Solo William? ¿Y ya está?

—¿Es que no te gusta mi nombre?

—Me encanta tu nombre. —Hizo una pausa—. Es un buen nombre, un nombre fuerte. Me gusta como nombre propio.

—Entiendo. Entonces estamos de acuerdo. Me llamarás William.

—No eres nada divertido. —Exhaló un suspiro—. Pero no puedo decir eso porque sí lo eres. Esta noche lo has demostrado. Eres muy astuto al respecto. No quiero ni imaginar la cara que he puesto cuando te he visto ahí. —Sacudió la cabeza y apartó la mirada, pero seguía sonriendo—. ¿Te imaginas? —empezó antes de que pudiera decir una palabra—. ¿Que alguien te siguiera y te dijera todas esas cosas románticas para recuperarte? Algún día, ya sabes. Ojalá. —Dejó escapar un largo suspiro, levantó la vista al cielo y luego me miró a los ojos.

—¿Quieres que dos hombre vayan detrás de ti?

Ella abrió mucho los ojos.

—¿Qué? ¡No! Solo hablo de ser tan imprescindible para alguien que no pueda estar sin ti. —Arrugó un poco la nariz—. No suena tan cuerdo cuando lo digo en voz alta, pero ¿sabes a qué me refiero? Me refiero a tomar la decisión de no renunciar a la otra persona. Todos los días. Porque amar a alguien es una elección diaria.

No dije nada, pero no pude evitarlo y alcé la mano libre para sujetarle un mechón suelto detrás de la oreja. Se estaba convirtiendo en una de mis cosas favoritas.

Mis ojos seguían clavados en los suyos.

Mi mano seguía sujetando la de ella.

Durante un fugaz instante me pregunté si se había dado cuenta de que todavía le agarraba la mano o, lo mismo que a mí, le resultaba algo tan natural que ni siquiera le había dado importancia.

Pasó un momento mientras Nueva York continuaba moviéndose a nuestro alrededor. No estaba seguro de si se debía a que no hablaba mucho o a otra cosa diferente, pero me sentía atraído por ella. Hasta ese día jamás había salido con una compañera de trabajo, pero esta noche me había hecho darme cuenta de que era inútil intentar aferrarme a esa idea.

Era inútil porque era Charlie quien me interesaba. Ella era la excepción, y por desconcertante que fuera, me había dado cuenta de que estaba luchando contra mis propios sentimientos y ya no quería seguir haciéndolo.

—William —susurró. Su voz era una caricia íntima suspendida entre nosotros mientras su mirada iba de mis labios a mis ojos—. Olvidé preguntarte. ¿Cómo sabías que estaba aquí? ¿Por qué has venido en realidad? ¿Tenemos un caso nuevo?

—¿Charlie?

Estábamos tomados de la mano y tan cerca el uno del otro que al principio nos pasó desapercibido el hecho de que alguien estaba diciendo su nombre. Y volvió a sonar.

—Charlie. —La segunda vez, el tono era más firme y no cabía duda de a quién pertenecía la voz. Tanto Charlie como yo volvimos a poner los pies en el suelo y ella fue la primera en apartar la mirada. Entonces se soltó de mi mano antes de que yo pudiera hacer algo al respecto.

—Kimberly —dijo sin más mientras me daba la espalda. Tenía los hombros tensos y la cabeza bien erguida.

Kimberly y su marido miraron primero a Charlie y luego a mí con una expresión inquisitiva en los ojos. Los saludé con un gesto.

—Buenas noches, Kimberly. Scott.

—¿Qué hacéis vosotros dos aquí? —preguntó Kimberly.

Abrí la boca para hablar, pero Charlie fue más rápida.

—No es lo que piensas —repuso con un tono tirante—. Tenía una mala cita, y cuando vi a William entrar en el restaurante, le mandé un mensaje y me sacó de allí. No me tomaba de la mano por gusto, descuida. Nada de relaciones románticas en la oficina.

Kimberly se rio un poco mientras sacudía la cabeza.

—Yo no tengo nada en contra de las relaciones románticas en la oficina. Pero, como bien sabes, a papá no le gustan las relaciones en el trabajo. Pero aun así, si estáis juntos, quedará entre nosotros.

Me miró y luego volvió a mirar a Charlie, esperando que alguno de los dos respondiera.

Seguí el ejemplo de Charlie.

—No hace falta. Solo le he echado una mano. Trabajamos en el mismo equipo. Una relación no sería nada inteligente. —Aparté la mirada de Kimberly y me centré en Scott—. ¿Tenéis una cita?

—Kim ha quedado con un cliente —respondió, rodeando la cintura de su mujer con el brazo—. ¿Os gustaría acompañarnos? Sería más divertido. ¿Qué te parece, Kimberly? —Miró a su mujer y ella, después de observarnos a Charlie y a mí con mucha atención, negó con la cabeza.

—Estoy muy cansada, Scott —intervino Charlie—. Vine aquí al salir del trabajo, así que me marcho a casa. Te agradezco la invitación de todas formas.

Ignoré a Kimberly y su mirada curiosa y posé con discreción la mano en la parte baja de la espalda de Charlie. Ella se tensó un poco, pero no se apartó de mí.

—Yo también estoy deseando irme a casa. Pensábamos compartir un taxi.

—Ah, claro, vivís uno enfrente del otro. Se me había olvidado. Entonces debéis veros mucho.

—¿Qué tal si quedamos otra noche? —sugirió Scott.

—Lo siento, estoy muy liada en el trabajo en este momento. Que paséis una buena noche los dos. —Y con esas palabras, Charlie se marchó.

Kimberly me estaba sonriendo, pero Scott estaba mirando a Charlie con el ceño fruncido.

—¿Está bien? —preguntó.

—Creo que sí. —Conseguí brindarles una sonrisa—. Más vale que la alcance. Buenas noches. —Alcancé a Charlie en unas pocas zancadas y dejé atrás a Kimberly y a Scott.

—No quiero…

La corté antes de que pudiera terminar la frase.

—¿Tengo que disculparme por algo, Charlie?

Ella balbuceó ante el repentino cambio de tema y me miró con expresión ceñuda mientras caminábamos.

—¿Qué? ¿Disculparte?

—Tenías una cita. Y parecía que buena, aunque no me han gustado algunas cosas que ha hecho. Y dicho esto, ¿debería disculparme por lo que he hecho ahí dentro?

—¿Estás arrepentido?

—En absoluto —respondí enseguida.

Ella miró de nuevo al frente.

—Entonces no, no tienes nada de qué disculparte. La cita estaba bien o al menos no estaba mal. Por raro que parezca. La única cita buena que he tenido en mucho tiempo. Pero...

La miré mientras esperábamos a que el semáforo se pusiera verde.

—¿Pero?

Me miró de reojo.

—No había chispa. Era como cenar con un amigo.

Había visto de que forma la miraba ese hombre y para él no se trataba de una cena entre amigos. Pero mantuve la boca cerrada.

—¿Y si nos vamos en un taxi? —pregunté en su lugar—. Puede que tú estés dispuesta a ir andando hasta casa, pero yo no.

El semáforo se puso en verde y cruzamos la calle. Charlie no dejaba de sonreírme. Estaba a punto de girar a la izquierda cuando llegamos a la acera, pero le agarré la mano otra vez. Ella se paró, miró nuestras manos y después a mí. Tenía los labios entreabiertos y las mejillas sonrojadas.

—¿Sabes que tomar a alguien de la mano es algo muy íntimo? Las manos son una de las partes más sensibles del cuerpo, así que es lógico que signifique algo a nivel emocional.

No hice ningún comentario sobre esa información.

—Quiero llevarte a un sitio que creo que te va a gustar —dije en cambio.

Esta noche las cosas habían cambiado para mí. Estaba harto de negar que quería a esta mujer en mi vida. Ahora solo tenía que demostrarle lo bien que estaríamos si me daba otra oportunidad en su corazón.

Se le iluminó la mirada.

—Oh, ¿es comida? Por favor di que son patatas fritas y brownies.

Esbocé una sonrisa.

—No. No es comida.

19

Charlie

Me bajé de nuestro coche de alquiler y me planté delante de la preciosa casa de piedra como una idiota mientras William recogía nuestras pequeñas maletas del maletero.

—No puedo creer que dejara que me convencieras de esto. No era esto lo que tenía en mente cuando me lo dijiste.

—Tenemos que trabajar. ¿Qué más da que lo hagamos aquí o allí? No sé de qué me hablas.

—Estamos delante de la casa de tu familia en Montauk.

—En realidad tú estás delante de la casa de mi familia en Montauk. Yo estoy sacando las maletas.

Miré por encima del hombro a William con una expresión un tanto hostil y lo sorprendí sonriendo.

—Deja de hacer eso. No puedes sonreír. —Justo en ese momento, Pepperoni sacó el hocico por la ventanilla y me dio en el brazo—. Hola, chico grande, ¿por fin te has despertado? —Le agarré la cara con las manos, le di un beso en la nariz y recibí uno húmedo a cambio—. Estás muy guapo cuando te despiertas —susurré y sonreí cuando me dio otro beso en la mejilla. Todavía con una sonrisa de oreja a oreja, me volví hacia William y lo cazé mirándome con atención—. Puedo cargar con mi bolsa.

—Tú no tienes que hacer nada cuando estoy yo aquí. Yo me ocupo. Tú ya tienes a Pepp.

Me sentí un poco cohibida, así que abrí la puerta de Pepperoni para agarrar su correa. Lo saqué y cerré la puerta. Cuando me volví, Pepperoni estaba sentado justo delante de mí, casi a mis pies, y William estaba a mi lado con nuestras maletas. Intenté no mostrarme demasiado nerviosa, pero desde su actuación en el restaurante la noche pasada, me costaba mirarlo a la cara. Había sido un auténtico error salir a cenar con Ralph cuando estaba muy claro que empezaba a sentirme…, vale, no *empezaba* sino que ya me sentía atraída por William.

Me aclaré la garganta y seguí mirando la casa con la puerta roja.

—¿Seguro que les parecerá bien que haya traído a Pepperoni? ¿Se lo has preguntado? Parece que se lleva bien con los niños, pero no estoy segura. ¿Les has avisado de que yo también vengo?

—Él está bien. Lo van a adorar. Relájate.

Observé mientras él posaba la mano en la cabeza de Pepperoni y le rascaba, consiguiendo que Pepp echara la cabeza hacia atrás para poder mirarlo con admiración y la lengua colgando.

—Que me relaje, dice —farfullé por lo bajo.

Luego sentí su mano en la parte baja de la espalda y me erguí. Lo miré de reojo, pero no pude descifrar su expresión. De repente apartó la mano, me quitó la correa de Pepperoni y enfiló hacia la casa. Me quedé ahí como una boba, tratando de entender lo que estaba pasando. ¿Por qué me había puesto la mano en la espalda si iba a retirarla así? ¿Por qué me la había puesto en la espalda?

¿No se daba cuenta de que el corazón me daba un vuelco cada vez que me tocaba como si nada?

Me miró por encima del hombro sin detenerse.

—¿Vienes o te vas a quedar ahí?

No. No comprendía lo que me hacía.

Ignoré su expresión divertida y suspiré antes de seguirlo.

La algarabía y el griterío de los niños nos golpearon con fuerza nada más entrar en la casa.

Pepperoni se quedó paralizado entre William y yo durante un segundo, con las orejas tiesas. A continuación empezó a menear la cola cuando dos niñas rodearon la esquina corriendo. La que iba detrás se paró en seco cuando vio a William y cambió de dirección para correr hacia nosotros.

—¡Tío Willie! ¡Has venido! —chilló, arrojándose a los brazos de William…, del tío Willie.

Pepperoni perdió el entusiasmo al recordar que en realidad le daban un poco de miedo los desconocidos y retrocedió hacia mis piernas. Le puse la mano en la cabeza y lo rasqué un poco para tranquilizarme mientras veía lo que ocurría delante de mí.

El tío Willie agarró a la niña en el aire con solo un pequeño gruñido, lo que fue impresionante, y ella le rodeó el cuello con los brazos y cerró los ojos mientras lo estrechaba con fuerza. William la abrazaba con más cuidado, aunque con fuerza de todos modos.

—Te he echado de menos. Te he echado de menos —susurró la pequeña, con los ojos aún cerrados y el rostro hundido en su cuello.

Fue un buen abrazo. Era la clase de abrazo que también a mí me habría encantado darle a William, así que la entendía.

—Eso ya lo veo —repuso William, con voz queda. Yo sonreí.

La niña abrió los ojos, enderezó la cabeza y me miró.

—¿Quién eres? —preguntó con el ceño fruncido.

William se puso de lado para poder mirarme a mí también.

—Hola —dije, saludándola con la mano—. Soy una amiga del trabajo de tu tío Willie.

Ella me miró con los ojos entrecerrados y tuve que contener una sonrisa. Tocó la mejilla de William y le obligó a que volviera a mirarla.

—¿Eres la nueva Lindsey? Me dijiste que no ibas a traer a Lindsey. Dijiste que nada de Lindsey.

William suspiró.

—Ivy.

—¿Sí?

—Ella no es Lindsey.

—Ya lo veo. Soy lista. —Le puso la manita en la mejilla a William y se me derritió un poco el corazón—. Pero ¿es la nueva Lindsey?

—Se llama Charlie, Ivy.

—Hola —intervine de nuevo, levantando la mano en un saludo, y sus ojos se volvieron hacia mí—. Soy Charlie.

—Me gusta tu nombre, pero no sé si me gustas tú.

—Ivy, no puedes… —empezó William, con el ceño fruncido.

—Puedo entenderlo —interrumpí—. ¿Y si me conoces un poco mientras estoy aquí y luego decides? Es lo justo, ¿no?

Ella pareció pensárselo unos segundos y luego asintió.

—Vale. Me parece justo.

Le sonreí. William me miró a los ojos y sacudió la cabeza.

—¿Quién es ese? —preguntó, señalando a Pepperoni, que para entonces había conseguido esconderse detrás de mí, de forma lenta pero efectiva.

William la dejó en el suelo con cuidado.

—Es Pepperoni —le presentó.

—¿Puedo conocer a tu perro mientras tomo una decisión sobre ti? Me gustan los perros. —Intenté disimular mi sonrisa y asentí. Me agaché y Pepperoni metió la cabeza debajo de mi brazo mientras contemplaba a Ivy y a su nuevo entorno. Ya no estaba tan cohibido como cuando lo adopté, pero la gente nueva seguía poniéndole un poco nervioso.

—A él le encantaría conocerte —le dije a Ivy justo cuando entró una guapa mujer morena y con los ojos idénticos a los de William y se detuvo junto a él.

—¡Por fin estás aquí! ¿Por qué no viniste anoche? —Le dio un fuerte abrazo y lo besó en la mejilla, frotándole después la mancha de carmín con los dedos—. Mamá ha preguntado por ti.

—¡Mira, mamá! Este es Pepperoni —dijo Ivy mientras se acercaba para acariciarlo.

Pepp olfateó su mano antes de bajar la cabeza para que Ivy pudiera hacerlo. Me vi atrapada en esa incómoda situación de intentar decidir si debía levantarme o quedarme quieta, pero la mujer se fijó en mí, acuclillada delante de su hija, antes de que pudiera hacer nada.

—Hola.

Me levanté y paseé la mirada entre William y la madre de Ivy.

—Hola. Lo siento.

—Charlie, te presento a Beth, mi hermana. Y…

Le tendí la mano, pero Beth interrumpió a William en ese mismo momento.

—¿Charlie? —Miró a su hermano de reojo y luego de nuevo a mí—. ¿Eres la Charlie de William?

«¿La Charlie de William?».

«¡La Charlie de William!».

No pude evitar que un bufido escapara de mis labios. Uno pequeño y, con suerte, atractivo, pero un bufido de todos modos.

—Ojalá —farfullé e intenté retirarlo cuando me di cuenta de que lo había dicho en alto—. Quiero decir que solo soy Charlie. No soy la nada de William. Soy Charlie. —Luego me callé. Beth sonrió y yo le tendí la mano—. Hola.

Ella la ignoró y me dio un abrazo rápido, muy parecido al que le había dado a su hermano. Era un poco más baja que yo y era guapísima. Tan guapa como Ivy. Tan guapa como el hermano con el que yo estaba evitando el contacto visual. Podía sentir el calor en mis mejillas, así que miré a Beth a los ojos.

—Siento presentarme sin avisar. Le dije a William que debería preguntarte a ti primero, pero…

Ella agitó la mano para restarle importancia.

—¿Por qué tendría que hacerlo? Aquí siempre eres bienvenida.

Una risita llamó nuestra atención y miramos a Ivy y a Pepperoni justo cuando él le estaba dando un beso en la nariz.

—Es simpático —le dije a Beth, por si estaba preocupada por su hija.

—Oh, ya lo veo. —Se inclinó y rascó a Pepperoni bajo la barbilla, lo que hizo que él la mirara con la lengua colgando.

Una nueva voz llamó a Ivy.

—Ven, Pepperoni —ordenó Ivy—. Ven a jugar conmigo. —Y se fue corriendo.

Pepperoni me miró y apoyó la cabeza en mi pierna. Antes de que pudiera hacer nada William estaba a mi lado y se arrodilló para quitarle la correa.

—William —empecé, con dudas.

—Él también quiere jugar. Deja de preocuparte, aquí está bien —dijo sin más. Pero a pesar de que le había quitado la correa a Pepperoni, este seguía mirándome a mí mientras meneaba el rabo a cien por hora.

—¿Te parece bien? —le pregunté a Beth para asegurarme—. Es un poco grande, pero es muy tierno.

Su sonrisa se suavizó.

—Por supuesto.

Me incliné para darle un beso en la cabeza.

—Ve a jugar, peque.

Salió disparado como un cohete y luego oímos los alegres chillidos de Ivy y un pequeño ladrido de Pepperoni. Se me derritió un poco el corazón, pues parecía que mi pequeñín estaba haciendo nuevos amigos.

Me enderecé y me encontré cara a cara con una sonriente Beth. Miré a William y de nuevo a Beth, pensando que me había perdido algo.

—¿Qué? —pregunté, pero no obtuve respuesta.

—Nada. Me alegro de que William te haya traído. Mamá está preparando la cena. Venid a saludar cuando estéis listos —dijo Beth por encima del hombro y nos dejó a solas.

Estaba a punto de seguirla, pero William me tocó la espalda y casi pegué un brinco hasta el techo como un gato asustado.

—¡Por Dios! —Me llevé la mano al pecho para intentar contenerlo—. ¿Qué? —exigí esta vez.

William sacudió la cabeza en respuesta.

—¿Estás nerviosa?

—¿Por qué lo dices?

—Estás nerviosa.

—¿Quién lo dice?

Él se limitó a sonreír de manera exasperante.

—Venga. Vamos a saludar a mi madre y a los demás antes de que venga a buscarnos.

«¿Qué narices pasa aquí?».

Antes de que pudiera pronunciar una sola sílaba, me había tomado de la mano y, mientras me invadía la sorpresa, tiraba de mí hacia el interior de la casa. Y lo que más me preocupaba no era que me llevara de la mano, sino el perturbador hecho de que pareciera tan maravilloso y natural.

—¿Todo bien? —preguntó, volviendo la cabeza para mirarme.

«No, no del todo».

Asentí y él me devolvió el gesto. Estaba claro que estaba disfrutando demasiado.

—Te va a adorar —dijo William, y bajé la mirada a nuestras manos unidas y luego lo miré de nuevo a él. Quedé atrapada en su mirada. De nuevo quedé atrapada en él.

Entonces, antes de que pudiéramos llegar a la cocina, oímos la voz de su madre.

—¿Ha traído a su Charlie?

—Charlie, cuéntanos más de ti —dijo Evelyn Carter, la madre de William, y la miré. Estábamos cenando toda la familia de William y algunos de sus amigos y era la cosa más animada y maravillosa del mundo. No se parecía en nada a las cenas en mi casa. Éramos unas diez o doce personas y todo el mundo charlaba y reía. Además de Beth, la hermana de William, y su familia, también estaban el hermano de William y algunos de sus amigos. Hasta ahora había conocido a Nico, el marido de Beth; a Damon, el hermano de William; a Kay, la hermana pequeña, que estaba embarazada; y a Elijah, el amigo de Kay.

Pepperoni estaba tumbado justo a mis pies bajo la mesa. Estaba exhausto después de corretear con Ivy y de todo el amor que había recibido de todos.

Dejé el tenedor y el cuchillo y sujeté mi vaso de agua. Al parecer, en casa de los Carter era tradición celebrar una gran cena familiar antes del cumpleaños de alguien de la familia para que el cumpleañero o la cumpleañera pudiera centrarse en lo que quería hacer en el gran día. Pero el día anterior era para la familia.

—¿Qué te gustaría saber? —le pregunté a Evelyn, muy feliz de estar allí. Había sonreído y reído con ellos todo el día y sin duda estaba a punto de enamorarme de cada uno de ellos, aunque estaba haciendo todo lo posible para ocultarlo.

Sobre todo a William.

«William…».

Él estaba sentado a mi derecha y en mi opinión había estado jugando con mi mente de alguna manera. Me estaba matando y llevaba haciéndolo todo el día. Cada vez que reía cuando él estaba en la habitación, me dirigía una de esas largas miradas que era incapaz de descifrar aunque me fuera la vida en ello, pero que hacían que algo se agitara en mi pecho. Cada vez que le hacía una mueca, sonreía y apartaba la mirada de mí. Y también estaba el contacto. Ambos habíamos ayudado a su madre a poner la mesa, y cada vez que le daba un plato, nuestros dedos se tocaban y juro por Dios que él no se apartaba. Y tampoco apartaba los ojos.

—Háblanos de tu familia. ¿Tu madre? ¿Tu padre? ¿Tienes hermanos?

Tragué saliva y bebí un poco de agua antes de responder.

—Tengo una hermana, a mi padre y a mi abuela. Solo somos nosotros cuatro.

Algunos de los demás seguían charlando entre ellos, pero la mayoría se había callado y nos estaba escuchando.

—¿Y tu madre? —preguntó sin más.

Apoyé las manos en el regazo bajo la mesa, tratando de no parecer demasiado incómoda.

—Mis padres se divorciaron. Ella se fue cuando yo tenía doce años.

—Pero aún la ves, ¿no? —preguntó Beth.

—Beth —murmuró William, y yo sacudí la cabeza y agarré mi vaso.

—Ay, lo siento, Charlie. No pretendía entrometerme.

—No, no pasa nada. —A veces era mejor compartir más de la cuenta en vez de hacer la situación más incómoda de lo necesario alargándola—. Se fue a vivir a otra ciudad, creo que a Oregón. Pero más tarde nos enteramos de que también se fue de allí. No tengo ni idea de dónde está ahora. Sí que llamó una vez, era mi cumpleaños, y creo que estaba un poco bebida porque me preguntó si me había puesto más guapa. —Me encogí de hombros—. Después no hablamos mucho. Creo que esa fue la última vez que supe algo de ella. —Agarré el vaso de la mesa, bebí un buen trago de agua fría y después sonreí a Evelyn cuando vi que me miraba.

Ella ladeó la cabeza y dejó su copa de vino.

—Ay, cielo.

Sonreí un poco más para demostrar que estaba bien. Y lo estaba.

Mi madre… Hacía mucho tiempo que no formaba parte de mi vida. No afectaba a la vida que tenía ahora.

Sentí que el mantel se movía contra la piel de mi brazo y al mirar a la derecha vi que la mano de William se aproximaba de forma sutil a la mía. Casi tan sorprendida de sentir su piel como la primera vez que lo hizo, observé mientras su mano envolvía la mía por debajo de la mesa y me daba un suave apretón.

«No estás sola. Me tienes aquí».

Eso era lo que su tacto y aquel apretón significaban para mí. El corazón me dio un vuelco y sentí que el calor ascendía a mis mejillas de manera pausada. Lo miré de reojo, pero estaba hablando con otro de los hombres, con uno de los amigos de su hermana que estaba sentado a su lado. Y de alguna manera, solo por eso, ese gesto significó aún más. Después de darme un nuevo apretón, aparté la mano. Cerré el puño y luego lo abrí. Él sabía lo que había pasado con mi madre porque se lo conté en el pasado, igual que él me contó que habían perdido a su padre cuando eran jóvenes.

—Charlie, esto está buenísimo —comentó Nico, el marido de Beth, y todo el mundo murmuró su agradecimiento, rompiendo la inesperada tensión en la estancia.

Me volví hacia él con una sonrisa amable. Se estaba sirviendo de ensalada de patata mediterránea que yo había preparado como aportación a la cena después de rogarle con insistencia a Evelyn. No quería sentarme de brazos cruzados mientras ellos se dejaban la piel en la cocina.

—Me alegra que te guste —repuse y agarré el tenedor.

—Está muy buena, Charlie —añadió Evelyn mientras se levantaba de su asiento con una expresión amable.

Asentí en señal de agradecimiento y tomé un pequeño bocado del pollo que tenía en el plato. Estaban siendo amables, ya que Evelyn podría haber sido chef.

—No, en serio —dijo Kay—. Yo no estaba aquí cuando la preparaste, así que no vi qué especias le ponías, pero quiero la receta. Me encanta.

Se me encogió el corazón.

—Es muy fácil, pero por supuesto que te daré la receta.

—¿Es que vas a cocinar? —preguntó William, con un tono bastante suspicaz.

Kay enarcó las cejas.

—Ja, ja, ja. Qué graciosillo. Yo cocino, gracias.

—¿En serio? ¿Cuándo ha sido la última vez que hiciste algo en la cocina?

—Estoy embarazada, idiota.

Contuve la risa, pero William no fue tan listo.

—¿Y eso qué tiene que ver? —preguntó.

—Me canso mucho.

—Ah, lo entiendo.

—Cierra el pico. Soy madre soltera. No tengo tiempo.

—Todavía no has tenido al bebé.

Evelyn atrajo mi mirada y sacudió la cabeza, como si dijera: «Niño, qué se le va a hacer». Yo me sentí incluida, así que le devolví la sonrisa. La conversación se animó a mi alrededor y Evelyn y yo estuvimos hablando de la vida en Montauk hasta que me preguntó si estaba saliendo con alguien.

—No. —Me metí un poco más de ensalada en la boca con la esperanza de que pasara a hablar de otra cosa.

Beth estaba sentada frente a mí y Evelyn, a su lado. Se inclinó hacia delante y bajó la voz.

—¿Puedo preguntar por qué?

Por suerte, según pude ver nadie más estaba pendiente de lo que estábamos hablando.

—Supongo que estoy demasiado ocupada —dije en voz baja. No iba a decirle que hacía años que no salía con nadie—. Y parece que no encuentro a alguien bueno.

Ella se apartó un poco y me sonrió.

—Eres muy guapa, Charlie. Si los chicos no hacen cola para llamar a tu puerta, es que son idiotas. —Sacudió la cabeza y bebió un sorbo de vino.

Elijah, el amigo de Kay, estaba sentado a mi izquierda y se arrimó un poco con el pretexto de agarrar el pimentero mientras murmuraba:

—Tiene razón.

Le brindé una pequeña sonrisa y miré de nuevo a Evelyn.

—Yo también tengo parte de culpa. Decidí pasar de las citas durante unos años.

—¿Ah, sí? —preguntó Beth, intrigada—. ¿Hay alguna historia detrás de eso?

—¿Aparte del desamor? En realidad, no. Mi abuela enfermó y tuve que cuidar de ella. Después quise centrarme en el trabajo. Creo que simplemente no quería tratar con nadie. Por no mencionar que todas las citas *online* que tuve fueron un desastre. Tan solo pensé que pasaría cuando tuviera que pasar.

—Ah, estar soltera. A mí me parece el paraíso —suspiró Beth.

—Lo he oído —intervino Nico.

Esbocé una sonrisa.

—Bueno, es que quería que lo oyeras —replicó Beth.

—Me echarías de menos si estuvieras soltera.

—¡Ja, ya te gustaría! ¿Qué harás tú si...?

—Por favor, no os pongáis a flirtear en la mesa —los interrumpió William—. Por favor. —Miró a un sonriente Nico y después a su hermana.

Nico levantó las manos mientras Beth se limitaba a sacudir la cabeza con una sonrisita cómplice en los labios.

Yo miré a todos los que me rodeaban.

William empezó a juntar los guisantes con una cuchara y a echármelos al plato mientras hablaba con Nico. Esperé a que terminara y luego reuní la ensalada de zanahoria y se la puse en el suyo. Cuando terminé, levanté la vista y casi todo el mundo nos estaba mirando.

—Lo siento, Charlie —dijo Evelyn—. No te habría obligado a comer ensalada de zanahoria de haber sabido que no te gustaba.

—Ah, no, no pasa nada. Sí que me gusta, pero según he visto en nuestros almuerzos, parece que a William le encantan las zanahorias. Así que se me ocurrió compartirla. Lo siento.

—Y a ella le encantan los guisantes —repuso William.

Bebí un poco de agua. Me había olvidado de que no estábamos comiendo solos cerca de la oficina. Había olvidado que esto era algo natural para nosotros. Por lo general, William me daba sus patatas fritas y yo le daba lo que él quería de mi plato, pero no lo habíamos hecho delante de los demás, y menos aún de su familia.

—¿Cómo es trabajar con William? —preguntó Kay, cambiando de tema. Pero pude ver que sus labios se movían de forma nerviosa.

—Es increíble —declaré, mirando a William de reojo mientras él me miraba sorprendido. Al volverme hacia Kay me fijé en la sonrisa de Evelyn mientras sus ojos iban de mí hacia su hijo—. Es un gran trabajador y ha sido fantástico estar en el equipo con él. Por no hablar de que es genial en lo que hace. Ojalá tuviéramos más tiempo para trabajar juntos. —Me corregí para asegurarme de que no me malinterpretaran—. Debes de estar contenta ahora que lo tienes más cerca.

Evelyn frunció el ceño, confusa, mientras de forma distraída le pasaba a Nico más ensalada de patatas.

—¿Qué quieres decir con que desearías tener más tiempo para poder trabajar juntos?

—Ah, ehh… —Le lancé una mirada rápida a William y vi que me estaba mirando—. Me marcho a California. Un trabajo nuevo.

—Ah —repitió Evelyn, y por su expresión me di cuenta de que estaba confundida.

—Pero trabajas para la empresa de tu padre, ¿no? —preguntó Kay.

—Sí. Aún no sabe lo del nuevo trabajo, pero sí que hace tiempo que quiero irme a otro lado.

—Estoy segura de que se alegrará por… —empezó Evelyn.

—¿Has hablado con Nora? —intervino William.

Giré los hombros para mirarlo.

—Sí. Ayer. Tuvimos una videollamada rápida antes de que fuera a cenar.

—No me lo dijiste.

¿Era reproche o decepción lo que oía en su voz?

—Yo…, iba a hacerlo. Ayer fue un día movidito antes de la cena y, en fin, después la cena y todo lo demás… —Intenté hacer una mueca, pero él parecía demasiado serio.

William dejó el tenedor y el cuchillo, agarró su vaso de agua y bebió un buen trago.

—Entonces, ya está. Nora te quiere. Sabía que sería así, pero… te marchas.

Solté una risita nerviosa.

—Me quiere. Gracias por hablar con ella. Lo que le dijiste funcionó. Si no te hubieras ofrecido a ayudarme, aún estaría buscando. Y Nora me cae muy bien, creo que es la mejor opción. Estoy entusiasmada.

Sus ojos recorrieron mi rostro y luego apartó la mirada, con el ceño fruncido y los músculos de la mandíbula en tensión. Brindé a la mesa una media sonrisa, confusa por el repentino cambio de humor de William.

—Tenemos trabajo —anunció después de aclararse la garganta y luego retiró un poco la silla.

—¿William? —preguntó Evelyn, y centramos la atención de nuevo en ella—. Te refieres a después de cenar, ¿no?

Él asintió de forma ausente y se sentó otra vez.

—Por supuesto.

Me removí en mi asiento, pues tenía la sensación de que lo había decepcionado de algún modo. Mientras la confusión por la reacción de William acaparaba mi atención, Evelyn debió de levantarse, ya que lo siguiente que supe fue que estaba rodeando la mesa hacia mí. Y, para mi sorpresa, me rodeó el cuello con el brazo, dándome un cálido abrazo por detrás. Me quedé sin palabras y sentí un ligero rubor en las mejillas.

—Enhorabuena, cariño. Los nuevos comienzos siempre son emocionantes. —Se apartó y levanté la vista hacia ella con una pequeña sonrisa en los labios. Ella también me sonrió y ahuecó la mano sobre mi rostro como haría una madre—. Esperaba verte más por aquí, ya que William habla mucho de ti, pero estoy segura de que te irá muy bien en California. ¿Conoces a alguien por allí?

—Gracias —murmuré—. Mi mejor amiga vive allí con su prometido, así que no estaré sola —expliqué, pero me quedé pensando en eso de «William habla mucho de ti». Tenía que enviarle un mensaje a Valerie cuanto antes.

—¿Por qué Pepperoni se llama así? —preguntó Ivy desde su asiento al final de la mesa, junto a su padre.

Dejé a un lado las preguntas que se agolpaban en mi cabeza e intenté centrarme en Ivy.

—Cuando lo adopté, la primera noche pedimos pizza para celebrarlo y descubrí que era un ladrón del pepperoni. Yo le llamo Pepp.

—Pepp —repitió, arrugando la nariz como si estuviera olisqueando el aire—. A mí también me gusta Pepp. —El guapetón en cuestión levantó la cabeza y sacudió el rabo unas cuantas veces antes de volver a apoyar la cabeza en mi zapato y quedarse dormido de nuevo—. ¿Me has traído un regalo, Charlie? —preguntó Ivy a continuación.

Tanto Beth como Nico interrumpieron antes de que pudiera responder.

—Ya lo hemos hablado, Ivy. No todo el mundo te va a traer un regalo.

Sus rojos labios se curvaron hacia abajo.

—Pero es mi cumpleaños. ¿Cuándo me va a traer un regalo si no es en mi cumpleaños?

—Bueno —empecé antes de que Beth pudiera decir nada más—, sí que tengo un regalo para ti. Es de Pepp y mío.

Su humor mejoró de inmediato y era toda sonrisas.

—¿Puedo verlo ya?

Exhalé un suspiro.

—Tu tío Willie me dijo que eras un poco pícara con los regalos, así que lo dejé en el coche.

La niña clavó su poderosa mirada en William, que parecía más divertido que otra cosa.

—Tío Willie, no soy pícara. Es que una vez me emocioné un poco y abrí tu regalo antes de tiempo. Si no querías que lo abriera, ¿por qué lo dejaste en la cocina? No fue culpa mía, ¿verdad, mamá? Dile a Charlie que no fue culpa mía.

Miré a William, pero parecía preocupado.

El resto de la cena estuvo llena de risas y sonrisas, y aunque la mitad del tiempo envidaba lo que tenían, ya que mis cenas familiares eran todo lo contrario, la otra mitad me alegraba de verdad de que William me hubiera traído, porque hacía mucho que no me divertía tanto. Y eso no hacía más que reforzar el hecho de que quería y necesitaba un gran cambio en mi vida para poder sentir ese tipo de felicidad todos los días.

Eran cerca de las ocho de la noche y William estaba preparando algunas cosas y reuniendo al equipo para una videollamada en la que íbamos a hacer todo lo posible para que no se dieran cuenta de que estábamos juntos en la casa de su familia, ya que no había invitado a nadie más. Yo estaba en la cocina hablando con Kay, Elijah y Evelyn. Beth y su familia ya se habían ido con una soñolienta y excitada Ivy y la promesa de venir temprano al día siguiente para ayudar con los preparativos de la fiesta.

—¿Quieres leche en el café, Charlie? —preguntó Evelyn.

—Sí, por favor. Muchas gracias por todo, Evelyn. La cena fue alucinante.

Me miró por encima del hombro con una sonrisa en los labios.

—No hay de qué. Me alegra que hayas podido venir. Y mañana, cuando acabe la fiesta de cumpleaños, celebraremos tu nuevo empleo.

Asentí, sintiéndome un poco avergonzada por la atención y sin saber qué decir.

—Muchas gracias.

—Iré a prepararte la habitación.

Dejé la taza.

—Por favor, deja que te ayude. No quiero causar más molestias de las que ya causo.

—Solo tardaré unos minutos, créeme. Además, William vendrá a buscarte en cualquier momento. Yo me encargo. —Antes de que pudiera protestar, desapareció por la escalera que comunicaba con la cocina.

—Créeme, a mamá le encanta tener invitados —explicó Kay mientras calentaba un poco de leche—. No le supone ninguna molestia tenerte aquí. Cuantos más, mejor.

—Es verdad —añadió Elijah, colocándose a mi lado—. A los Carter les encanta tener invitados inesperados.

—Bien lo sabes tú. Llevas siendo un invitado inesperado en esta casa los últimos cinco años. —Kay abrió uno de los armarios, tomó una taza y vertió leche en ella.

Elijah me guiñó un ojo.

—Y he disfrutado de cada minuto.

Bebí un sorbo de café mientras observaba sus bromas con una sonrisa.

—¿Cómo os conocisteis?

—En la universidad —respondieron a la vez.

—Yo salía con su mejor amigo. Le di la patada cuando me puso los cuernos, pero me quedé con su mejor amigo.

El teléfono de Kay empezó a sonar y lo sacó del bolsillo.

—Ahora vuelvo. Tengo que contestar.

Elijah volvió a salir en cuanto ella salió de la cocina.

—Bueno, Charlie de William, ¿qué te parecen los Carter?

La curiosidad pudo conmigo. Solté un gemido y me incliné un poco hacia él para que nadie pudiera oírme.

—¿Por qué todo el mundo me llama así? ¿Tú lo sabes?

Él imitó mi movimiento, pero como medía casi un metro noventa, tuvo que agachar la barbilla para mirarme a los ojos.

—Si no recuerdo mal, creo que William te llamó «mi Charlie» en una llamada telefónica cuando empezó a trabajar en la empresa de tu padre. No conozco más detalles, pero sé que se les quedó grabado.

Me aparté un poco, sorprendida.

—Ah.

Él enarcó la ceja derecha.

—¿Hay algo ahí?

—¿Dónde?

—Con William.

Sacudí la cabeza.

—No. No podría haber nada. Me mudo a otra ciudad. Y aunque no me marchara, somos compañeros de trabajo... —Mi voz se fue apagando.

Elijah asintió con la cabeza en señal de comprensión.

—Lástima. Parece que los Carter te adoran. —Le dediqué una sonrisa distraída, pero mi mente no dejaba de dar vueltas—.

Soy fotógrafo y tengo muchos clientes en California. Me gustaría llamarte cuando vuelva por allí.

—Uh, sí. Claro.

—Charlie.

Me di la vuelta al oír la voz seria de William y me vi cara a cara con lo que parecía ser un hombre cabreado. La tensión que había visto en su mandíbula durante la cena estaba de nuevo presente y sentí un revoloteo en el estómago. A duras penas conseguí abstenerme de tocarle la cara.

Me percaté de que Elijah se enderezaba y se apartaba de mí, así que agarré la taza de café con más fuerza, di un paso atrás y me choqué con William, que hacía un segundo no estaba ahí. Me puso una mano en la espalda para sujetarme y sentí un repentino escalofrío provocado por nuestra inesperada cercanía, ya que tenía la espalda apoyada contra su cálido y ancho pecho.

—Siento interrumpir vuestra conversación, pero si ya habéis terminado, tenemos trabajo —anunció William, estudiándome con detenimiento ates de lanzarle una mirada rápida a Elijah.

—Sí —acerté a decir—. Sí, claro. Enseguida voy. —Esperé unos segundos a que se fuera, pero no parecía que fuera a marcharse. Libramos una batalla de silencio con la mirada. Me volví hacia Elijah, intentando con todas mis fuerzas no sonreír—. ¿Nos vemos mañana en la fiesta?

—Sí, me encantaría —contestó, haciéndome un pequeño gesto con la cabeza, como diciendo: «Seguiremos donde lo dejamos».

Le devolví el gesto, me giré para irme y tuve que soportar la electrizante sensación de la mano de William al deslizarse por accidente por la piel entre mi blusa y mis pantalones. Pasé junto a él, sin ponerme en evidencia, entré en el salón y me dirigí al despacho que me había enseñado hacía diez minutos. Cuando miré hacia atrás, él aún estaba fulminando con la mirada a Elijah.

Algo cambió en mí y sonreí para mis adentros. Cuando llegué a la mesa y dejé la taza de café, William estaba justo detrás de mí.

—¿Estás lista? —preguntó como si todo fuera normal y se dispuso a sacar su portátil de la bolsa. El mío ya estaba preparado.

Me agarré a los bordes de la mesa y me apoyé un poco en ella.

—William.

—¿Sí?

—¿Puedo decir algo?

—¿El qué?

No pude evitarlo. Sonreí y esperé a que me mirara. Cuando lo hizo, sonreí de oreja a oreja. Él dejó lo que estaba haciendo y me estudió en silencio. Luego dio un par de pasos hacia mí, hasta que su pecho casi me rozaba el hombro.

—¿Qué? —repitió, con voz grave y un poco ronca.

Me mordí el labio inferior y luego lo solté.

—Voy a decir una cosa, pero no puedes enfadarte.

Sus ojos descendieron hasta mis labios y después retornaron a los míos.

—Ponme a prueba —dijo después de soltar un suspiro.

Incliné el cuerpo hacia la izquierda. Solo un poco, de modo que mi hombro le rozara el pecho. Sus ojos se clavaron en los míos y no pude apartar la mirada.

—Creo que estás celoso —susurré.

Él se acercó un poco más, hasta que pude sentir su tibio aliento en la mejilla.

—¿Celoso?

—Sí —repuse de forma concisa.

Volvió a posar los ojos en mis labios. Perdí la confianza y dejé de apoyarme en la mesa, lo que me acercó otro par de centímetros más a él. Clavó los ojos en los míos y se humedeció los labios. De repente mi corazón empezó a latir desbocado y me di cuenta de su proximidad.

—¿Crees que no quiero que los hombres se te insinúen?

—Elijah no se estaba insinuando —susurré.

William respiró hondo y soltó el aire mientras yo lo miraba embelesada.

—¿En serio? —preguntó con voz queda—. Dime, Charlie, ¿qué crees tú que estaba haciendo?

—Estaba siendo amable y simpático.

—¿De veras?

Yo asentí. Estaba segura de que solo estaba siendo amable porque no había notado nada diferente en él en toda la noche.

—No soy una persona celosa. Nunca he sentido celos de nadie.

—Podrías haberme engañado.

—Hum —gruñó, haciendo que mis labios se crisparan—. Tienes razón —reconoció, para mi sorpresa.

Ladeé la cabeza y lo miré.

—¿La tengo?

—Ser sincero forma parte de tu lista, ¿verdad? Sigo tu ejemplo. Parece que soy muy celoso cuando se trata de ti, Charlie. Esperaba que desapareciera, pero no creo que pase. —Me humedecí los labios, sintiéndome un poco abrumada por lo cerca que estaba de mí y por la intensidad con que me miraba a los ojos, como si intentara ver dentro de mi corazón.

—William... —empecé, pero no sabía muy bien qué decir.

—¿Sí, Charlie? —dijo, con voz ronca y grave.

Mientras mi corazón latía con fuerza en mi pecho, vi que se inclinaba y ponía la mano justo al lado de la mía, casi aprisionándome contra la mesa. Luego levantó la mano izquierda y me acarició el labio inferior con el pulgar. El mundo dejó de moverse de inmediato y no había nada, no había nadie salvo William. Contuve la respiración en el acto.

Acortó la distancia que nos separaba y mi corazón se ralentizó al sentir su nariz entre mi oreja y mi cuello. Inspiró hondo.

—¿Por qué hueles siempre tan bien? —me susurró al oído. Se me cerraron los ojos por voluntad propia y de forma instintiva ladeé la cabeza para que pudiera hacer lo que... No tenía ni idea.

Él se apartó un poco, pero seguía demasiado cerca de mí. Conseguí abrir los ojos y clavarlos en él. Su mirada recorrió cada centímetro de mi piel mientras permanecíamos ahí, en la quietud de la noche.

—¿Me vas a besar? —susurré. Un poco esperanzada y tal vez un poco asustada—. ¿Va a pasar?

Sus labios se crisparon, pero continuó mirándome los labios.

—No.

—Me vas a romper el corazón —dije con voz queda, y sus ojos volvieron a los míos.

—Eres la última persona de este mundo a la que le quiero hacer daño. Te mereces lo mejor y haré...

—¿William? ¿Estás en la cocina?

Parpadeé y William se había ido. Sentí un extraño frío en el cuerpo. Su madre entró en el despacho tres segundos después.

—Oh, estás aquí. Aún no habéis empezado. No interrumpo, ¿verdad?

William carraspeó y, todavía un poco conmocionada, miré por encima del hombro y vi que estaba ocupado configurando su portátil.

—No, mamá. Pero estamos a punto de empezar.

Tragué saliva y me volví para mirar a Evelyn. Creo que le brindé una sonrisa, pero no estaba segura de que en realidad no pareciera una mueca.

—¿Estás bien, Charlie? —preguntó con el ceño fruncido.

—Sí, sí. Genial. Gracias.

—¿Estás segura? —Se acercó a mí y me posó el dorso de la mano en la frente—. Estás un poco pálida.

—Me parece que hace demasiado calor aquí. O puede que esté cansada, nada más.

No parecía convencida, pero no insistió.

—No la hagas trabajar demasiado, William. No es un día laborable y ella es una invitada. Debería disfrutar de su tiempo. Llévala a la playa mañana para que salga de este manicomio. ¿De acuerdo?

William exhaló un suspiro.

—Ya veremos mañana. Pero ahora tenemos que trabajar.

Vi que se acercaba a su madre, que era mucho más baja que él, y se inclinaba para darle un beso en la mejilla.

Aparté la mirada de ellos, de William, me senté en la silla y encendí el portátil para intentar concentrarme en el trabajo y no en lo fuerte que me latía el corazón.

Iba a ser un fin de semana muy muy largo.

20

William

La vi salir por la puerta trasera con lo que parecía un gran cuenco de ensalada de frutas. Beth estaba junto a mí, me parece que diciéndome algo importante, pero debía de haberla ignorado por completo, porque no oí ni una palabra después de que Charlie entrara en el patio de atrás con esa gran sonrisa en los labios.

Llevaba un vestido que ni siquiera sabía por dónde empezar a describirlo, pero era casi indecente para lucirlo en la fiesta de cumpleaños de un niño. O tal vez no era indecente, sino que yo era el único al que se lo parecía. Seguro que ese era el caso, porque si bien no tenía demasiado escote, podía ver la forma de sus pechos. Había tela contra su piel, y eso por sí solo lo hacía indecente, porque yo solo quería ver lo que había debajo de toda esa tela.

Seguí observando con el zumo de naranja en la mano, que Beth me había dado hacía un momento, mientras Charlie miraba por encima del hombro y le decía algo a Kay, que la estaba siguiendo. Se rieron a la vez y luego los niños se arremolinaron a su alrededor. No tenía ni idea de cómo aún tenían energía para caminar después de las actividades en el castillo hinchable. Charlie soltó otra carcajada que por fin llegó a mis oídos entre el griterío de los niños. Parecía feliz, y solo por ese sonido ya valía la pena traerla aquí. Di un paso adelante, movido por la acuciante necesidad de ir hacia ella y tomarla de la mano para poder llevarla a un rincón tranquilo. Para hablar con ella. Para que me mirara y en sus labios se dibujara esa sonrisa que esbozaba solo para mí. Para que me contara más cosas de su lista y de lo que quería de la vida, de lo que necesitaba. Me di cuenta de que podía escucharla hablar conmigo durante horas. Y ni por un segundo me preocupaba cansarme de ella o de nuestras conversaciones aleatorias.

«¡Mierda!».

Estaba jodido porque, incluso en mis pensamientos, parecía casi obsesionado con ella.

Pero eso ya lo sabía. Desde la noche anterior y también esa cita (que ni era, ni podía, ni debía ser una cita en realidad) había llegado a la conclusión de que no iba a volver a ser un idiota y a dejar que se me escapara de las manos. No importaba que tuviera un nuevo trabajo y estuviera oficialmente a punto de mudarse. Lo resolveríamos.

Justo cuando Charlie se dio la vuelta y nuestras miradas se cruzaron entre todos los niños pequeños y adultos de pie alrededor, Beth se me puso delante y lo echó a perder. Apreté con fuerza el zumo que tenía en la mano. Debía de parecer ridículo.

—¿Sí? ¿Qué decías? —inquirí y me bebí el resto del zumo mientras intentaba aparentar que la había estado escuchando todo el rato.

Las comisuras de los labios de Beth se curvaron y me miró con complicidad.

—Estabas de acuerdo conmigo.

—¿Sobre qué? —Intenté mirar por encima de su hombro, pero su maldito pelo volaba por todas partes gracias a una repentina ráfaga de viento.

—Sobre lo guapa que es Jenny.

Me desplacé un paso a mi derecha y fruncí el ceño cuando descubrí a Elijah mirando a Charlie y a Charlie agarrándose a su antebrazo mientras tiraba de la vaporosa falda de su vestido.

Tenía razón. Era del todo indecente.

Entonces Beth se me puso delante otra vez.

—Bueno, ¿y cuándo vais a salir?

—¿Qué? —solté, con más brusquedad de lo que pretendía.

—La cita. ¿Cuándo será?

Intenté ignorar lo que Charlie estaba haciendo o a quién se agarraba y centrarme en mi hermana.

—¿De qué estás hablando? ¿Qué cita?

Ella enarcó las cejas como si le sorprendiera que yo no hubiera estado escuchando.

—La cita que dijiste que tendrías con Jenny.

Sentí que empezaba a dolerme la cabeza.

—¿Cuándo he aceptado tener una cita con Jenny? Y lo más importante, ¿quién es Jenny?

—Una amiga mía que vive en Nueva York, ¿recuerdas?

—No, no me acuerdo. Y sabes que no salgo con nadie. —Le puse el tetrabrik de zumo vacío en las manos—. ¿Tienes más?

—¿No sales con nadie?

Fue el sonido que hizo en la última palabra. Esa forma chirriante de terminar la pregunta.

—Voy a llevarme a Charlie y a volver al trabajo. Me duele la cabeza de ver a tu hijo dar brincos con los otros niños. ¿Qué quieres de mí?

—¿No sales con nadie?

—No voy a tener ninguna cita con quienquiera que sea Jenny.

—¿Porque estás saliendo con otra persona…, o…?

—No estoy saliendo con nadie.

—¿Ni siquiera con Charlie?

Renuncié a mirar por encima del hombro de mi hermana para ver qué hacía Charlie con Elijah, a quien no tenía ni idea de por qué Kay había invitado. ¿Y qué si a Ivy le caía bien? Acababa de cumplir siete años, así que seguro que le gustaba cualquiera que le trajera un buen regalo.

—Tengo que volver al trabajo —murmuré, intentando rodearla. Por fin podía volver a ver. Y Charlie estaba charlando con mi madre y con Elijah. Ella no tenía ni idea.

Beth se puso a mi lado.

—Eres un caso perdido.

—¿Qué demonios significa eso?

—Lleva a Charlie a la playa o lo que sea antes de que Elijah venga y se lleve el premio. Adiós.

Me lancé a por su brazo, pero ella me esquivó.

—¿Qué? ¿Qué quieres decir? ¿Es que sabes algo? —Dejé de caminar y sorteé a unos niños enloquecidos que pasaban corriendo a mi lado, persiguiendo a una chica que Beth había contratado y que estaba a punto de pintarles la cara. Encontré a mi entrometida hermana caminando hacia atrás y dedicándome una sonrisa de satisfacción—. En primer lugar... —le grité mientras su sonrisa se ensanchaba, enfureciéndome aún más—. En primer lugar, métete en tus asuntos.

—¿Y en segundo?

—No es un caballo para que la llames premio. —Ignoré su risa y fui detrás de ella.

—¿En tercero? —Saltó justo fuera de mi alcance.

—Elijah no me está quitando nada.

Me abalancé y agarré a Beth del brazo mientras abría la boca para gritar, casi con toda seguridad. Le di una buena razón y me la eché al hombro.

Ivy salió de la nada y corrió a nuestro alrededor, riendo y gritando: «¡Ahora yo, ahora yo, tío Willie!».

Mi boca se crispó cuando Beth se puso creativa con la elección de palabras delante de su hija. Sin embargo no oí ni la mitad, pues solo tenía ojos para Charlie mientras nuestras miradas se cruzaban y ella ignoraba por fin a Elijah. Así estaba mejor. En cuanto me acerqué a su agradable grupito, junto a la mesa de la comida, bajé a Beth de mi hombro sin demasiada delicadeza.

—Te prometo que te haremos un recorrido más largo que el que hecho con tu madre, Ivy. Pero más tarde, ¿vale? —Le alisé el pelo mientras me miraba con sus grandes ojos azules—. No queremos que tus amigos se pongan celosos, ¿verdad?

Di los últimos pasos que nos separaban a Charlie y a mí y por fin conseguí poner mi mano en la parte baja de su espalda.

Ella arqueó la espalda y no pude evitar deslizar mi mano alrededor de su cintura y dejarla ahí. Me encontré con los ojos de Elijah y luego vi que su mirada bajaba hasta donde descansaba mi mano.

«Bien».

—¿Qué me he perdido? —pregunté a nadie en particular y sentí que Charlie cambiaba el peso de un pie a otro, lo que la acercó más a mí.

—¿Qué os pasa a vosotros dos? —inquirió mi madre, estudiando a Beth y luego a mí.

—Es que…

No le di a Beth la oportunidad de terminar su frase.

—Nada. Charlie y yo vamos a tener que tomarnos un descanso. Tenemos trabajo que terminar.

—¿Ahora? —insistió mamá, mirando a su alrededor—. Pero quería que Charlie conociera a alguien.

Recibí otra llamada de Lindsey y dejé que saltara el buzón de voz, como hacía siempre. Fruncí el ceño.

—¿A quién?

—¿Te acuerdas del hijo de Ally…?

Solté la cintura de Charlie cuando el apenas audible bufido de Beth llegó a mis oídos.

—¿Me estás tomando el pelo?

Por fin mi madre se centró en mí en vez de buscar a quien fuera.

—¿Qué?

—¿Qué os pasa a todos hoy?

—No, qué te pasa a ti —comentó Beth.

Los ignoré a todos y le ofrecí la mano a Charlie. Todos se callaron. Ella miró la mano que le tendía y me miró a los ojos.

—Te llevaré a la playa.

No se lo pensó. Puso su mano en la mía y yo la sujeté.

—¿Qué hora es? —Miró el reloj de su muñeca—. ¿La videollamada no es a las cuatro?

—Tenemos un poco más de una hora. Tiempo de sobra.

Ivy apareció de repente con unos bigotes sobre el labio superior y agarró la mano de su madre.

—Mamá, ¿nosotras también podemos ir a la playa?

—Cariño, esto es solo para Charlie y para mí —interrumpí antes de que Beth pudiera responder.

Ivy ladeó la cabeza y frunció el ceño. Me habría parecido más adorable si no estuviera tratando de meterse en medio mientras yo intentaba por todos los medios estar a solas con Charlie.

—¿Por qué? Todo el mundo puede ir a la playa, tío Willie. Vamos a la playa con todo el mundo todo el tiempo.

Contuve un gemido y apreté un poco más la mano de Charlie.

—Sí, ¿por qué, tío Willie? —añadió Beth sin necesidad.

Le lancé una prolongada mirada que ella debería haber reconocido, pero no reculó. Volví a centrarme en Ivy.

—¿Vas a dejar a todos tus amigos?

La niña se encogió de hombros.

—Sunny ha tenido que irse a visitar a su abuela. —Sonrió a Charlie y levantó la barbilla—. Sunny es mi mejor amiga. —Volví la cabeza para echar un vistazo a los niños que quedaban. Más de la mitad habían desaparecido de repente.

Quería negarme. Estaba deseando pasar unos momentos tranquilos con Charlie, pero al fin y al cabo era el cumpleaños de Ivy y todos en nuestro pequeño círculo me miraban como si me hubiera salido otra cabeza, así que tuve que ceder.

—Si de verdad quieres, vale —refunfuñé.

Soltó un chillido que nos rompió los tímpanos y acto seguido se fue corriendo a invitar a algunos de sus amigos a que vinieran con nosotros. Menos mal que Beth y mi madre la siguieron para organizar a todo el mundo. También podríamos habernos llevado a todo el maldito grupo con nosotros.

—¿Qué te parece el paseo en moto? La playa está lo bastante cerca para que no tengas miedo —preguntó Elijah, mirando a Charlie como si yo no estuviera a su lado tomándole la mano. Me costó encontrar las palabras durante un segundo.

Charlie abrió la boca para contestar, pero no la dejé.

—Charlie no va a ir a la playa en tu moto, Elijah.

—¿No? Nunca he montado en moto.

Mantuve los ojos fijos en Elijah, pero me dirigí a Charlie.

—Yo te daré una vuelta. Más tarde.

—¿Tienes moto?

—No. Buscaré una.

—¿Dónde vas a encontrar una moto?

—Donde sea que la gente encuentre motos.

Señaló a Elijah con la mano libre.

—Pero Elijah ya tiene moto. Estuvimos hablando antes y le prometí que la probaría. Nos vemos en la playa.

Le di un suave apretón en la mano.

—Buscaremos una moto —repetí en voz baja.

—¿Sabes conducir?

—¿Dónde está Pepp? —repliqué en lugar de darle una respuesta.

Miró por encima del hombro y una pequeña sonrisa se dibujó en sus labios.

—Está con los niños. Se lo está pasando mejor que nunca. Cada pocos minutos, corre a mi lado, dice: «Hola, hola» y luego vuelve corriendo con ellos. Se me saltan las lágrimas.

—Bueno, si estás tan empeñada en montarte en su moto, no podrás llevártelo contigo a ver la playa. Así que o vienes en el coche con Pepp y conmigo o... —miré a Elijah con fastidio apenas disimulado— te vas en la moto con Elijah.

—Qué duro.

Yo encogí un hombro.

—Tú eliges.

—¿De verdad sabes montar?

—Sí, Charlie. Sé montar. Tuve una moto cuando estaba en la universidad.

—No tenías.

—Sí tenía.

A Charlie se le iluminó toda la cara.

—En realidad puedo imaginarte en una moto y no es tan malo.

—¿De veras? —Se mordió el labio inferior para contener una sonrisa y preguntó en voz baja—: ¿Estamos bromeando, William? ¿Otra vez?

—Os dejaré solos —dijo Elijah, y me di cuenta de que ya me había olvidado de que estaba allí. No era la primera vez que lo hacía. Tampoco parecía que fuera a ser la última.

Charlie se volvió para decirle algo y aflojó mi mano, pero yo la sujeté.

—Bien, niños. —Mi madre se unió a nosotros de nuevo con una hilera de auténticos niños detrás de ella—. Estamos listos. Nico y los otros se quedarán con algunos, pero podemos irnos.

—Yo también voy —dijo Beth.

Todos se dirigieron hacia la casa. Charlie tiró de mi mano para llamar mi atención, así que me volví hacia ella. Apoyó su hombro contra el mío, arrimándose más.

—¿Va todo bien? —preguntó en voz baja.

Le di un suave apretón en la mano, cerré los ojos y respiré hondo.

—No estás poniendo suficiente empeño. —Empecé a seguir al último niño del grupo y tiré de Charlie con suavidad. Al menos nadie se planteó preguntarnos por qué íbamos tomados de la mano, porque si lo hubieran hecho, se me habría ido la olla.

—¿En qué?

—En estar a solas conmigo.

21

Charlie

No te vayas a dormir antes de hablar conmigo.

Esa era la nota que había encontrado en mi habitación dentro de mi libro *La chica que se entregó al mar*, de Axie Oh. La había dejado sobre mi cama esa mañana cuando subí después de la videollamada que tuvimos con el director general de la compañía aérea. Me lo estaba pasando como nunca en Montauk, incluso antes de añadir a William y su comportamiento conmigo. A tenor de la frecuencia con que me tomaba de la mano, me tocaba y me ponía la mano en la espalda, empezaba a creer que su lenguaje amoroso era el tacto.

Por mucho que me gustara en el fondo, también estaba causando estragos en mi alma y en mi corazón. Estábamos jugando a un juego peligroso.

Aun así, no habría cambiado el fin de semana que estaba pasando con él y su familia por nada del mundo. Lisa y llanamente, me había enamorado de todos y cada uno de ellos.

Dejé a Pepp roncando de forma plácida en mi habitación, salí al porche y apoyé las manos en la barandilla. Contemplé el cielo nocturno repleto de incontables estrellas. Esta era una gran noche para mí, podía sentirlo en mis huesos. Esta era la vida que quería. Esta era la vida que siempre había querido.

La excursión a la playa había sido maravillosa. Era la primera vez que Pepp veía el mar. No recordaba la última vez que me había reído tanto. Ivy, Evelyn, Beth y yo nos habíamos turnado para convencerlo de que se metiera en las tranquilas olas y a él le había gustado tantísimo que había tenido que arrastrarlo cuando llegó la hora de irse. Y cuando volvimos a casa, era hora de trabajar. Pasamos más de tres horas preparando declaraciones para un nuevo caso que William había aceptado. Incluso antes de encontrar la nota en mi habitación, supe que a William le preocupaba algo, pero Nora me llamó antes de que pudiera decir nada cuando terminamos la conferencia telefónica. Después Evelyn me ofreció una copa de prosecco.

«Después. Después. Después». Fue un no parar y al final acabé de nuevo en mi habitación y vi la nota.

—Eres un regalo para la vista —oí decir a William desde detrás de mí, y me asomé por encima del hombro para ver cómo salía de casa. Llevaba unos vaqueros negros con un jersey fino gris claro y estaba muy guapo. Cómodo.

E inalcanzable. No era mío.

—Hola, forastero. —Le sonreí. De oreja a oreja. Sus ojos se clavaron en mi sonrisa.

—¿Forastero?

—Apenas he hablado contigo hoy, salvo por cosas de trabajo.

—¿Sí? ¿Quieres que te diga cuántas veces he intentado encontrarte a solas hoy? No lo he logrado ni una sola vez.

Mi sonrisa se ensanchó aún más.

—Me lo he pasado genial.

—Lo sé.

—Ven a mirar. —Volví a levantar la cabeza hacia el cielo y cerré los ojos, respirando hondo la salada brisa del mar que danzaba entre mi cabello—. Esto es precioso —susurré en medio de la noche.

—Más que precioso. Sí.

—¿Querías verme para disculparte por no haber encontrado una moto?

William suspiró.

—Eso es culpa de Nico. Se suponía que debía llamar a su amigo.

—Ajá. Si tú lo dices. Podría haber ido a la playa con Elijah. Habría sido un paseo muy corto, ya que está a solo dos calles de distancia.

Él soltó un gruñido como respuesta. Los dos nos quedamos callados un momento.

—¿Te soy sincera? —indagué sin mirarlo.

—Siempre.

Me lamí los labios, que aún sabían a prosecco y a chocolate.

—Tienes una voz increíble. Grave, ronca, fuerte, profunda y un montón de adjetivos más. Es una buena voz y fue en lo primero que me fijé de ti en el pasado.

—Gracias, Charlie —dijo en voz baja, haciendo que lo mirara con un ojo abierto mientras esa voz me llegaba a una parte muy dentro de mí y algo se derretía solo un poco.

Me estaba mirando con atención, así que volví a observar el cielo, porque era más fácil lidiar con eso.

—¿Dónde está Pepp? —preguntó con voz suave.

—Está durmiendo en la habitación, agotado.

—¿Tienes a alguien más merodeando?

Eso hizo que lo mirara.

—¿Qué?

—No consigo encontrarte a solas ni siquiera un minuto, así que pensé en comprobarlo antes de que alguien aparezca de repente y te aleje de mí.

«Te aleje de mí».

Negué con la cabeza, sin articular palabra. Él enarcó una ceja e inclinó la cabeza.

—Bueno…

—Adoro a tu familia —admití.

—Y ellos te adoran a ti.

Me volví hacia William, agarrada aún a la barandilla de madera.

—¿Tú crees?

Una sonrisa se dibujó en sus labios.

—Sí.

—Tienes mucha suerte. Son increíbles.

—Lo sé.

—¿Puedo quedármelos?

—Son tuyos si los quieres.

«Son tuyos si los quieres».

Nos quedamos callados un momento y escuchamos las olas que venían de lejos. Era él quien quería hablarme, pero por alguna razón me daba miedo preguntarle qué le pasaba por la cabeza. Y él no decía nada.

—Dime algo alegre, William —lo reté en su lugar.

Ni siquiera se tomó un momento para pensar.

—Soy incapaz de expresar con palabras lo maravilloso que es levantar la vista de mi mesa y verte al otro lado de la habitación en la oficina —me contó, robándome el aliento—. Es lo que más me gusta de mi nuevo trabajo.

«¡Zas! Me cortó la respiración, así de simple».

Mi corazón se aceleró poco a poco mientras nos estudiábamos en silencio durante un rato. Esperé. Esperé porque parecía que siempre lo había esperado. Cuando el silencio se prolongó, no pude soportarlo. Me giré en parte hacia él y apoyé la cadera en la barandilla del porche, agarrando con fuerza la madera.

Le lancé una mirada cautelosa.

—Creo que me voy a marchar antes de lo esperado. Nora dijo que en cosa de un mes, así que tengo que decírselo a mi padre, y a todos los demás, esta semana.

—¿Vas a quedar con Elijah cuando estés allí?

—¿Qué?

Se acercó más y su brazo tocó el mío.

—Ya me has oído.

Hice lo posible por contener la sonrisa y le di una respuesta sincera.

—No. Elijah no me interesa. Aunque de todas formas estoy segura de que solo estaba siendo amable. —Hice una pausa—.

¿Crees que siempre hemos estado destinados a decirnos adiós? ¿Cuando nos conocimos y ahora?

Se movió, haciendo que el corazón me diera un vuelco y se me cortara la respiración. Un segundo estaba a mi lado y al siguiente me tenía de espaldas contra la barandilla de madera, agarrando con las manos la madera justo al lado de donde estaban las mías.

Tenía los dientes apretados y los ojos ardientes, penetrantes. Sentí que sus manos se aferraban a la madera mientras sus brazos se flexionaban con fuerza, con los hombros tensos e inamovibles.

—En primer lugar, él está interesado. Créeme, lo está. Y el hecho de que tú no te veas como yo te veo…, como todo el mundo te ve… Me asombra que no seas consciente de ti y del efecto que tienes en la gente. Además, ahora mismo no estoy pensando en despedidas, Charlie.

Mi respiración surgía un poco agitada mientras mi pecho subía y bajaba contra su cuerpo. Cerré los ojos e intenté calmar los frenéticos latidos de mi corazón.

—Estás demasiado cerca, William —susurré con voz entrecortada. Una cosa era estar cerca de él a veces o que me tomara de la mano siempre que podía. Podía engañarme haciéndome creer que era demasiado amable, pero tenerlo así de cerca… No había forma humana de que pudiera convencerme de no hacerlo otra vez.

—¿Qué vas a hacer al respecto?

Estaba demasiado asustada para abrir los ojos, pero moví con cuidado una mano con la palma abierta para apoyarla en su pecho. No pensaba apartarlo, pero necesitaba centrarme. Cuando agachó la cabeza y apoyó la frente en la mía me quedé sin palabras. Sentí que mis dedos se encogían al aferrar la tela de su jersey.

—Creo que ya es hora. Tienes que preguntármelo ya —murmuró.

—¿Preguntarte qué?

William se echó hacia atrás.

—Por qué no fui aquella noche. Por qué fui todas las noches durante una semana solo para verte y sentarme a tu lado en esa cafetería, pero por qué no aparecí justo aquella noche.

Respiré hondo y abrí los ojos. Y me quedé atrapada bajo su mirada.

—No hace falta que me lo expliques. Fue hace años. Está claro que fue una estupidez esperar que pasara algo.

—No fue ninguna estupidez. Yo también sentía todo lo que tú sentías.

—William, no tienes por qué decir eso.

—Sí que fui, Charlie. Estuve allí. Te recuerdo mirando el reloj sin parar. Te vi sonreír a la camarera y luego, en cuanto ella te dio la espalda, la decepción se instaló en tu rostro. Fui por ti. Para verte. ¿Cómo no iba a ir?

La cabeza me daba vueltas. Luego se me cayó el alma a los pies al comprender.

—No quisiste entrar. —Le solté el jersey, pero no había suficiente espacio entre nosotros para que me apartara.

Me tomó la mano y apretó los labios contra la palma justo antes de volver a colocarla donde estaba antes, contra su corazón. Latía tan fuerte como el mío. Luego, con la misma mano, me asió la barbilla y me levantó la cabeza para que quedara abierta a su mirada.

—No es que no quisiera —me dijo con suavidad. Ahuecó la mano sobre mi mejilla y dejó que su pulgar me acariciara la piel, provocándome un escalofrío—. Es que no podía. Recibí un mensaje de mi ex nada más llegar. Me había estado llamando antes, pero no le había contestado. Solo podía pensar en ti. Quería pasar más tiempo contigo, quería saber cómo eras cuando te despertabas por la mañana; así que fui. No podía mantenerme alejado. Pero su mensaje… La llamé y me dijo que estaba embarazada y que se había equivocado al decir que no a mi proposición de matrimonio.

Abrí los ojos como platos. Sabía que se había casado con su ex, pero no que le había pedido matrimonio justo antes de conocernos.

—Echando la vista atrás, no debería haberme precipitado —continuó antes de que pudiera preguntar nada—. Pero pensé que si de verdad estaba embarazada y yo entraba en aquella cafetería, me iba a costar mucho alejarme de esa chica. No podía meterte en algo así. Y tú eras una desconocida. Una desconocida con la que quería estar desesperadamente, pero una desconocida al fin y al cabo. Y ella era... Le había pedido que se casara conmigo, y si estaba embarazada de mí... —Sacudió la cabeza, apartó la mano de mi cara y miró las estrellas durante un segundo—. Tomé la decisión equivocada, Charlie. —Luego volvió a mirarme. No pude hacer ningún comentario porque me había quedado sin palabras—. Tu ex y todos los chicos con los que has estado que te han hecho llorar son idiotas. Deberían haberse aferrado a ti con todas sus fuerzas y haberse esforzado al máximo para hacerte feliz. Solo para que los eligieras a ellos. Te lo mereces. Alguien que es tan real, tan hermosa y tan sincera como tú se merece todo lo que quiera tener en la vida. Y espero con toda mi alma que me quieras ahora.

Las palabras quedaron suspendidas entre nosotros, como pequeños cristales de hielo que aliviaban mi destrozado corazón. Tragué saliva a pesar del nudo que tenía en la garganta y miré a William mientras sus ojos recorrían mi cara. Separé los labios y me di cuenta de que estaba agarrando de nuevo su jersey. Me solté de la barandilla y puse la otra mano sobre su pecho. Me temblaban un poco las manos.

—Deseaba de veras que vinieras aquel día. Estaba segura de que vendrías —admití en voz baja.

—Lo sé, cielo. Pude verlo. Llevabas esa prenda negra sin hombros que te pusiste la noche que nos conocimos. Me encantaba cómo te quedaba. No sé si llevabas vaqueros u otra cosa debajo, porque estabas sentada en nuestro reservado y parecías nerviosa y muy guapa. Y no sé si me creerás o no, pero me dolió alejarme de ti. Volví la noche siguiente y unos días después. Todavía no sé por qué. Tal vez porque no podía sacarte de mi mente y ya entonces no estaba seguro de lo que iba a pasar con

Lindsey porque ya no sentía lo mismo. Así que volví a la cafetería, pensando que tal vez estarías allí. Era una posibilidad remota.

—No volví más... —Fruncí el ceño—. Pero espera..., ¿recuerdas lo que llevaba puesto esa noche?

William paseó la mirada entre mis ojos y mis labios y me quedé paralizada, con un nudo en la garganta.

Y justo entonces se encendió la luz de la cocina, tan brillante e inoportuna. Nos quedamos paralizados. Aferré con fuerza su jersey, como si temiera que alguien saliera y me lo quitara de las manos.

William soltó un gemido bajo que solo yo pude oír. Sus manos seguían en la barandilla detrás de mí, pero ahora sus brazos estaban apretados contra mi cintura y su cuerpo se pegaba al mío, atrapando mis brazos. Si alguien se asomaba, solo vería su espalda. El cuerpo de William me envolvía.

—Por el amor de Dios —maldijo, con su voz baja, oscura y grave justo al lado de mi oído—. No te atrevas a moverte ni a hacer ruido.

No pude evitarlo y me reí, enterrando la cara contra su pecho para que no se me oyera.

Quienquiera que estuviera en la cocina hacía muchísimo ruido, abriendo y cerrando los armarios, pero no parecía que fuera a venir hacia nosotros.

—Te juro que si alguien sale y te lleva, voy a perder los estribos. —Sonaba un poco desesperado y eso me hacía una ilusión tremenda. Y era un hecho que me encantaba el William gruñón.

Giré despacio la cabeza y apoyé la sien en su duro pecho. Podía oír su corazón latiendo con fuerza y brío. Dio un pequeño paso hacia delante y nuestras piernas se apretaron la una contra la otra, mi pecho contra el suyo. Nuestros cuerpos estaban pegados por completo.

Entonces me di cuenta de que era muy probable que lo que notaba no fuera su teléfono móvil en el bolsillo. Pasaban los segundos. Apenas pude evitar retorcerme.

Luego cesaron los ruidos, se apagó la luz y nos quedamos los dos solos.

—¿Se han ido? —preguntó.

Eché un vistazo por encima de su hombro.

—No veo a nadie.

William esperó otros diez segundos y luego retrocedió un poco. Me aparté ligeramente de él, pero no retrocedió. Lo miré. Él bajó la mirada y la fijó en mis ojos. Estaba ahí.

Justo ahí.

A pesar de que solo nos separaba un suspiro, se acercó hasta que su nariz quedó pegada a la mía. Elegí ese preciso momento para empezar a sentir pánico porque sabía…, sabía que iba a besarme. Podía verlo en sus ojos. También sabía que ya nadie podría compararse a él y yo también quería que para él ninguna chica pudiera compararse a mí. No estaba segura de recordar lo suficiente como para poder hacerlo, pero quería dejarle una marca, por loco que sonara.

—¿Te soy sincero? —murmuró, y estuve a punto de no oírlo. Asentí, con miedo a moverme—. Todavía estoy loco por ti, Charlie. —Hizo una pausa—. Creo que es más que eso.

Levanté los ojos hacia los suyos.

—¿Te soy sincera? —pregunté, y él asintió de manera apenas perceptible—. Yo también estoy loca por ti. Creo que siempre estaré loca por ti. —Ninguno de los dos se movió mientras asimilábamos nuestras confesiones.

—¿Te gustaría probar un beso conmigo? —me preguntó con suavidad. Sus palabras, su voz eran una caricia en mi alma.

—William —murmuré, justo cuando sus labios estaban a punto de rozar los míos, y cerré los ojos.

—¿Sí, Charlie? —susurró, deteniéndose.

—No sé si yo… Dios, me odio por decir esto. Mucho más por decírtelo a ti. Pero no es que no estés ya al tanto. Para serte sincera, me parece que no recuerdo cómo hacer esto. No quiero meter la pata —susurré.

—No creo que eso sea posible.

—He visto vídeos de YouTube. —Me tapé la boca con la mano en el acto. Él enarcó una ceja mientras me miraba con incredulidad. Entonces bajé la mano—. No he dicho eso. Por favor, di que aún quieres besarme.

William rio con suavidad y apoyó la frente en la mía, rompiendo la tensión que me atenazaba el corazón.

Iba a besar a este hombre. No importaba lo que pasara, no importaba lo mala que resultara ser, iba a robarle un beso.

Le sonreí.

William apoyó la palma de la mano en mi mejilla y soltó el aire despacio.

—Sí —murmuró, con los ojos fijos en los míos—. Con toda mi alma. —Yo asentí con la cabeza—. ¿Te parece bien?

Asentí aún con más entusiasmo y él me dedicó una sonrisa demoledora. Luego se arrimó para acabar con la escasa distancia que había entre nosotros.

Los ojos se me cerraron solos. Tenía un nudo en la garganta y la silenciosa noche y el mundo se habían ralentizado para acompasar nuestro ritmo.

Sus labios se apretaron contra los míos. Solo una vez, y los escalofríos recorrieron todo mi cuerpo por completo. Después se apartó.

Yo me lamí los labios, sin apenas respirar, y lo saboreé cuando inclinó la cabeza y me mordisqueó el labio inferior con suavidad. Levanté la cabeza, buscando su boca.

Acomodó su labio entre los míos con suma lentitud y me dio otro pequeño beso antes de retirarse.

Se me entrecortó la respiración, pues estaba lista y deseaba más.

—Se me daba muy bien —murmuré, tragando saliva mientras esperaba otro beso.

—Hum —murmuró.

—Te prometo que te habría impresionado.

—Pues demuéstramelo —susurró.

Me dio otro beso y esta vez duró tres segundos. Sentí su lengua saboreando mi labio inferior y agarré con fuerza su jersey.

Tiré de él.

Tiré de William.

—Respira, Charlie.

Su voz era apenas un susurro sobre mi piel. Acercó los labios a la comisura de mi boca y la besó con delicadeza mientras deslizaba los dedos por mi pelo y me ahuecaba la palma sobre el pómulo y la oreja. Ladeé la cabeza para darle pleno acceso.

—Hacía mucho tiempo que deseaba hacer esto —dijo, apretando su cuerpo contra el mío.

Estaba un poco ocupada intentando acordarme de cómo respirar.

Sentí sus labios en la mandíbula. Una vez. Dos veces. El roce de su incipiente barba en mi sensible piel era exquisito.

—Tu olor me vuelve loco. Tú me vuelves loco sin ni siquiera saberlo, cielo. —Después me besó justo debajo de la oreja—. Charlie... ¿eres real?

Perdí la cabeza y gemí.

William prácticamente volvió a gemir mi nombre y su voz era tan cálida, tan dulce, tan dura y a la vez suave. Era angustia lo que oía en ella y me encantaba. Me encantaba que fuera yo quien hacía que sonara así. Era mi sonido favorito del mundo entero. La barba incipiente me raspó la piel cuando volvió a acercarse a mis labios y su mano se enroscó en mi pelo.

Volvió a mordisquearme los labios, haciéndome estremecer.

—¿No vas a decir nada?

—Creo que estoy sin palabras. —Aguardé para entender lo que estaba sintiendo—. Quiero que te guste.

—Ya me gusta. Más de lo que jamás imaginé.

Me besó de forma suave con sus cálidos y firmes labios y abrí la boca para dejarle entrar. Su lengua penetró en mis labios y dejé escapar un gemido, un sonido que provenía de algún lugar en lo más profundo de mi ser.

William se echó hacia atrás antes de que me hubiera saciado. El frenético latido de mi corazón apenas me dejaba pensar. Abrí los ojos.

—¿Más? —preguntó, y me fijé en lo oscuros que se habían vuelto sus ojos. En la intensidad con la que estudiaba mis ojos y luego mis labios, como si a duras penas pudiera contenerse.

Asentí, vibrando de entusiasmo. Y de repente él me dio más.

Dejé de agarrarme a su jersey con la mano derecha para posarla en su nuca y tratar de asegurarme de que no me dejaría. Tiré de él a fin de acercarlo aún más.

Me lamió los labios y ladeó la cabeza al tiempo que introducía la lengua en mi boca. Fuegos artificiales estallaron detrás de mis párpados.

Empezó de forma suave, tímida y cuidadosa, pero pronto estábamos tironeando el uno del otro. Su mano seguía en mi pelo y me agarraba con fuerza. Me puse de puntillas para arrimarme más, aunque ya no era físicamente posible. Deslizó la otra mano por mi cintura y agarró mi camisa por detrás, estrujando la tela.

La cabeza me daba vueltas y una oleada de calor me recorrió de arriba abajo de manera perezosa. Hicimos una pausa dos o tres veces para tomar aire y volvimos a sumergirnos de inmediato. La cuarta vez tuvimos que parar. Ya me sentía mareada.

Conseguí abrir los ojos y los clavé en los de William. Ambos respirábamos de manera entrecortada. Vi que algo cambiaba en su mirada. Se agachó con lentitud, sin prisas y sin apartar los ojos de los míos, y me levantó. Solté un grito ahogado y le rodeé el cuello con los brazos. Invirtió nuestras posiciones, buscó la mesita situada entre las dos sillas y me depositó encima con suavidad. Me pasé los dientes por el labio inferior, con el estómago encogido.

William rio con la voz ronca, mirándome, y apoyó la frente contra mi cuello. Me deleité con su respiración agitada.

—Me encanta besar —susurré, y mi voz sonaba ronca y somnolienta mientras me tocaba los labios ya inflamados con las yemas de los dedos—. Lo echaba de menos.

—Ya lo veo —respondió, con los ojos cargados de deseo.

Sentí sus labios húmedos y cálidos contra mi cuello mientras me arrastraba sin miramientos de las caderas hacia el borde de la inestable mesa. Se me escapó un pequeño gemido cuando me separó las piernas con los muslos y se acomodó contra mí.

—Chis. Calla. No he terminado.

Le sonreí porque estaba embelesada por nuestra nueva intimidad, cuando me rodeó el cuello con sus largos dedos y me atrajo hacia su boca.

Este beso.

Este beso en concreto iba a saciar nuestra sed y me lancé de lleno. Nos besamos como si hubiéramos practicado este beso en otras vidas. Todo cuanto habíamos vivido y pasado era para poder tener este momento exacto en este momento exacto. Y nunca habría otro beso como este. No con otro hombre que no fuera el que tenía entre mis brazos. Sentí que el bulto entre sus piernas aumentaba y lo rodeé con las mías. Se detuvo lo suficiente para que pudiéramos respirar y acto seguido me acarició la mejilla con el pulgar para que no me moviera y empezó a besarme de nuevo. Fue un beso muy apasionado. De los que te dejan los labios magullados e hinchados.

Fue más de lo que podría haber deseado y sin duda habían merecido la pena todos los años que había esperado.

Sentí que metía la mano izquierda debajo de mi camisa y su tacto me hizo jadear contra su boca. Me estremecí cuando ascendió hasta mi caja torácica y se detuvo justo debajo de mi pecho. Su mano me rodeó con firmeza y arqueé la espalda, disfrutando al ver que se inclinaba hacia delante conmigo para no tener que dejar de besarme. Sonreí mientras nos besábamos y lo agarré del pelo con más fuerza.

Justo cuando estaba a punto de perder la cabeza aún más de lo que ya lo había hecho, la luz del techo se encendió de repente y oí vagamente a lo lejos que alguien abría una puerta. No diría que gimoteé cuando William se apartó por completo de mí, pero casi.

—Tío Willie.

Todavía estaba jadeando cuando miré a un lado y vi a una somnolienta Ivy levantando los brazos para que William la aupara.

Me bajé de un salto de la mesa con rapidez e intenté arreglarme el pelo y la ropa, que supuse que estaban hechos un auténtico desastre.

—No encuentro mi juguete —murmuró mientras se frotaba los ojos.

Beth y Nico se habían marchado para pasar la noche a solas. Ivy había querido quedarse con William.

Él la sostuvo en brazos. Me dio un vuelco el corazón cuando William tuvo que aclararse la garganta varias veces antes de hablar.

—¿Recuerdas dónde lo viste por última vez?

—Creo que en el patio —murmuró la niña, apoyando la cabeza en su hombro, con los ojos ya cerrados.

—Bien, vamos a echar un vistazo.

—Te voy a echar de menos, tío Willie. ¿Puedo dormir contigo?

William me miró por encima del hombro, así que Ivy también miró.

—Hola, Charlie —murmuró.

—Hola, Ivy.

—¿Tú también has perdido algo aquí?

—No. —Di un paso tembloroso hacia ellos y me obligué a sonreír. En principio, nunca había sido mío, así que no podía haber perdido ese algo—. Yo solo estaba… charlando con tu tío.

Ivy asintió medio adormilada.

—Vale. —Abrazada a su hombro, se volvió hacia su tío—. Si no lo encontramos, ¿puedo dormir contigo?

La mirada de William buscó la mía una vez más y le brindé una pequeña sonrisa. Nuestra noche acababa de terminar. Le hice un gesto con la cabeza y me dispuse a entrar, porque sin su calor corporal y su cercanía estaba empezando a tiritar.

—Me voy dentro —les dije a ambos en voz baja—. Buenas noches.

Recibí un «Buenas noches» por parte de Ivy, pero nada de William, a pesar de que sus ojos seguían cada uno de mis pasos.

Me rodeó la muñeca con los dedos para hacer que me detuviera antes de que pudiera salir por la puerta.

—Mañana —dijo.

Era a la vez una promesa y una advertencia, pero no significaba gran cosa, ya que iba a dejar Nueva York y a William en unas semanas. Tenía que hacerlo.

«Nunca cambies tu vida por un hombre».

Me había hecho una promesa. Y me debía a mí misma el cumplirla. Entonces, ¿por qué me dolía el corazón?

22

William

Me estaba evitando. No sabía si reírme de ella o enfadarme. El silencio había reinado en el trayecto en coche de vuelta a Nueva York, ya que eran las cinco de la mañana cuando salimos de Montauk y tanto el cachorro como ella se habían quedado dormidos a los diez minutos de emprender el viaje. Luego, cuando llegamos a nuestra calle, teníamos prisa por llegar a tiempo al trabajo y comenzar las reuniones que teníamos programadas con el equipo. Llevábamos tres horas trabajando y no había tenido un momento a solas con ella. Al final de nuestra primera reunión, antes de comer, aparte de un roce fugaz aquí y allá cuando ella no se lo esperaba, no habíamos tenido ningún contacto. Lo que de verdad quería era encontrarla a solas para que pudiéramos hablar, pero ella se estaba mostrando muy escurridiza, como de costumbre. Pasé por su despacho justo cuando apareció Gayle. Saludé a Gayle con la cabeza, pero no perdí de vista a Charlie, que estaba inmóvil ante mí.

—Buenos días, Charlie —empecé.

Ella paseó la mirada entre Gayle y yo una y otra vez.

—¿Buenos días? —respondió con escepticismo.

—Buenos días a mí también —añadió Gayle cuando se hizo el silencio—. Aunque nadie me preste atención.

Antes de que pudiera preguntarle si podía robársela para hablar un momento a solas, el teléfono de Gayle empezó a sonar. Comprobó la pantalla y nos miró con curiosidad.

—Vosotros dos seguid en plan rarito, que yo tengo que atender esta llamada. —Se metió dentro del despacho de Charlie.

Nos quedamos solos, de espaldas a la abarrotada oficina. Miré a mi alrededor y me di cuenta de que todo el mundo estaba ocupado con su trabajo y nadie estaba pendiente de nosotros. Estábamos justo delante de su puerta y ella estaba de espaldas a la pared, así que mientras Gayle atendía su llamada, yo di un paso, le rodeé la cintura con la mano y me arrimé para susurrarle al oído. Si Gayle se daba la vuelta, nos vería, pero el resto de la oficina pensaría que tal vez estaba demasiado cerca de Charlie y nada más.

Sonreí cuando me di cuenta de que no se había puesto rígida. Todo lo contrario; ella también se arrimó un poco hacia mí, y disfruté de su respiración entrecortada durante un segundo mientras una sonrisa se dibujaba en mis labios. Me quedé quieto un momento. Respiré su aroma, sin ser demasiado espeluznante.

—¿Comes conmigo? —susurré.

—¿Qué haces? —respondió en voz baja, rozando mi cuello con la nariz cuando giró la cabeza. Su pecho subía y bajaba un poco más rápido.

Retiré la mano y me alejé un poco de ella.

—Invitarte a comer —repuse, mirándola a los ojos e intentando parecer lo más inocente posible. Hubiera preferido saborear sus labios y su piel una vez más. Y luego también esa zona justo debajo de su oreja, que bajaba hacia su cuello…

Me miró con los ojos entrecerrados, como si intentara averiguar qué estaba pensando.

—No puedo —respondió al cabo de un rato—. Me voy a saltar el almuerzo.

Enarqué una ceja. Charlie odiaba perderse la comida.

—¿Por qué?

—Eh… —Bajó la mirada hacia su teléfono—. Tengo que escribir eso que me pediste que escribiera. Y tengo que ocuparme de otra cosa para mi padre.

—¿Qué cosa?

Me miró a los ojos.

—Eso en lo que trabajamos el fin de semana.

—Ah, eso. —Me incliné de nuevo, pero mantuve las manos en los bolsillos. Por mucho que deseara tocarla, no había necesidad de tentar a la suerte—. No me estarás evitando, ¿verdad, Charlie? —susurré.

Ella negó con la cabeza cuando me aparté para mirarla a los ojos. Después de contemplarla, me acerqué de nuevo y me detuve cuando mis labios estuvieron justo al lado de su oreja. Me aseguré de que nuestros cuerpos no se tocaran, aunque de todas formas estábamos demasiado cerca.

—Hoy estás preciosa —dije, sin más, antes de echarme hacia atrás, aunque esta vez opté por quedarme más cerca.

—¿Qué? —Me miró y el rubor tiñó sus mejillas—. Gracias, William.

Llevaba una falda de tubo blanca con finas rayas negras y un jersey negro de pico.

—Estás guapa todos los días, Charlie —añadí, bajando la voz—. No importa lo que lleves puesto.

—Eso es exagerar un poco.

Al darme cuenta de quién se dirigía hacia nosotros, di otro paso atrás y esperé mientras su padre venía a rescatarla.

—Buenos días, Douglas.

—William. Laurel Nielson está subiendo.

—¿Qué? ¿Por qué? —preguntó Charlie, confusa. Miré el reloj mientras ella revisaba su teléfono para ver si tenía alguna llamada perdida—. La reunión con ella es a las tres de la tarde, no ahora.

Douglas sacudió la cabeza.

—Tendrás que preguntárselo a ella. La he visto cuando subía. —Miró a Charlie de manera breve—. La conversación que querías tener tendrá que esperar por ahora. Voy a estar ausente unas horas. Hablaremos esta noche en la cena.

Vi que Charlie se aclaraba la garganta y apretaba la boca.

—Lo siento, no puedo ir a cenar esta semana.

—¿Por qué? —Douglas suspiró—. Charlie, ¿tienes otra cita? Ya estamos bastante ocupados aquí, tal vez deberías tomarte un descanso. De todas formas no estás teniendo demasiada suerte conociendo a alguien decente.

Vi que todo su cuerpo se tensaba ante sus palabras.

—No, no es una cita, papá. Como he dicho, no voy a ir. Estoy ocupada.

Douglas suspiró y se frotó el puente de la nariz.

—Charlie, ¿es por lo del trabajo de canguro? Te necesito en otra reunión para que tomes notas. Y trabajarás con Kim esta semana. No quiero que las dos…

—Si te parece bien, Charlie y yo tenemos que recibir a Laurel, Douglas. Y como ya hemos hablado, ella está en mi equipo. Charlie no va a trabajar con nadie más que conmigo. No puede distraerse con problemas que otras personas deberían estar cualificadas para manejar. Intenta pedirle ayuda a Kim. Para ser sincero, necesita la experiencia más que Charlie. Necesita trabajar en su don de gentes.

Douglas abrió la boca para responder, pero su teléfono empezó a sonar y las palabras murieron en sus labios.

—Tengo que contestar, pero hablaremos de esto más tarde. —Mantuvo su mirada en mí—. Te veré esta noche, Charlie. No quiero discusiones.

Ignoré por completo a Douglas.

—¿Ibas a contarle lo del traslado? —pregunté, en voz lo bastante baja como para que Gayle no me oyera mientras venía hacia nosotros—. ¿De eso estaba hablando?

Ella miró por encima del hombro para buscar a su amiga, pero Gayle seguía al teléfono. Charlie me miró y asintió.

—Entiendo. Yo también quiero hablarte de eso, pero primero veamos por qué Laurel llega temprano a nuestra reunión.

—De acuerdo. ¿Gayle?

Su amiga levantó la vista, con el teléfono aún pegado a la oreja.

—Laurel Nielson está aquí. ¿Tomamos algo esta noche? —Hubo una breve pausa y luego se apresuró a añadir—: ¿Las dos solas? —Obtuvo un asentimiento como respuesta.

Quise interrumpir y decirle de nuevo que teníamos que hablar, pero me mordí la lengua. Era evidente que creía que podría evitarme no solo en la oficina, sino también esta noche. Bueno, pues iba a llevarse una buena sorpresa. Parecía que hoy iba a cumplir la promesa que le había hecho en el restaurante cuando estaba con como narices se llamara el tipo aquel. Hoy era el día en que seduciría a Charlie Davis. Iba a ser divertido porque podía ver con toda claridad cuánto me deseaba.

Sonreí para mis adentros y la seguí afuera.

En medio de la improvisada reunión, Laurel recibió una llamada de su agente y yo aproveché la breve pausa en la conversación para poner la mano sobre la mano inquieta de Charlie, que no paraba de hacer clic con el bolígrafo. Era un hábito suyo que antes me molestaba cuando intentaba concentrarme en el trabajo y se había convertido en una costumbre para mí detenerla cada vez que estaba lo bastante cerca para hacerlo. Pero mientras la observaba jugar con el bolígrafo, me di cuenta de que había acabado por acostumbrarme con el tiempo; si no estaba en una reunión con nosotros, en realidad echaba de menos ese ruido. No tanto como echaba de menos tener a Charlie en la habitación, pero aun así lo metí en la lista. Había demasiado silencio sin ella. El silencio era demasiado abrumador.

Le aferré la mano despacio y el clic cesó. Seguí centrado en nuestras manos, pero notaba su mirada clavada en mi rostro, porque por lo general cada vez que le quitaba el bolígrafo o le agarraba la mano para que parara, mi reacción era instantánea, un acto bastante automático. Esta vez no aparté la mano de nuevo.

Laurel siguió hablando con su agente.

De repente me di cuenta. Sabía que iba a echar de menos a Charlie, pero acababa de comprender cuánto. Cuando se fuera, iba a notar su ausencia cada hora, si no cada minuto, y la echaría de menos cada día porque me había acostumbrado a tenerla muy cerca. Iba a echar de menos ver su cara de felicidad cuando le ofrecía mis patatas fritas o cuando le llevaba la comida porque estaba demasiado ocupada trabajando para todo el mundo. Incluso la ausencia del maldito clic del bolígrafo en las reuniones iba a ser un problema para mí. La idea no me gustaba nada.

Levanté la vista y la miré a los ojos, tenían una expresión inquisitiva.

—Vale, lo siento. ¿Por dónde íbamos?

Charlie fue la primera en apartar la mirada y sacó la mano de debajo de la mía. Se aclaró la garganta.

—Tenemos que pensar en qué programas de entrevistas aparecerás en la próxima rueda de prensa de la película. Al principio trabajaremos con el equipo de relaciones públicas para que la transición te resulte fácil. No queremos tener…

En ese momento, hice algo que nunca había hecho en mi carrera y dejé de escuchar, dejé de centrarme en el trabajo. Metí la mano debajo de la mesa y la puse en el muslo de Charlie, por encima de su falda. La vi atropellarse con las palabras y bajar la vista a los papeles que tenía delante para reordenar sus pensamientos. Me dediqué solo a observarla porque no podía apartar la mirada. Hacía ya mucho tiempo que era incapaz de apartar los ojos de ella.

Y después de besarla este fin de semana… No quería parar jamás.

Mientras la veía compartir nuestros planes, en los que ambos habíamos trabajado, recordé una cosa de su lista que había compartido conmigo.

«Encuentra a alguien que tenga miedo de perderte».

Bueno, parecía que tenía miedo. Eso también lo había conseguido. Le di un involuntario apretón en el muslo, donde se le había subido la falda, como si pudiera mantenerla anclada aquí a mi lado, y noté que Charlie ponía la mano sobre la mía muy despacio. Esperé a ver si la apartaba, pero no lo hizo. Volví la palma hacia arriba y entrelacé nuestros dedos.

Poco a poco empecé a entender de qué estaban hablando y levanté la vista cuando Gayle entró en la habitación.

—Siento interrumpir, pero tengo noticias que contarte, si puedes dedicarme un minuto.

Pasaron unos segundos hasta que me di cuenta de que se dirigía a mí. Se acabó seducir a Charlie Davis. Ella me estaba seduciendo con éxito sin ni siquiera mover un dedo o darse cuenta de lo que estaba haciendo. Si lo pensaba... me había estado seduciendo desde el primer día.

Me aclaré la garganta y miré a Charlie.

—Tienes las cosas bajo control. Vuelvo enseguida.

Toda profesional, encantadora y guapa, me saludó con una cálida sonrisa y volvió a centrarse en Laurel, mientras yo seguía sentado y la miraba como un niño enamorado.

—¿William? —Gayle lo intentó de nuevo.

Me levanté deprisa y seguí a Gayle afuera.

⚜

Una hora más tarde encontré a Charlie en la cocina llena de gente. Estaba de pie junto a un grupo, bebiendo agua mientras escuchaba a alguien que informaba de lo que parecía una reunión importante. Siempre estaba al margen de la vida por una razón u otra, cuando merecía estar en el mismísimo centro.

Me detuve justo detrás de ella y le hablé al oído:

—¿Por qué te echo tanto de menos hoy?

Se puso tensa durante un momento, pero después su cuerpo se relajó con la misma rapidez.

—¿Tal vez se te haya caído una maceta en la cabeza o algo así? —susurró por encima del hombro con tono divertido.

Sonreí, pero ella no pudo verlo.

—Quieres queso, ¿verdad? Pues aquí lo tienes. A lo mejor me diste un beso de película y ya no sé distinguir entre arriba y abajo.

Por muy cursi que sonara, también era muy cierto.

Guardó silencio un instante y de repente se echó a reír a carcajadas, haciendo que todo el mundo se girara y nos mirara. Les dirigí a todos un leve gesto con la cabeza y mi mirada más severa, me puse delante de Charlie para agarrar una botella de agua y huir mientras Charlie se disculpaba por un mensaje de texto que había recibido.

El día entero pasó a ser una persecución del gato y el ratón por la oficina y yo estaba disfrutando como un loco. Ella había dejado de evitarme, pero estábamos tan ocupados que no podíamos pasar juntos un rato tranquilo. Vigilé su despacho durante buena parte del día, y cada vez que salía, entraba a hurtadillas y le dejaba una nota. Conseguí dejarle cuatro notas en total.

Decían:

Necesito besarte otra vez.

No puedo dejar de pensar en ti.

¿Qué me has hecho? Apenas puedo trabajar porque no puedo dejar de mirarte.

La felicidad te sienta muy bien.

Y veía que estaba feliz. Me buscaba con la mirada tanto como yo a ella. Y al final del día, no sé quién de los dos estaba más lleno de energía y en tensión. Cuando me di cuenta de que no había bromeado con lo de saltarse la comida, salí a comprarle patatas fritas y se las dejé en el despacho con una nota.

Eres inevitable para mí, Charlie. Me gustas tanto como a ti estas patatas fritas.

Cuando el equipo tuvo otra teleconferencia con el director general de la compañía aérea, esperé a que entrara en la sala, le retiré la silla y después me apresuré a sentarme a su lado. Cuando me levanté a por café antes de que terminara la conferencia, también le llevé uno recién hecho ante la atenta mirada de Rick y de Stan. Los ignoré. Cuando la reunión terminó y todos salimos de la pequeña sala de reuniones, les sujeté la puerta abierta a todos, y cuando Charlie fue la última en salir, me aseguré de ponerle la mano en la parte baja de la espalda para ayudarla. Solo fueron dos o tres segundos, y cuando me miró con las mejillas ruborizadas, hice un gesto con la cabeza y también me marché.

Hubo más roces fugaces durante todo el día. Un susurro aquí y un susurro allá sin ser demasiado obvios al respecto.

Ella estaba sentada delante de su portátil en el espacio de trabajo compartido (Trisha acababa de levantarse y marcharse), cuando me detuve a su lado. Me agaché y miré la pantalla por encima de su hombro.

Sus dedos dejaron de moverse sobre el teclado y contuvo la respiración.

—¿Qué estás haciendo? —pregunté en voz baja.

—Terminando el último comunicado de prensa para Michael Ashton. ¿Te gustaría leerlo? —Su voz era igual de tranquila y suave.

—Tengo que hacerlo —respondí—, pero puede que hoy no. Parece que no soy capaz de concentrarme en nada.

Alguien pasó por el otro lado de la mesa y tanto Charlie como yo nos quedamos mirándolo; el tipo ni siquiera nos dirigió una mirada. Giró un poco la cabeza y me miró a los ojos.

—Gracias por la comida —susurró Charlie, y tuve que contenerme físicamente para no tomar su rostro y darle un beso suave que armonizara con su tono.

—Esto me está matando —respondí, y ella frunció el ceño—. No poder tocarte. No poder besarte delante de todos.

Sus ojos, sus labios, todo en ella se suavizó y durante un segundo me pareció ver un destello de arrepentimiento en sus facciones, pero desapareció tan rápido como había aparecido.

—Si no has hecho más que tocarme hoy, William.

La miré a los ojos.

—Te he tocado once veces, Charlie. No es suficiente. En algún momento tendremos que hablar.

—Lo sé, pero me da un poco de miedo, por si no lo has notado.

—Nunca me has parecido alguien que huye de las cosas.

—No estoy huyendo.

—Entonces, ¿qué haces?

Se volvió de nuevo hacia la pantalla de su portátil.

—No lo sé.

Lo único que deseaba era estirar la mano y hacer que me mirara de nuevo, pero no podía tentar tanto mi suerte, nuestra suerte. Lo último que quería antes de poder hablar con Charlie y resolver nuestra situación era tener que lidiar con Douglas o con su hermana, que por suerte no había estado en la oficina durante el día.

—No lo harás hasta que hablemos de ello. —Empezó a teclear de nuevo en su portátil, que fue la señal para que me fuera. Me levanté, pero luego volví a inclinarme porque tenía que hacerlo—. No te haré daño, Charlie.

Se giró hacia mí y apoyó el hombro en mi pecho.

—Lo sé. —Esbozó una sonrisa forzada, y parecía todo mal—. Somos un caso perdido, William. Los dos lo sabemos. Eso es todo, pero tampoco sé cómo dejar de desearte.

Fruncí el ceño. ¿Qué demonios quería decir?

—William, siento interrumpir. —Levanté la vista y vi que la secretaria de Douglas me estaba esperando—. Douglas está esperando vuestra reunión.

Suspiré y me enderecé mientras Charlie volvía a mirar al frente y empezaba a teclear como si no pasara nada. Wilma me dedicó su habitual sonrisa, se dio la vuelta y se marchó. Antes de que pudiera preguntarle a Charlie qué quería decir, Trisha regresó y tomó asiento.

—Hola, William. ¿Está listo el comunicado de prensa, Charlie?

—Sí. Deja que revise esta última parte otra vez y luego te lo enviaré para que lo vuelvas a revisar tú.

Las dejé con su trabajo y me dirigí al despacho de Douglas. La reunión duró una hora. Cuando entré en su despacho, intenté captar la mirada de Charlie varias veces, pero ella no miró en mi dirección. Una vez que conseguí centrarme, la reunión estaba a punto de terminar. Cuando salí de su despacho, Charlie se había ido, pero cuando entré en el mío, encontré un trozo de tarta de chocolate, que era mi favorita, esperándome en mi mesa con mi propia nota de ella.

No sé cómo lo consigues, pero haces que sea la persona más feliz del mundo.
Gracias.

23

Charlie

Abrí la puerta, entré en mi apartamento y la cerré inmediatamente antes de apoyar la espalda contra ella. Intentar mantenerme alejada de William, al menos en la oficina, se había hecho necesario para proteger mi cordura durante todo el día, pero había fracasado en múltiples ocasiones. Por muchas victorias que él hubiera conseguido hoy, yo había ganado la batalla al conseguir darle esquinazo. No estaba segura de lo que estaba pasando entre nosotros y no me apetecía nada el tormento que viviría si mi corazón no conseguía lo que quería. No importaba que mi corazón estuviera sufriendo de todos modos.

Tormento aparte, huir de William había requerido cierta astucia, pero lo había conseguido. Mis labios empezaron a curvarse en una gran sonrisa; estaba orgullosa de la dura batalla ganada. Oí a Pepp saltar de mi cama, donde le encantaba descansar mientras me esperaba, con un alegre ladridito seguido de unos pasos aún más alegres. Me agaché, lo besé cuanto pude y me llevé algunos golpes en la cara con su cola, ya que en general se volvía loco en mi presencia.

—Hola. Hola, chico guapo. ¿Me has echado de menos? —Me reí—. Yo sí te he echado de menos. Te he echado muchísimo de menos. Sí. ¿Has tenido un buen día? El mío ha sido genial.

Después de nuestro entusiasta saludo, me dejó para ir a beber un poco de agua mientras yo me quitaba la chaqueta y soltaba un largo suspiro. Tenía las mejillas sonrojadas por el frío, pero cada vez que pensaba en William, en nuestro beso y en su mano en mi muslo, todo mi cuerpo empezaba a arder de todas formas.

—¿Qué comemos? —le pregunté a mi buen chico, tratando de no sonreír demasiado mientras me quitaba la ropa y me ponía una cómoda camiseta de gran tamaño. Agarré mi teléfono y le envié un mensaje rápido a Valerie. Me había estado mandando mensajes sin parar durante todo el día, pero yo estaba disfrutando haciéndola sufrir.

> **Charlie:** Ya no tengo que decir que necesito que me besen. Me han besado hasta dejarme sin sentido.

Abrí la alacena y tanto Pepp como yo nos quedamos mirando nuestras opciones.

—Podríamos preparar hummus. O quizás el pollo de la nevera. O tacos. O…

> **Valerie:** ¿A que ha pasado durante el fin de semana? ¿Cómo has podido no decírmelo? Y yo aquí, muriéndome. ¡Eres mala!

Antes de que pudiera responder, recibí otro mensaje suyo.

> **Valerie:** ¿Y ni siquiera me has enviado un mensaje de texto esta mañana con esta noticia? ¿Nada más despertarte? ¿O estaba William contigo? Solo por esa razón te perdonaré.

> **Charlie:** Día ajetreado en el trabajo. Lo siento, no hay William.

> **Valerie:** Eres la peor amiga que he tenido. Estoy haciendo cola en este restaurante al que me han arrastrado. ¡Te llamaré esta noche! Ni se te ocurra irte a dormir antes de hablar conmigo.

Charlie: Haré lo que pueda.

Valerie: No me pongas a prueba, Charlie. No me pongas a prueba.

Seguía sonriendo y había empezado a sacar ingredientes al azar con los que no tenía ni idea de qué hacer, cuando sonó el timbre y Pepp soltó un suave «guau» como para avisarme que había alguien en la puerta. Con mucho cuidado, dejé el pepino que tenía en la mano sobre la encimera y me acerqué a la puerta, pero por la forma en que mi corazón había empezado a latir, tenía una buena idea de quién estaba al otro lado. Me llevé un dedo a los labios e hice callar a Pepp mientras esperaba. Me aseguré de alejarme un poco de la puerta para que quien estuviera al otro lado no me oyera.

Entonces se oyó un golpe silencioso.

Pepp soltó otro ladrido y siguió paseando la mirada entre la puerta y yo a la vez que movía el rabo con alegría.

—Ven aquí —susurré, pero ya estaba ocupado olisqueando la puerta y golpeándola con la pata. Me estremecí y me acerqué de puntillas. Me detuve a escasos centímetros, sintiendo un nudo en la garganta. Me agaché junto a Pepp, intentando agarrarme a su cuerpo, que no paraba de menearse. Pero subestimé su fuerza, y en su excitación al ver que estaba a su misma altura, hizo que me cayera de culo—. ¡Ay! —exclamé, olvidando que intentaba no hacer ruido. Me quedé inmóvil.

Pepp me lamió la cara.

—Sé que estás ahí, Charlie. —Sí. Era William el que estaba al otro lado de la puerta. Tenía sentido arácnido.

Me levanté y traté de pensar qué debía hacer. Si abría esa puerta, no confiaba en mí misma. Ni en él. Pero si no la abría, sabía que me arrepentiría durante mucho tiempo.

—Hola, William.

Me acerqué hasta tocar la superficie con la palma de la mano. Pepperoni me miró un instante y luego volvió a su bebedero,

315

dejándome a solas con William. El hecho de que hubiera una puerta entre nosotros no cambiaba nada. El hecho de que estuviéramos cerca el uno del otro hacía que mi corazón no parara de acelerárseme.

—Charlie —susurró William, y la madera amortiguó el sonido. Sentí su voz como un líquido caliente en la piel, que me hizo cerrar los ojos y apoyar la sien en la lisa superficie. ¿Qué era lo peor que podía pasar?

—¿Qué haces aquí? —pregunté, tan bajo como él.

—Tenemos que hablar.

Giré la cabeza para apoyar la frente en la puerta y separé los dedos como si pudiera atravesarla y tocar a William. Hablar dentro de mi apartamento no sería una buena idea. No había nadie para asegurarse de que nos comportáramos. Y para ser sincera, comportarme cuando se trataba de William era lo último que quería hacer. Miré a Pepp y lo encontré tirado en la pequeña cocina, habiendo olvidado ya que había alguien fuera. Así que él no iba a salvarme.

—¿Sobre qué? —pregunté, tratando de parecer práctica.

Hubo una pausa al otro lado.

—¿Quieres hacer esto a través de una puerta?

—¿Qué quieres decir? —pregunté, haciéndome la inocente.

Oí una risita.

—¿Pensabas que no vendría después de haberme dejado esa nota?

—Solo estaba siendo sincera.

—Abre la puerta, Charlie.

—¿Por qué? ¿Qué vas a hacer?

—¿Qué quieres que haga?

—No quiero que hagas nada.

—¿Estás segura?

—Muy segura.

—Entonces no pasará nada porque abras la puerta.

—No estoy decente.

—Abre de todos modos.

—Nada de besos, William. Lo digo en serio.

Oí una risita desde el otro lado.

—¿Por qué nada de besos?

Solo por el sonido de su voz me percaté de que se estaba divirtiendo.

—Ya sabes por qué.

—Explícamelo otra vez.

—¿Con un beso?

Esta vez su risa fue más fuerte.

—Abre la puerta, por favor. Veremos cómo te va con un beso y tu explicación. Pero primero abre la puerta.

Exhalé un suspiro con una mano en la cerradura.

—William, no sé si puedo. Vas a hacerme daño.

—Imposible. —Hubo una pausa—. Me haría daño a mí mismo antes de que se me ocurriera siquiera hacerte daño a ti. Ya deberías saberlo. Tengo cosas que decirte. Tenemos cosas que decirnos. Sabes que es así. No podemos seguir huyendo.

Teníamos cosas que decirnos. No podía evitarle adondequiera que fuera. Por no hablar de que si hoy era algo a tener en cuenta, él no pensaba ponérmelo fácil.

Abrí la boca para hablar, pero él se me adelantó.

—Dime que no sabías que acabaríamos justo aquí después de ese primer día en la oficina.

Abrí los ojos con una expresión ceñuda, deseché el cerrojo y abrí despacio una rendija por la que me asomé.

—¿Qué galimatías estás diciendo? Claro que no sabía que acabaríamos aquí.

Él estaba ahí, con las manos en los bolsillos. Seguía llevando el mismo traje que ese día, solo que parecía menos impecable. Un poco desaliñado, como si estuviera nervioso. Como si yo lo hubiera puesto nervioso.

Cierta o no, la idea me entusiasmaba.

Lo miré a los ojos y él soltó un largo suspiro y sonrió como si verme a mí…, bueno, a una pequeña parte de mí…, le hubiera alegrado el día y la noche. Como si no se hubiera pasado todo el día trabajando a mi lado.

—Hola, Charlie —murmuró, relajando los hombros.

—Hola —contesté—. ¿En qué puedo ayudarte?

Una sonrisa se dibujó en sus labios y no apartó sus ojos de los míos, obligándome a mantener el contacto visual.

—Puedes ayudarme invitándome a entrar.

Lo pensé, pero no había mucho que pensar. Estaba en mi puerta y el corazón me latía en la garganta. Antes de que pudiera decir algo ingenioso, Pepp me quitó el problema de encima abriendo la puerta de par en par y poniéndose como una moto con el recién llegado.

Tuve que retroceder para que ambos pudieran entrar, a menos que estuviera dispuesta a dejar a mi perro fuera, y no estaba dispuesta a dejar a ninguno de los dos ahí fuera ahora que él estaba aquí. William se arrodilló para ponerse a la altura de Pepp y que este pudiera demostrar con más entusiasmo su emoción al ver a su amigo. Ladró dos veces.

—Hola a ti también, Pepperoni —respondió, acariciándole con esmero.

Me aferré a la puerta y los esperé mientras consideraba de qué creía William que teníamos que hablar. Nos habíamos besado. Había sido un beso espectacular, pero creo que tenía miedo de creer que podía ir más allá de eso. No porque no lo deseara, sino porque me daba miedo tener la conversación que él quería tener. Pero ¿se me rompía el corazón? ¿Por tener que mudarme, cuando el hombre que se escapó por fin podía ser mío después de todos estos años, y no poder simplemente dejarme llevar y enamorarme? ¿Tenía que tomar una decisión? Sabía que sí, pero mi corazón… No estaba segura de cómo manejar nada.

William se enderezó con los ojos clavados en mí. Pepp corrió en círculos a su alrededor y empezó a parlotear con suaves gruñidos y ladridos mientras lo conducía literalmente a nuestra casa.

—No me digas —respondió William a los gruñidos, con los ojos puestos en mí todo el tiempo mientras entraba—. Lo mismo pensaba yo.

Pepp echó a correr, agarró su juguete de cuerda favorito y se puso a jugar con él. Seguro que esperaba que el hombre que estaba a mi lado fuera también a jugar.

William cerró la puerta de un empujón. Me di la vuelta y tiré del dobladillo de la camiseta mientras recorría los pocos pasos que me separaban de la cocina.

—¿Puedo ofrecerte algo? —Por el rabillo del ojo lo vi acariciar a Pepp en la cabeza cuando le ofreció su juguete y luego vino directo hacia mí—. ¿Agua? —Agarré un vaso y decidí servirme un poco—. ¿O tengo agua mineral? Estaba a punto de ponerme a cocinar y no tengo mucho tiempo para hablar, así que lo que sea... —Cuando iba hacia la nevera para buscar el agua, me detuve al sentir el calor de su cuerpo justo detrás de mí y que mi codo chocaba con su duro estómago.

Gruñó y, mortificada por haberle hecho daño, me di la vuelta. Pero me encontré aprisionada entre su duro cuerpo y la encimera a mi espalda. ¿Cómo era posible que no parara de verme en esta situación con este hombre? Intenté exhalar una bocanada de aire para tranquilizarme y me erguí. Miré a William a los ojos porque no podía no hacerlo.

—¿Pepp? ¿Quieres agua? —pregunté, con los ojos todavía puestos en William, y mi querido perro (¡el muy traidor!) estaba demasiado ocupado mordisqueando su juguete favorito para darse cuenta de mi apuro. Y William se limitó a esperar. Y a esperar—. Bueno, supongo que tú tampoco quieres agua, ¿no?

William ladeó la cabeza y me dedicó una pequeña sonrisa. Entonces dio otro paso hacia mí y tuve que agarrarme al borde de la encimera para no tocar ninguna parte de su cuerpo. Lo cual era inútil, ya que estaba tan cerca que nuestros pechos ya se tocaban y yo me moría de ganas de que me besara, de que me tocara.

—Yo tampoco quiero agua —repitió.

—¿Tal vez unos Cheetos picantes?

—Eso no me lo esperaba. Pero creo que no.

—Me encantan los Cheetos picantes.

—Te traeré.

Se movió hacia mí, así que yo me eché un poco hacia atrás de cintura para arriba, con el corazón dando brincos de alegría dentro de mi pecho, desafiando a mi cerebro y a la lógica. La lógica decía que tener a William en mi apartamento y tan cerca era malo, malo, malo. Pero mi corazón… Mi corazón era un romántico empedernido.

—De acuerdo.

—Así que ¿fui un rollo de una noche para ti? —me preguntó, sacándome de mi estupor por tenerlo tan cerca.

—¿Qué?

—Debo haberlo sido si me impones la regla de nada de besos.

—Creo que hay que tener sexo para ser un rollo de una noche.

—Hum. ¿Tú crees?

Asentí y mi mirada fue de sus labios a sus ojos traviesos.

William los cerró y apoyó su frente contra la mía, tarareando mientras permanecía así.

—Deseaba estar justo aquí desde anoche.

Mi cuerpo traidor se relajó ante sus palabras y mis ojos se cerraron, pero mis dedos se aferraron con más fuerza al borde de la encimera. Sentí que rozaba su nariz con la mía y, aunque sentía que el corazón me iba a estallar por algo que se me agolpaba en el pecho, levanté un poco la cabeza para responderle.

Entonces sus labios estaban justo contra los míos. Casi se tocaban mientras aspiraba mi olor, haciendo que me sintiera aturdida, dejándome sin aliento y sin palabras. No sé qué me pasó exactamente, pero de repente me mecí un poco. Sentí que tiraba de la mano con que agarraba la encimera y que sus dedos se entrelazaban con los míos mientras me sujetaba.

A decir verdad, tenía miedo de abrir los ojos. Así que no lo hice.

—Yo también llevo todo el día queriendo volver a hacer esto —admitió, con su voz suave contra mi piel—. Me siento como si te hubiera deseado toda la vida.

Levanté la mano y le acaricié el pecho mientras nuestras frentes seguían apoyadas una contra la otra.

Él me apretó los dedos con suavidad.

—¿Puedes abrir los ojos para mí, Charlie?

—No estoy segura. ¿Tengo que hacerlo?

Se rio y el sonido recorrió cada centímetro de mi piel. Mantuve los ojos cerrados, pero sentí que su mano me echaba el pelo hacia atrás y que sus dedos se movían por mi cuello, dejando la piel de gallina a su paso.

—Necesito que seas sincera conmigo ahora mismo. ¿Por qué no quieres que te bese?

—Porque no puede ser bueno para nosotros.

—¿Quién lo dice?

No tenía una buena respuesta. Abrí un ojo.

«Nuestra situación» ya no parecía funcionar cuando casi había dejado de preocuparme por el hecho de que fuera a mudarme dentro de unas semanas. Tenía el corazón destrozado.

Él asintió ante mi silencio como si fuera la respuesta correcta.

—Vale, esto es lo que vamos a hacer. Vamos a decirnos las cosas que antes no podíamos. Las cosas que queríamos decirnos, pero no podíamos, ¿vale? Todo lo que tienes aquí encerrado —dijo y colocó la palma de la mano sobre mi corazón— lo vamos a compartir entre nosotros porque eso es lo que se nos da bien. Se nos da bien contárnoslo todo. Y eso es justo lo que quiero de ti. Todo. Y ya está. No vamos a pensar en el por qué ni en el cómo. No en este momento.

Se me aceleró el pulso. Ese «todo» parecía mucho.

—Pero primero, ¿quieres que te bese otra vez? Porque, Charlie… —suspiró y su mirada se posó en mis labios entreabiertos—. Necesito besarte de veras. —Yo asentí y me lamí los labios sin darme cuenta. Aquel pequeño movimiento parecía ser lo único de lo que era capaz en aquel momento—. Necesito oírtelo decir, Charlie.

—Sí, quiero —susurré.

Entonces por fin me dio un beso y mi corazón suspiró de felicidad. Sus dientes me mordisquearon el labio inferior con suavidad, lo que hizo que se me escapara un débil jadeo. De repente su lengua estaba allí y me besaba con ternura.

Este era nuestro segundo beso y de alguna manera era incluso mejor que el primero. Y el primero ya fue una locura. Pero tal vez porque estábamos en Nueva York, en mi apartamento, parecía más real. En casa de su madre, a pesar de lo alucinante que había sido el beso, lo había sentido como algo que solo sucedería una vez.

Sentía que este era... más.

Gemí y me pegué a su cuerpo mientras William me rodeaba la espalda con el brazo y me apretaba los dedos al mismo tiempo que me atraía contra él con nuestras manos unidas.

Lo que empezó como un pequeño beso de repente se volvió más apasionado cuando él hizo que me dejara llevar por completo. Y entonces se abrió camino hasta mi garganta con su mano libre a la vez que me inclinaba la cabeza hacia atrás con delicadeza para poder darme más. Y perdí el control porque su mano en mi cara, en mi garganta, en mi piel... Era lo más sexi del mundo. William me estaba dando el mejor beso que jamás me habían dado. Proferí un gemido y él se apartó de repente, haciendo que abriera los ojos de golpe, presa de la decepción. A los dos nos faltaba el aliento y nos miramos mientras el aturdimiento que parecía haber generado en mí se disipaba y veía que sus ojos ardían por mí. Me sorprendí acercándome y él no me hizo pedírselo dos veces. Se arrimó de nuevo a mí e introdujo los dedos en mi pelo para ahuecar las manos sobre mi nuca.

—Eres peligrosa para mi cordura —susurró contra mis inflamados labios mientras ambos intentábamos recuperar el aliento. Sentí que sus labios se curvaban contra los míos y supe que estaba sonriendo—. Creo que nunca me acostumbraré a tu sabor.

Sentí que algo me presionaba la pierna y los dos miramos hacia abajo. Vimos que Pepp se abría paso entre William y yo y se quedaba ahí, con una pata en el pie de William mientras me miraba con ojillos de cordero degollado, una técnica que tenía dominada desde el primer día.

—Hola —dije en voz baja—. Sé que es hora de cenar. Te prometo que estará lista en un momento.

—No creo que busque comida. Creo que está celoso —murmuró William, con voz pastosa. Parpadeé, todavía un poco desorientada—. No puedo culparle. ¿Cómo no iba a quererte solo para él?

—Quiere comida. Créeme. En este apartamento nos encanta la comida.

Los labios de William se curvaron y mis ojos se clavaron en ellos.

—Lo sé —contestó con suavidad, levantando la mano para acariciarme la mejilla—. Quería traerte algo, pero la necesidad de estar aquí era mayor. No podía hacer cola. Lo siento.

Con la sangre hirviéndome en las venas por la forma en que me estaba mirando, volví a arrimarme a él mientras él hacía lo mismo y le rocé el labio inferior con los dientes.

—Por mucho que quiera resarcirme de todos los años que me he perdido de hacer esto, tenemos que hablar —murmuró, y sus ojos desmintieron sus palabras cuando los posó de nuevo en mi boca.

Entonces oímos un suave gruñido.

Sorprendida, miré a Pepp y vi que movía el rabo y me miraba. Vi que giraba el cuerpo y lograba apartar a William. Él retiró la mano de mi cara y volví a centrarme en él.

—¡Está celoso! —exclamé con una gran sonrisa.

William me devolvió la sonrisa y dio otro paso atrás.

—Te quiere. Claro que está celoso.

Nos miramos el uno al otro y algo floreció en mi pecho. Entonces me arrodillé para darle a Pepp un abrazo y muchos besos en la cara.

—Yo también te quiero —le susurré—. ¿Quieres cenar? —Su cola se aceleró y me enderecé para poder darle de comer y tener un poco de tiempo para bajar de nuevo a la tierra. Agarré su cuenco de comida y me puse a trajinar, sintiendo la mirada de William clavada en mí todo el tiempo—. ¿Puedo ofrecerte algo? —pregunté, mirándolo por encima del hombro, pero sin mirarlo realmente.

—Solo a ti.

Me eché a reír.

—Para, por favor. Me estás matando.

—Solo estoy siendo sincero.

—De acuerdo. Como quieras.

Terminé de llenar los cuencos de comida y de agua de Pepp y me giré para mirar a William, que estaba de pie con la espalda apoyada en la puerta y los brazos cruzados contra el pecho.

Señalé hacia el sofá.

—¿Por qué no te sientas? —Comparado con el suyo, mi apartamento era quizá la mitad de grande, pero me gustaba mi casa. Era cómoda y acogedora.

En lugar de sentarse, se acercó. No se abalanzó sobre mí, pero estaba más cerca que hacía un segundo.

—Creo que a mí esto ya no me funciona.

—¿Qué es lo que ya no te funciona?

—El espacio. Entre nosotros. La cuestión es que estoy loco por ti, Charlie. Desde hace ya tiempo. Y recuerdo lo que me dijiste en ese bar al que fuimos con todos en mi primera semana aquí. Dijiste: «Quiero un hombre que sepa lo que quiere y que no tenga miedo de pedirlo o de trabajar para conseguirlo». Bueno, yo sé exactamente lo que quiero ahora mismo. Y no tengo miedo de pedirlo.

Se me aceleró el pulso y me mordí el labio entre los dientes mientras intentaba pensar. Tenía una vaga idea de lo que él quería y no estaba segura de lo que eso significaría para nuestro futuro.

—William —empecé y sacudí la cabeza. Me dirigí al sofá para ocupar el asiento que él había rechazado—. No puedo hacer eso. No puedo... No sería capaz de...

William se había arrodillado delante de mí antes de que pudiera terminar la frase.

—Dime qué crees que quiero de ti. Si tuviera que adivinarlo por la expresión de tu cara... ¿Sexo? —aventuró y yo titubeé—. Recuerda, vamos a seguir tu lista y vamos a ser sinceros el uno con el otro. No vamos a perder otra oportunidad, Charlie. Todo lo que quieras o tengas que decirme, quiero que sea la verdad. No pienses. Solo dime lo que sientas.

Aún le estaba dando vueltas al hecho de que estaba de rodillas delante de mí, pero traté de ser lo más sincera que pude.

—Me voy en menos de un mes, William. Es probable que lo único que quieras de mí sea sexo. Hasta que me vaya. Para sacárnoslo de la cabeza. No puedo hacer eso contigo. Tú eres más..., significas más para mí.

—¿Eso es lo único que se te ocurre? —Asentí. No había nada más para nosotros—. De acuerdo. Un punto para ti. Ya que estamos siendo sinceros, tienes razón; quiero acostarme contigo. Desesperadamente. No puedo dejar de pensar en la cara que pondrás cuando te penetre por primera vez. Quiero saber qué me dirán tus ojos cuando me mueva dentro de ti. —Continuó y yo contuve la respiración—: Me muero por saber qué te gusta y cómo te gusta. ¿Rápido? ¿Despacio? ¿Profundo? ¿Me dejarás que me tome mi tiempo contigo o me suplicarás que vaya más rápido? Quiero aprender y memorizar cada centímetro de tu piel. Quiero conocer tu postura favorita. Y quiero averiguar los ruidos que haces y lo que significan todos y cada uno de ellos para poder cuidarte. —Tragué saliva con fuerza, pero no moví ni un músculo—. ¿Te gusta gritar? ¿Eres callada? ¿Me desearías todos los días o menos a menudo? Como ocurre con todo cuando se trata de ti, quiero saberlo todo sobre ti, Charlie.

«¡Uf...!».

El aire abandonó mis pulmones. William me miró fijamente y yo le devolví la mirada.

—¿No tienes nada que decir?

Sacudí la cabeza, con las mejillas encendidas. No por vergüenza, sino por necesidad.

Sus labios se crisparon y acercó la mano para colocarme un mechón de pelo detrás de la oreja. Solo ese pequeño gesto y su familiaridad hicieron que todo tipo de emociones me atravesaran el pecho. Deseaba a este hombre arrodillado ante mí más de lo que jamás había deseado a ninguna otra persona. En mi cama y en mi vida.

Oí que Pepp se terminaba la cena y empezaba a beber su agua. No tardaría en regresar.

Me aclaré la garganta cuando William apartó la mano de mi cara.

—Yo... —empecé, pero él sacudió la cabeza.

—No he terminado, Charlie. De modo que sí, te quiero en mi cama, encima de mí, debajo de mí y a mi lado. Te quiero de cualquier manera que pueda tenerte. Pero eso no es lo único que quiero.

Vi que ponía ambas manos en mis muslos y los separaba despacio para poder acercarse más a mí. Me faltaban unos segundos para ponerme a hiperventilar. No creía que pudiera tenerlo en mi cama y luego actuar en la oficina como si fuéramos amigos nada más. Ni siquiera había llevado bien el simple hecho de besarlo, ya que me había pasado todo el día intentando evitar quedarme a solas con él por miedo a sucumbir y besarlo delante de todo el mundo. Si nos acostáramos, sería aún peor. Por no hablar de que me costaría mucho no pensar en nuestra fecha de caducidad.

—Entonces, ¿qué quieres de mí? —pregunté en voz baja y, para mi sorpresa, un tanto temblorosa—. En aras de la sinceridad, ahora mismo me siento como si estuviera en el borde de un acantilado.

William me apretó los muslos con las manos.

—A ti —aseveró en voz baja y de forma concisa.

Fruncí el ceño sin comprender lo que quería decir. Sin embargo, el hecho de que dijera esas dos palabras encendió un fuego en mi interior.

—¿Qué quieres decir?

—Todo en ti me alegra el corazón, Charlie. Después de mi matrimonio, no confiaba en las mujeres. Pero ¿tú? Tú eres diferente. Siempre has sido diferente. Confío en ti. No quería salir con nadie. No me interesaba lo más mínimo. Simplemente no era el momento. Pero ¿tú? Me interesas. Mucho. Quiero ser lo que necesitas. Sé que puedo ser lo que necesitas.

El corazón me retumbaba en el pecho.

—Podría hablar de tus ojos y de tu sonrisa toda la eternidad. La forma en que tus ojos me observan cuando crees que no sé que me estás mirando… siempre va acompañada de una tímida sonrisa, como si no pudieras evitarlo. ¿Y esa sonrisita secreta que tienes cuando intentas contenerte para no sonreír de verdad? Te humedeces los labios y te muerdes el labio inferior, pero aun así puedo ver lo mucho que te cuesta contenerla, y cuando lo veo solo deseo reírme contigo. Pero ver lo triste que estás a veces cuando te miro a los ojos, incluso cuando intentas sonreír a todos los que te rodean… Eso me duele y me entran ganas de hacerle daño a quien te haya roto el corazón. Y entonces tus ojos me dan más, empiezan a brillar cuando los miro y en silencio intento decirte que sé lo triste que estás ahora mismo y que estoy aquí para ti, que siempre estaré a tu lado. Entonces observo tus preciosos ojos mientras se anegan de lágrimas y tú parpadeas para contenerlas y evitas mi mirada. Porque sabes bien que te conozco. En el fondo de tu corazón sabes que hemos estado esperando encontrarnos de nuevo y que no puedes esconderte de mí. Así que Charlie, te quiero. En todos los aspectos de mi vida. —Tal como dijo, mis ojos se anegaron de lágrimas inesperadas y parpadeé. Solo se me escapó una lágrima que se abrió camino por mi mejilla. Él la enjugó antes de que pudiera hacerlo yo—. No quiero que llores. No quiero volver a verte llorar.

—William, yo…

Sonó el timbre y di un respingo en mi asiento cuando Pepp empezó a ladrarle a la puerta.

William se levantó, mucho más despacio que yo, me ofreció su mano y tiró de mí para levantarme del sofá. Necesitaba el apoyo porque estaba demasiado conmocionada para moverme yo sola, pero de algún modo llegué hasta la puerta y la abrí, con Pepperoni acechando detrás de las piernas.

Eran Antonio, Josh y Daisy, así que Pepperoni dejó de esconderse y se unió a su amiga para saludarla con entusiasmo.

—Hola, chicos —murmuré.

Con un pequeño sobresalto me di cuenta de que William estaba ahora de pie justo detrás de mí, con el pecho contra mi espalda. Después de todo lo que acababa de decir, su cercanía había cobrado un nuevo significado... y también me di cuenta de que no llevaba demasiada ropa.

—Hola —dijo Antonio, y desvió los ojos de William a mí—. Nosotros..., queríamos preguntarte si a ti y a Pepp os apetecía acompañarnos a dar un paseo con Daisy ya que el tiempo se está suavizando, pero tienes compañía, así que...

Mi cerebro aún estaba un poco confuso, así que no encontraba las palabras.

—Mmm...

—Vosotros debéis de ser Antonio y Josh —dijo William, tendiendo la mano.

—Uh, lo siento, chicos. Esta noche estoy un poco distraída. Este es William. Es mi... compañero del trabajo.

Se dieron la mano.

—Y también su amigo, espero —añadió, dirigiéndome una mirada inquisitiva.

—Sí, también mi amigo —repetí.

—Si estáis ocupados..., con el trabajo o con otra cosa..., con mucho gusto nos llevaremos a Pepp —añadió Antonio, paseando la mirada aún entre William y yo.

—Me parece que no...

—Os lo agradeceríamos mucho. Quiero hablar con Charlie —dijo William al mismo tiempo que yo.

Empecé a negar con la cabeza, no porque no quisiera o tuviera miedo de estar a solas con él, sino porque me gustaba la idea de tener a Pepp cerca como parachoques en caso de necesidad.

—No hace falta —le dije—. Sabéis que todavía no está del todo hecho a la correa y no quiero que os canse. Parece que cada día pesa más y tú ya tienes a Daisy y… Iba a sacarlo yo misma más tarde —terminé mi divagación sin demasiada convicción.

Tanto Josh como Antonio sonrieron.

—Cariño —comenzó Josh, claramente divertido—, se puede decir que tanto Antonio como yo somos más grandes que tú. Si tú puedes manejar al cachorro, nosotros también.

Me sonrojé un poco. Por el amor de Dios, claro que podían. Y no era la primera vez que salía a pasear con ellos. Joder, muy a menudo lo dejaba con ellos mientras yo estaba en el trabajo.

—Vamos —dijo Josh—. Tráenos su correa. Cuidaremos de tu bebé.

—Yo…, vale. Eh… —Miré a mi alrededor, evitando la mirada de William, y los dejé para ir a buscar la correa de Pepp. El muchachote me siguió y esperó de forma paciente mientras se la ponía—. Te quiero —murmuré—. Pórtate bien, ¿vale? —Le di un beso y luego otro y volvimos a la puerta donde William y los chicos estaban charlando—. Está listo —anuncié cuando los ojos de William se posaron en mí. Se me encogió el estómago, así que aparté la mirada y le di la correa a Antonio. Pepp dio un paso hacia él, pero luego se giró y me miró para ver si lo seguía. Le di otro beso rápido mientras Josh se reía de mí—. Adiós, cariño. Pórtate bien.

—Cuidaremos de tu chico. No te preocupes, cariño —dijo Josh antes de despedirnos una vez más. Luego cerré la puerta y eso fue todo.

Estábamos solos. Me quedé mirando hacia la puerta, con la mano aún en el picaporte, mientras mi mente iba a mil por hora.

—¿No vas a mirarme? —preguntó William, con voz grave.

Respiré hondo y me giré hacia él, intentando calmar mi corazón porque parecía que aún no había terminado.

Nos miramos a los ojos y William acortó la distancia que nos separaba. Entrelacé los dedos a la espalda para no caer en la tentación de tocarlo. Todavía no. No hasta que comprendiera con exactitud que me estaba pidiendo.

—¿Te soy sincero? —preguntó en voz baja.

—¿Te gusto? —repliqué—. ¿Mucho? —Más que una pregunta, era una afirmación, pero intentaba asegurarme.

Sonrió con los ojos.

—Estoy loquito por ti, Charlie. Sí, me gusta cada pequeño detalle de ti.

—¿Por qué?

—¿Recuerdas que te dije que tu ex y todos los demás hombres son idiotas? Yo no soy idiota, Charlie. Te deseo, debes saberlo. Espero ser alguien que tú también quieras tener en tu vida.

Me tragué el nudo que tenía en la garganta. Estaba clavada en mi sitio.

—Lo eres —susurré.

Dio un paso más y me puso la mano en la cintura, apretándome un poco más contra su cuerpo, y luego apoyó la frente contra la mía. Cerré los ojos y exhalé un profundo suspiro.

—Cuéntame más —me susurró con la mano en mi cara y el pulgar en el labio inferior—. Te he contado todo lo que me estaba guardando. Dime más.

Me sentía un poco mareada por todas las emociones y posibilidades que se agolpaban en mi interior. Ladeé la cabeza y solté todo lo que guardaba en mi interior cuando se trataba de William.

—Siempre me he preguntado cómo sería que tú me amaras. Antes y ahora. Qué sentiría. De qué forma me afectaría. ¿Ya ningún hombre estaría a tu altura? ¿Lo llevaría siempre conmigo? Y en tu caso, ¿ninguna otra persona después de mí estaría a mi altura? Yo también estoy loca por ti. Siempre lo he estado.

—Charlie.

Mi nombre fue un suspiro que brotó de su boca e hizo que sintiera un revoloteo dentro de mí, hizo que me relajara al sentir su tacto. Llevó un brazo a mi espalda, tomó una de mis manos entre las suyas y entrelazó nuestros dedos. Me había dado cuenta de lo mucho que le gustaba hacer eso desde la primera vez que lo hizo en su casa.

—¿Recuerdas que me dijiste que te sentías muy sola, que querías pertenecer a alguien o a algún lugar? ¿Y que querías que alguien te perteneciera? —Un poco sorprendida de que recordara alguna parte de mis divagaciones, asentí para que siguiera—. Eso es lo que te ofrezco. Si me aceptas. Todavía no entiendo cómo es posible que alguien como tú esté sola, pero voy a aprovechar la situación y a no mirarle los dientes al caballo regalado. Ellos se lo pierden por ser imbéciles. Eres lo que más deseo hasta la fecha, Charlie Davis.

—William —empecé, intentando pensar, pero fracasando de forma estrepitosa—, me voy de aquí. Pero yo también te deseo con desesperación. No sé, todavía quiero..., y sabes que me lo prometí. Y tengo que...

—Lo sé, lo sé. Encontraremos una solución. Solo quiero una oportunidad. No puedo perder mi oportunidad contigo otra vez. Solo sé que será uno de los mayores errores de mi vida si lo hago. Otra vez. Así que encontraremos el modo.

Mi mente trabajaba a mil por hora.

—¿A distancia? —Hasta yo podía oír el tono poco entusiasta en mi voz—. Yo puedo hacerlo, pero ¿y tú?

—Te gusta la sinceridad y la seguridad. Esto es lo que puedo ofrecerte. Tenemos poco menos de un mes antes de que te vayas. Vamos a aprovechar al máximo cada segundo. Y cuando se nos acabe el tiempo y sea hora de que te vayas, lo intentaremos a distancia durante un tiempo. Si te encanta tu nuevo trabajo y quieres quedarte en California, entonces buscaremos otra manera. Mi contrato..., no puedo dejar el bufete de tu padre durante los próximos meses, pero después, si todavía me quieres, me tendrás donde quieras. Si esto que tenemos entre nosotros sigue sin dar señales de desaparecer, entonces me trasladaré. —Me acarició la nariz—. Iré contigo.

Ahora me estaba mareando de verdad y me apoyé con más firmeza en la puerta. Sentarme habría sido la mejor opción, pero no creía que pudiera llegar hasta el sofá sin acabar en el suelo por el camino. No creía que eso quedara bien por mi parte.

Craig, mi ex, que había estado conmigo casi un año antes de marcharse a Londres, nunca me había dicho nada parecido. Era yo la que tenía que ir con él. La que tenía que cambiar mi vida por él, para estar con él. Él nunca hacía nada para estar conmigo. Y luego puso fin a la relación porque había conocido a otra.

—Pero te acabas de trasladar desde California. Dijiste que no te gustaba. ¿Qué ha cambiado? —Sacudí la cabeza, intentando despejar el aturdimiento. Por mucho que me gustara todo lo que salía de su boca, no podía hacer caso omiso de lo que pensaba antes—. Dijiste que echabas de menos estar cerca de la familia. Querías... No quiero que me guardes rencor en el futuro...

—Tú, Charlie. Te deseo. Y si esto que hay entre nosotros puede ir a alguna parte, no puedo tenerte tan lejos de mí. Ya estoy celoso. Por primera vez en mi vida, estoy celoso por alguien. ¿Citas a ciegas? No. Aunque sea solo para practicar o por la razón que sea, no lo soporto. Me vuelvo loco si estás sonriendo y riendo con algún tipo en la oficina. Quiero estar a tu lado, ser parte de tu conversación, para que sepan que estoy en tu vida. Que te importo más que ellos. Quiero ser el único para ti. —Dejó de hablar y lo miré a los ojos. No había hecho ninguna pregunta, pero me di cuenta de que necesitaba una respuesta.

—Lo eres. —Le puse la mano en el pecho y agarré con suavidad la tela de su camisa—. Tú me importas. No veo a nadie más que a ti. Ya debes saberlo.

—Y no pueden tenerte. Dijiste que te encantaban los clichés. Debes estar encantada al verme celoso.

Sonreí.

—Creo que me encanta oírlo. —Hice una pausa—. Sí, me encanta la idea de que estés celoso. No lo sabía. Jamás lo habría adivinado. Pensé que estabas actuando y fingiendo con Elijah solo para hacerme sonreír. Pensé que estabas jugando.

—Me vuelves loco en la oficina. Créeme. No estoy acostumbrado a ser celoso y no me gusta demasiado, pero estoy loco por ti. Me cuesta mucho aguantar cuando te acercas a otro hombre que coquetea contigo.

—No coquetean conmigo.

—Sí. Sigue pensando así, por favor. —Nos quedamos mirándonos durante largo rato—. Todos los días me asombra que no veas el efecto que tienes en la gente. Sobre todo en los hombres. Eres como un imán.

Me pareció que exageraba un poco, pero no hice ningún comentario. Me mordisqueé el labio inferior entre los dientes y su atención se fijó en él. Todavía de espaldas a la puerta, me puse de puntillas y apreté los labios contra los suyos. Al cabo de un segundo, apretó su cuerpo con más fuerza contra el mío y gimió mientras me obligaba a abrir la boca y me daba un apasionado beso que me dejó sin aliento e hizo que me flaquearan las rodillas.

—¿Sí? —preguntó, sin aliento cuando me soltó para tomar aire—. ¿Te apuntas? ¿Estás de acuerdo con esto? ¿Con que lo intentemos? ¿Aunque sea a distancia?

Asentí con una sonrisa de oreja a oreja.

—Nunca pensé que me entusiasmaría la idea de tener otra relación a distancia, pero creo que esta es una de las promesas que no me importa romper porque podré tenerte.

Me llevó la mano a la cadera y me obligó a empinarme para poder pegarme a la puerta. Le rodeé la cintura con las piernas y el cuello con los brazos. Seguía riendo y me sentía un poco ebria de emoción y felicidad y más ligera de lo que me había sentido en mucho tiempo.

—Peso demasiado —susurré, con dificultad para romper nuestro contacto visual.

—Eres perfecta.

—Sabes que oír eso empezará a subírseme a la cabeza, ¿verdad?

—Si supieras las cosas que quiero hacerte, no creo que dijeras eso.

Apreté aún más las piernas alrededor de su cuerpo y sentí que se endurecía contra mí.

—Me parece que no te he enseñado la casa. ¿Quieres ver mi dormitorio?

Se echó a reír y yo le sonreí, mirándolo a los ojos. Sin poder contenerme, le pasé los dedos por el pelo con suavidad.

—Siempre he querido hacer esto.

—No puedo alejarme de ti, Charlie.

Incliné la cabeza y le sonreí.

—Ni yo quiero que lo hagas. Y ahora ¿qué?

—Ahora viene la mejor parte.

—¿El sexo?

Sin dejar de sonreír, me dio un beso en el cuello y me dejó de nuevo en el suelo.

—Ahora te llevo a cenar.

Un pequeño escalofrío me recorrió la espalda.

—¿Como si fuera una cita? ¿Nuestra primera cita? ¿No una cita falsa, una cita de verdad?

—La primera cita oficial y muy auténtica, sí. Si vas a salir con un tipo, ese tipo soy yo.

Mareada, me mordí el labio inferior y ni siquiera intenté ocultar mi gran sonrisa.

24

William

La dulce sonrisa de felicidad en su rostro fue lo que me conquistó.

La esperé mientras mandaba un mensaje a sus vecinos para ver si podían cuidar de Pepperoni hasta que volviéramos. Le contestaron que no les importaría quedárselo toda la noche si ella quería salir hasta tarde y vi que se ruborizaba. Luego esperé un poco más mientras se metía en su habitación para cambiarse. Y entonces ahí estaba, delante de mí, con un vestido de lunares bajo el abrigo y una boina de lana, y yo solo podía pensar en quitárselo todo y quedarme en casa. Pero era casi por completo mía y pronto tendríamos todo el tiempo del mundo para hacerle todo lo que siempre había querido hacerle.

—¿En qué estás pensando? —preguntó, con los ojos brillantes.

—Se acabaron las citas a ciegas. Se acabó buscar, probar o lo que sea. —Ella enarcó las cejas y esperó a que continuara—. Voy a besarte todos los días para que nunca olvides lo que se siente.

—Todos los días, ¿eh? Es una promesa muy grande.

Extendí la mano para tocarla porque ahora podía hacerlo. Ahora no tenía que controlarme cuando tenía ganas de tocarla, de sentirla. Algo dentro de mí se calmó. Esto era lo que quería de ella. Tenerla siempre cerca. Ella se acercó a mí sin dudarlo ni un segundo.

Enrosqué los dedos en su cabello y con el pulgar en su mandíbula hice que echara la cabeza hacia atrás. Me detuve cuando mis labios rozaron los suyos. Los suyos se entreabrieron.

—Con mucho gusto te besaré todos los días. No tendrás que volver a preocuparte por eso.

Charlie empezó a reírse y entonces la besé, introduje la lengua en su boca y me deleité al oírla jadear y después proferí un suave gemido.

Cuando paramos, a los dos nos faltaba el aliento y nuestros cuerpos estaban pegados el uno al otro.

—Si no nos vamos ahora, vamos a tener un problema —susurré.

—Yo no veo el problema —murmuró con suavidad—. ¿Y si han empezado a gustarme las citas a ciegas?

Exhalé un suspiro.

—Saldremos y fingiremos que acabamos de conocernos. —Le di la vuelta y me dirigí hacia la puerta—. Conociéndote, es muy probable que te guste más eso que la realidad.

—Oh, ¿puedo ser quien yo quiera? —preguntó por encima del hombro, con un brillo pícaro en los ojos.

—Ya veremos. Y ahora, quiero salir contigo. ¿Puedo hacerlo?

Ella esbozó su preciosa sonrisa.

—Me gustaría.

La tomé de la mano y salí.

—Tengo una sorpresa para ti. —Meterle prisa para que saliera por la puerta no era una de mis mejores ideas, pero era necesario si no quería perder la batalla contra mí mismo. Empezaba a hacer un tiempo primaveral y ya no hacía tanto frío como unos días antes, así que era el momento perfecto para dar el paseo en moto que le había prometido.

—Estás mintiendo —exclamó mientras yo me ponía delante de la moto y ella la rodeaba sin prisas—. No es tuya.

—¿Por qué iba a mentir?

—¿La has comprado por mí?

—No, no la he comprado por ti —dije—. La he alquilado.

—Es lo mismo.

—No, es mía durante veinticuatro horas. Hay una gran diferencia.

—Es lo mismo —repitió, con los ojos aún clavados en la moto—. Te gusto tanto que te has comprado una moto. Así que tienes carné de moto. Voy a conducir una moto de verdad.

Me reí en voz baja mientras sacudía la cabeza.

—No, tú no vas a conducir nada. Yo soy el que tiene carné, así que conduciré yo.

Me hizo un gesto con la mano.

—Ya veremos.

—No, no veremos nada. Necesito que sigas de una pieza. ¿Quieres ir a cenar o quedarte mirándola otros diez minutos?

Por fin me miró con una enorme sonrisa.

—Claro que podemos irnos. Me pido el casco negro.

—No pienso ponerme el rosa, Charlie. —Me adelanté para quitarle el negro de las manos.

—Entonces déjame conducir. No digo que quiera conducir entre el tráfico, no quiero morir todavía. Pero ¿calle abajo? Eso sí que puedo hacerlo. ¿Por favor?

—Me parece que no. Me muero de hambre, vamos.

—¿Te pones de mal humor cuando no comes?

—Nunca me pongo de mal humor.

—Vale, lo que tú digas. Entonces, en cuanto a llevar la moto... ¿sigue siendo un no?

Asentí y me subí a la moto antes de que ella pudiera montarse e intentar algo. Palmeé el asiento detrás de mí.

—Vamos. Tengo una reserva.

Dio un paso hacia mí con una sonrisa y ya lo único que quería era rodear su cintura con mis brazos y atraerla hacia mí.

—Solo una cosa más —susurró, su cuerpo ahora rozando mi muslo—. ¿Me estás diciendo que de verdad has alquilado una moto por mí porque le dije a un tipo que siempre había querido montar en una?

Decidí dejarme llevar por mi instinto, le rodeé la cintura con el brazo y tiré de ella hasta que tuve su rostro muy cerca del mío. Tuve que cerrar los ojos para abalanzarme sobre sus labios.

—Cuando me miras con esos ojos, lo único que quiero es besar tus preciosos labios, Charlie. —Respiré hondo y abrí los ojos para clavarlos en ella—. Sí, la he alquilado por ti. Pero no es nada del otro mundo. No debería impresionarte. Te mereces mucho más. Pero quiero que sepas que te escucho y que oigo todo lo que me dices. Te dije que te montaría en una moto. Acostúmbrate a tener a alguien en tu vida que cumple sus promesas. —Ella asintió, con los ojos ya medio cerrados—. Si te beso, puede que acabemos volviendo dentro, así que deja que te lleve a cenar, ¿vale?

Charlie asintió de nuevo. Acto seguido se subió al asiento detrás de mí, se puso el casco y me rodeó la cintura con los brazos.

Me senté más erguido y se me puso dura dentro de los pantalones. Iba a ser una cena muy muy larga.

Tres horas después, estábamos de vuelta en nuestra calle. Charlie se bajó de la moto y yo la seguí.

—¡Ha sido genial! —anunció, más alto de lo habitual. Me quité el casco y la ayudé a quitarse el suyo. Tenía las mejillas sonrojadas y el pelo despeinado de una forma muy atractiva, lo que me recordó todas las cosas que quería hacer con ella para que tuviera ese tipo de pelo. Y tenía una sonrisa tan grande en la cara que era difícil no devolvérsela.

—Me alegro de que lo hayas disfrutado, Charlie.

—Me ha encantado. ¿Otra vez?

—Creo que conducir durante la última hora ha sido suficiente para tu primera vez. —Charlie se mordió el labio inferior y tocó el manillar. Después se colocó justo delante de mí y me apoyó las palmas en el pecho. Se inclinó para depositar un beso en mi mejilla y apoyó su cara contra la mía.

—Gracias por dejarme conducir en el aparcamiento, William.

Le puse la mano en la parte baja de la espalda.

—De nada, Charlie —susurré con suavidad.

La sentí estremecerse entre mis brazos y mi cuerpo respondió en consecuencia. Se echó un poco hacia atrás, pero no me quitó las manos de encima. Agarré su abrigo por detrás para impedir que se alejara, porque aún no estaba dispuesto a soltarla.

—Y gracias por llevarme a una cafetería. Me imagino que a algunos no les parecerá romántico, pero teniendo en cuenta que nos conocimos en un sitio parecido, ha sido perfecto.

—Pensé que te gustaría.

—Y que te acuerdes de lo que pedí la noche que nos conocimos..., es alucinante. —Le brindé una sonrisa—. ¿Qué hacemos ahora —preguntó en voz baja.

Mantuve los ojos clavados en los suyos.

—Lo que tú quieras.

—¿Tienes sueño? Se está haciendo un poco tarde. —Yo negué con la cabeza—. ¿Y no podemos dar otro paseo en moto? —Volví a negar con la cabeza, pero esta vez con una sonrisa en la cara. Ella suspiró—. Valía la pena intentarlo.

Me reí. Me las arreglé para acercarla aún más y me lancé a por sus labios. Se derritió entre mis brazos y abrió la boca para que pudiera buscar su lengua. Dejó escapar un suave gemido que me hizo arder en llamas y me aparté para respirar un poco de aire fresco que me despejara la cabeza.

—Me encanta besar —murmuró, con los ojos entrecerrados, y se tocó los labios con los dedos—. Pero creo que tengo los labios hinchados.

—A mí me encanta besarte. —Abrió los ojos como platos y su mirada se suavizó al oír mi confesión—. Y te sienta muy bien. Estamos recuperando el tiempo perdido, ¿recuerdas? Prepárate para tener los labios hinchados todos los días a partir de ahora. Verte así me hace desear besarte aún más.

Un grupo de cinco personas pasó junto a nosotros por la acera y nos quedamos abrazados hasta que ya no pudimos oírlos.

—¿Cómo es que me haces sonreír con tanta facilidad?

—Porque te conozco.

—¿Te gustaría subir a tomar una taza de café? —preguntó Charlie—. Sé que es un poco tarde para tomar café, pero yo…, es que no quiero que la noche termine ya. ¿Es raro?

Me fijé en cada detalle de sus rasgos. Desde sus preciosos labios rosados hasta el pequeño lunar bajo su ojo derecho.

—Sabes que no es raro, Charlie. Nunca quiero alejarme de ti, pero esta noche aún menos. Era muy duro verte en la oficina y eso que aún no me había dado cuenta de que lo que faltaba entre nosotros dos era esto. Poder tocarte. Abrazarte…

Se mordió el labio.

—De verdad estamos haciendo esto, ¿eh? Se me acelera el corazón.

—Si con «esto» te refieres a tener una relación, entonces sí, desde luego que lo estamos haciendo. Y no tienes ni idea de lo mucho que me gusta que seas tan abierta y sincera. Puede que esté un poco obsesionado contigo, para que lo sepas.

—No es necesario que digas eso. —Me dedicó una pequeña sonrisa y dio un paso atrás. Le tomé la mano mientras subíamos los escalones de su apartamento—. Se me hace raro que Pepp no me reciba al llegar a casa. —Me dejó entrar y luego cerró la puerta.

—¿Quieres que vaya a buscarlo a casa de tus vecinos?

—Es más de medianoche. Antonio se levanta temprano, así que seguro que ya están en la cama. Iré a buscarlo antes de ir a trabajar. No pasa nada.

Cerró la puerta cuando entramos y se volvió despacio hacia mí. Podía ver los nervios en su cara con la misma facilidad con la que en sus ojos veía lo que sentía un día cualquiera. Era como un libro abierto que yo podía leer.

—Bueno… —empecé con suavidad—, ¿puedo ver tu famosa lista?

—¿Quieres verla?

—Si se me permite.

Me dedicó una pequeña sonrisa.

—Por supuesto.

Se apartó de la puerta, entró en su dormitorio y volvió con una sola hoja en las manos. La dejó en la encimera de la cocina, detrás de mí, y esperó a mi lado con las manos entrelazadas en la espalda, como si a duras penas se estuviera conteniendo para no arrebatármela de nuevo.

Enarqué una ceja.

—¿Por qué estás nerviosa? Ya me has hablado de la mayoría.

Ella se encogió de hombros y guardó silencio.

—Prepararé café.

En lugar de agarrar la lista, me di la vuelta, le agarré la mano para tirar de ella y pegarla a mí. Le rodeé la cintura con los brazos y apoyé la barbilla en su hombro. Su cuerpo se relajó y cerré los ojos, disfrutando de su tacto.

Ella acaparaba mi mente. Siempre que estaba cerca de Charlie, me sentía expuesto e inseguro.

—Esto me encanta —murmuré.

—¿El qué? —preguntó en voz baja mientras inclinaba la cabeza para apoyarla contra la mía.

—Esto. Tenerte tan cerca. Poder tocarte así, por fin. Hemos esperado años para tener esto. Soy un cabrón afortunado por tener esta segunda oportunidad contigo.

—Parece nuestro propia novela romántica de segundas oportunidades. ¿Me estás diciendo esta cursilada porque sabes que funciona conmigo?

Me eché a reír.

Se movió entre mis brazos para volverse hacia mí, así que aproveché la oportunidad para acercarla más. Con los brazos a su alrededor todavía, me incliné y apoyé la sien en la suya.

—Puede que esté un poco asustada —susurró en medio del silencio.

Me aparté para poder ver sus ojos.

—¿Asustada? ¿De qué?

—De ti. De esto. De lo que está pasando. Me he enamorado de ti antes y no salió nada bien. Y todo esto, tú, parece un sueño. No quiero despertar de él.

—Te deseo, Charlie. Estoy dispuesto a hacer lo que haga falta. Puedo esperar si eso es lo que quieres. Todo lo que quieras de mí, es tuyo. —Le levanté la barbilla con el dedo para captar su mirada—. Pero si depende de mí, no quiero esperar. Pero si tú quieres lo intentaría con todas mis fuerzas y me mantendría alejado de ti.

Exhaló y vi cómo se le cerraban los ojos.

—¿De verdad volviste por mí? ¿A la cafetería?

Su voz apenas se oía; estábamos los dos solos, en nuestra pequeña burbuja en su cocina.

Su lista había quedado en el olvido. El mundo había quedado en el olvido.

—Sí. Unas cuantas veces. Sabía que no te encontraría, pero quería asegurarme...

Antes de que la última palabra saliera de mi boca, levantó la barbilla y me besó. Y esta vez fui yo quien gimió. Me agaché un poco, la sostuve justo por debajo del trasero y sonreí mientras nos besábamos cuando me rodeó el cuello con los brazos y dio un pequeño salto hacia mí.

Después de empujarla contra la nevera y besar sus labios hasta que no pude esperar más, conseguí alejarme para recuperar algo de lucidez, para pensar un segundo y que nuestra primera vez no fuera contra la nevera. No es que no fuera increíble. Joder, tal vez era una buena idea.

—¿Dónde quieres? —pregunté contra su cuello, con la voz ronca y sin aliento.

—¿No te apetece un café?

—Te deseo. ¿Dónde quieres?

—En mi cama.

Respondió de forma tajante y eso me hizo sonreír. En un abrir y cerrar de ojos estábamos en su dormitorio. Ni siquiera dediqué un segundo a mirar a mi alrededor porque tenía algo más interesante que mirar entre mis brazos. La dejé con suavidad en el suelo, haciendo que su cuerpo se deslizara contra el mío de una forma enloquecedora que no dejaba nada a la imaginación sobre lo preparado que estaba para ella. En cuanto sus pies tocaron el suelo, acercó mi cabeza a la suya para besarme.

Sonreí. Se me aceleró el corazón. No podía recordar la última vez que se me había acelerado el corazón porque estaba a punto de tener relaciones sexuales con alguien. Sin embargo, aquí estábamos.

Por fin iba a tocar a esta mujer de todas las formas que había deseado tocarla en las últimas semanas y no podía esperar ni un segundo más. Empecé a subirle el vestido y dejé de besarla para quitárselo. Ella me buscó de nuevo, pero di un paso atrás para contemplarlo todo.

Llevaba un conjunto de ropa interior a juego de color lila pálido y era tan hermosa que no supe qué hacer, aparte de quedarme mirándola como un idiota. Estaba hecha para mí. Vi que empezaba a sonrojarse. Solo un bonito tono rosado en la parte superior de sus mejillas. Y sonreí porque ella no tenía ni idea de lo que me había hecho.

—No tengo palabras —murmuré mientras recorría cada centímetro de su piel con los ojos.

Ella tragó saliva.

—Soy un poco tímida…

—No. Ni se te ocurra terminar esa frase, Charlie. Eres absolutamente impresionante y ni siquiera sé por dónde empezar contigo.

Acerqué las manos a sus caderas, mis dedos rozaron su tibia piel y apretaron la carne porque no pude evitarlo. Muy despacio introduje las manos bajo su ropa interior y la arrimé a mi cuerpo para que pudiera sentirme. Un pequeño jadeo salió de su bonita boca cuando apreté su trasero con más fuerza y alcé su cuerpo hacia mí para que pudiera deslizarse contra mi verga. Era muy posible que le dejara una marca en la piel, pero a duras penas podía pensar con claridad con ella entre mis brazos.

Me di cuenta enseguida de que no podía sentir su piel contra la mía y no me gustó nada. Por suerte, ella debió de pensar lo mismo, porque empezó a desabrocharme la camisa con torpeza y con las manos temblorosas. La solté, me desabroché el resto y me la quité. Ella observó cada uno de mis movimientos y yo la observé a ella todo el tiempo.

Me llevé la mano al cinturón y me lo desabroché con lentitud mientras ella se mordía el labio y su pecho subía y bajaba con celeridad.

Después, en lugar de quitarme los pantalones, la agarré del brazo y tiré de ella para darle un largo beso porque era incapaz de mantenerme alejado. Estaba abrumado solo por tener sus ojos fijos en mí.

Me tragué con avidez su gemido, y mientras Charlie se dejaba llevar por el beso, la levanté e hice que sus piernas me rodearan la cintura. Estuve a punto de volverme loco cuando sentí su humedad contra mi estómago a través de su ropa interior. Medio ebrio de ella, apoyé las rodillas en la cama y la recosté con cuidado contra las almohadas, manteniendo mi cuerpo entre sus piernas. Estaba a punto de enderezarme, pero ella volvió a tirar de mí, sin aliento.

Apoyé la frente en la suya e intenté serenarme.

—¿Quieres parar? —pregunté. Eso me mataría, pero si no se sentía preparada, no pasaríamos de aquí hasta que ella quisiera.

Charlie frunció el ceño y me puso la palma de la mano en la mejilla.

—No —susurró, con la voz deliciosamente ronca—. Es..., ya sabes que ha pasado tiempo..., mucho tiempo, y...

—¿Y...? —pregunté mientras empezaba a acariciarle la cintura con la mano. Ni siquiera tuve que mirar; me tenía hipnotizado. Mis dedos rozaron el lateral de su sujetador y luego mi palma bajó hasta su cadera. Su cuerpo se estremeció debajo de mí.

—Y no sé muy bien qué hacer ahora. Yo... ¿te soy sincera?

Le apreté la cintura con suavidad.

—Siempre.

—Seguro que voy a hacerlo fatal, teniendo en cuenta que han pasado años, y no quiero. Deseo dejarte muy impresionado con mis habilidades en la cama. Tan impresionado que jamás querrás acostarte con nadie más porque seré la mejor que hayas tenido. O que incluso si lo haces, siempre recuerdes lo buena que fui. —Había cerrado los ojos en medio de su confesión, y cuando los abrió, yo estaba sonriendo—. No te burles de mí.

Negué con la cabeza, sonriendo todavía más.

—Sabes que nunca haría eso. ¿Confías en mí, Charlie?

Ella asintió.

Decidí que ya habíamos hablado bastante, así que me enderecé, y aún de rodillas entre sus piernas, agarré los laterales de su bonita ropa interior, se la bajé muy despacio por las piernas y después la arrojé por encima de mi hombro.

Cuando entramos, estaba demasiado distraído para pensar en encender las luces, pero el suave resplandor que venía del salón me bastaba para verla. Un deseo como jamás había sentido se propagó por mis venas y a duras penas conseguí no liberar mi verga y penetrarla hasta sentir los espasmos de su sexo a mi alrededor. Se me borró la sonrisa de la cara.

Levanté su pie, le besé el interior del tobillo y recorrí su pierna con los labios, deslizando la mano hacia arriba, hasta que la coloqué sobre mi hombro. Me habría encantado ver la expresión de su cara, pero me conformé con oír que contenía la respiración. Su cuerpo seguía en tensión, así que tenía que aliviarla antes de pensar en penetrarla.

Me acomodé entre sus piernas y le pasé la mano por el sexo. Ya estaba empapada. Sin fuerzas para esperar ni un segundo más, pasé los brazos por debajo de sus caderas, separé los labios de su sexo y empecé a darme un festín.

Ella gimió mi nombre y yo perdí la cabeza mientras seguía lamiendo su sexo, pasándole la lengua y chupando con suavidad. Sabía de maravilla y mi verga se inflamó de forma dolorosa dentro de mis pantalones. Otro pequeño gemido brotó de sus labios y sentí que sus dedos me agarraban el pelo. Presioné su clítoris con la lengua y ella jadeó. Liberé un brazo de alrededor de su cadera e introduje dos dedos muy despacio. Cuando sentí lo apretada que estaba, solté un gemido y los hundí hasta el fondo, luego los curvé para llegar a su punto G.

—Will —jadeó mi nombre—. Por favor, no pares.

Me di cuenta de que estaba a punto de correrse por la tensión que sentía alrededor de mis dedos. Y oí un rugido en mis oídos, porque si me ceñía los dedos con tanta fuerza, ¿cómo sería sentir su sexo ciñendo mi gruesa verga? Moví los dedos un poco más deprisa y succioné su clítoris con más fuerza para intentar llevarla al límite.

Levanté la vista y vi que tenía un brazo sobre los ojos, el cuerpo arqueado y la respiración agitada e irregular. Me tiró del pelo cuando sus dedos se tensaron, pero no podía importarme menos el dolor. Nada podría alejarme de ella en aquel momento.

—William —susurró esta vez. Supe que estaba a unos segundos de correrse con mis dedos y en lo único que podía pensar era en hacer que se corra con mi verga. Toda la noche.

Redoblé mis esfuerzos, hundí los dedos más deprisa y me metí su clítoris en la boca. Volvió a gemir y trató de cerrar las piernas en torno a mi cabeza, pero utilicé las manos para separarle los muslos y continué mientras ella empezaba a correrse en mi cara, con los muslos temblorosos. Todo su cuerpo se estremecía.

Saqué los dedos con cuidado de su interior y lamí su sexo por última vez.

Sentía todo el cuerpo en tensión y la piel me ardía. Ascendí por su cuerpo, obrando un sendero de besos hasta sus labios. Primero su vientre, luego la parte superior de sus generosos pechos, la garganta, y por fin llegué a los labios. Le di un beso abrasador mientras presionaba contra su sexo mi erección, atrapada dentro de mis pantalones. Me moría por penetrarla.

Charlie gimió en mi boca cuando le agarré la mandíbula y la besé, jugando con su lengua. Decidí que sería feliz escuchando ese sonido el resto de mi vida. Me sentí como un adolescente porque sabía que tenía los pantalones mojados de líquido preseminal y ni siquiera me importaba una mierda. La besé de forma más pausada cuando su orgasmo fue perdiendo intensidad y dejó de temblar. Volví a apretar mi verga contra ella y su respiración se entrecortó.

—¿Qué te ha parecido? —le pregunté al oído con voz queda. No pude evitar sonreír cuando sus dedos volvieron a agarrarme el pelo con fuerza—. ¿Bien?

Ella asintió.

Me aparté y la miré a los ojos.

—Déjame escucharte.

Deslizó la mano hasta mi mejilla y me miró a los ojos.

—Me ha encantado.

No la dejé respirar y volví a besarla, nuestras lenguas se enredaron.

Al darme cuenta de que podría correrme solo con besarla y sentir su cuerpo debajo de mí, ralenticé el beso y deslicé los labios hacia su cuello, mordisqueando su piel y lamiéndola con delicadeza mientras le agarraba la barbilla con el pulgar y el índice para poder inclinarle la cabeza como quería. Ella seguía intentando normalizar su frenética respiración.

Mientras nos besábamos, llevó una de sus manos a mi nuca y me pasó los dedos por el pelo.

—¿Tienes idea de cuánto tiempo he querido hacer esto? —susurró.

—¿El qué? —pregunté, mordiéndole el labio con cuidado y bajando la parte superior de las copas de su sujetador mientras me dirigía a sus pezones. Pasé la lengua por un duro y rosado pezón, chupándolo una vez, dos veces. Y como no me contestó, le mordí la piel, haciéndola jadear—. ¿El qué? —repetí.

—Enroscar los dedos en tu pelo —se apresuró a decir, arqueándose debajo de mí.

—¿De veras? —Le bajé la otra copa del sujetador y me acerqué a su pezón mientras masajeaba su pecho izquierdo con la palma y tironeaba con tacto del tenso capullo—. Dime que tienes condones. Te lo suplico.

Se le iluminó la cara.

—Sí que tengo. Para emergencias.

—¿Tienes muchas emergencias?

—No he tenido ninguna en años. Pero nunca se sabe. Nunca hay que perder la esperanza.

Me eché a reír y ella me dedicó una pequeña y tímida sonrisa.

—Eres preciosa —le dije con voz queda y le aparté el pelo—. Bueno, ¿puedes decirme dónde están los condones antes de que muera?

Señaló su mesilla de noche. Me incliné hacia delante, abrí el cajón y encontré unos cuantos condones al fondo.

Rasgué un envoltorio con los dientes y puse el condón sobre su estómago mientras me levantaba lentamente. Deposité otro beso en su cadera y luego en su muslo antes de enderezarme, con mi mirada clavada en la suya en todo momento. Ella se apoyó en los codos para mirar, yo me desabroché los pantalones y...

Sonó el timbre.

Me detuve.

—¿Estás de broma? —Charlie abrió los ojos como platos y ambos nos quedamos paralizados durante un instante—. No. Ni hablar —conseguí decir. Luego me incliné y liberé sus pechos de su innecesario encierro.

Me apartó la mano de un manotazo.

—Pero...

—No, Charlie. De eso nada. —Llamaron de nuevo a la puerta y Charlie se apresuró a arreglarse el sujetador, ocultándome sus pechos, y luego intentó levantarse. Yo estaba sobre ella en un segundo, cubriéndola con mi cuerpo—. Me niego a contemplar la idea de que alguien interrumpa esto —sentencié en un susurro, por si acaso alguien podía oírnos. Lo cual era poco probable, pero siempre era conveniente asegurarse—. Olvídalo. No hay fuerza en la tierra que pueda apartarte de mis brazos.

—¿Y si le ha pasado algo a Pepp?

—Te habrían llamado.

—Eso no lo sabes.

—¿Habrían llamado antes para ver si estabas levantada?

—Sí —admitió a regañadientes—, pero eso no significa que no puedan ser ellos.

—Si llaman, dejaré que te levantes. Si tu teléfono no suena en los próximos diez segundos, dejaremos que se marche quien esté al otro lado de la puerta.

—¿No tienes curiosidad por saber quién está ahí fuera? Yo sí quiero saberlo.

Le sujeté la cabeza con las manos y la miré a los ojos.

—Haré que te olvides de la curiosidad, no te preocupes.

Me sonrió con aire juguetón.

—¿Crees que eres capaz?

Enarqué una ceja.

—¿Me estás retando?

—Oh, no. Solo lo comentaba. Han pasado años, como bien sabes, y puede que lo haya idealizado. Es posible que sea difícil impresionarme.

—Te conozco. Sé lo que quieres. No te preocupes.

—Si tú lo dices.

—Entonces, ¿quieres que te diga lo que deseas?

—Sí. Por favor, ilumíname e impresióname.

—Es un placer.

Quienquiera que estuviera o hubiera estado al otro lado de la puerta desapareció de nuestras mentes y volvimos a estar solos los dos. Sin apartar las manos de su nuca, la besé en la frente y me separé de su cuerpo.

Tardé solo unos segundos en quitarme los calzoncillos y ponerme el condón antes de que ella pudiera pronunciar una palabra. Luego me apoderé de mi lugar favorito en el mundo y le di un beso largo y satisfactorio mientras empujaba con suavidad sus muslos para dejarme más espacio.

—He de decir que me siento a la vez iluminada y muy impresionada.

Me reí entre dientes.

—Me alegra oírlo, pero no era así como pensaba impresionarte. O al menos no solo así. —Su sonrisa se ensanchó y me puso las manos en los hombros mientras yo me acomodaba mejor sobre ella. Apoyé los codos en la cama, junto a sus hombros, y hundí los dedos en su pelo—. Bueno —empecé cuando nuestros ojos se encontraron—, ¿por dónde íbamos?

Ella me sonrió y alguna emoción olvidada me atravesó el pecho mientras mi mente iba a toda prisa.

—Ibas a decirme lo que quería.

—¿Quieres oírlo? —pregunté.

Charlie se mordió el borde del labio mientras respiraba de forma agitada y asintió.

Dejé la mano izquierda donde estaba y deslicé la otra por su cuerpo, dándole un apretón a su cadera de camino a su muslo. Entonces volví a acariciarle el sexo con suavidad, con mucha suavidad. Mi tacto era como un susurro contra su húmeda y temblorosa carne.

Me incliné hasta que mis labios estuvieron junto a su oreja.

—Hace mucho tiempo que quería tenerte así. Debajo de mí. Presa de la necesidad. Hambrienta. Lista para mí.

Ella ladeó la cabeza y cerró los ojos.

Miré entre nuestros cuerpos, agarré la base de mi verga y la moví arriba y abajo contra su humedad. Charlie soltó un pequeño gemido y me agarró el brazo.

—Dímelo —susurró.

—Quieres que te penetre, ¿verdad? ¿Rápido y con fuerza? —Empujé despacio y entré en ella. Vi que fruncía el ceño con cada centímetro de mí que acogía dentro. Jadeó cuando me retiré y esta vez la penetré un poco más. Besé sus labios para atrapar el sonido, pero a duras penas era capaz de controlarme—. Lo quieres tan dentro como puedas aguantar. Quieres sentirte llena. Quieres quedarte sin aliento. Quieres que te toquen y te amen. —Volví a retirar las caderas y acto seguido introduje toda mi longitud dentro de ella. Le apreté el muslo para mantenerla así, abierta por completo para mí—. Quieres a alguien que se haga cargo y te cuide. Y, lo más importante, quieres a alguien que sepa cómo cuidarte. —Cuando supe que por fin se había adaptado a mi tamaño, empecé a moverme, con la voz ronca y sin aliento mientras intentaba mantener la compostura—. Quieres a alguien que sepa lo que hace con tu cuerpo. —Como mi ritmo se aceleraba con su respiración, y me ahogaba en los gemidos que escapaban de sus labios, las palabras salieron de mi boca sin más—: Me deseas, Charlie. Quieres que te penetre hasta el fondo... —Mi cuerpo materializó mis palabras, y medio gruñendo, medio fuera de mí, me hundí a fondo mientras contemplaba su rostro. Charlie abrió la boca y me miró con sus ojos vidriosos mientras se arqueaba debajo de mí—. Y quieres que siga hablándote, ¿verdad? —Bajé la cabeza hasta que mis labios rozaron el lóbulo de su oreja—. Quieres que te diga todas las formas en que quiero penetrarte y todas las formas en que me he imaginado tomándote una vez que te tuviera debajo o encima de mí.

—Will —gimió y elevó las caderas, moviéndolas al compás de las mías. Inclinó la cabeza hacia atrás y el cuello para mí y sus gemidos se hicieron más fuertes cuanto más la penetraba.

—Quieres oír que voy a arrastrarte hasta el borde de la cama y llegar tan dentro de ti como pueda y hacerte gritar. Quieres saber todo lo que voy a hacerte. —Dejé de hablar porque solo con mirarla a la cara y sentir su piel ardiente contra la mía, estaba a punto de hacer algo que no había hecho en mucho tiempo y perder el control. Cerré los ojos con fuerza y dejé escapar un gemido mientras su sexo me ceñía—. ¿Cómo voy hasta ahora? —Cuando me recompuse y retrocedí para encontrarme con su mirada, su sexo ya palpitaba a mi alrededor—. ¿Me das una respuesta? —pregunté y dejé de moverme dentro de ella. Me estaba matando quedarme quieto, pero no quería que se corriera todavía. Dejé de sujetarle el muslo para poner las manos a ambos lados de su cabeza.

Ella tenía los ojos entreabiertos y las mejillas sonrojadas cuando se centró en mí.

—Quiero todo eso. Quiero todo lo que quieras hacerme.

—¿Sí? ¿Quieres ver lo que me haces?

Asintió con la cabeza y sentí que todo su cuerpo se estreme-cía debajo de mí cuando le di un beso en la garganta, luego en el pecho derecho y me retiré de su calor.

Me puse de rodillas, aún entre sus piernas, y miré mi verga hinchada y luego a Charlie, que me devolvía la mirada con un hambre apenas disimulada. Me la agarré por la base y gemí con suavidad.

—¿Ves mi verga palpitante? ¿Toda cubierta de tu esencia? —Pasé el pulgar alrededor del grueso glande y luego la froté de la base a la punta con tanta dureza como pude—. Quiero dártelo todo, Charlie. Y quiero verla en tu boca. —Ella se apoyó en los codos e intentó incorporarse, pero la agarré por los tobillos y la mantuve en su sitio. Tragué saliva con dificultad y sacudí la cabeza con pesar—. Creo que esta noche no. Al menos no esta vez.

—¿Por qué no? —preguntó, frunciendo el ceño mientras yo me levantaba de la cama despacio.

—Me temo que no podré aguantar más de un minuto si siento tus hermosos labios envolviéndome.

Le agarré los tobillos y tiré de ella hasta el borde de la cama. Chilló, pero no pronunció ni una palabra más cuando llevé mi verga hasta su sexo.

—Quiero sentirte en mi verga —murmuré y la penetré.

Seguía apoyada en los codos, contemplando el espectáculo, pero se dejó caer hacia atrás cuando la llené. Y el gemido que soltó...

«¡Joder!».

Estaba haciendo que durara mucho, joder.

Metí las manos bajo su trasero y la acerqué aún más para po-der hundirme más hondo en ella.

—Will —pronunció mi nombre en un prolongado y apasio-nado gemido.

—¿Sí, cielo? —conseguí decir, pero estaba librando una bata-lla perdida.

—Mierda —gimió—. Vas a hacer que me corra.

—Aguanta un poco más —me obligué a decir, apretando los dientes mientras pegaba la parte posterior de sus muslos contra mi cuerpo y cambiaba ligeramente el ángulo.

Charlie profirió un profundo gemido y se llevó la mano al clítoris. La abracé con fuerza y la detuve antes de que pudiera tocarse.

—Por favor —me suplicó, pero lo único que hice fue entrelazar nuestros dedos y mantenerlos en el aire.

—Todavía no. Solo un poco más. Lo estás haciendo increíble. Dame solo unos minutos más. Te prometo que te va a encantar.

—Will —gimió, arqueando la espalda, con sus hermosos pechos al aire esperando que los lamiera y los mordisqueara.

Sin soltar su mano, le solté los muslos y la penetré más fuerte y más profundo. Ella bajó las piernas, haciendo todo lo posible por no correrse sobre mi verga.

—¿Quieres correrte en mi verga? —pregunté, con una voz apenas reconocible incluso para mis propios oídos. Lo único que hizo fue gemir, demasiado inmersa en el momento.

Con el cuerpo en llamas y mi miembro a punto de estallar, le agarré la otra mano y junté nuestros dedos mientras tiraba de ella hacia arriba hasta que nuestros cuerpos se alinearon y mi verga la penetraba con fuerza.

—Estoy muy mojada —susurró, con los ojos desorbitados.

—Empapada —susurré.

—Sentirte dentro es maravilloso —murmuró.

—¿Estoy lo bastante dentro?

—*Sííí*. Me voy a correr, Will. Vas a hacer que me corra.

Apreté los dientes sin bajar el ritmo, penetrándola con fuerza y observando su reacción a cada embate.

—Qué bien lo haces.

Empezó a gimotear, sus gemidos resonaban en las paredes de su dormitorio, y supe que no iba a poder aguantar más. Le solté una mano y presioné la palma contra su bajo vientre.

—Will —gimió mientras abría los ojos, con la respiración agitada. La presión añadida la catapultó al orgasmo.

Creo que jamás se me había puesto la verga tan dura antes de Charlie, pero me dejé llevar y la penetré con todas mis fuerzas mientras sentía que empezaban a temblarle las piernas.

—Sí, Charlie. Ahora puedes correrte sobre mi verga.

Su sexo empezó a ceñirse de forma dolorosa a mi alrededor y tuve que empujar un poco más fuerte con cada embate.

—¡Oh, Dios!

—Puedes con ello, vamos, Charlie. Dame lo que quiero.

Todos los músculos de su cuerpo se pusieron en tensión y su sexo empezó a contraerse en torno a mí. Susurró mi nombre una vez y luego jadeó con fuerza. Luego solo oí gemidos y quejidos y me di cuenta demasiado tarde de que yo tampoco iba a poder aguantar. No cuando me apretaba de aquella manera y nunca me había gustado tanto. Le solté la otra mano mientras ella se agarraba a las sábanas y empujaba sus caderas hacia abajo, dejándome llegar muy dentro mientras su cuerpo intentaba empujarme hacia fuera al mismo tiempo.

Apreté los dientes y exhalé un suspiro cuando sentí que empezaba a apoderarse de mí. Entonces le agarré las caderas y la penetré tan fuerte como pude. Su orgasmo continuó cuando aumenté el ritmo.

—Oh, Charlie, tu cuerpo... —Tardé solo unos segundos en correrme, y cuando empezó, sentí que se me iba todo el aire de los pulmones y me mareaba.

Me sepulté muy dentro de su sexo y mi cuerpo se desplomó justo encima del suyo. Apoyé las manos en la cama para no aplastarla y sepulté la cabeza en su garganta. Noté que su cuerpo temblaba debajo de mí y que respiraba de manera acelerada, pero yo estaba demasiado absorto en mi propio orgasmo para ayudarla a serenarse. Cada vez que se contraía a mi alrededor, mi verga palpitaba dentro de ella.

Cuando por fin empezamos a recobrar la calma, le lamí la garganta y le di un suave mordisco. No lo suficiente como para dejar una marca, pero sí lo bastante fuerte. Empujé las caderas hacia delante y sentí que su sexo me ceñía de nuevo.

Moví una mano para agarrar la cabeza y apoyé mi frente contra la suya.

—No recuerdo la última vez que me corrí de esta forma —susurré, sin aliento. Me aparté para clavar mi mirada en la suya, dulce y muy satisfecha—. ¿Te estoy aplastando? —Charlie negó con la cabeza. Enarqué una ceja—. ¿Ha merecido la pena esperar? —Ella asintió y me hizo sonreír—. No me hablas, ¿eh?

Enmarcó mi cabeza con las manos y tiró de mí para darme un beso. Fue un beso lánguido e increíblemente sexi, en el que nuestras lenguas se enredaron con delicadeza.

Cuando paramos, susurró contra mis labios:

—Me has dejado sin palabras. No siento las piernas. ¿Cuándo podemos hacerlo otra vez?

Me reí entre dientes, respiré su sensual aroma y muy muy despacio, me separé de ella.

—¿Significa eso que puedo pasar la noche contigo entre mis brazos?

Sus ojos se suavizaron aún más.

—Eso me gustaría. Mucho.

Ahuequé la palma de la mano sobre su mejilla y empecé otro beso pausado. Este solo para mí. No creía que fuera dejarla dormir si me quedaba a pasar la noche, pero la otra opción, que era dejar a Charlie sola en la cama y cruzar la calle para meterme en una cama fría, ya ni siquiera era una opción.

—Entonces me quedo —susurré y me enderecé.

Le eché otra mirada, contemplando cada centímetro de su cuerpo, sobre todo ahí donde podía ver las huellas de mis manos en su suave y rosada piel, y me dirigí hacia el pequeño cuarto de baño conectado a su dormitorio para deshacerme del condón. Volví en un minuto, antes de que pudiera ponerse en pie, para ayudarla a limpiarse.

—Gracias —susurró, y la besé.

—De nada.

En cuestión de segundos estábamos los dos en la cama, debajo de las sábanas, y mi cuerpo desnudo la envolvía. Suspiré e intenté acercarme aunque estábamos pegados de pies a cabeza. Charlie tenía la cabeza apoyada en mi brazo y yo tenía el mío sobre su estómago. Ella me agarró el antebrazo con la mano para que no me apartara.

Durante un minuto al menos, si no más, reinó el silencio y el latido de nuestros corazones y nuestras respiraciones fueron los únicos sonidos de la habitación.

—Tal vez yo podría ser la única para ti —susurró en voz baja.

—Quizá podrías quedarte —murmuré contra su oído.

—A lo mejor podríamos...

No la dejé terminar la frase; no era el momento de tener esta charla. Así que la agarré de la barbilla y la giré hacia mí para besarle los labios y tranquilizarla. Levantó la barbilla y me dejó que la besara más. Paré cuando nos quedamos sin aliento y aún podía sentir el sabor de sus labios en los míos.

—¿Eres feliz? —pregunté en el silencio.

Me miró por encima del hombro.

—Muy feliz. ¿Y tú?

—No podría serlo más.

Sonrió y volvió a apoyar la cabeza en mi brazo. Me moví hasta que mis labios estuvieron contra su oreja.

—¿Qué te parece dormir?

—Está sobrevalorado.

Me reí entre dientes.

—Estaba pensando lo mismo, pero te dejaré descansar un poco. Ha pasado mucho tiempo para ti y no quiero hacerte daño.

—¿Crees...? No importa.

—Oye —susurré, incorporándome un poco y mirándola a los ojos—. No vamos a ocultarnos nada. Tú me lo cuentas todo. No quiero que eso cambie ahora.

Se tomó unos segundos para continuar.

—Eso ha sido bastante intenso. ¿Crees que ha sido así porque no he practicado sexo en un tiempo?

—¿Qué crees tú?

—Creo que podrías ser tú.

Retrocedí, la giré un poco hasta que estuvo boca arriba y le puse ligeramente la palma de la mano a un lado de la garganta, sosteniéndola para mirarla mientras mi pulgar acariciaba aquellos rojos y sensibles labios con el pulgar.

—No soy yo, Charlie. Somos nosotros. Si no quieres decirlo, yo puedo decirlo por los dos. Ha sido el mejor sexo de mi vida. —Me incliné un poco para que mis labios estuvieran justo contra los suyos—. No has visto el condón, pero creo que nunca me había corrido tan fuerte y durante tanto tiempo.

Charlie se mordió el labio y clavó los ojos en los míos. Una lenta sonrisa se dibujó en sus labios.

—¿Te soy sincera?

—Siempre —murmuré. Solo con la forma en que me miraba ya sentía que mi verga cobraba vida.

—Nunca me había corrido sin jugar con mi clítoris. Ha sido la primera vez. No sabía que podía hacerlo.

Me aparté y la miré mientras ella estudiaba mis facciones. Deslicé la mano hasta ahuecar la palma sobre su pecho, lo masajeé un poco y luego jugueteé con el pezón.

—¿Sí?

Bajó la barbilla como respuesta.

Mi corazón empezó a acelerarse y sentí que mi verga se endurecía. Me permití recorrer su cuerpo con la mano, memorizando cada centímetro y aprendiendo cada curva. Entonces llegué a su sexo y con gran suavidad empecé a tocarle el clítoris con la yema de los dedos. No tuve más remedio que sonreír cuando ella separó un poco los muslos a fin de darme más espacio para que jugase con ella.

—Te he llamado Will varias veces, creo —susurró.

—Lo sé.

—Lo siento.

—No lo sientas.

—Pero dijiste que no te gustaba que nadie te llamara de otra manera que no fuera William.

Presioné su clítoris con suma ligereza.

—Tú puedes llamarme como quieras. Y Will me gusta cuando sale de tu boca.

—¿También puedo llamarte Willie?

Una sonrisa traviesa se dibujó en sus labios y sus ojos eran brillantes y cautivadores. Me quedé mirándola. Durante un largo momento, no supe qué decir ni qué hacer. Ya no tenía ningún conflicto en lo referente a Charlie. Yo ya era irrecuperable. Y no tenía ningún problema con ese hecho.

Sacudí la cabeza con una pequeña sonrisa burlona en los labios.

—Tal vez eso no.

Se le levantó la comisura de los labios.

—¿Puedes tomarme dentro de ti otra vez? —pregunté, hundiendo con suavidad la punta de mi dedo en su calor.

Ella entreabrió los labios, arqueó el cuerpo un poco sobre la cama y gimió en voz baja. Ese sonido y la sensación de su cuerpo contra mí bastaron para hacer que me mareara.

—Sí —susurró, mirándome a los ojos—. Entonces, ¿me deseas?

—Siempre.

—Eso está bien.

Me incliné, saqué el dedo y diseminé la humedad sobre su piel.

—Seré muy gentil esta vez.

Y lo fui. Fui muy delicado. Perdí la cuenta de las veces que conseguí llevarla al orgasmo y el fuego consumió nuestros cuerpos durante toda la noche.

25

Charlie

Desde el mismo instante en que desperté con William a mi lado, tenía una sonrisa ridícula en la cara y no creía que nada pudiera borrármela. Era permanente. O al menos así lo sentía en mi corazón y en mi cara.

Entré en mi despacho y en mi teléfono sonó un nuevo mensaje de Valerie. Su décimo mensaje del día después del único que yo le había enviado. Después de su tercer mensaje, todo lo que había recibido de ella había sido mi nombre. Seis mensajes solo con mi nombre y uno o varios signos de exclamación. Cada vez que los veía me hacían sonreír. Pero cada vez que veía a William caminar por la oficina o pasar a mi lado, el corazón me daba un vuelco y se me aceleraba la respiración. Tenía que morderme el labio para no sonreír como una loca si establecíamos contacto visual cuando intentaba hablar de trabajo con alguien.

Valerie: Eres la peor amiga del mundo por no responder a ninguno de mis mensajes. Más te vale llamarme durante tu descanso para comer porque no estoy consiguiendo hacer nada de trabajo, así que necesito los detalles para centrarme de verdad en lo que estoy haciendo en lugar de mirar mi teléfono cada cinco minutos.

Valerie: Lo digo en serio, Charlie. Llámame.

Todavía estaba sonriendo y abriendo el número de Val para poder llamarla, cuando alguien detrás de mí se aclaró la garganta.

—¿Algo que quieras compartir con la clase? —preguntó Gayle cuando miré por encima del hombro y me di cuenta de que ella y Rick estaban en la puerta.

—¿Como qué? —pregunté, intentando sonar normal y dirigiéndome a mi mesa cuando entraron.

—¿A qué viene el buen humor? —añadió Rick.

—Yo suelo estar de buen humor. ¿De qué estáis hablando? —Los dos me miraron con expectación mientras yo tomaba asiento y les dirigía una mirada inocente. Gayle frunció el ceño y entrecerró los ojos. Los míos se posaron en mi libro, que estaba en su lugar habitual, y vi un pequeño trozo de papel que asomaba entre las páginas. Mi ritmo cardíaco se aceleró. Las notas de William se habían convertido en una de las mejores partes de mi día. Alargué la mano hacia el libro, *La chica que se entregó al mar*, pero en lugar de sacar el papel y leer la nota, me centré en mis amigos. Seguían mirándome—. Me estáis asustando.

—Y tú nos estás matando de curiosidad.

—No tengo ni idea de lo que estáis hablando.

Rick estaba en medio de la habitación con los brazos cruzados a la altura del pecho mientras Gayle plantaba las palmas de las manos en mi mesa y se inclinaba hacia delante, supuse que para intimidarme. Me costó mucho no echarme hacia atrás.

—Hum —murmuró—. Ya veo.

Incliné la cabeza y esperé. Ella no dijo nada más.

—¿Qué es lo que ve? —susurró Rick.

—No lo sé —dije, desviado la mirada de Gayle a Rick—. ¿Hay alguna razón para que estéis aquí o es que...? —Me interrumpí, esperando una respuesta.

—Tal vez deberías irte, Rick —sugirió Gayle, que surgió más como una orden.

—No me iré. Interrógala delante de mí. Yo también quiero enterarme.

Sacudí la cabeza. Mi teléfono empezó a sonar, lo tomé y me levanté de mi asiento.

—Vale, por muy divertido que haya sido hablar con vosotros dos, estaba esperando esta llamada, así que si sois tan amables de salir, os lo agradecería, la verdad.

—¿Quién llama? ¿Alguien que conocemos? —Vi a Gayle preguntar mientras ella buscaba con la mirada a alguien fuera de mi despacho.

La agarré del brazo y luego empujé a Rick con el dorso de la mano, sacándolos de mi despacho.

—En realidad es de la compañía aérea. Ya sabes, ¿la llamada que todos hemos estado esperando hoy? ¿Te suena?

—Bien. Atiende la llamada. Luego hablarás con nosotros.

—Adiós, chicos.

Les cerré la puerta en las narices y ellos remolonearon hasta que volví corriendo a mi mesa y contesté al teléfono.

—Hola, señor Dunne. ¿Ha tomado una decisión?

Después de todo lo que habíamos revelado a los medios, y después de que el propio Dunne se pusiera en contacto con un importante medio de comunicación y hablara de la situación, seguíamos recomendando que sería mejor cortar los lazos con su piloto racista lo antes posible. Máxime después de todo lo que Gayle había averiguado sobre él con solo bucear en sus redes sociales. Resultaba chocante que fuera la primera vez que tenían un problema con él. Mientras el señor Dunne seguía hablando, no pude evitar leer mi nota.

Deja de mirarme por encima del hombro. No puedo soportarlo. Me estás volviendo loco.

Esbocé una sonrisa. Levanté la cabeza y lo busqué, olvidando por completo que debería estar concentrada en la llamada. Lo encontré delante de la puerta de su despacho, hablando con Trisha. Como si sintiera mis ojos clavados en él, giró la cabeza y nuestras miradas se cruzaron. Sus labios seguían moviéndose, pero yo tenía toda su atención. Al cabo de unos segundos, aparté primero la mirada, pero él había visto mi sonrisa.

—De acuerdo señor Dunne. Reuniré al equipo y haremos una videollamada para discutir el siguiente paso y cómo manejar la situación con cuidado. ¿Estará disponible dentro de una hora?

Tras finalizar mi llamada con el señor Dunne unos minutos después, prácticamente salí corriendo de mi despacho a fin de que Rick y Gayle no pudieran acorralarme de nuevo. Busqué a William para ponerle al corriente de la llamada con el señor Dunne, pero no estaba en su despacho.

Me dirigí a la cocina a prepararme un café. Mi primer café del día, a las once de la mañana. Tomé una de mis cápsulas favoritas que tenía guardadas en el fondo del armario, y Kimberly eligió ese mismo momento para entrar y asustarme lo suficiente como para hacer que se me enganchara la yema del dedo en algo del armario cuando lo sacaba.

—Hola, hola.

—¡Mierda! —farfullé, agarrándome el dedo. No me sangraba, pero me había arañado la piel y me escocía mucho.

—¿Por qué estás tan nerviosa? —preguntó Kimberly, agarrando una botella de agua de la nevera—. ¿Cómo va tu pequeño romance de oficina?

—No hay ningún romance de oficina —murmuré, sin mirarla a los ojos. Intenté ignorar el dolor y me concentré en poner la máquina de café.

—Te aviso. Creo que papá quiere reunirse con nosotras.

—Vale. —Apreté el botón y por fin el sonido de la máquina ahogó la voz de Kimberly.

Ella se detuvo a mi lado y se rio.

—Qué dramática eres a veces.

—Gracias, lo intento —repliqué—. Que tengas un buen día.

Sacudió la cabeza y por fin me dejó sola. Exhalé un profundo suspiro y cerré los ojos un momento mientras mi taza de café se llenaba y el olor colmaba mis sentidos. No tenía ni idea de cuándo había ocurrido con exactitud, pero ahora cada vez que Kimberly me hablaba o incluso miraba en mi dirección, mis hombros se tensaban. Una de las cosas buenas de trabajar con William, aparte de mirarlo a la cara, era que no tenía que tratar mucho, o nada, con Kimberly.

Me obligué a relajar los hombros e intenté serenarme. Pronto no tendría que preocuparme de andarme con rodeos con nadie.

Me miré la mano. Fruncí el ceño al ver la línea roja y me apreté el dedo, con la esperanza de calmar el intenso dolor.

—Ahí estás —dijo una voz suave y familiar, y entonces sentí su cálido cuerpo contra mi espalda.

Se me aceleró el corazón, sin hacer caso a ninguna de mis advertencias de mantener la calma cuando él estaba cerca. El calor se apoderó de cada centímetro con sus palabras, no solo con su cuerpo apretado contra el mío. No pude evitar sonreír.

Antes de que pudiera decir nada, murmuró junto a mi oreja y tomó una cápsula de café del armario que tenía encima. Y luego me agarró la cadera con la otra mano y tiró de mí para que pudiera sentirlo. Sus dedos se tensaron, abrasando mi cuerpo de arriba abajo. Aún podía recordar su piel deslizándose contra la mía, su aliento calentando mi sensible carne mientras me susurraba todas las cosas que aún quería hacerme la noche anterior.

Tragué con fuerza, con un nudo en la garganta. Era difícil no gemir. Después de agarrar lo que quería del armario, apretó un poco más los dedos y me obligó a girar el cuerpo entre sus brazos para colocarme de cara a él. Me miró con los ojos rebosantes de deseo. No creo que mi expresión fuera diferente. En realidad no importaba que hubiera estado sonriendo de oreja a oreja desde que me había despertado en mi cama con él a mi lado. O que nos hubiéramos despertado innumerables veces y lo hubiéramos hecho una y otra vez durante toda la noche. Seguía deseándolo.

Desvié la mirada hacia la puerta de la cocina, ahora cerrada.

—William, alguien… —empecé, pero él no me dejó terminar.

—Solo un momento —murmuró mientras levantaba mi rostro hacia él con los nudillos debajo de mi barbilla.

—Hola —murmuré como una tonta.

—¿Has visto mi nota? —preguntó, sonriéndome con los ojos. Asentí con la cabeza, demasiado cautivada por su mirada como para intentar encontrar las palabras adecuadas para hablar de inmediato—. Me estás mirando demasiado. Todo el mundo sabrá lo que pasa.

Cuando sus ojos recorrieron mi cara, fruncí el ceño.

—¿Que yo te miro demasiado? Siempre que te veo me estás mirando.

—Eso es porque tú me estás mirando a mí.

—No. Siempre que te veo, eres tú el que ya está mirando.

Una sonrisa familiar se dibujó en sus labios y mi expresión ceñuda se disipó. Estaba bromeando conmigo porque sabía que me encantaba bromear. Sabía que era una de mis cosas favoritas. Apenas pude contener la risa y sentí que la felicidad bullía en mi interior.

—No puedo dejar de mirarte —admitió, con voz ronca y profunda.

—Eso ya me lo habías dicho —le recordé. No recordaba exactamente cuándo, porque no podía pensar, pero ya me lo había dicho antes. Sin embargo, seguía teniendo el mismo efecto; me producía un hormigueo en toda la espalda—. Y yo no puedo dejar de pensar en ti. En nosotros.

Mientras flexionaba los dedos y los acercaba a mi cintura, bajó la cabeza para poder hablarme al oído, como si quisiera asegurarse de que nadie más que yo pudiera oír lo que iba a decir aunque estuviéramos completamente solos.

—Cada vez que te sorprendo buscándome por encima del hombro, no dejo de imaginarte en la cama mientras te tomo por detrás.

Sus palabras llegaron a mi cerebro y sentí que el mundo se tambaleaba. Me estaba matando.

La barba incipiente de su mandíbula me raspó la piel y cerré los ojos. Mi cuerpo se estremeció antes de que pudiera evitarlo.

—¿No tienes nada que decir?

—No. No puedo pensar.

—¿No puedes pensar?

—No.

—¿Crees que puedo tomarte por detrás esta noche? Agarrarte de la cintura mientras te atraigo hacia mi verga y tú... —Me obligué a abrir los ojos para ver por qué se había interrumpido y vi que miraba hacia abajo, entre los dos. Mi pecho subía y bajaba, pero no era ahí donde estaba su atención. Me di cuenta de que seguía sujetándome el dedo con fuerza—. ¿Qué ocurre? —preguntó, con la voz más grave que hacía un momento.

—Nada. Es que me he arañado el dedo cuando Kimberly me sorprendió.

—¿Te has cortado? —Sus cálidos y largos dedos liberaron el mío y lo tomó con cautela entre los suyos para poder inspeccionarlo.

Rozó el borde del rasguño, haciéndome estremecer. Hice una mueca. Mientras lo observaba, se llevó mi dedo a los labios y chupó despacio el insignificante corte. Mi cuerpo cobraba vida cada vez que lo succionaba. Cada átomo de mi ser palpitaba de deseo y necesidad por ese hombre que tenía delante y que trataba de curar un corte que ni siquiera era un corte. Un hombre que la noche anterior se había puesto de rodillas para oírme decirle que sí.

Murmuró con suavidad y yo me quedé ahí, paralizada.

—¿Qué me estás haciendo? —susurré con voz ronca.

—Hum. —Dejó de chuparme el dedo, apartó los labios de mi piel y me miró. Me acerqué un poco más, olvidando por completo que estábamos en la oficina. Y él sonrió. Imperturbable ante mi estado. Luego me soltó, me dio mi taza de café y empezó a prepararse el suyo—. Por favor, ten más cuidado —murmuró.

Abrí la boca para hablar, pero alguien (no, tres personas más) entró, aunque no estaban pendientes de nosotros. Estaban hablando de algo que no pude entender. Uno de ellos saludó a William. Me erguí un poco más, me serené visiblemente y me volví hacia William. Estaba de espaldas a los recién llegados, pero sus ojos me observaban en silencio con una pequeña sonrisa de satisfacción dibujada en sus suaves labios.

Yo también podía jugar a eso. Bebí un sorbo de café, que como mucho estaba tibio. Tras asegurarme de que nadie nos miraba, me incliné hacia William, solo un poco, nada que llamara demasiado la atención, y susurré:

—¿Te gustaría saber otra cosa que tenía en mente, pero que no incluí en mi lista? —Esperé a que me hiciera un gesto con la cabeza—. Quiero estar con alguien que tenga esa cara que dice «estoy deseando estar a solas contigo». Tú tienes esa cara ahora mismo. Así que, gracias, William. —Me incliné aún más y murmuré—: No te he contestado antes, pero sí, por favor, tómame por detrás esta noche. Me encanta tu verga, sobre todo cuando está dentro de mí.

Me eché hacia atrás mientras William exudaba deseo a raudales. Tenía los dientes apretados y sus ojos me decían un millón de cosas sin necesidad de palabras.

Cuando le dediqué una sonrisa y salí de la cocina, ya no sonreía, pero sus ojos..., sus ojos estaban demasiado abiertos para ocultar el efecto que mis palabras habían tenido en él. Y había visto que sus dedos se crispaban como si se estuviera conteniendo a duras penas para no tocarme.

Una hora más tarde, estaba de vuelta en mi despacho después de correr de un lado a otro intentando preparar las cosas para nuestra videollamada y haciendo todo lo posible por evitar a mi padre al mismo tiempo. Posé la mirada en mi libro y, por supuesto, otro trozo de papel sobresalía de sus páginas. Se me aceleró el pulso, mi corazón era pura felicidad.

Miré a mi alrededor y, tras cerciorarme de que nadie me observaba, saqué la nota y devoré las palabras del tirón.

Vas a acabar conmigo.

Me mordí el labio inferior y salí corriendo de la habitación en dirección a la pequeña sala de reuniones, sabiendo que él ya estaba allí. Pero cuando abrí la puerta y entré, solo estaban Stan y Trisha.

Les hice un gesto con la cabeza, ocultando mi sorpresa, y tomé asiento. Justo detrás de mí se abrió la puerta y William entró con Rick y con Gayle. Encendí el portátil e intenté concentrarme en el trabajo y no en William para no llamar la atención de mis amigos.

Era más fácil decirlo que hacerlo.

Escuché su voz, haciendo todo lo posible por parecer ocupada. Muy muy ocupada.

Él tomó asiento a mi izquierda, en la cabecera de la mesa.

Estaba abriendo el expediente que íbamos a necesitar, pero mi silla se movió de repente. Un sonido apenas audible se escapó de mis labios. Miré hacia William y me di cuenta de que era él quien estaba arrimando mi silla hacia él. El calor que se apoderó de mis mejillas empezó en mi cuello y no pude hacer nada para evitarlo. «Bueno, ya está», pensé. Ahora Gayle y Rick lo sabían. Un rápido vistazo a la sala me mostró que Stan y Trisha estaban enfrascados en una conversación, discutiendo sobre un punto que tenían que plantearle al señor Dunne, pero Gayle y Rick habían visto el rápido tirón de mi silla. Rick abrió un poco los ojos, pero Gayle… Gayle tenía una sonrisa de oreja a oreja mientras hacía todo lo posible por mirar hacia otro lado. Y William no se daba cuenta de sus miradas o le daba igual quien lo viera.

Me estremecí. Después de esto, no tendría dónde esconderme. Aunque tampoco estaba segura de querer hacerlo.

Desplacé mi mirada sorprendida y ligeramente atónita hacia William, pero él señaló mi portátil con absoluta seriedad.

—Por favor, enséñame la declaración que has preparado.

Me aseguré de no mirarlo en toda la reunión, pero él me lo puso casi imposible con cada roce de su rodilla contra mi muslo. Era uno de los hombres más trabajadores que había conocido en mi vida y saber que se esforzaba por mantenerse alejado de mí o por contenerse para no tocarme hizo que el corazón me diera un pequeño vuelco. En medio de la reunión, justo después de que yo le hablara al señor Dunne de la posibilidad de cambiar algunas de sus políticas de contratación, de la formación que debería recibir la gente y de la reacción positiva que tendría en el público tras el despido de su piloto, Stan y Rick tomaron el relevo en la conversación. Fue justo entonces cuando William me puso la mano en el muslo, tal y como había hecho en casa de su madre y hacía tan solo unos días en otra reunión. Pero entonces no había tanta gente a nuestro alrededor.

Y ahora, después de haber tenido su piel contra la mía la noche anterior, el ardiente calor de su mano no era comparable a nada que hubiera experimentado antes. Estuve a punto de quemarme. Movió la mano despacio hacia arriba, subiéndome la falda de tubo hasta la rodilla, que tenía una abertura en medio. Carraspeé y centré la atención en el portátil que tenía delante. Se detuvo a medio camino y me atreví a echarle un vistazo. La tensión en la habitación era palpable. No entendía cómo era posible que nadie se estuviera percatando de lo que estaba pasando, que nadie pudiera oír el estruendoso latido de mi corazón.

Nuestra compostura no flaqueó porque él era la imagen perfecta de un jefe de equipo, atento a cada palabra que se pronunciaba en la reunión mientras que yo no habría podido contar hasta diez si alguien me lo hubiera pedido, ni siquiera les habría dicho mi nombre de habérmelo preguntado.

«¿Quién es Charlie?».

Agradecí que su mano se hubiera detenido. No sabía de qué manera reaccionaría si hubiera seguido moviéndose unos centímetros más, pero era inevitable que nos pusiera en una situación muy embarazosa a ambos si un gemido se escapaba de mis labios. Bajé la mirada a mi regazo y vi su palma abierta. El dorso de su mano continuaba grabando a fuego su impronta de forma permanente en mi pierna. Me mordí el labio inferior, tratando de enterarme quién decía qué a pesar del rugido en mis oídos. Tenía las dos manos sobre el portátil, pero bajé una y apoyé la palma en la suya. Él entrelazó los dedos con los míos con agónica lentitud. Se me cortó la respiración cuando me apretó la mano y no me la soltó. Permanecimos así durante los diez minutos siguientes, tomados de la mano y mis emociones desbocadas en el pecho.

Y era una sensación maravillosa. Perfecta.

Justo cuando la reunión llegaba a su fin, se inclinó hacia mí y nuestros hombros se rozaron.

—¿Quieres comer conmigo? —me preguntó en voz baja.

Sonreí y respondí con la misma suavidad.

—No puedo. Tengo que llamar a Nora.

La reunión terminó y, antes de que pudiéramos decirnos otra palabra, Gayle se lo llevó para hablar de otra cuenta y Rick hizo lo mismo conmigo para prepararme de cara a otra reunión. Me atreví a mirar por encima del hombro y vi el fuego en sus ojos mientras me seguían todo el camino. Me di la vuelta para no chocar contra una pared y me di cuenta de que ya echaba de menos su tacto. Y ¿cómo iba a sobrevivir en California, tan lejos de él, cuando acababa de tenerlo para mí sola?

Aunque yo también me había saltado la comida, fui a comprarle algo y se lo dejé en el despacho con una nota.

¿Cómo puedo echarte tantísimo de menos cuando te estoy viendo desde el otro lado de la habitación? Vas a hacer que pierda la cabeza.

—¿Cómo has podido no decírmelo? —insistió Gayle por enésima vez desde que le había confesado que sí, que tal vez, que muy posiblemente, William y yo estábamos saliendo.

—Te lo acabo de decir hace media hora. —Salí del baño después de lavarme las manos.

—Solo me lo has dicho porque te he presionado.

Me fui directamente a mi despacho. No solo no había tenido tiempo de almorzar después de mi llamada con Nora, sino que ni siquiera había tenido tiempo de sentarme.

—No nos engañemos, ya lo sabías.

—Por supuesto que lo sabía. He ganado una apuesta gracias a vosotros dos.

Eso hizo que me parara en seco.

—¿Perdona? ¿Has dicho que has apostado por nosotros?

Ella resopló y siguió caminando.

—¿Parezco una aficionada? Pues claro que he apostado. Dinero fácil.

Me apresuré a alcanzarla.

—¿Con quién?

—Con Rick, por supuesto. Estaba seguro de que no te atreverías.

Me burlé, irritada.

—¿Atreverme? ¿Por qué no iba a atreverme?

Gayle se encogió de hombros y entró en mi despacho mientras yo la seguía.

—Después de la primera semana, supe que no podríais estar alejados el uno del otro demasiado tiempo. O él estaba pendiente de todos tus movimientos o tú le lanzabas miradas de anhelo cuando creías que no te veía.

Consternada, me quedé inmóvil antes de poder sentarme en la silla.

—De eso nada. —Gayle se me quedó mirando y yo negué con la cabeza—. No hacía nada de eso. Créeme. Claro que me gusta mirarlo. Es muy guapo. Pero no le lanzaba miraditas de anhelo.

Gayle resopló y se sacó el teléfono del bolsillo trasero.

—Podrías haberme engañado. Me voy arriba a menos que necesites algo de mí.

—No. Por el momento no.

—De todos modos, voy a estar fuera de la oficina haciendo algunas otras cosas. Asegúrate de echarme de menos. —Gayle me estudió, arqueando una ceja—. ¿Algo más?

Sonreí. Incluso sonreí de oreja a oreja. Volví a sentir la felicidad surgir poco a poco de algún lugar en lo más recóndito de mi pecho. ¿Esto iba a ser constante cada vez que hablara de William?

—¿Estaba pendiente de todos mis movimientos?

Gayle me sonrió y se le iluminaron los ojos.

—No tenía ninguna posibilidad. Créeme. Siempre que estábamos en su despacho hablando de algo, si pasabas por allí, sus ojos te seguían hasta el lugar al que te dirigías. Luego, si te veía hablando con un tipo, me preguntaba quién era y qué hacía. Y si le decía que no estabas interesada en él, fruncía el ceño y cambiaba de tema, como si hubiera dicho la cosa más ridícula del mundo. Y en las reuniones…, ni te cuento lo absorto que estaba cuando hablabas.

Mis labios se curvaban más con cada palabra que salía de su boca.

—Le gusto.

Gayle soltó una carcajada.

—Yo diría que sí. Dios me libre de los nuevos tortolitos. Por lo menos yo puedo cosechar los beneficios. —Apoyó los codos en mi mesa, tratando de parecer tan inocente como Gayle podía llegar a parecer—. Así que… has besado a alguien después de años y años y años. ¿Cómo te sientes?

—Increíble —susurré, inclinándome hacia ella—. Yo…

Llamaron con suavidad a mi puerta abierta.

—¿Interrumpo algo? —preguntó William, con los ojos fijos en mí. Me levanté y Gayle se enderezó.

—En absoluto —respondió antes de que pudiera articular palabra y pasó junto a él al salir—. Hablamos pronto, Charlie.

William vino hacia mí.

—Te he traído tu comida.

—Ah, pero no he pedido comida. —Miré mientras abría la bolsa de papel y sacaba un sándwich de fiambre (uno de mis favoritos) y una ración de patatas fritas aún calientes.

—Lo sé.

—¿Patatas fritas con parmesano y trufa? —pregunté, mis manos fueron a por la comida de inmediato.

—Tus favoritas —murmuró, y su voz era una caricia—. ¿Qué tal la llamada con Nora? ¿Todo bien?

—Sí, ha estado bien. A las dos nos entusiasma trabajar juntas. —Me negué a pensar en que él iba a quedarse aquí—. ¿Tú has comido?

William asintió.

Mis ojos fueron hacia él. No pude evitarlo.

Él dio otro paso hacia mí, reduciendo un poco más la distancia entre nosotros. La forma en que me miraba resultaba embriagadora.

—Demasiado cerca, William —murmuré—. No puedo pensar cuando estás demasiado cerca.

—Así que no me pasa solo a mí —dijo en voz baja—. Me alegro. ¿Quieres cenar en mi casa esta noche? Cocinaré para nosotros. Y Pepp, por supuesto. O puedo invitarte a salir otra vez. —Me rozó el dorso de la mano con los nudillos y se apartó demasiado pronto.

Se nos daba de pena intentar mantener las cosas en secreto en la oficina hasta que descubriéramos lo que queríamos hacer.

—Tu casa me parece bien —dije con voz ronca. Podría tenerlo todo para mí.

—Siento interrumpiros, pero Douglas quiere vernos a los tres. Iré a buscaros en cinco minutos. Antes tengo que ocuparme de otra cosa —dijo Gayle desde mi puerta, y luego desapareció por el pasillo a toda prisa.

—¿Una reunión? —pregunté en medio del silencio.

—Una reunión improvisada. Cómete el almuerzo y luego nos vamos. Puede esperar.

Esbocé una sonrisa.

—Me encanta cuando te pones en plan mandón. Me hace sentir un pequeño cosquilleo.

—¿Sí? —Sus ardientes ojos se clavaron en los míos con un mundo lleno de promesas—. ¿Qué más te gusta?

Bajé la voz y mi cuerpo se volvió hacia el suyo como si fuera un imán para mi corazón. Apreté las manos para no pegarme a él.

—Me gusta que me traigas la comida cuando estoy demasiado ocupada para tomarme un descanso. Me gusta que pienses en mí incluso cuando yo me olvido de pensar en mí misma.

William apretó los dientes.

—Dime una más.

Tragué saliva, con las manos deseosas de tocar y sentir. Podría decirle más de una.

Pensé que me estaba volviendo loca. No estaba segura de si lo que sentía se debía a que éramos nosotros (que solo era algo especial entre él y yo) o a que hacía mucho tiempo que no estaba con nadie.

—Esto no es exactamente algo que me gusta de ti, pero también lo es.

—Continúa.

—¿Recuerdas que esta mañana, después de que subiste y te fuiste a buscar a Pepp a casa de Josh, hicimos una cosa justo antes de que te fueras y luego otra vez cuando estábamos fuera paseándolo…? Me encanta apoyar mi cuerpo contra el tuyo, poner la barbilla en tu pecho y mirar hacia arriba cuando te hablo. Y tú también me miras y me retiras el pelo hacia atrás. —Cerré los ojos un instante, saboreando la imaginaria sensación de sus dedos en mi pelo. Cuando abrí los ojos, se había acercado un paso. Tenía los dientes apretados y la respiración agitada—. Supongo que me gusta estar tan cerca de ti y tocarte. También me encanta que me mires así. Como si fueras feliz solo con mirarme.

Dio otro paso más y su brazo rozó el mío.

—Soy feliz solo con mirarte, cielo. Eso es más que suficiente para hacerme feliz.

Carraspeé cuando oí que alguien pasaba por delante de mi puerta mientras casi gritaba por el teléfono. William dio un paso atrás, pues la tensión se había roto.

Me aclaré la garganta.

—Me comeré el resto cuando vuelva. Tenemos treinta minutos hasta nuestra próxima llamada con el señor Dunne. —Me metí una última patata frita en la boca y enseguida otra, porque tenía mucha hambre—. ¿Alguna idea de lo que quiere mi padre?

Eché una última mirada anhelante a mis patatas fritas y volví a meterlo todo en la bolsa de papel. Sus ojos se clavaron en los míos, con una expresión nueva que no podía nombrar.

—Ni idea. ¿Me das un trozo de papel, por favor?

Confundida por su tono duro, asentí y le di lo que me pedía. Él mismo tomó un bolígrafo, se inclinó para escribir algo en el papel y luego, cuando su espalda rozó la parte delantera de mi torso, agarró mi libro, metió el papel y volvió a enderezarse. No había visto lo que había escrito.

—¿Lista para irnos? —preguntó.

—¿Qué era eso?

—Algo para que leas después.

Ya estábamos saliendo de mi despacho, cuando vimos que Gayle venía hacia nosotros.

—¿Sabes de qué va esto? —pregunté mientras adoptábamos su paso.

—Creo que es una nueva cuenta. —Se inclinó un poco hacia delante y lanzó una mirada a William, que estaba a mi izquierda y miraba su teléfono con el ceño fruncido—. Alguien que conoce, creo. —Nos detuvimos frente al despacho de mi padre y Gayle empezó a charlar con Wilma.

William seguía mirando su teléfono, pero su ceño estaba más marcado.

—¿Va todo bien? —susurré—. ¿Malas noticias?

Levantó la vista y pareció casi sorprendido de encontrarme a su lado. Sacudió la cabeza, apagó el teléfono y se lo volvió a meter en el bolsillo.

—No. No pasa nada.

Quería preguntarle qué le pasaba y alisarle el ceño con los dedos, pero no era el lugar ni el momento de llevármelo a un lado para una charla rápida.

—Entremos —murmuró Gayle, siguiendo a Wilma hasta el despacho de mi padre, así que tuve que ponerme en marcha, dejando que un distraído William nos siguiera.

Justo cuando entramos en su despacho y los tres decidimos quedarnos de pie, mi padre terminó su llamada.

—¿Has avisado a Kimberly? —le preguntó a Wilma. Ella murmuró que sí y salió de la habitación después de dejar unos documentos delante de él. Mi padre se levantó, rodeó su mesa y se apoyó en ella mientras Kimberly y Dean entraban—. Bien, ya están todos aquí. William, una de las empresas con las que trabajaste hace unos años ha llamado hoy después de que tu empresa de California les dijera que estabas aquí. Ephesus Airlines. Al parecer, alguien los está chantajeando, acusándolos de utilizar piezas de aviones viejos para su nueva flota. Quieren volver a trabajar contigo.

—¿Cuándo contactaron con ellos? —preguntó William a mi lado mientras yo aún intentaba entender qué hacía Kimberly aquí dentro si habían llamado a William.

—Esta mañana. Hace unas horas.

—Los llamaré enseguida. Charlie...

Dio un paso adelante, pero mi padre levantó la mano y él se detuvo.

—Tu equipo y tú —señaló hacia Gayle y hacia mí— ya estáis trabajando con otra compañía aérea en este momento. No quiero que desviéis la atención de eso. Kimberly está interesada en esta, así que he pensado que podrías informarle sobre la compañía y ella se encargará a partir de ahí.

26

Charlie

William frunció el ceño, con la confusión impresa en su rostro. Y también con cierto enfado, si no me equivocaba.

—¿Cómo dices? ¿Kimberly no se dedica al asesoramiento de gestión de riesgos en lugar de a esto?

—Sí, pero tú ya estás ocupado con otros tres casos. No creo que debas encargarte también de esto.

No dije una sola palabra porque ahora sí que podía sentir la ira que William irradiaba a toneladas.

—Perdona, pero ¿hemos tenido alguna queja de la que no estoy al tanto? —preguntó.

Mi padre frunció el ceño. Ni siquiera miré a Kimberly, pero Dean y ella no hacían ningún ruido.

Gayle chocó su hombro contra el mío mientras ambas paseábamos la mirada entre mi padre y William. Era igual que ver un incómodo partido de tenis.

—Por supuesto que no. Pero no quiero que te exijas demasiado.

—Deja que yo me preocupe por lo que mi equipo y yo podemos hacer.

—¡Ay! —susurró Gayle a mi lado y yo me mordí el labio para reprimir una sonrisa.

—Esa decisión no te corresponde a ti —replicó mi padre.

—¿De veras? ¿No me corresponde a mí? Creía que habíamos llegado a un acuerdo cuando acepté tu oferta. Puedo elegir las empresas con las que quiero trabajar.

—Y lo has hecho. Pero no quiero que asumas más de lo que tu equipo y tú podáis manejar.

—Quiero trabajar con ellos —repitió William en un tono que no admitía discusión. Casi, solo casi, me sentí mal por mi padre, pero sabía que no sería fácil de convencer.

—Me gustaría ayudar, William. —Kimberly intervino en la conversación desde el otro lado de la habitación.

—No se trata de ayudar. ¿No se han puesto en contacto para pedir trabajar conmigo, Douglas? —Miró de forma breve en dirección a Kimberly—. Lamento decirlo, pero careces de la experiencia para manejar su situación. Si Douglas acudiera a mí y me dijera que quiere que Charlie se encargue de esto, le confiaría cualquier cosa a ella. A ti no. No te ofendas, pero no te conozco. No conozco tu trabajo.

Sentí unas ganas locas de tomar su rostro y atraerlo hacia mí para darle un buen beso.

Kimberly irguió la espalda y entrecerró los ojos. Mi padre habló antes que ella.

—Esto no es por Charlie. Ella no tiene equipo propio. Todavía no está a ese nivel.

—Tú sigue engañándote y pensando eso. Así puedo tenerla en mi equipo. Es una victoria para mí.

Mi padre se detuvo.

—Vale, está bien. Dejaremos que la compañía aérea decida. Quiero que Kimberly y tú habléis juntos con ellos. Les comunicaremos los planes de ambos para resolver sus problemas y partiremos de ahí.

William sacudió la cabeza.

—Este no era nuestro trato, Douglas.

Mi padre se frotó el puente de la nariz. Un revelador signo de estrés en él.

—Hagámoslo a mi manera. —Levantó la vista y la fijó en mí—. Charlie, puedes irte. No vamos a necesitarte aquí.

Me estaba sujetando el codo con la mano y lo dejé caer al tiempo que le dirigía una breve mirada a Gayle.

—Yo...

—Yo creía... —empezó Gayle, pero ninguna de las dos llegó a terminar.

William se puso tenso a mi lado.

—Parece que hoy estoy muy confundido, Douglas. Creía que Charlie estaba en mi equipo. De hecho, creía que habíamos hablado de esto varias veces. La verdad es que me estoy hartando de tener la misma conversación.

Esto no era nada nuevo para mí. La tensión en el despacho aumentó. Mi padre se enderezó y volvió a su asiento.

—Charlie, Dean, marchaos. Seguro que tenéis otros asuntos que requieren vuestra tención. Tengo que llamar a la compañía aérea y me basta con que Gayle, Kimberly y William estén aquí. Ellos os informarán si es necesario.

Me dispuse a marcharme, pero William me puso la mano en el brazo para detenerme y después la apartó.

—Nos vamos los dos. Avisaré a Kimberly cuando esté disponible para hacer la llamada. Como has dicho hace un momento, mi equipo y yo estamos ocupados.

Podría haber caído un alfiler al suelo y habría resonado en el atronador silencio. No dejó que mi padre dijera una sola palabra más y me indicó que me pusiera en marcha. Tragué saliva, haciendo todo lo posible para disimular la incomodidad y la sorpresa que me invadió tras el giro de los acontecimientos. Si William no hubiera interrumpido, no me habría importado dejar que ellos se ocuparan de la llamada telefónica. Tenía otras cosas en las que podía estar trabajando, así que no me habría molestado. Pero cualquiera podía ver la tensión en los hombros de William y que tenía los dientes apretados. Así que me moví lo más rápido posible y él me siguió.

Decidí no mirar a nadie a los ojos y Kimberly se apartó de nuestro camino. William alargó la mano hacia la puerta antes de que pudiera hacerlo yo y me la abrió. Abrí la boca en cuanto salimos, pero la cerré enseguida al ver su expresión furiosa.

Caminó a mi lado hasta mi pequeño despacho.

—Oye —dije con voz queda cuando nos detuvimos justo en la puerta—. ¿Estás bien?

Su mirada se suavizó al mirarme, pero me di cuenta de que le estaba costando bastante. Se metió las manos en los bolsillos del pantalón, como si necesitara algún tipo de barrera entre nosotros.

—No me ha gustado cómo te estaba hablando.

Mi corazón se derritió un poco. Le dediqué una pequeña sonrisa y crucé los brazos sobre el pecho para no caer en la tentación de abrazarlo.

—Voy a trabajar un poco. Tú ve a hacer lo que tengas que hacer. Mándame un mensaje si me necesitas; aquí estaré. Tengo que hacer algunas llamadas.

Me estudió unos segundos más y después asintió, se dio la vuelta y se dirigió a su despacho.

Abrí la puerta y me senté a mi mesa. Mi teléfono sonó al recibir un mensaje nuevo.

William: Te necesito.

Levanté la vista y lo encontré mirándome desde la puerta de su despacho. Respondí con rapidez.

Charlie: Estoy aquí.

William: Bien.

Lo vi girarse y dirigirse hacia donde trabajaban Stan y Trisha. Así que de verdad iba a hacer esperar a mi padre.

Exhalé una profunda bocanada de aire, encendí el portátil y tomé el móvil justo cuando recibí un nuevo mensaje.

William: Mira en tu libro.

Entonces recordé que me había dejado una nota. La busqué y la encontré en un santiamén.

Nos vemos en la escalera dentro de una hora. Piso 19.

Una hora más tarde, estaba esperando justo donde William me había pedido. Ya habían pasado unos minutos desde que llegué, pero él no había venido todavía. Menos mal que sabía que nadie saldría por la puerta después de mí, ya que las oficinas de la planta 19 estaban vacías en estos momentos.

Me paseé por el pequeño rellano y me detuve cuando oí que se abría la puerta. El bullicio de la oficina llegó a mis oídos durante uno o dos segundos y después reinó de nuevo el silencio. Unos instantes después, oí pasos.

Se me aceleró el corazón al verlo. Venía derecho hacia mí, lo que no ayudó en nada a calmar mis nervios. Pero la forma en que seguía todos mis movimientos, bajando la mirada de mis ojos a mis labios…, y esa expresión voraz…

Estaba acabada y no me importaba lo más mínimo.

Me apretó contra la pared, protegiéndome la parte posterior de la cabeza con la mano, y apoyó la frente en la mía. Algo se asentó en mi estómago; me encantaba hacer esto. William dio un paso más muy despacio y amoldó su cuerpo al mío. Cerró los ojos y exhaló con fuerza.

—Tu padre es… la pera.

—¿Hay algo que pueda hacer?

—Solo seguir haciendo lo que estás haciendo ahora mismo. —No podía dejar de observar sus rasgos, y cuando lo vi exhalar de nuevo, todos los signos de estrés desaparecieron de su rostro y me brindó una suave sonrisa—. Me estás mirando —murmuró, poniendo la otra mano en mi cintura y dándome un pequeño apretón, como si eso fuera a hacer que parara.

—¿Es que no debo? —Levanté las manos y posé una en su cuello y la otra sobre su corazón.

La sonrisa de William volvió a asomar en las comisuras de su boca.

—Podría pasarme el día entero haciendo esto.

—¿Estás bien? —No pude evitar preguntarle en medio de nuestra silenciosa burbuja.

—Ahora sí. —Abrió los ojos y me contempló. Suspiró mientras alzaba la mano para ahuecarla sobre mi mejilla—. Esto me gusta —admitió—. Me gusta mucho, Charlie.

—¿Las citas secretas en las escaleras?

—Eso, sí. Y también tenerte así en mis brazos.

Esta vez fui yo la que cerró los ojos y ladeó la cabeza.

—Te toca decirme algo que te guste de mí.

Murmuró al oído y un escalofrío recorrió mi cuerpo. Me aferré a su camisa y llevé la mano a su cuello para masajear con suavidad los tensos músculos.

—Me encanta sentir tus manos en mí en plena noche —susurró, y mi cuerpo se meció solo un poco—. Puede que me guste aún más que tener las manos sobre ti. Y eso debería decirte algo porque no puedo quitarte las manos de encima.

—Will —susurré, y mi cuerpo ardía con la misma intensidad que las estrellas en el cielo nocturno.

Él se arrimó todavía más, apartó la mano de mi cabeza y apoyó la palma en la pared, atrapándome con firmeza. Me rozó la oreja con los labios, sentí su mejilla sin afeitar contra la mía y deslizó la mano hasta la parte baja de mi espalda para pegarme más a él. De repente sentí que se ponía duro contra mí.

—Esta es otra cosa que me gusta. Que me llames Will cada vez que estás medio perdida en mí. Cuando sale de estos labios… —sentí las yemas de sus dedos moverse por mi labio inferior—, no tienes idea de lo que me hace.

—Me parece que te gusto mucho.

—Me parece que tienes razón

—¿Vas a besarme? —susurré, olvidándome del resto del mundo que nos rodeaba.

Aunque todavía no había abierto los ojos, podía sentir su sonrisa.

—¿Quieres que te bese?

Asentí y él volvió a deslizar el pulgar por mis labios. Contuve la respiración, pues me sentía un poco mareada a causa de la expectación. Apartó los labios de mis orejas y me dio un suave beso en la mejilla.

Moví un poco la cabeza y me dio otro en la comisura de la boca. Sus labios casi rozaban los míos cuando me susurró:

—¿Te gusta cómo te beso?

Se me aceleró el pulso.

—Me encanta. Es perfecto.

Me movió con delicadeza entre sus brazos, como si estuviéramos bailando, y me vi con la espalda contra su pecho, sus brazos debajo de los míos y alrededor de mi cintura. Tomé aire con brusquedad. Luego apoyó la barbilla en mi hombro y me apretó la cintura con cuidado.

—¿Te soy sincero? —susurró, y asentí mientras un dulce calor me inundaba el pecho con lentitud—. Jamás he conocido a alguien como tú, Charlie. Ni creo que lo conozca. —Hizo una pausa y me recordé que tenía que respirar.

«Dentro y fuera, Charlie».

«Dentro y fuera».

Tragué saliva, intentando ignorar todas las emociones que se arremolinaban en mi corazón.

Transcurrieron unos momentos de silencio mientras trataba de saborear la sensación de tenerlo contra mí y el afecto en su voz.

—¿Demasiado sincero? —preguntó, dándome otro beso en el cuello. Como si fuera una costumbre, como si estuviera hecha para estar en sus brazos y fuera lo más natural del mundo, ladeé la cabeza y cerré los ojos. Me aferré a sus manos para sostenerlo junto a mí. En mis labios se dibujó una enorme sonrisa de felicidad. Porque sentía que era esto. Esto era todo lo que siempre había querido.

Él era lo que siempre había esperado. Alguien que pudiera verme.

Me giré en sus brazos y apoyé la mejilla sobre su corazón.

—No demasiado —susurré—. Ojalá estuviéramos en casa.

Sus brazos me estrecharon; ninguna palabra podría haber sido mejor.

—¿Cuándo decías que Nora te quería allí?

—El 25 de abril.

William exhaló un suspiro.

—Bien. De acuerdo. Tres semanas. Aún nos queda mucho tiempo. Y si todo se calma lo suficiente, a lo mejor puedo irme contigo uno o dos días. Si me aceptas, claro.

—Siempre lo haré.

Y ¿mucho tiempo? No lo parecía. Pero no quería decir nada, no quería pensar en mi marcha ni en cómo iba a afectarnos. Lo desconocido era mi peor enemigo.

Pero entonces me di cuenta de que él se aferraba a mí con tanta fuerza como yo a él.

Se abrió una puerta en otro piso y eso nos trajo el barullo y los ruidos de la oficina. Oímos pasos y nos quedamos inmóviles, pero ni William ni yo nos soltamos. Entonces esos pasos apresurados se desvanecieron poco a poco y fueron reemplazados por el tono de llamada de su teléfono.

—¿No lo atiendes?

Él me inclinó la cabeza hacia atrás con un dedo y estudió mi rostro como respuesta.

—Estás muy callada.

Sacudí la cabeza.

—Ha sido un día largo, nada más.

Enmarcó mi rostro con las manos.

—Quería un momento robado contigo. Quiero cada momento que pueda tener contigo. Por eso te he pedido que vinieras. —Una sonrisa danzó en sus labios—. Y ahora que me tienes aquí, ¿qué quieres hacer conmigo?

Esbocé una deslumbrante sonrisa, que era lo que él pretendía.

—Tú me has invitado aquí, no al revés.

Enarcó las cejas cuando su móvil dejó de sonar.

—¿Significa eso que puedo hacerte lo que quiera? —Agachó la cabeza hasta que sus labios estuvieron contra los míos y susurró—: Creo que eres mi alma gemela, Charlie.

Se apoderó de mi boca, invadiéndola con su lengua, y entonces ya no pude pensar en nada que no fuera ese beso. Apenas me di cuenta de que apartaba la mano de mi cintura, dejándome la piel de gallina bajo la ropa a su paso, cuando me rodeó el cuello con la palma y me acarició la mandíbula con el pulgar. Gemí y él me echó la cabeza hacia atrás para profundizar el beso, haciéndome olvidar todo lo que nos rodeaba. De repente sentí la pared contra mi espalda, sin tan siquiera darme cuenta de que había hecho que me moviera.

Estaba sin aliento cuando dejó de besarme y sus labios se movieron de forma reverente sobre mi piel, descendiendo cada vez más. Se me escapó un pequeño gemido cuando me besó la clavícula y arqueé la espalda, separándome de la pared. Sentí sus dedos juguetear con el botón superior de mi blusa. Le tiré del pelo para atrapar su boca y le clavé los dientes en el labio inferior.

Algo estalló para los dos y de repente nos abalanzamos el uno sobre el otro con voracidad.

Me rodeó la cintura con los brazos, me pegó más a él y levanté la pierna tanto como me permitía la falda para poder acercarme a él. Su mano me subió más la falda para que me resultara más fácil. Sus respiración agitada se mezclaba con la mía.

—No te imaginas cómo me ponen estas faldas. —Sus palabras me hicieron estremecer.

Nuestro beso se volvió desenfrenado y salvaje en cuestión de segundos cuando me inclinó la cabeza y su lengua se introdujo más a fondo en mi boca. Estaba sin aliento, con la mente en blanco. Le solté el pelo, deslicé la mano entre nuestros cuerpos y le bajé la cremallera porque lo necesitaba dentro de mí tanto como respirar.

Y ese fue el momento exacto en que se abrió otra puerta.

Se detuvo y levantó la cabeza para apoyarla en mi frente. Los dos estábamos sin aliento. Esperábamos oír pasos, pero no fue así. Tenía el corazón desbocado.

William dio un paso atrás y sentí su ausencia en todo mi ser.

Aún estaba intentando recobrar el aliento mientras él se arreglaba la ropa, evitando mi mirada.

—Lo siento, he perdido un poco la cabeza.

Podía hacerlo siempre que quisiera.

Vi que William exhalaba un suspiro y me abotonaba la blusa. Su móvil empezó a sonar de nuevo, pero ni siquiera miró quién llamaba. Me di cuenta vagamente de que me había olvidado el móvil en el despacho, pero no suscitó ninguna preocupación en mí al tenerle a él tan cerca.

Parpadeé cuando sentí sus labios en la frente mientras me atraía contra sí con los dedos en mi pelo.

—Me quitas el estrés. Me siento mejor contigo —susurró, y sus preciosos ojos se cruzaron con los míos—. Joder, me siento mejor solo con mirarte. —Me acunó la cabeza entre las palmas de las manos y me devolvió la mirada, un tanto desconcertada—. Tus labios… Tengo que decírtelo, Charlie. Puede que esté un poco obsesionado con tus labios y ahora que están inflamados y rojos… —Sacudió la cabeza.

Quería que terminara la frase porque deseaba saber qué haría…

Pero su móvil volvió a sonar.

—Me parece que tienes que contestar —susurré—. Podría ser importante.

—Dime algo que te guste de mí —respondió en su lugar.

Ni siquiera tuve que pensar.

—Eso es fácil. Me encanta que me hayas encontrado de nuevo. Me encanta que no tengas miedo de reconocerlo. Y me encanta que tu lenguaje amoroso sea el tacto.

Él sonrió, con los ojos ardiendo aún de deseo.

—No tengo ni idea de lo que significa eso, pero te tomo la palabra. —Se alejó un paso de mí—. Sube tú primero. Necesito un par de segundos. Iré detrás de ti. —Se miró los pantalones. Mis ojos siguieron el movimiento y esbocé una sonrisa de oreja a oreja cuando vi el contorno de su dilema—. No estés tan orgullosa de ti misma.

Mi sonrisa se tornó en una carcajada.

—No he dicho ni mu.

William suspiró, hizo que me diera la vuelta y me empujó hacia las escaleras.

—Seguro que llegamos tarde a una reunión. Vete.

—¿Qué vas a hacer tú? —Incliné la cabeza hacia una parte concreta de su cuerpo que no se bajaba.

—Para empezar, dejaré de pensar en ti. Eso ayudará.

Aún sonreía cuando volví a entrar en la oficina.

—Estás de muy buen humor —comentó Gayle, que de repente se puso a mi altura.

—¿De dónde sales? —pregunté, sobresaltada.

—De arriba. —Señaló al techo con un dedo—. ¿Y tú?

—Solo una reunión breve. Por teléfono.

—¿De veras? ¿Y con qué teléfono has mantenido la reunión?

Me paré en la entrada de mi despacho, tratando de evitar su mirada cómplice.

—¿Qué quieres decir?

—Nada en particular. Es que te he llamado dos veces y al ver que no respondías, he pasado por tu despacho y he visto tu móvil en la mesa. Supongo que la reunión la has mantenido con el teléfono de otra persona. ¿Tal vez alguien muy alto y al que le cuesta quitarte los ojos de encima?¿Quizás estabas reunida con esa persona? Y me pregunto qué les pasa a tus labios.

Me toqué los sensibles labios con los dedos y fruncí el ceño.

—¿Qué les pasa a mis labios?

—No mucho. Solo que cierta persona te ha besado hasta dejarte sin sentido.

Entré en mi despacho y le cerré la puerta a su sonriente cara.

27

William

Salí de la escalera unos minutos después que Charlie, haciendo caso omiso de otro mensaje y después otra llamada mientras intentaba serenarme. De camino a mi despacho, mis ojos buscaron a Charlie en su despacho, que estaba ocupada ya en su ordenador.

—¿William? —me llamó Rick, viniendo hacia mí, y tuve que apartar la mirada.

—¿Sí?

—Vamos a ver el partido de esta noche. ¿Vienes?

Ni siquiera sabía de qué partido me hablaba.

—Puede que la próxima vez. Tengo que revisar algunas cosas.

—Gayle me ha hablado de la nueva compañía aérea. ¿Necesitas que prepare algo antes de la reunión?

Tardé unos segundos en centrarme y pensé en lo que había que hacer antes de la llamada. No solo por parte de mi equipo, sino también de Kimberly y de quienquiera que decidiera traer a la reunión.

Mi teléfono volvió a sonar y me distrajo. Rick me miró a la espera.

—Habla con Gayle e investigad a ver si se han enfrentado a una acusación como esta antes. No compartáis nada en la reunión; no estaremos solos. Tengo que atender esta llamada.

Rick asintió y se fue.

Entré en mi despacho, cerré la puerta y exhalé un profundo suspiro.

Mi teléfono había dejado de sonar. Eso era una buena señal. Pero Charlie acaparaba aún mi cabeza. Evité mirar en su dirección porque sabía que en cuanto lo hiciera no sería capaz de olvidar su imagen de anoche debajo de mí. Sus ojos entrecerrados, sus gemidos y jadeos resonando en mis oídos. Aún podía saborearla. Y la forma en que me había mirado hacía solo diez minutos... Todavía podría sentirla estremecerse en mis brazos, ajena por completo a lo que me estaba haciendo.

Recordé que no quería tener una relación con nadie durante al menos otro año más. No solo porque no tenía tiempo para una relación, sino también porque sencillamente no estaba interesado. Necesitaba un descanso después de los últimos años con Lindsey.

Y entonces me encontré de nuevo con Charlie. Hay que ver cómo la vida nos arroja a la cara nuestras palabras.

Me froté el puente de la nariz, saqué mi móvil y miré la pantalla, sabiendo al menos uno de los nombres que iba a encontrarme. Hacía apenas unas semanas que habíamos vendido nuestra casa. No teníamos nada más que hablar, pero había estado llamándome sin parar. Ignoré las llamadas que no eran urgentes y pinché en el nombre de Lindsey.

Lindsey: Estoy en Nueva York. Quiero hablar contigo. Por favor.

Nos habíamos quedado a trabajar después de nuestra hora normal de salida y habíamos cenado en la oficina. Cada miembro del equipo había preparado un plan de acción para el problema de Ephesus Airlines y se había ocupado de algunas cosas que nos quedaban por hacer para las cuentas restantes. En cuanto salimos de la oficina, nos fuimos a casa, siempre agarrado de la mano de Charlie.

Recogimos a Pepp de casa de sus vecinos, lo llevamos a dar un paseo corto y después entramos a trompicones en mi apartamento. Como Charlie apenas se tenía en pie, le dije que se tumbara en el sillón y que se relajara. Ella se limitó a asentir de forma cansada. Pepp se dedicó a olisquear la casa de arriba abajo, aunque no era la primera vez que estaba aquí. De vez en cuando iba con Charlie, le daba un golpecito con el hocico y continuaba su expedición.

Después de preparar un rápido tentempié para Charlie, le llevé el plato, con Pepp siguiéndome. Cuando vi que ya se había quedado dormida con una mano debajo de la cabeza, tomé la manta del extremo del sillón y le arropé las piernas.

—Oh, lo siento —murmuró y abrió los ojos despacio mientras se enderezaba—. No pretendía quedarme dormida.

—No pasa nada. Llevas todo el día de pie.

—Tú también. Tampoco tengo tanto sueño —repuso, tapándose con la mano mientras bostezaba.

Me senté a su lado y nuestros brazos se tocaron. Después recogí el plato mientras Pepp se sentaba delante de nosotros, esperando su parte. Me estaba mirando de la misma forma que cuando lo conocí, pero su mirada se suavizó cuando Charlie alargó el brazo y le rozó la mejilla con los nudillos. Se subió de un salto al sofá y se acomodó al otro lado de Charlie.

—¿Te parece bien que se suba aquí?

—Pues claro. —Tenía el plato en la mano.

—Anda, ¿qué es esto?

—Sé que te gusta comer algo dulce antes de acostarte. Te prometí que iba a cocinar para ti esta noche, pero no sabía que trabajaríamos hasta tan tarde. No tengo mucho a mano, pero tenía tu dulce favorito.

—Está bien, lo dejaremos para otra noche. ¿Qué es eso?

—Compota de manzana. Así que una tostada de compota de manzana.

Me miró durante largo rato, con los ojos brillantes bajo la tenue luz de la habitación.

—¿Me has comprado compota de manzana? ¿Cuándo?

—Oí que le decías a mi madre que era tu comida favorita cuando eras pequeña y que tu madre la hacía casera. Sé que no te gusta hablar de tu madre, pero parecía un buen recuerdo.

—Así que has comprado compota de manzana.

—He comprado compota de manzana para mí. Da la casualidad de que tú estás aquí.

Una preciosa sonrisa se dibujó en su rostro y me tomó la cabeza entre sus pequeñas manos.

—¿La has comprado para cuando yo viniera?

—Algo así —murmuré, sintiendo que me perdía en su mirada.

Se arrimó, me dio un beso rápido en los labios y se apartó con una sonrisa antes de que pudiera profundizar el beso.

Acto seguido me quitó el plato de las manos, tomó una rebanada y pegó un mordisco con una mirada erótica en la cara. No podía hacer otra cosa que mirar. Se tragó el bocado y me miró al tiempo que me ofrecía el siguiente.

A mí la compota de manzana ni fu ni fa, pero acepté lo que me ofrecía con los ojos clavados en ella y mastiqué mientras me estudiaba. Entonces se lamió los labios, dejó el plato sobre la mesa de centro y centró la atención en mí.

Recordé una pregunta que ella me había hecho ayer mismo.

—¿Qué quieres de mí? —repetí las palabras con voz queda,

—A ti —respondió en el mismo tono, con los ojos clavados en mis labios.

Le di lo que me pedía y me apoderé de sus labios. Sus suaves, desnudos y hermosos labios.

28

Charlie

Había pasado la noche en casa de William. Solo había dormido con él un total de dos veces, y con dormir me refería a dormir de verdad; los ojos cerrados, los cuerpos entrelazados y un montón de sonrisas por mi parte. Lo había besado algo más de veinte veces, contando los besos en casa de su madre. Y había practicado sexo con él seis veces en los últimos dos días. Sí, por supuesto que las había contado.

A fin de cuentas, no quería volver a dormir sin él. Cuando se lo susurré al amanecer, me retiró el pelo revuelto de los ojos y me besó con una sonrisa en los labios.

—Eso no va a pasar pronto. Créeme. —Momentos después, estábamos haciendo realidad la número seis.

Un poco después de que se marchara a la oficina, saqué a dar un corto paseo matutino a Pepp y luego crucé la calle hasta mi apartamento y me tropecé con Antonio, que se iba a trabajar.

—Fíjate quien hace el paseo de la vergüenza esta mañana.

Sonreí, sin avergonzarme lo más mínimo.

—Pues yo. —Más que nada porque era un paseo muy corto y no me importaba en absoluto que Antonio me viera. Se acuclilló para rascar unas cuantas veces a Pepp sin dejar de mirarme.

—¿Así que estás con él? ¿Es oficial? —preguntó, y mi sonrisa se ensanchó sola—. Te sienta bien, guapa.

Podía sentir que el calor afloraba a mis mejillas.

—Gracias, Antonio.

—Vamos a celebrar una pequeña fiesta para los amigos cercanos esta noche. Celebramos que Josh ha terminado su primer borrador. Si no trabajáis hasta tarde, tráete a tu chico y pásate.

Todavía no había estado con William en presencia de otras personas, sin que tuviéramos que ocultar que estábamos juntos.

—Se lo preguntaré. Muchísimas gracias.

Antonio se levantó y Pepp se apoyó en mi pierna, golpeteando la puerta con el rabo.

—Si necesitas que saquemos a Pepp a pasear, avisa a Josh. Creo que hoy tiene pensado llevar a Daisy al parque canino. Le encantaría tener la compañía de este caballero.

Acaricié la cabeza de Pepp y sacudí la mía.

—Ya hacéis demasiado al sacarlo a pasear por la noche cuando vuelvo tarde a casa.

—No es ninguna molestia, nos encanta tenerlo. Además, ¿es que te has olvidado de las veces que has cuidado de Daisy cuando no estábamos? —Empezó a sonarle el teléfono y miró a ver quién llamaba de forma distraída—. Lo siento, Charlie. Tengo que contestar.

—Por supuesto.

Bajó corriendo las escaleras y miró por encima del hombro.

—Tráete a William. Será un placer conocerlo. Te veo esta noche.

—¡Qué tengas un buen día en el trabajo! —grité cuando él levantó la mano y se despidió mientras se dirigía calle abajo.

Tardaba casi una hora en llegar a la oficina después de dar de comer a Pepp y de prepararme, así que me preocupaba llegar tarde, pero llegué alrededor de las 8:45, por lo que todavía tenía cierta tranquilidad. Y lo más importante era que mi padre no había llegado. Mi teléfono sonó al recibir nuevos mensajes.

William: ¿Cuándo llegas?

William: La próxima vez recuérdame que te espere para que podamos entrar juntos o simplemente ten en cuenta que pienso llevarte conmigo.

Charlie: ¿Por qué? ¿Qué ocurre?

William: No dejo de mirar a tu despacho cada minuto para ver si ya estás dentro y me está costando centrarme en el trabajo. Eso es lo que pasa.

William: ¿Estás cerca?

William: Me sorprende decir que te he echado de menos en las dos horas que hemos estado separados. Y me horroriza un poco confesarlo en un mensaje de texto.

Se me escapó una carcajada mientras sentía un aleteo en el pecho. A continuación dejé el bolso y todo lo demás en mi despacho e intenté no dar la impresión de que iba corriendo a buscarlo a su despacho. Para mi sorpresa, en vez de encontrar a William, me encontré a Kimberly de pie delante de las ventanas.

Volvió la cabeza para mirar por encima del hombro cuando abrí la puerta con cierta vacilación y vino hacia mí.

—Buenos días, Charlie. Estaba esperando a William. —Miró el teléfono que tenía en la mano—. La reunión empieza dentro de poco. He oído que quería verme para ponerme al corriente de algo sobre el caso Ephesus, pero no está y tengo que irme.

Cuando pude entrar en el despacho, ella ya había llegado a mi lado. Miré hacia la mesa de William. Todas sus cosas estaban ahí.

—¿No ha estado aquí? —pregunté con expresión ceñuda, confusa hasta el punto de olvidar que no estaba ni mucho menos en buenos términos con Kimberly en estos momentos.

Kimberly me miró durante largo rato de arriba abajo. Me enderecé, preparada para sus tonterías.

—Ha estado —respondió al fin—. Quiero decir que estaba aquí hace diez minutos cuando me llamó. Por eso he venido.

—¿De qué te iba a…?

—No falta mucho para que empiece la reunión, Charlie. Tengo trabajo que hacer.

Y, sin más, pasó por mi lado y yo me quedé ahí, contando hasta diez con los ojos cerrados. Después exhalé una profunda bocanada de aire, me di la vuelta para marcharme y me encontré con Gayle, que abría la puerta.

—¿Qué hacías aquí con Kimberly?

—Ni idea —dije con un suspiro, encogiéndome de hombros—. Ella ya estaba aquí cuando yo…

Gayle levantó la mano.

—Da igual. ¿Dónde está tu móvil?

—En mi despacho. ¿Qué pasa?

William apareció junto a Gayle, con sendas tazas de café en las manos. La pequeña arruga en su frente, que casi siempre aparecía cuando estaba pensando o distraído, se alisó en cuanto me vio en el umbral de su despacho.

—Charlie —murmuró, ignorando por completo la presencia de Gayle.

Sonreí y sus ojos se posaron en mis labios durante un breve instante, hasta que Gayle alargó la mano para tomar una de las tazas de café. William se volvió hacia ella, frunciendo el ceño mientras aferraba su taza.

—No es para ti, Gayle —refunfuñó—. Ve a por el tuyo. —Se acercó a mi lado y me ofreció una de las dos tazas con café solo.

Le brindé una sonrisa.

—Oh, gracias. ¿Es el primero? —Debía de serlo si estaba tan gruñón.

Asintió y bebió un sorbo, sin dejar de mirarme.

—¿Qué hacéis las dos aquí en mi despacho? Sobre todo tú, Gayle. —Rompió el contacto visual conmigo y mi corazón retornó a su estado normal.

Gayle puso los ojos en blanco y sacudió la cabeza.

—Charlie, vas a recibir una llamada de nuestra aplicación de citas… —hizo una pausa—, dentro de diez minutos. Busca a Rick, fue quien me ayudó con la investigación, así que lo vas a necesitar.

Y tú... —Desvió la mirada hacia William, que ahora estaba junto a mí. Intenté contener la sonrisa, pero Gayle era muy consciente de nuestra cercanía—. Tienes que estar en el despacho de Douglas en quince minutos. Han adelantado la reunión. ¿Has dejado café en la cafetera para los demás?

Se marchó antes de que William pudiera responder. De todas formas no creía que tuviera mucho interés en responderle. Él cerró la puerta y se volvió hacia mí, de espaldas al resto del despacho. Solo unos pasos nos separaban mientras él bebía otro sorbo, pendiente de cada uno de mis movimientos.

Me tomé mi tiempo, miré mi café y me fijé en que le había puesto leche. Supuse que también le había añadido un sobrecito de azúcar moreno. Soplé un poco y luego lo probé. Sí. Lo había preparado justo como a mí me gustaba. Pero, claro, ¿de verdad me sorprendía?

—Ahora mismo me estoy conteniendo para no tocarte —dijo con esa voz grave y ronca que me hacía sentir auténtica felicidad—. O besarte. O abrazarte. O penetrarte. O tomarte la mano. Debería decir que me estoy conteniendo en general. —Volvió a beber de su taza. Yo levanté la mirada hacia la suya y me di cuenta de que me estaba examinando de arriba abajo. Sus ojos se detuvieron en mi falda o, si no me equivocaba, en la forma en que me ceñía las caderas y la cintura—. Estás muy guapa, Charlie —añadió cuando hubo terminado—, pero claro, ¿cuándo no?

Me fijé en su traje gris oscuro, que le quedaba perfecto.

—Lo mismo te digo —repliqué.

Él enarcó una ceja.

—¿Estoy guapo?

Mis labios se curvaron en una sonrisa.

—Guapo, sexi y absolutamente irresistible. —Me mordí el labio inferior—. Y tu voz... —Cerré los ojos un instante y exhalé un profundo suspiro mientras daba un paso de forma involuntaria hacia él—. Tu voz cuando estamos en la cama..., es grave, y cuando hablas a mi lado, es increíble.

Abrí los ojos y vi que los suyos ardían y tenía las pupilas dilatadas. Él se había acercado un poco a mí y su mano libre se cerraba y abría sin parar.

—Así que te gusta que te hable —murmuró.

—Se podría decir que sí.

Él asintió con la mirada clavada en mí.

—Entiendo.

Seguro que sí. Dejé escapar un suspiro y procuré ignorar la reacción de mi cuerpo hacia él cambiando de tema y bebiéndome la mitad del café.

—Así que te ha sorprendido echarme de menos, ¿eh?

William ladeó la cabeza mientras me estudiaba en silencio.

—¿Te soy sincero?

—Sí, por favor.

—Ahora mismo me estoy conteniendo con todas mis fuerzas. Si no fuera la empresa de tu padre, me importaría una mierda la opinión de nadie y te tendría entre mis brazos en un santiamén. —Hizo una pausa y se aclaró la garganta, tragando saliva de manera visible—. Pero sí, se podría decir que te he echado de menos —respondió con voz queda—. Solo porque pensé que me controlaría mejor. Entonces, ¿tú no me has echado de menos?

Las ganas de besarlo se hicieron más fuertes.

Llamaron a la puerta. Me asomé por un lado del cuerpo de William y vi a una exasperada Gayle que nos miraba a través de la puerta de cristal y señalaba su reloj antes de marcharse.

—Parece que me necesitan. —Seguimos estudiándonos y mi cuerpo casi se balanceaba hacia él. Sentí un imaginario dolor físico causado por la tensión en la estancia y por el hecho de estar conteniéndonos los dos—. ¿Sabes qué está pasando con la aplicación de citas? —pregunté, tratando por todos los medios de ignorar la forma en que me miraba—. Creía que habíamos terminado con ellos por esta semana.

William se alejó un paso de la puerta para dejarme pasar. Mi hombro rozó el suyo e hizo que se me erizara la piel. Se metió una mano en el bolsillo del pantalón mientras con la otra seguía sujetando la taza. Estaba muy sexi con el traje y la mano en el bolsillo. Y el mal humor debido a la falta de café no hacía más que acrecentar su atractivo. Quería saltar sobre él, rodearlo con mis piernas y no detenerme nunca ni para tomar aire.

Esperé su respuesta, con la mano en el pomo.

—Me parece que quieren consultarte sobre un paso que desean dar. Querían hablar contigo específicamente, así que no conozco todos los detalles.

—Oh. Eso está bien.

—Espero que sí. He tenido que escuchar al tal Darren de su equipo divagar sobre ti durante cinco minutos. —Había estado hablando de espaldas a mí, pero ahora me miró—. ¿Tienes la más mínima idea de lo duro que me resulta contenerme para no besarte ahora mismo?

Mi cuerpo se estremeció ante sus palabras mientras una segunda oleada de calor se propagó por todo mi ser.

—¿Estás celoso, William Carter?

Su mirada se tornó penetrante.

—Nunca me habías llamado por mi nombre completo.

—¿No debería? —Abrí la puerta. Por el brillo en sus ojos supe que le gustaba.

William dejó la taza de café en su mesa y vino hacia mí. Agarré con fuerza la puerta cuando oí que Rick me llamaba desde algún lugar a mi espalda. William se acercó hasta que estuvo a solo un suspiro, lo más cerca que podía estar de mí en la oficina.

—Deberías hacerlo más a menudo —murmuró, agarrando la puerta justo al lado de donde estaba mi mano—. Estás evitando mi pregunta.

Me solté de la puerta cuando nuestros dedos se rozaron y di un paso atrás.

—Supongo que yo también te he echado de menos —repuse a la ligera antes de que perdiéramos la cabeza en silencio.

Él enarcó una ceja.

—¿Supones?

Le brindé una sonrisa alegre. Él se acercó un paso más, pero yo retrocedí de nuevo.

—Estás listo para la reunión, ¿verdad? ¿Necesitas algo de mí?

—Sí. A ti.

Tanto Rick como Gayle aparecieron al mismo tiempo tras sus palabras. Gayle arrastró a William a su despacho y Rick me condujo al mío.

Cuando miré hacia atrás, William aún estaba mirándome.

Había tenido mi llamada con Darren, que no duró demasiado. Luego entré en una de las salas de conferencias más pequeñas con el resto del equipo y esperé a que William entrara durante la última media hora.

Cuando apareció y vimos su cara, todos nos pusimos tensos. Nunca lo había visto enfadado de verdad, así que no podía comparar, pero cualquiera podía darse cuenta de que estaba furioso. Los músculos de su mandíbula se crispaban, tenía los labios apretados, por no hablar de la dura expresión de sus ojos. No nos miró a ninguno cuando entró. Con las manos en los bolsillos, se acercó a las ventanas y contempló el horizonte de Nueva York. Todos nos miramos con expresión inquisitiva, pero ninguno sabía qué estaba pasando.

Stan, Trisha y yo estábamos sentados a la mesa. Me giré para mirar hacia atrás. Rick estaba de pie junto a la máquina de café, se había terminado su taza justo un minuto antes de que William entrara, así que era el que estaba más cerca de él. Primero me miró a mí, pero luego se volvió hacia William.

—¿Qué está pasando? —preguntó. William tardó unos segundos en volverse hacia nosotros, con los dientes apretados.

—No hemos conseguido a Ephesus.

—¿Han elegido a Kimberly? —pregunté, con la voz teñida de sorpresa. No tenía ni idea de lo que mi hermana había preparado para presentar, pero habíamos trabajado muy duro para idear un plan perfecto. Era imposible que Kimberly hubiera sido capaz de hacer eso. No con la experiencia que tenía en comparación a la de William.

Él posó en mí sus ojos llenos de furia.

—Sí, han elegido a Kimberly.

—¿Cuál era su plan? —preguntó Stan, tan sorprendido como el resto.

William sonrió, pero no parecía que le hiciera gracia.

—¿Su plan? Bueno, su plan era nuestro plan. Esa sería la respuesta corta.

—¿Qué quieres decir? —inquirió Trisha.

William exhaló un profundo suspiro.

—Decidió ir primero, presentó lo que había preparado y era el plan exacto en el que habíamos trabajado.

—¿Cómo ha podido pasar?

William se volvió hacia mí.

—A lo mejor podrías decírmelo tú, Charlie.

Daba la impresión de que hubiera grillos cantando en la sala. Una horrible sensación me llenó el pecho.

—¿Qué?

—Le pregunté a Wilma y me dijo que os vio a Kimberly y a ti hablando en mi despacho.

—¿Y qué? —continué.

—¿Y qué? —repitió, enarcando las cejas.

—Kimberly estaba allí esperándote cuando entré para… —Me detuve antes de revelar demasiado, con el ceño por la sincera confusión que me producía su tono. Erguí más la espalda, me incliné sobre la mesa y lo miré a los ojos sin rodeos—. Ella ya estaba allí, esperándote, William. ¿Qué tiene eso que ver?

Olvidé que no estábamos solos en la sala.

Él enarcó una ceja.

—¿Que qué tiene eso que ver?

Mi boca se tensó.

—Sí —repuse con sequedad.

—¿Y no se te ocurrió pensar que podía estar ahí dentro mirando nuestro plan?

Fruncí el ceño.

—No estaba cerca de tu mesa.

William soltó un bufido burlón, se dio la vuelta y regresó a su rincón delante de las ventanas. Se estaba frotando el puente de la nariz.

Me levanté y me giré hacia él, frunciendo aún más el ceño.

—¿Por qué iba a arriesgarse a entrar ahí para ver nuestro plan? No se atrevería a hacer algo así.

Él se giró.

—¿La estás defendiendo?

—¡No! —me apresuré a decir.

—Vale, chicos —empezó Rick, interponiéndose entre nosotros a pesar de que no estábamos cerca el uno del otro—. Tenéis que tomaros un descanso. Estáis levantando la voz y la gente se está dando cuenta.

Ignoré a Rick, pero no se movió de donde estaba.

—Lo que digo es que no estaba cerca de tu mesa. Y, joder, aunque hubiera mirado nuestro plan, ¿me estás diciendo que la culpa es mía? ¿Que la dejé mirarlo o algo así? Ya sabes la relación que tengo con ella. —William sacudió la cabeza y miró hacia otro lado—. Cuéntanos qué ha pasado —me obligué a decir, apretando los dientes—. ¿Era un plan similar o era el mismo? ¿Has presentado el nuestro?

—¿Cómo crees que habría quedado si hubiera repetido el mismo plan punto por punto? Les dije que Kimberly era la mejor opción y que debían optar por ella.

—¿Que hiciste qué?

Su expresión se volvió airada.

—¿Qué esperabas que hiciera? ¿Quedar como un tonto repitiendo sus palabras…, palabras que yo escribí? Ya pensaban que no estaba preparado. Ya he trabajado antes con esa compañía. Esto afectará a mi imagen en el sector. Este es mi trabajo. Soy muy bueno en esto y me lo tomo muy en serio. Me distraje contigo y esto es lo que ha pasado.

Eso me hizo callar. ¿Que yo lo había distraído? ¿Acaso creía que no me tomaba en serio mi trabajo?

Retrocedí y me senté, pues estaba tan atónita que me faltaban las palabras.

Nadie dijo nada durante al menos veinte segundos.

El teléfono de Trisha empezó a sonar.

—Tengo que atenderlo —farfulló y salió de la sala en silencio, dejándome con William, Stan y Rick.

Stan era la última persona que hubiera esperado que se pusiera de mi lado, pero lo hizo.

—Vale, así que estaba en tu despacho y puede que echara un vistazo a los papeles o que hiciera lo que sea. Entonces vio que Charlie se acercaba y se apartó. ¿Qué te dijo, Charlie?

Levanté la vista cuando se hizo el silencio. Estaba esperando a que respondiera.

—Me dijo que estaba esperando a William para preguntarle algo sobre la reunión. Se fue antes de que pudiera decir nada. Entonces entró Gayle y William llegó justo después.

—Deberías habérmelo dicho —murmuró William.

El corazón me latía más deprisa y sentí que el calor se extendía por mi cara.

—Jamás habría pensado que haría algo así. Lo siento, yo… No lo pensé. —Miré la mesa con el ceño fruncido—. Supongo que yo también estaba distraída.

William sacudió la cabeza. Luego sacó el móvil, miró la pantalla de manera breve y lo tiró sobre la mesa con suavidad.

—Y ahora ¿qué? —Rick hizo la pregunta más obvia.

—Nada. Les pedí disculpas y les dije que estaban en buenas manos. Si Kimberly logra poner en práctica todo lo que ha robado, les irá bien.

—¿No vas a decirle nada?

—¿Tenemos pruebas de que miró nuestro trabajo?

—No —murmuró Rick y soltó algunos improperios por lo bajo.

Me levanté cuando entraron Gayle y Trisha.

—Voy a hablar con ella —murmuré, medio para mí.

—No vas a hacer nada —objetó William, alzando de nuevo la voz.

—No creo que sea la mejor idea —intervino Rick al mismo tiempo.

—¿Qué está pasando? —preguntó Gayle antes de que pudiera responderles.

Rodeé la mesa con rigidez y me detuve junto a la puerta abierta, haciendo caso omiso de las miradas inquisitivas de Trisha y de Gayle.

—Entonces, ¿no vamos a hacer nada al respecto? ¿Ya está? —Evité la mirada de William, en caso de que me estuviera mirando, claro.

—Ya está —replicó William con brusquedad y lo miré a los ojos.

Ignoré por completo su expresión ceñuda y asentí.

—Entonces tengo más cosas que hacer. —Di media vuelta y salí de la sala de conferencias sin mirar atrás, dejándolos a todos allí.

No era la misma persona que era hacía meses. Me había prometido que yo sería mi prioridad y pensaba seguir mi propio consejo. No iba a consentir que nadie, absolutamente nadie, me menospreciara.

Después de pensarlo un rato decidí que iba a tener una conversación con Kimberly. Quería oírlo de su boca. Solo tenía que esperar a que William se fuera a comer. Después de atender la llamada de una muy alterada Laurel Nielson, entré en mi tranquilo despacho y cerré la puerta. Me froté las sienes para intentar librarme del agobiante dolor de cabeza. Encima de mi mesa (no entre las páginas del libro, sino encima de él) encontré una nota. La miré, pero no sentí la imperiosa necesidad de leerla como solía hacer.

Ya hablaremos.

No levanté la vista y desde luego no lo busqué. No quería hablar con él en la oficina. Tal vez después de la jornada laboral. Solo tal vez. Pero ¿ahora, aquí? No.

Mi teléfono empezó a sonar y, deseando que no fuera Laurel otra vez, miré la pantalla con una mueca. El nombre de Nora apareció en ella y me sentí incapaz de mantener una conversación, así que dejé que saltara el buzón de voz.

—¿Charlie?

Levanté la vista y vi a Gayle junto a mi puerta.

—¿Puedo robarte unos minutos para hablar de la cuenta de la aplicación de citas? Necesito que me confirmes una cosa.

—Por supuesto —dije entre dientes, dirigiéndome hacia ella.

—¿Estás bien? —preguntó, tratando de mirarme a los ojos.

—Sí, estoy bien. Solo me duele la cabeza. No te preocupes.

—¿Has hablado con Kimberly?

Al menos mi amiga me conocía lo suficiente para suponer que hablaría con Kimberly.

—Aún no.

Aceptó aquello con un pequeño gesto de asentimiento.

—Hoy trabajo aquí, solo para estar pendiente de las cosas.

La seguí hasta el espacio de trabajo común y me senté a su lado. Acabábamos de acomodarnos, cuando oímos la voz de William. Ambas miramos de golpe hacia su despacho, que estaba casi justo al lado. Lo había evitado a propósito a él y su despacho durante las últimas horas, pero ahora sentía demasiada curiosidad como para mirar hacia otro lado. Había una mujer delante de la puerta de su despacho. Y William parecía sorprendido e incómodo.

Al menos por lo que pude ver.

—¿Sabes quién es? —inquirió Gayle—. No puedo verle la cara.

Las dos observamos mientras William se recuperaba y hacía pasar a su despacho a la mujer, echando un brevísimo vistazo alrededor. Su mirada no se detuvo en mí en ningún momento.

Cuando se apartó de ella me di cuenta de que la mujer estaba embarazada. La ropa que vestía casi ocultaba su vientre, pero de perfil se notaba que estaba encinta.

Una sensación de pavor me invadió mientras luchaba por apartar los ojos de ellos. La mujer se sujetaba el vientre de forma protectora y estaba hablando. William no se movió y no pude ver su rostro ni su expresión.

—¿Charlie? —Gayle me habló, pero no pude dejar de contemplar la escena que tenía delante porque tenía un mal presentimiento en la boca del estómago. La mujer era su ex. No la había visto en persona, pero se parecía a la mujer de la foto que William me enseñó.

De repente se me encogió el corazón cuando William le puso la mano en la espalda para acompañarla fuera de su despacho y cerró la puerta al salir.

Cuando pasaron por nuestro lado me entraron ganas de aclararme la garganta o hacer algo para llamar su atención, pero no se dio cuenta de mi presencia y no fui capaz de decir ni pío.

—Charlie, ¿seguro que estás bien?

Tragué saliva para deshacer el nudo que se me había formado en la garganta mientras miraba los papeles esparcidos delante de mí. Me esforcé por recordar para qué me necesitaba Gayle en lugar de pensar en con quién se había ido William.

—¿Qué estoy viendo aquí? ¿Para qué me necesitabas?

—No es necesario que hagamos esto ahora. No ha sido el mejor día para nadie y…

—Gayle, dime qué necesitas de mí. —Mi teléfono vibró en mi mesa.

«Me llamaba Nora».

Lo ignoré y traté de concentrarme en la voz de Gayle.

—Charlie.

Levanté la vista y me encontré con la mirada de mi padre, que estaba de pie a mi lado, y su expresión me decía que no iba a gustarme nada oír lo que estaba a punto de decir.

29

William

Aún me dolía la cabeza y el analgésico estaba tardando en hacer efecto. Cansado, levanté la vista de los documentos que había estado revisando durante la última media hora y me llevé una sorpresa cuando vi a Lindsey dirigirse hacia mi despacho, con los ojos clavados en mí. Apreté los dientes, me levanté despacio y abrí la puerta. Esperó a que yo hablara primero, con una expresión serena.

Durante nuestro matrimonio había hecho eso mismo muchas veces. Siempre había esperado a que yo dijera lo que pensaba y luego compartía sus pensamientos, si es que lo hacía. Algunos días se negaba a responder. Yo le decía todo lo que me molestaba de nuestra relación y le pedía ayuda para intentar cambiar el rumbo que estaba tomando nuestro matrimonio. Si no le gustaba lo que decía o si no le gustaba hacia donde iba la conversación, simplemente se levantaba en medio de mi discurso y se marchaba, dejándome con la palabra en la boca, sentado en el sillón.

Y a veces sacudía la cabeza y se disculpaba. «Ahora no, William. No puedo hacer esto ahora».

Charlie cruzó por mi mente y no pude evitar compararlas. Charlie, que era muy sincera y me contaba todo lo que pensaba, ya fuera bueno o malo. Y Lindsey, que quería que la dejaran a su aire hasta el punto de que no éramos más que simples compañeros de piso que se dirigían unas pocas palabras al pasar. Creo que al final ya ni siquiera nos caíamos bien, mucho menos nos preocupábamos por el otro. Y si a Charlie solo hacía falta mirarla a la cara y a los ojos para saber qué sentía, con Lindsey nunca sabías lo que estaba pensando.

Procuré disimular lo mejor que pude mi sorpresa al verla ante mí, embarazada, pero no estaba seguro de haberlo conseguido. Durante una fracción de segundo pensé en cómo me hacía sentir eso, el que estuviera embarazada, pero no sentía nada. Ni ira, ni frustración, ni decepción, ni mucho menos tristeza.

Ella me estudió en silencio. Si tuviera que adivinar, diría que estaba esperando a que yo reaccionara a este nuevo acontecimiento del que no tenía conocimiento.

—¿Qué haces aquí?

—No respondes a mis mensajes. Ni tampoco a mis llamadas. Te dije que estaba en Nueva York.

Enarqué las cejas.

—¿Hay algún problema con la casa? ¿No han ingresado el depósito de garantía?

Ella negó con la cabeza.

—No, no hay ningún problema con la casa.

—Entonces no sé de qué tenemos que hablar. Estoy en contacto con el agente inmobiliario.

Ella cambió el peso de un pie a otro, suspiró y miró al interior de mi despacho.

—¿Hay alguna forma de que me invites a entrar en lugar de tener esta conversación delante de todo el mundo?

Miré hacia el despacho de Charlie por instinto, pero ella no estaba allí. Hoy apenas había pasado tiempo en su despacho, lo que me dificultaba corregir lo que había ido mal antes.

Exhalé un suspiro y me hice a un lado para que Lindsey pudiera entrar. Se rodeó el vientre con el brazo en un gesto protector y se detuvo cerca de mi mesa. La habría invitado a sentarse, pero no quería animarla a pasar más tiempo aquí.

—¿En qué puedo ayudarte? —pregunté, quedándome a cierta distancia de ella.

—Quiero hablarte de algunas cosas. Del divorcio y de todo lo que pasó. No atendías mis llamadas, así que pensé que sería mejor que lo hiciéramos cara a cara.

—Deberías habértelo tomado como una señal de que no había nada que quisiera hablar contigo.

Ella resopló con cierta irritación y respiró hondo.

—Estoy embarazada, William.

Bajé la mirada a su vientre.

—Ya lo veo.

—¿No tienes nada más que decir?

—¿Qué más quieres oír? No habrás pensado que iba a tragarme eso de «estoy embarazada de ti», ¿verdad?

—Qué palabras tan crueles, William. Incluso para ti. —Hizo una pausa, contemplando mi postura distante y mi rostro inexpresivo—. Este no eres tú. Te guardas las cosas. Siempre dices lo que piensas.

—Acabo de decirte lo que pienso. —El teléfono de mi despacho empezó a sonar. Solté un suspiro y me froté las sienes. Ningún analgésico me ayudaría hoy y necesitaba tomar el aire. Y que Lindsey se marchara—. Es hora de comer. Si esto va a llevar un rato, no quiero hacerlo en mi lugar de trabajo. Nos sentaremos en algún sitio para que puedas decir lo que has venido a decir.

Asintió con la boca apretada. La conduje fuera de mi despacho y la acompañé a los ascensores.

Charlie aún no había vuelto a su despacho. Me arrepentía un poco de nuestra discusión de esta mañana, pero confuso y abrumado por la aparición de Lindsey en mi despacho sin previo aviso, miré al suelo para evitar cualquier interacción innecesaria con alguien y procuré centrarme en la situación que tenía entre manos. Lindsey entró en el ascensor cuando las puertas se abrieron y me esperó.

Me marché.

30

Charlie

Había transcurrido una hora y media desde que William se fue con su exmujer y aún no habían regresado. No me estaba obsesionando. Había mirado la hora una o dos veces por casualidad y simplemente me había dado cuenta. No porque tuviera la más mínima curiosidad. ¿De qué tenía que preocuparme? De poca cosa.

Teniendo en cuenta que seguía cabreada con él, podía hacer lo que le viniera en gana.

Me di la vuelta cuando oí que se abría la puerta del despacho de Kimberly, que entró con cara de curiosidad. Se detuvo en el umbral.

—¿Qué haces aquí? —Suspiró, sacudió la cabeza y se dirigió a su mesa—. Estoy ocupada, Charlie. Sea lo que sea, puede esperar.

Di unos pasos hacia ella.

—Esto no.

Ella tomó asiento, pero yo me quedé donde estaba.

—¿Doy por hecho que has decidido volver a hablarme? —Enarcó una ceja y apoyó la barbilla en los nudillos.

—Yo no diría eso. Solo quería preguntarte una cosa.

—Bien, pues adelante, ya que estás aquí. ¿En qué puedo ayudarte?

—¿A ti qué te pasa? —Di un paso adelante—. No, en serio, me muero de curiosidad. ¿Qué problema tienes?

Puso los ojos en blanco.

—Charlie, deja de ser tan dramática.

—No estoy siendo dramática. Quiero saber qué te pasa conmigo. Estoy segura de que no eres tan estúpida como para pensar que coquetearía con tu marido ni tampoco estás celosa. ¿Por qué? Creo que al menos tengo derecho a una respuesta.

—¿Quieres hacer esto ahora mismo? ¿Aquí, en la oficina?

—Es tan buen sitio como cualquiera.

Ella se recostó en su asiento.

—Sí que coqueteabas con él. Siempre os estabais riendo en un rincón. O él estaba en la cocina contigo en las cenas mensuales.

—¿Y por qué eso es culpa mía? ¿Acaso lo llamaba para que me hiciera compañía? ¿Alguna vez en mi vida he hecho algo parecido a eso de lo que me acusas?

—Eso no significa nada. Sé que os lleváis bien.

—Sí —dije con los dientes apretados—. Sí, nos llevamos bien porque somos familia. ¡Es tu marido, joder! ¿Cómo puedes pensar que yo haría algo así? ¿Es que no conoces a tu hermana?

Kimberly exhaló una profunda bocanada de aire.

—¿Por qué estamos hablando otra vez de esto? ¿Sobre todo ahora?

—Porque no me dejaste hablar de ello. Me acusaste en la oficina delante de todo el mundo y luego actuaste como si tu marido no hubiera roto un plato. No me dejaste decir una sola palabra.

—Te lo repito, ¿por qué estamos hablando de esto ahora? Dije lo que creía que estaba pasando y lo que me molestaba. No hay nada más que decir.

—Así que tu marido no ha roto un plato a pesar de que crees que coqueteó conmigo, ¿pero tu hermana sí?

Ella se frotó el puente de la nariz como si la estuviera molestando y echó un vistazo a su móvil.

—No quiero volver a hablar de esto. Tengo una reunión dentro de quince minutos, si eso es to…

—No, no es todo. ¿Creías que no pasaría nada si te colabas en el despacho de William y robabas su plan para presentarlo como tuyo? ¿Tan chiflada estás? ¿O es que eres así y yo no me había dado cuenta?

—Yo tendría mucho cuidado con aquello de lo que me acusas.

Apoyé las manos en la silla delante de su mesa y ladeé la cabeza.

—¿En serio? ¿Qué se supone que debería hacer? ¿Asustarme?

Se levantó de la silla y me miró a la cara.

—Estoy harta de ti, Kimberly —dije, antes de que ella pudiera decir nada más—. Estoy harta. Me da igual si nos hablamos o no. —Me encogí de hombros—. De verdad que me importa un pepino. —Hacía tiempo que sentía eso y decirlo en voz alta hizo que me irguiera más y que de algún modo me sintiera más ligera—. Ya estoy harta de intentar aparentar que estoy bien delante de papá y de la abuela. Estoy harta de evitarte o de andar con pies de plomo contigo. Y lo que es más, estoy harta de dejar que me trates como una mierda por algo que ni siquiera hecho. Pero ¿robar planes en los que han trabajado mi equipo? Eso es muy bajo hasta para ti.

—Haz lo que te dé la gana, Charlie. Eso es lo que hago yo. Te dije que no quería volver a hablar de esto contigo. Sé lo que vi y lo que hacías con él. No voy a disculparme por preguntarme en qué pensabas mientras te acercabas a mi marido.

—Para serte sincera, no me importáis una mierda ni tu marido ni tú. Después de lo de hoy ya no. Pero robar…, esa parte me interesa muchísimo.

—¿Por qué iba a necesitar robar nada? Tengo mucho éxito en mi trabajo.

Abrí los ojos como platos.

—Yo me pregunto lo mismo. ¿Por qué crees tú? Y, venga ya, a William no le llegas ni a la suela de los zapatos y ambas lo sabemos. Hasta papá lo sabe.

—¡Largo de mi despacho!

—Estabas sola en su despacho cuando yo entré.

—¿Y qué? ¿Eso significa que robé su plan?

—Entonces, enséñame lo que has presentado. Sé cómo trabajas. Tú lo escribes todo un millón de veces. Enséñame ese plan imaginario que elaboraste.

Su teléfono empezó a sonar, pero ninguna de las dos le prestó atención, pues estábamos demasiado ocupadas intimidándonos con la mirada.

—Te estás pasando, Charlie. Vete de mi despacho.

—Si no tienes nada de qué preocuparte, enséñame tus archivos. William no te lo va pedir, pero yo sí quiero verlos. —Ella guardó silencio—. Vamos, tendrías que estar encantada de tener la oportunidad de hacerme quedar mal. Joder, hasta te pediré disculpas si tienes ese plan completo que elaboraste y que, a saber cómo, es exacto al nuestro.

—No pienso enseñarte nada. —Su pecho subía y bajaba fruto de la ira y estaba agarrada al borde de su mesa.

—Ya me lo imaginaba.

—¿Qué está pasando aquí? —Ambas nos giramos y vimos a mi padre en la puerta con expresión ceñuda—. Puedo oír vuestras voces desde mi despacho. ¿Qué demonios está pasando?

—Nada, papá. No te preocupes. Charlie ya se iba. —Kimberly me miró—. Hemos terminado.

Le brindé una dulce sonrisa.

—Yo no lo creo. —Dirigí una mirada rápida a mi padre—. Quiero ver el proyecto que preparó para Ephesus Airlines. Tú crees que es genial, así que quiero aprender de mi hermana.

—¿Por qué? ¿Es que William ha pedido verlo?

Rechiné los dientes.

—No. Es que tengo curiosidad.

—¿Sobre qué?

Cerré los puños a los lados. ¿Por qué nunca se ponía de mi parte?

—Sobre el trabajo que hizo y que supuestamente era mejor que el de mi equipo.

Mi padre soltó un suspiro, como si estuviera poniendo a prueba su paciencia.

—Charlie, deja de portarte como una cría. Te ruego que vuelvas al trabajo. —Y así, sin más, se marchó.

Cuando miré a Kimberly había una sonrisita danzando en sus labios. Me di cuenta de que era inútil hablar con ella, así que seguí a mi padre. Lo alcancé frente a la mesa de Wilma.

—Kimberly ha presentado exactamente el mismo plan que el nuestro. Es imposible que sea una coincidencia, papá. La encontré en el despacho de William esta mañana. Debió de echar un vistazo a nuestro trabajo. —Él miró a su alrededor y me di cuenta de que la gente nos escuchaba con atención. Me daba igual. Por el rabillo del ojo vi que Gayle y Rick venían hacia mí, pero seguí hablando—: Quiero ver su proyecto. Todos sabemos que escribe en cada centímetro del papel. Quiero que demuestre que ha trabajado duro. Quiero asegurarme de que no nos ha robado. Si no tiene nada de qué preocuparse, debería de resultarle fácil.

—Esto es demasiado, Charlie, ¿no te parece? ¿Por qué iba a necesitar robarle a tu equipo? Kimberly quería esta cuenta y la compañía aérea la ha elegido a ella. Hasta William ha reconocido en la reunión que era un buen plan.

Dio un paso hacia él.

—Ah, sí. Hablemos de William. ¿De verdad crees que a Kimberly se le ocurriría un plan de acción mejor que el suyo? —Levanté las manos y las bajé de nuevo—. Él tiene experiencia con esta compañía. La compañía quería trabajar con él en un principio. Y en tal caso, ella debería enseñar lo que ha elaborado. Joder, quiero aprender de su infinita sabiduría.

Su mirada se endureció al mirarme.

—No tiene que enseñar nada. ¿Qué te pasa? Ni siquiera estuviste en la reunión, así que ¿qué vas a saber tú? ¿William sabe que estás acusando a tu hermana?

Ignoré la parte de William. Él no tenía nada que ver con esto.

—Nos ha dicho que era exactamente el mismo plan. No tiene por qué saber todo lo que hago, así que, para responder a tu pregunta, no, no lo sabe. Nosotros ya sabemos que se lo llevó, pero no parece que eso te importe. Lo que supongo que no debería sorprenderme.

Toda la oficina estaba en silencio salvo por un teléfono que sonaba de fondo. Al cabo de un segundo, también quedó en silencio.

—¿Cómo dices? —La furia ardía en sus ojos y tenía el ceño fruncido—. Me estás poniendo a prueba, Charlie. Kimberly me dijo que te vio con William fuera del trabajo. No pienses que estoy en la inopia solo porque no lo haya mencionado. —Me recorrió con una mirada de desagrado—. ¿Por eso has estado vistiéndote así? ¿Crees que te queda bien? Parece que te hayan embutido en esa falda.

Mi cuerpo estalló en llamas de arriba abajo. Sus palabras me rompieron el corazón, pero el hecho de que no tuviera problemas en decirlas delante de la gente hizo que me enfureciera en lugar de avergonzarme. Por mucho que le quisiera, me importaba una mierda lo que opinara de mi ropa.

—Cómo no te lo iba a decir —me obligue a soltar, ignorando lo último que había dicho.

—Sí. Así que cálmate antes de que te diga algo que te duela. Hablaremos de esto cuando llegues a casa. Me pasaré por allí.

Solté un bufido, pues echaba humo por las orejas. Sentía la mente entumecida. Hasta los dedos me hormigueaban de la rabia. Vi que empezaba a apretar los dientes al ver que no me movía.

—¿Cuándo te has contenido tú? ¿Por qué lo haces ahora? —pregunté con voz queda, sin esperar una respuesta.

—Lárgate, Charlie. Has terminado por hoy. Y te voy a sacar del equipo de William. —Se volvió hacia Wilma, que tenía la cara desencajada, y me echó.

—Charlie —susurró Gayle detrás de mí, poniéndome la mano en la espalda—. A lo mejor...

Mi padre ya había vuelto al trabajo, como si yo no hubiera sido más que un simple inconveniente en su día.

—Wilma, avísame cuando…

—Renuncio —anuncié en medio del silencio.

Él me miró por encima del hombro, sin duda molesto.

—Charlie…

Levanté la cabeza y me erguí bien.

—He aceptado un empleo en California. Me voy a final de mes.

Entonces me miró a la cara, con el ceño fruncido.

—¿Qué trabajo? ¿De qué estás hablando?

—Lo dejo. Es así de simple. Te quiero porque eres mi padre, pero no me gusta la forma en que me tratas ni a mí ni a otras personas. Me encanta que hayas cuidado de nosotras después de que mamá se fuera, pero no puedo trabajar contigo. Ya no puedo estar con esta familia y ser el saco de boxeo. No tienes ni idea de lo equivocado que estás en algunas cosas. Joder, ni siquiera conoces a tu propia hija. Crees que tu forma de hacer las cosas es la correcta y que la opinión de los demás no importa. Nunca me escuchas. Nunca me tomas en serio. Y estoy harta. Ya no puedo más. No pienso seguir así.

Mi padre abrió la boca para hablar, pero se detuvo. Presionó el interior de su mejilla con la lengua y su expresión se endureció.

—No te ayudaré.

—Por favor, no lo hagas. No te he pedido ayuda. En breve pensaba avisarte con dos semanas de antelación, pero creo que prefieres que me vaya ya y, para serte sincera, nada me haría más feliz. Recogeré mis cosas. —Di media vuelta para irme y Gayle se hizo a un lado enseguida, con los ojos como platos por la sorpresa. Teniendo en cuenta que no había mucho que pudiera sorprenderla, pensé que lo había hecho bastante bien, aunque ojalá todo el asunto no hubiera tenido lugar delante de todo el mundo en la oficina. Me detuve y miré por encima del hombro—. Oh, dejaré el apartamento a primera hora de la mañana y me quedaré con una amiga hasta que me marche.

—¿Quién va a acogerte con ese perro que tienes?

Enarqué una ceja

—No te preocupes. Tengo amigos. No llamaré a tu puerta. Y dejaré el portátil y el móvil de la empresa en mi mesa.

Me alejé sin esperar otra palabra.

Mi mirada se cruzó con la de Kimberly mientras me observaba desde la entrada de su despacho. No sabía en qué estaba pensando, pero me di cuenta de que en realidad ya no me importaba.

Pasé de largo por su lado y los dejé atrás. Me sentía eufórica.

Estaba saliendo del edificio con una pequeña caja de cartón en los brazos, cuando Gayle y Rick vinieron corriendo detrás de mí.

—No sabía que estabas buscando otro empleo —comenzó Rick—. Y nada menos que en California.

Le dirigí una mirada rápida.

—Siento no habéroslo dicho antes, pensé que a lo mejor la cosa se quedaba en nada. En realidad no es cierto. —Apoyé el peso en el otro pie y dirigí mi atención a Gayle—. Me daba un poco de miedo contártelo. Es evidente que no quería que te enteraras de esta forma.

—¿Desde cuándo lo sabes? —preguntó Gayle, y no supe si estaba enfadada conmigo o no.

—Hace una semana o dos. —Ella suspiró y yo volví a sentirme fatal por no haber tenido el valor de decírselo en cuanto Nora me dijo que me querían allí. Entonces llegamos a la acera, donde esperaría mi Uber, y me volví hacia ellos—. Lo siento. Estaban pasando muchas cosas y lo fui posponiendo. Tampoco imaginé que comunicaría hoy mi renuncia y mira dónde estamos.

Gayle apartó la mirada.

—No pasa nada. Sabía que querías irte, así que no es ninguna sorpresa. Tan solo me ha tomado desprevenida. —Me miró a los ojos y me brindó una pequeña sonrisa—. Me alegro por ti.

Echaré de menos trabajar contigo, claro, pero sé que esto es lo mejor para ti. E iré a verte muchas veces. No te podrás deshacer de mí tan fácilmente.

Me volví hacia Rick, sintiendo que los ojos se me humedecían también un poquito.

—¿Tú también vendrás? ¿Con Linda y con todos?

—Iremos.

—Sujeta esto. —Le puse la caja de cartón bastante ligera en los brazos de Rick antes de que pudiera protestar y abracé a Gayle, que me devolvió el abrazo—. Sé que aún sigo aquí, no es que me vaya mañana, pero gracias por ser una de mis mejores amigas —susurré, sintiendo que se me formaba un nudo en la garganta—. Gracias por todo.

—Ay, cierra el pico. Te recogeré mañana por la mañana y te quedarás en nuestra casa hasta que te vayas. —Se apartó—. Eso, desde luego, si has dicho en serio que ibas a dejar el apartamento.

Le agarré la caja a Rick y le di un fuerte medio abrazo, tan fuerte como pude con un solo brazo.

—No, buscaré otro sitio donde quedarme.

—¿Perdona?

—No quiero molestar a Kevin. Sé que le gusta estar a solas contigo.

—Puedes quedarte con nosotros, Charlie —añadió Rick antes de que Gayle pudiera volver a gritarme—. Si no te molestan los niños, claro.

Le brindé una sonrisa.

—Tienes otro bebé en camino y todo un horario con los niños. No voy a ser otro motivo de preocupación para ti.

Mi teléfono sonó al recibir un mensaje. Metí la mano en la caja, miré la pantalla y eché un vistazo a la calle después de ver que era de mi Uber. Durante medio segundo tuve la esperanza de que fuera William y eso me dolió.

—Bueno, aquí llega.

Rick paseó la mirada entre Gayle y yo y exhaló un suspiro.

—Me voy arriba. Charlie, te llamaré mañana por si acaso cambias de opinión, ¿vale? —Se inclinó y me dio un beso en la mejilla.

Esbocé una sonrisa.

—Claro. Hablamos pronto.

Cuando se fue, nos quedamos las dos solas.

—Te quedas conmigo hasta que te vayas.

—Yo...

—Lo entiendo, es probable que quieras quedarte con William, pero yo puedo tenerte conmigo al menos unos días.

«William...».

Claro que me encantaría quedarme con él, pero mi padre le alquilaba la casa y no quería cambiar una de sus viviendas por otra. Además, ¿querría William que me quedara con él? Sabía que sí..., pero quizá seguía enfadado después de lo de esta mañana.

—No tengo ni idea de si le gustaría eso. Y además tengo a Pepp. ¿Le parecerá bien a Kevin? Ya no es exactamente un cachorrito.

—Eso es porque no es un cachorro. Es un caballo bebé. —Encogió un hombro—. Kevin te quiere. Por eso le parecerá bien que traigas a Pepp. —Tenía la protesta en la punta de la lengua, pero Gayle me detuvo agarrándome de los brazos, dándome la vuelta a la fuerza y empujándome hacia el Uber que me estaba esperando—. Deja de preocuparte. En realidad vamos mejor, un poco, pero mejor. Y no solo eso, será bueno tenerte cerca. Sabes que le caes bien, así que te repito que dejes de preocuparte. Te quedarás en mi casa. Me debes al menos eso ahora que vas a estar a tiempo completo con Valerie.

—¿Son celos lo que oigo, Gayle? Me dejas alucinada.

—Mañana haré que te pongas colorada. Vamos. —Abrió la puerta del Prius negro que estaba esperando y me sentó dentro—. Ve a hacer las maletas. Pasaré a por ti cuando salga de aquí y te ayudaré.

Dejé la caja a mi lado cuando Gayle cerró la puerta.

—¿Le importa sin atiendo una llamada de mi marido antes de que nos vayamos? —preguntó la conductora y asentí con una pequeña sonrisa.

La ventanilla ya estaba abierta, así que me asomé.

—Gracias. No voy a rechazar tu ayuda.

—No te preocupes. Y me iré cuando venga William. ¿Sabes algo de él? ¿Sabes dónde está?

—Supongo que todavía está con su ex. Me dejó una nota en mi mesa que decía: «Ya hablaremos», pero no tengo ni idea. —Posé los ojos en el móvil, pero sabía que no había ningún mensaje suyo. Se me encogió un poco el corazón. No porque estuviera con su exmujer, ya que sabía que en realidad no quería que volviera, pero estaba embarazada. ¿Y si...?

—No vayas por ahí —dijo Gayle entre dientes y la miré de golpe—. Cualquiera puede ver tus emociones reflejadas en la cara, Charlie. Siempre te lo digo. Sea lo que sea lo que estás pensando, estoy segura de que no es eso.

Sacudí la cabeza, tratando de librarme de los pensamientos negativos. Esbocé una sonrisa forzada que no sentía del todo.

—No estoy pensando nada. Te lo prometo. Entonces, ¿te veré esta noche?

—Sí. Llevaré comida y una botella de rosado.

—Perfecto.

La conductora terminó su llamada, así que miré por la ventanilla y me despedí de Gayle con la mano. El coche se puso en marcha y miré hacia el edificio, a la planta 20 y a Atlas Communications. No podía distinguir nada, desde luego, pero seguí mirando. No me sentía disgustada, la verdad es que no. De hecho me sentía libre y feliz, pero había un pequeño rincón en mi corazón que estaba triste por irse. Mi teléfono empezó a sonar cuando pasamos el edificio, así que lo atendí.

«Era Nora».

Me aclaré la garganta, respiré hondo y solté el aire, como si pudiera deshacerme del estrés y de la mala energía que se aferraban a mí antes de presionar el botón.

—¡Hola, Nora!

—¡Hola! ¿Te encuentro en mal momento?

—No, qué va. Es buen momento. ¿Qué tal estás?

—Estoy bien, Charlie. ¿Y tú?

No la conocía lo suficiente como para reconocer con exactitud lo que oía en su voz, pero me di cuenta de que no era algo bueno.

—Genial, gracias. ¿En qué puedo ayudarte? —Me alisé la tela de la falda con la mano y esperé a que continuara.

—Bueno… Tengo noticias y no sé cómo te las vas a tomar.

—Vale —dije despacio—. Entonces, suéltalo.

—Ibas a venir la última semana de este mes. Eso es lo que habíamos hablado, pero la situación ha cambiado y necesitamos que estés aquí dentro de cuarenta y ocho horas. —Transcurrieron unos segundos de silencio por ambas partes.

—¿Un nuevo cliente? —se me ocurrió preguntar y mi voz surgió ronca.

—Exacto. No puedo revelarte el nombre hasta que llegues y firmes los documentos de confidencialidad, pero necesitamos que vengas enseguida. Es una gran celebridad y ya sabes cómo va esto. Y soy consciente de que no te estamos dando tiempo para preparar la mudanza a la otra punta del país, pero en cuanto empieces con el nuevo cliente y se calme un poco, puedes volver y encargarte de todo.

—¿Cuánto tiempo crees que puede llevar eso? Sé que no puedes decirme lo que está pasando con el cliente, pero ¿puedes darme un plazo aproximado?

—Es difícil de decir porque nunca se sabe con estas cosas, y depende de cómo se trabaje, pero yo diría que podrías volver a Nueva York dentro de un mes más o menos.

La conductora pisó el freno con demasiada fuerza cuando el coche que iba delante paró de repente y mi caja se deslizó hacia delante en el asiento trasero. La agarré, me la puse en el regazo y la apreté contra mi pecho. Intentaba pensar. Intentaba dar con la forma de organizarlo todo. Tenía a Pepp. No podía subirme a un avión con él sin más. Tendría que preparar el papeleo y eso significaba tiempo. Tiempo que, al parecer, de pronto no tenía.

—¿Necesitas tiempo para pensar? Entiendo perfectamente si no puedes venir, Charlie. Pero tendremos que contratar a otra persona para el puesto y odio hacer eso porque estaba deseando trabajar contigo...

Nora continuó hablando, pero yo seguía pensando, y su voz pasó poco a poco a un segundo plano en mi mente. El trabajo no sería un problema ya que, literalmente acababa de dejarlo, pero Pepp... Mi mente iba a toda prisa, intentando encajarlo todo para no perder está oportunidad, porque sabía que si lo hacía tardaría un tiempo en recuperarme. Pensé en William durante un instante, pero aún no me había llamado. ¿Qué entrañaría para nosotros que me fuera de forma tan abrupta? Pero si ni siquiera estaba cerca, ¿podría formar parte de mi respuesta?

Y en ese momento, en medio del ruido del tráfico de Nueva York, me di cuenta de que no iba a volver a anteponer a nadie a mí. Eso se había terminado. Ni a un hombre. Ni siquiera a la familia. Quería esto e iba a ir a por ello. Estaba harta de posponer mi vida. Sabía que William era diferente (él no era como Craig ni como ninguna otra persona), pero necesitaba hacer esto por mí.

—Puedo hacerlo —aseveré al tiempo que ella hablaba—. Por supuesto que puedo hacerlo. No hay problema.

Nora dejó de hablar y yo estaba sonriendo como una boba.

—¿Puedes estar aquí en cuarenta y ocho horas?

Asentí con entusiasmo.

—Sí. De hecho, estaré allí mañana.

—¡Muy bien! Es genial. Es genial de verdad, Charlie. Te pagaremos el billete, ya que te hemos avisado en el último momento. Entonces te reservaremos un vuelo para mañana. ¿Te parece bien?

Los engranajes de mi mente trabajaron a marchas forzadas.

—¿Qué tal mañana por la mañana bien temprano? Si puedes encontrar un vuelo, ¿te parece bien?

—Trato hecho. Me ocuparé de ello. Así que, hasta mañana. Me muero de ganas.

Me reí, incapaz de contener el entusiasmo.

—Lo mismo digo. Hablamos pronto, Nora.

Colgamos y me quedé mirando los edificios y a la gente. No oía un solo sonido, pues mi mente bullía.

Era un nuevo comienzo para mí. Para Pepp y para mí.

Me dolía un trocito del corazón y me llevé la mano al pecho, sorprendida de sentirlo con tanta fuerza. Llevaba tanto tiempo queriendo alejarme y empezar de cero..., que este dolor que sentía fue lo bastante inesperado como para hacerme fruncir el ceño.

«William», pensé, sintiendo una nueva grieta en mi corazón. ¿Qué iba a ser de nosotros ahora?

«William...».

31

William

16 horas después...

Eran las seis de la mañana cuando me bajé del taxi y me froté las sienes, viendo a duras penas por dónde iba. Afuera estaba casi oscuro y no había dormido nada en el hospital, lo que no hizo más que avivar mi dolor de cabeza después del día que había tenido.

«Charlie», pensé, como había hecho más de un par de veces desde que me fui de la oficina. Me daba cuenta de que no debería haberme marchado como lo hice, pero me sentía tan frustrado y furioso por lo que había sucedido en la reunión como para pensar con claridad. Sabía que Charlie no había tenido nada que ver con ello y no se merecía que le gritara.

Le había dejado una nota, con la esperanza de hablar con ella durante la comida y pedirle disculpas por haberme dejado llevar por la ira, pero no había tenido tiempo.

Me di la vuelta para mirar hacia su apartamento, intentando decidir si debía llamar a su puerta o no. Aún era pronto, así que dudé. Entonces vi que se encendía la luz y dejé que eso me hiciera cambiar de opinión. Si acababa de levantarse, podría verla antes de que fuera a trabajar. Tomé la decisión de irme a mi casa y me di la vuelta. Me ducharía, me cambiaría de ropa y luego cruzaría la calle para llamar a su puerta y tal vez sacar a Pepp a dar su paseo matutino con ella. Exhalé un profundo suspiro, metí las manos en los bolsillos y me dirigí a mi apartamento de mala gana.

32

William

Después de prepararme para ir a trabajar y de beberme dos tazas de café, cerré mi apartamento con llave y crucé la calle. Sabía que no podía haberse marchado a trabajar. Llamé al timbre, pero nadie respondió. Volví a llamar. Y volví a llamar. Y otra vez más.

33

Charlie

Unos días después...

—¿Seguro que estás bien? —me preguntó Valerie mientras intentaba sacarla por la puerta.

—Sí. Por enésima vez, estoy bien. Estoy mejor que bien, estoy genial. Puedes irte.

Val bajó la mirada, pero por suerte siguió moviéndose.

—No estás genial. Solo se te da bien ocultar que no estás genial.

—Vale. —Agarré el marco de la puerta y la cerré hasta la mitad, manteniendo mi cuerpo en la abertura—. Aun así no significas que vayas a cuidar de mí.

—A lo mejor quiero quedarme en casa. Es mi casa y soy una persona hogareña... Y te repito que a lo mejor quiero quedarme en casa.

Sonreí.

—Eso ya lo has dicho. Y ni por asomo eres una persona hogareña. Hace un mes que ya tenías planeada esta escapada de fin de semana y no vas a cambiar tus planes por mí. Llevo cuatro días aquí, así que no es que acabe de entrar por la puerta y tú te largues. Ahora trabajo aquí. Nos vamos a ver un montón cuando vuelvas.

Valerie vaciló. Entrecerró los ojos mientras evaluaba mi estado emocional.

Había llorado por diferentes causas. Quizás había llorado un poco por mi familia. Tal vez un poco porque echaba de menos a Pepp y quizá solo un poquito de nada por William. Pero esto último no lo había hecho delante de Valerie. Esas lágrimas brotaban en privado cuando me iba a la cama e intentaba conciliar el sueño. Pero estaba bien. Estaba mejor que bien, estaba genial.

—Vale —respondió después de observarme. No tenía ni idea de lo que había visto, pero su cuerpo se relajó de forma manifiesta—. Aun así te llamaré desde Florida. Si no se tratara de la boda de uno de los mejores amigos de Ed, me escaquearía. Sabes que lo haría.

—Sé que lo harías, pero no es necesario. Hoy voy a pasar el día viendo casas y mañana iré a la oficina. De todas formas no habríamos podido pasar tiempo juntas.

—Quería ver las casas contigo.

—Las verás. Te mandaré fotos.

—¡Valerie! —gritó su prometido desde el coche y ambas lo miramos—. Tenemos que irnos si queremos llegar a nuestro vuelo.

Val agitó la mano.

—Dame dos minutos. —Resopló y se volvió hacia mí—. En fin. Entonces me voy.

—Que te diviertas.

—¿Lo vas a llamar?

No era necesario que le preguntara de quién hablaba.

—No. Sabes que me siento fatal por la forma en que me fui, pero no tenía opción. Habrían contratado a otra persona y yo ya había renunciado. Lo llamé antes de irme y no me devolvió la llamada. Ni siquiera me llamó después de enterarse de que me había ido. ¿Qué más puedo hacer?

Valerie hizo una mueca.

—¿Estás segura? A lo mejor le dijo algo a Gayle.

—De ser así, Gayle me lo habría dicho. Ni siquiera lo ha mencionado, así que no seré yo quien pregunte.

—Vale, tú misma.

—No sé hacerlo de otra forma.

Empezó a andar hacia atrás.

—Llámame si necesitas algo.

—Vale. ¡Te quiero! Échame de menos, por favor.

—Ya lo hago. ¡Yo también te quiero!

Se montó en el coche, sacó la cabeza por la ventanilla y me lanzó un beso enorme antes de que Ed emprendiera la marcha.

Yo seguía sonriendo cuando entré y cerré la puerta. Apoyé la espalda en ella y exhalé un suspiro.

Pepp. Todo giraba en torno a Pepp. Estaba así de triste porque echaba de menos su pequeña gran carita. El día que me fui tuve que dejarlo con Antonio y Josh, no solo porque estaba acostumbrado a ellos y los quería, sino también porque Gayle estaba trabajando y no lo habíamos dejado todo listo. Al pensar en Antonio y Josh ya los echaba de menos. Había sido una despedida dura para todos. Pero habían prometido venir a visitarnos la próxima vez que estuvieran en Los Ángeles. Después de aquel primer día, Gayle se había quedado con Pepp y había estado cuidando de él los últimos días. Todas las noches, cuando Gayle volvía del trabajo, hacíamos videollamadas por FaceTime y yo volvía a echarlo de menos en cuanto colgábamos.

Ignoraba por completo cómo había reaccionado mi padre a mi súbita marcha porque le había pedido a Gayle que no me contara nada relacionado con la oficina. Nada de cotilleos sobre quién decía qué de mí o qué había pasado después de que me fuera hecha una furia. De un modo u otro, no quería saberlo. Tal y como le dije a mi padre, no iba a dejar de hablar con él, pero necesitaba no tener contacto durante un tiempo. Y tampoco era que me estuviera llamando a diario durante todo el día, y que yo no respondiera. No me había llamado. Ni una sola vez. Pero conociéndolo, sabía que estaba esperando a que volviera arrastrándome. Y eso no iba a pasar.

En cuanto a Pepp, nuestro plan era que Gayle lo trajera aquí. Estaba a punto de pedirse algunos días de vacaciones y subirse a un avión con Pepp, cuya documentación estaba lista.

«Solo una semana más», pensé. Estaría con él dentro de una semana y entonces me sentiría un poco mejor y no tan nostálgica. Ese era el plan. En cuanto a William, me estaba esforzando para no pensar en él. Por supuesto que tenía ganas de enviarle al menos un mensaje de texto y preguntarle por qué... ¿Por qué me había dicho todas esas cosas maravillosas si íbamos a desmoronarnos al primer revés? ¿Seguía enfadado conmigo? ¿Podría haber dicho algo que hubiera ayudado?

Solté una bocanada de aire. Por esto no quería hablar de William con Valerie y con Ed. En cuanto empezaba a pensar en él, la tristeza se apoderaba de mí y no sabía qué hacer, así que procuraba por todos los medios no hacerlo. Por desgracia para mí, parecía que la añoranza iba a acompañarme durante mucho, mucho tiempo.

Apenas había dado unos pasos hacia la cocina, cuando oí que llamaban a la puerta. Me apresuré a volver y a abrir sin mirar quién había al otro lado, pensando que a Valerie se le había olvidado alguna cosa.

«William».

Mi cerebro tardó unos segundos en asimilar quién estaba delante de mí. Se me quedó la mente en blanco. Me miró a los ojos, con las manos en los bolsillos y una expresión ilegible.

Sentí que algo surgía dentro de mí y le cerré la puerta en las narices tan rápido como pude. De repente me quedé sin aliento y sin palabras. De repente no sabía qué hacer. La cabeza me daba vueltas mientras estaba ahí de pie. La puerta era lo único que nos separaba.

No volvió a llamar de inmediato y no sabía qué debía hacer, mucho menos cómo moverme.

¿William estaba en California?

Entonces volvieron a llamar a la puerta. Fue un sonido débil, como si no estuviera seguro de si debía volver a llamar. No creo que lo hubiera oído si hubiera estado más adentro de la casa.

No respondí. No sabía qué podría decir si respondía.

Así que esperé.

—Charlie.

Cuando oí mi nombre, apenas un susurro, volví a la puerta y apoyé la frente en ella. Recordé que hacía justo una semana estaba en la misma situación, la única diferencia era que en esta versión estábamos en la otra punta del país.

Contuve la respiración.

«Anhelo». Un profundo anhelo colmaba mi pecho. ¿Estaba furioso conmigo? ¿Aún me deseaba? ¿Estaba preparada para oír algo de eso?

—Siento haber llegado tan tarde. Tenía la esperanza de que no me rechazaras.

Eso fue lo único que dijo, pero me provocó un inmenso dolor en el corazón. ¿Que yo lo iba a rechazar? ¿Cómo podía siquiera pensar eso? Pero tal vez estaba con su ex otra vez. A lo mejor habían decidido intentarlo.

No importaba qué hubiera venido a decirme, porque mantendría la cabeza bien alta, lo escucharía y después le diría adiós si eso era lo que había venido a decirme. Al menos esta vez tendríamos eso a nuestro favor. Y luego seguiríamos adelante. O lo intentaríamos.

Respiré hondo, solté el aire y a continuación agarré el picaporte y abrí la puerta. Él estaba en el mismo sitio, en la misma posición. Me aseguré de no soltar el picaporte para poder estar erguida y mirarlo a los ojos. Esperaba parecer fuerte e inalterable.

—¿En qué puedo ayudarte? —pregunté y se le demudó el rostro un poco. Después esbozó una sonrisa triste que no devolví. ¿Por qué tenía ganas de llorar? Yo estaba bien. Había estado bien toda la semana. Pero ahora lo tenía justo delante de mí.

—Me gustaría que habláramos.

—Vale. ¿De qué?

Él abrió la boca y luego la cerró.

Esperé. Esperé mientras se me formaba un nudo en la garganta.

William miró hacia la calle, pero como yo aún estaba dentro, no vi qué era lo que miraba. Cuando volvió a mirarme a mí, la sonrisa de su rostro era un poco más sincera.

—¿Me permites un momento, por favor? Hay alguien aquí que quiere verte.

Y se alejó antes de que pudiera decir nada. Me quedé donde estaba. Ni siquiera moví un músculo. No estaba segura de que pudiera hacerlo. Esperé a que volviera, tratando de mantener una expresión neutral. Si había venido solo para disculparse y marcharse, no estaba segura de que pudiera mantener la compostura delante de él. ¿Y si venía a disculparse y traía a su mujer para que la conociera? Su mujer embarazada... Les cerraría la puerta en las narices y después esperaría a que la tierra se abriera bajo mis pies para poder desaparecer. Si había venido para decirme que quería estar conmigo, me caería redonda al suelo y me echaría a llorar.

Vi a William primero y después a un bebé muy grandote que hizo que ahogara un grito de manera bastante audible.

—¡Pepp! —exclamé y me arrodillé despacio. Él giró la cabeza hacia mí al oír mi voz y sus grandes mofletes se agitaron al mismo tiempo. Después ladró, gimoteó y se abalanzó sobre mis brazos. Era lo bastante fuerte como para que su peso me hiciera caer de culo mientras rodeaba con mis brazos su cuerpo, que ya había crecido mucho. Se zafó de mí para ponerse a corretear a mi alrededor y después volvió a saltar sobre mis hombros. Me di cuenta de que las lágrimas resbalaban por mis mejillas mientras reía y él no paraba de darme topetazos en la cabeza con la suya. Apenas había pasado una semana, pero lo había echado muchísimo de menos—. ¡Mira qué grande estás, guapetón! —le dije sin parar de reír mientras él me lamía la cara y gimoteaba—. Yo también te he echado de menos. —Le tomé la cabeza entre las manos y le sonreí mientras sacaba la lengua y me devolvía la sonrisa—. Te he echado muchísimo de menos —susurré.

Todavía me estaba riendo, ya que Pepp me estaba lamiendo la oreja y el pelo y su cuerpo se meneaba sin parar en mis brazos, cuando oí carraspear a William. Levanté la mirada hacia él, sin dejar de acariciar el cuerpo de Pepp. Casi había olvidado que estaba ahí. Casi.

—Creo que he visto un parque canino al doblar la esquina. Podemos llevarlo allí si quieres. Lleva metido en el coche desde que salimos del aeropuerto.

Me levanté despacio y me sacudí la ropa. Pepp hizo lo que siempre había hecho desde el día que nos conocimos; apoyó su enorme cuerpo contra mi pierna y me miró como si yo fuera todo su mundo. Las lágrimas anegaron mis ojos de nuevo y le acaricié la cabeza mientras lo veía cerrar los suyos con cada movimiento de mi mano.

Miré de nuevo a William y asentí.

—Iré a por las llaves.

Pepp me siguió cuando entré en la cocina. Por un instante me planteé cambiarme de ropa, ya que solo llevaba unas cómodas mallas y una camiseta bastante holgada, pero decidí no hacerlo. Más que nada porque William me estaba esperando al otro lado de la puerta y no quería que pensara que me había cambiado para ponerme guapa para él. Volví a la puerta abierta, me calcé y salí. William retrocedió unos pasos y me entregó la correa de Pepp. Se la puse a mi chico bueno, que esperaba justo a mi lado. cerré la puerta y emprendimos el paseo hacia el pequeño parque canino. William iba a mi izquierda y Pepp a mi derecha, mirándome cada pocos pasos. Lo más probable era que lo hiciera para asegurarse de que no volvía a desaparecer.

Ninguno articuló una sola palabra durante los pocos minutos que tardamos en llegar al parque. No había más perros por allí. Entramos y Pepp me miró mientras le soltaba la correa.

Se alejó corriendo unos pasos y luego volvió hacia mí. Lo repitió varias veces, haciéndome reír. Cuando estuvo seguro de que lo seguía y de que permanecía en su campo visual, empezó a alejarse, olisqueando su nuevo terreno. Esperé, con la esperanza ardiendo en mi alma, pero William guardaba silencio.

Harta ya de eso, hablé yo primero.

—Gayle iba a traérmelo la semana que viene.

William se aclaró la garganta.

—Hice que cambiara de opinión.

—Ya veo.

—Charlie. ¿Puedes mirarme, Charlie?

Mantuve los ojos fijos en Pepp. Al menos hasta que sentí el dedo de William en la barbilla. Giró mi rostro hacia el suyo muy despacio. ¿Cuándo se había acercado tanto? Estábamos prácticamente uno encima del otro. Me miró a los ojos durante largo rato.

¿Por qué tenía tanto miedo?

—Te fuiste —dijo al fin.

—Tú no viniste —repliqué con una voz sorprendentemente firme.

—¿Me esperaste acaso?

—Te llamé —dije con voz queda—. Bastantes veces. No sé qué más podría haber hecho. Quería quedarme, pero no estaba segura...

—Podrías haberme esperado. Solo un poco más.

—Tenía miedo de que terminara como la primera vez que te esperé. —Eso era algo que ni siquiera lo había admitido los primeros días.

William sonrió y me soltó la barbilla.

—Tienes razón. No te lo puedo discutir.

Se metió las manos en los bolsillos otra vez y se quedó esperando a mi lado mientras veíamos correr a Pepp de un lado a otro, volver hacia mí y echar a correr de nuevo.

Entraron unas cuantas personas y Pepp fue a saludar a los recién llegados.

Aquello se convirtió en una fiesta de cachorros en cuestión de segundos.

Lo vimos jugar con los demás perros y saludar de forma tímida a sus dueños.

Vimos que Pepp hacía pis.

—Me gustaría volver a casa —dije en voz baja y me di cuenta de que había algo en mi voz. Un pequeño temblor. Algo quebradizo. Había dicho que quería hablar, pero no decía nada, y yo prefería ir a esconderme a casa de Valerie y abrazar a Pepp. No había venido para estar conmigo. Había venido a decirme adiós. Se me rompió el corazón.

Él asintió y fuimos andando a casa.

Cuando llegamos, metí la llave y abrí la puerta. Después dejé que mi chicarrón entrara a explorar la nueva casa. Entré después y me volví hacia William. Estaba pensando que seguramente debería darle las gracias por haberme traído a Pepp y despedirme antes de que pudiera decirme algo que me disgustara, pero él habló primero.

—¿Puedo pasar? —Notó que vacilaba—. Charlie. Tenemos que hablar y no iba a hacerlo con un montón de desconocidos y de perros correteando a nuestro alrededor. Déjame entrar. Si no te gusta lo que oyes, puedes echarme. Tú tienes todas las cartas, no yo.

Eso me puso los pelos de punta.

—No estoy jugando, William. Nunca lo he hecho.

Él cerró la boca y apretó los dientes. Luego entró sin esperar a que lo invitara. Cuando sus dedos rozaron los míos en el marco de la puerta, retiré la mano y me alejé un poco, peleándome con mi cuerpo por el cosquilleo que me había provocado su tacto. Él cerró la puerta y se descalzó. Lo dejé solo para ir a buscar a Pepp y acordarme de cómo respirar. Pepp estaba caminando en círculos en la cocina, buscando algo. Ignoré la presencia de William todo lo que pude y fui a ponerle agua a mi peque, que se la bebió en cuestión de segundos, así que se lo volví a llenar. Después de unos instantes, algunos besos y otro gran abrazo, él ya estaba en la sala de estar, en el sofá gris claro de Valerie. Hice una mueca, pensando de qué forma iba a explicarle la presencia del enorme perro en su casa cuando regresara el lunes. El plan era irme a un Airbnb y quedarme allí con Pepp hasta que encontrara una casa, pero pensaba que tendría al menos unos pocos días más.

Acababa de entrar en la sala de estar, cuando sentí que William se acercaba a mí por detrás. Me estaba poniendo nerviosa tenerlo tan cerca. Mi corazón estaba hecho un lío dentro de mi pecho.

—¿Vas a evitar mirarme todo el tiempo? —preguntó con suavidad.

Pepp cerró los ojos, dejándome sola con William.

Hice todo lo que pude por calmarme, pero no lo había logrado del todo cuando por fin me volví hacia William. Sus ojos recorrieron cada centímetro de mi rostro mientras se me aceleraba el corazón. Tenía ganas de echarme a llorar porque no poder abrazarlo me estaba matando.

—Te he echado de menos —dijo, tratando de capturar mi mirada con la suya. No sabía qué hacer con las manos, así que me agarré un codo con una de ellas—. Habla conmigo, por favor. No estoy acostumbrado a que estés tan callada y empiezo a asustarme.

—¿Por qué? —Cerré los ojos y respiré por la nariz mientras volvía a abrirlos—. No tenemos por qué hacer esto. Gracias por traerme a Pepp, de verdad que te lo agradezco, pero puedes irte si lo deseas. No es necesario que me des explicaciones.

Él ladeó la cabeza y me observó. Me moví con inquietud bajo su escrutinio. Deseaba que se fuera casi tanto como deseaba que se quedara, me besara y no me soltara jamás.

Como si hubiera oído mis pensamientos, dio un par de pasos y se detuvo justo delante de mí.

—Mírame, Charlie. —Levanté la vista y lo miré a los ojos—. ¿Ves a alguien que quiera irse?

No lo sabía.

—No estoy segura.

William suspiró y su cuerpo se encorvó un poco.

—Sigo pensando en ti cien veces al día, Charlie. ¿Recuerdas lo que me dijiste en una ocasión? —Esperé, con los ojos clavados en él—. Dijiste que querías encontrar a alguien que tuviera miedo de perderte. Ese soy yo, Charlie. Ahora mismo tengo miedo de perderte.

—Esbozó una pequeña sonrisa que no alcanzó sus ojos y apartó la mirada. Y entonces fue cuando me di cuenta de que William Carter en realidad estaba nervioso—. Tenía miedo de perderte cuando me planté en tu puerta y llamé al timbre durante varios minutos la mañana que te fuiste para venir aquí, esperando que solo estuvieras demasiado dormida. O que tal vez me estuvieras haciendo esperar a propósito. Después, preocupado, fui a la oficina con la esperanza de verte, pero sabiendo de alguna forma que tampoco te encontraría allí. Mientras iba en el taxi supe que no te vería y me entró mucho miedo de que esta vez me estuviera pasando a mí lo que te pasó hace seis años. —Hizo una pausa y se humedeció los labios mientras sus ojos buscaban algo en los míos—. Así que, por si te sirve de algo, tengo miedo de perderte, Charlie. No es algo que desee. Espero que lo sepas.

Entreabrí los labios, pero ningún sonido salió de ellos. Me sorprendió que recordara mis palabras.

—¿Por qué no me devolviste la llamada, William? —Me oí preguntar al cabo de un momento.

Él dio otro paso hacia mí y sentí que iba a tocarme, pero en el último momento decidió no hacerlo. Me quedé inmóvil.

—¿Puedo contarte primero lo que pasó cuando me fui de la oficina? —preguntó y yo asentí—. Supongo que viste a mi ex. —Volví a asentir—. Está embarazada.

—La vi.

—¿Sí? Bueno, menuda sorpresa me llevé.

Apartó la mirada y me armé de valor para preguntar lo que me había estado rondando por la cabeza de manera intermitente.

—Entonces, ¿es tuyo?

Volvió la cabeza hacia mí y frunció el ceño.

—¿Qué?

—Está embarazada y pensé que tal vez...

—No. No, Charlie. No. ¿Es eso lo que pensaste?

—No sabía qué pensar. Te fuiste sin decir nada.

—No es mío. No puede ser mío. Nosotros no..., durante mucho tiempo... No importa. No pensé que fuera mío ni siquiera la verla. —Aparté la mirada, pero él me asió la barbilla e hizo que volviera a mirarlo. Luego me soltó y sentí su ausencia—. Su último novio la dejó embarazada. Creo que estaba saliendo con él mientras ultimábamos nuestro divorcio. No tengo ni idea. Quería hablar conmigo para preguntarme si quería plantearme la posibilidad de empezar de nuevo. Dado que había querido tener un hijo con ella, al parecer pensó que a lo mejor quería tener otra oportunidad ahora que estaba embarazada. Ya te conté que estaba en contra de tener hijos mientras estuvimos casados y que esa fue una de las principales razones de que rompiéramos. Además del hecho de que no podía confiar en ella. ¿Lo recuerdas? —Agaché la cabeza—. Pensó que ahora que estaba embarazada podríamos volver a intentarlo. Por lo visto ha roto con el padre del niño. ¿Tú qué crees que le dije?

—¿Que no? —La esperanza surgió dentro de mi destrozado corazón y traté de contener una pequeña sonrisa.

Sus labios se curvaron.

—Sí. Le dije que no. Y que estaba saliendo con alguien. Pero que de todos modos no. Nunca fue la indicada para mí. Ella lo sabe, pero nunca antes la había visto tan sensible. Creo que le asusta hacer esto sola, pero teme decirlo en voz alta. Solo me veía como un modo de no enfrentarse sola a sus problemas. Me levanté para irme cuando me di cuenta de que la conversación no iba a ninguna parte y ella empezó a agitarse y de pronto tuvo contracciones. —Escuché en silencio, asimilando sus palabras—. Tuve que llevarla al hospital, y como no tenía a nadie en Nueva York tuve que quedarme con ella hasta por la mañana, cuando uno de sus nuevos amigos de Portland pudo llegar al hospital.

—¿Se encuentra bien? ¿El niño también?

—Están bien. Los médicos creen que es el estrés. Nos explicaron otras cosas, pero no presté atención. Tendrá que tomárselo con calma las próximas semanas.

—¿La dejaste allí?

—No hay nada entre nosotros. Ya no me corresponde a mí estar a su lado. Hice lo que pude y el resto ya no es cosa mía. Hay otra persona a cuyo lado me gustaría estar.

Me pasé los dientes por el labio inferior y él siguió el movimiento con la mirada.

—Entiendo —murmuré—. No respondías al teléfono. Y después lo tenías apagado.

—Me quedé sin batería. Y en el hospital ella estaba un poco... —Soltó un enorme suspiro—. Digamos solo que no podía entender cómo podía rechazarla si tanto quería tener un hijo... Sus palabras, no las mías. Iba a pedir un cargador a las enfermeras pero estaba muy ocupado intentando tranquilizar al Lindsey para que no pusiera en peligro la salud del bebé... y de repente ya era casi por la mañana.

Asentí, pues no era capaz de hacer nada más. Le creía. Creía todo lo que estaba diciendo.

—¿En qué piensas? —preguntó, ladeando la cabeza un poco para intentar captar mi mirada.

—No estoy segura —respondí con sinceridad. No podía elegir solo una cosa.

—Vale. No pasa nada. A la mañana siguiente fui a tu casa y no estabas. Fui corriendo a la oficina para hablar contigo porque no me gustaba la forma en la que había dejado las cosas y Gayle me contó lo que había pasado con Kimberly y con tu padre.

Me solté el brazo que tenía agarrando con fuerza y abrí y cerré los dedos.

—Supongo que debería haberlo hecho hace mucho tiempo.

—¿Estás bien?

Asentí. Otra vez.

—Vale. Estupendo. Siento haberte acusado de trabajar con tu hermana y dejarla mirar el plan. Lo sabía. Sabía que tú no harías nada semejante, así que no sé en qué estaba pensando. No es suficiente, al menos a mi parecer, pero siento mucho haberte puesto en esa situación, Charlie. Yo también renuncié.

Eso hizo que levantara la vista del suelo hacia él. Abrí los ojos como platos.

—¿Qué?

—No creerías que iba a quedarme allí después de enterarme de cómo te trató, ¿verdad? —Sacudió la cabeza—. De todas formas no pensaba quedarme después de que te fueras, Charlie. Sabía que no era el lugar indicado para mí. La cena en casa de tu abuela me lo dejó muy claro… Pensaba seguirte. Ese era el plan, ¿recuerdas?

Negué con la cabeza, dando un paso atrás, como si pudiera huir de sus palabras y de lo que le estaban haciendo a mi pobre corazón.

—No. No, ese no era el plan. El plan era intentar ver si había algo ahí hasta que yo me fuera y luego veríamos adónde iba.

William se acercó a mí.

—Ese no era mi plan, Charlie. Solo pensaba esperar hasta que te pusieras al día con lo que hay entre nosotros. —Retrocedí un paso más y choqué con la puerta que tenía detrás—. ¿Te asusta oír eso?

Fruncí el ceño.

—¿Por qué iba a asustarme?

Él se encogió de hombros mientras se acercaba a mí.

—Dímelo tú.

—No tienes por qué mentirme, William. Ese no era el plan del que hablamos y ambos los sabemos.

—Si me metieran en una habitación llena de gente siempre encontraría el camino hacia ti. Nos atraemos, Charlie. ¿Es que no lo sabes? Es verdad, siempre te seguiré dondequiera que vayas. Lo supe la primera noche que dormí contigo entre mis brazos. Solo te quiero a ti. Era así hace seis años y eso no ha cambiado. La única diferencia es que ahora soy más inteligente. No dejaré que te me vuelvas a escapar.

—William, te ruego que no me digas esas cosas —susurré, con la voz quebrada.

Puso fin al último par de centímetros que nos separaban y tuve que levantar la mano y posarla en su pecho para que…, para que me dejara espacio para pensar. Puso la mano sobre la mía y me apretó los dedos con los suyos. Su mano era cálida y familiar.

La cabeza me daba vueltas y mi corazón…, mi corazón estaba rebosante de esperanza fruto de sus palabras.

—¿Quieres más cursiladas?

Yo asentí. Me encantaban las cursilerías. Y amaba a William.

Apoyó la frente en la mía, con mi cuerpo atrapado entre la pared y él. Se me cerraron los ojos por voluntad propia mientras él seguía hablando.

—Tú colmas por completo mi corazón. Ya no sabría qué hacer con él sin ti. Ahora no puedes dejarme. Prometo tomarte de la mano y estar a tu lado y contigo mientras me quede un hálito de vida, Charlie. Te quiero —murmuró, con la respiración un tanto entrecortada a pesar de que estábamos inmóviles—. Te miro al otro lado de la estancia y me siento el hombre más afortunado porque tú me devuelves la mirada. Estoy enamorado de ti. ¿Es que no lo ves? Quiero pasar mi vida contigo. —Sentí que las lágrimas me anegaban los ojos, pero hice lo que pude para contenerlas. Noté la mano de William en mi rostro, alzándolo con suavidad para que lo mirara a los ojos. Unos segundos después, algo que estaba viendo le hizo sonreír—. Te he echado de menos, Charlie.

Algo se deshizo dentro de mí y me fallaron las piernas. William no me dejó caer, sino que me tomó en brazos y hundí el rostro en el hueco entre su hombro y su cuello mientras las lágrimas afloraban. Sabía que me llevaba a alguna parte, pero no tenía energía para mirar o hacer otra cosa que llorar mientras me aferraba a él con todas las fuerzas que me quedaban.

Se sentó con suavidad y me colocó sobre su regazo, de modo que pude mantener el rostro sepultado en su cuello. Me dio uno de los mejores abrazos de mi vida y atrajo contra sí. Me estrechó con tanta fuerza que si hubiera ejercido un poco más de presión, habría sentido dolor.

—Está bien, cielo —susurró junto a mi cabeza—. Estoy aquí. —Repitió las palabras una y otra vez—. Está bien, Charlie. No pasa nada. Estoy aquí ahora. Nunca más te dejaré. Jamás volverás a estar sola. Siempre me tendrás a mí.

Cuanto más las repetía, más fuerte lo abrazaba y más lloraba.

—Lo siento, William. Siento haberme ido así.

No sé cuántos minutos pasamos abrazados con fuerza, pero moví la cabeza un poco cuando sentí sus cálidos labios en mi cuello.

—Me encanta la forma en que ladeas un poco la cabeza cuando te beso justo aquí. —Tocó el lugar que acababa de besar con la yema del dedo y lo deslizó hasta mi clavícula, provocando una oleada de escalofríos por todo mi cuerpo. Aflojó los brazos, pero no dejó que me apartara demasiado.

Lo observé mientras me estudiaba.

—¿Tienes algo que decirme? —preguntó, con cierta inseguridad en la voz. No recordaba haberle oído tan inseguro.

Enmarqué su rostro con mis manos y lo miré a los ojos.

—Estoy enamorada de ti, William. Y deseo con toda mi alma que seas mío. No sé por qué me daba tanto miedo decirlo en voz alta cuando significas tanto para mí.

Él suspiró y cerró los ojos. Apoyó la frente en mi hombro mientras sembraba mi piel de pequeños besos.

Luego me miró de nuevo.

—Ya soy tuyo. Nos pertenecemos el uno al otro. Ambos lo sabemos, pero me encanta oírtelo decir. —Me acarició la mejilla con los nudillos—. Es esa expresión en tus ojos, solo en tus ojos, lo que me llega al fondo del alma, Charlie. Jamás dejes de mirarme así.

—Esperaba que volvieras a mí —murmuré mientras las lágrimas me anegaban de nuevo los ojos—. Pero no estaba segura de si debía albergar esperanzas porque no viniste. Otra vez. No viniste. Y a lo mejor exageré por culpa de eso, pero no sabía qué más hacer.

—Jamás volveré a dejarte. Te prometo que nunca tendrás dudas. Jamás encontraré a nadie como tú ni en un millón de años. Eres todo cuanto deseo.

—¿Estás enamorado de mí? —pregunté, solo para asegurarme y para oírselo decir otra vez.

William sonrió y por fin me besó en los labios. Me di cuenta de que sonreía.

—Estoy muy enamorado de ti. Locamente enamorado de ti. Quiero entregarte mi vida entera, si la aceptas, Charlie.

Me arrimé más a su cuerpo y apoyé la cabeza junto a la suya.

—¿De verdad has renunciado? ¿No vas a volver? Tu familia... ¿lo sabe? ¿Tienes que volver a Nueva York? ¿Vas a quedarte aquí? ¿Puedes quedarte aquí?

—Me quedo. No podré alejarme de ti por mucho tiempo. Y sí que lo he dejado. Pagué la cantidad exigida por contrato si renunciaba durante los primeros seis meses y me fui. —Entreabrí los labios, pero William me detuvo antes de que pudiera protestar—. Ni lo intentes. No podría quedarme allí. No sin ti. Lo que he pagado no me afecta, créeme. Mi familia sabe que me vuelvo a California. De hecho, por eso he tardado en llegar. Quería ir a verlos por si tardaba en volver. No sabía cómo reaccionarías al verme ni si me aceptarías. Así que fui a verlos con Pepp y luego volé hasta aquí esta mañana. Me quedo aquí. Contigo.

Me humedecí los labios y lo miré.

—Estás enamorado de mí —repetí por tercera vez.

—Locamente enamorado. Y quiero que vivamos juntos si te parece bien.

Esbocé una sonrisa.

—¿Lo dices en serio?

—¿Por qué no iba a ser así? No consigo dormir bien cuando no duermes en mis brazos.

—Nunca he vivido con un tipo.

William suspiró.

—Un hombre. Vas a vivir con un hombre. —Flexionó las manos alrededor de mi cintura—. Y me parece bien. Ya estoy bastante celoso de por sí. No quiero imaginar que hubieras vivido con otro hombre antes. ¿Estás emocionada?

Asentí, con una amplia sonrisa.

Me miró durante un buen rato y luego fue él quien me preguntó.

—¿Tú también estás enamorada de mí?

—Perdidamente enamorada. —Me incliné hacia él y lo besé con suavidad en los labios para demostrarle lo enamorada que estaba. El beso empezó despacio, solo nuestros labios; luego sentí la punta de su lengua y nos besamos como si hubiéramos estado separados durante años y fuera la primera vez que nos tocábamos.

El ansia era inimaginable.

Creo que entonces gemí y de repente estaba debajo de él y su cuerpo estaba sobre el mío. Cuando paramos, a ambos nos faltaba el aliento y su pecho subía y bajaba aún más rápido que el mío. No recordaba ninguna otra ocasión en la que hubiera sentido la felicidad que sentía en aquel momento. Me apartó el pelo de la cara y después bajó la mano por nuestros cuerpos hasta que tomó la mía y entrelazó nuestros dedos.

Tenía el corazón a rebosar de amor. No había otra explicación.

—Eres mi alma gemela, Charlie. Siempre fuiste mi alma gemela, incluso desde el principio. Eres cuanto necesito y jamás sentirás la necesidad de ligar con otro hombre porque me tendrás a mí. Bromearé y discutiré contigo, solo para hacerte feliz. Luego te besaré hasta dejarte sin sentido y tú me sonreirás, como haces ahora, y no necesitaré nada más de la vida. Pero nunca tendremos que fingir que somos especiales porque siempre será verdad. Y te prometo que no dejaré que mueras sola mientras te atragantas con la comida. —Ahogué un grito y él se rio. Flexionó los dedos sobre los míos y me agarró con fuerza—. De ahora en adelante somos nosotros. Nos tendremos el uno al otro. Siempre. No voy a estropearlo, otra vez no. Y si por casualidad lo hago, siempre encontraré la forma de volver a ti. En cada vida. Te prometo que te haré feliz y te daré todas las cursilerías del mundo. Te lo prometo.

Agradecimientos

Hola. ¿Qué tal? ¿Te ha gustado? Estoy rebosante de energía mientras escribo esto. ¡No puedo creer que estemos aquí!

Ha pasado un tiempo desde que nos vimos, ¿no? Cuatro años, creo. Es mucho tiempo. Parece imposible, más que cualquier otra cosa. Pero aquí estamos. Sobrevivimos juntos al Covid, perdimos amistades, ganamos otras nuevas, pasamos por una ruptura que nos dolió bastante, pero al menos nos hemos tenido el uno al otro. Espero no haberte decepcionado, porque esa ha sido una de mis grandes preocupaciones. Espero que Charlie y William hayan conseguido robarte un trocito de corazón. Desde luego a mí me lo robaron. Lamento habérmelos guardado para mí tanto tiempo, pero ahora por fin están listos para hacerte compañía como hicieron conmigo.

Erin, muchas gracias por estar conmigo desde el principio. Sé que debes estar cansada de oírme hablar de mis inseguridades cuando se trata de William y Charlie, pero muchas gracias por escucharme siempre a pesar de todo. Espero que estés lista para Chloe y Andrew.

Elena, hace siglos que no hablamos, pero espero que sepas lo agradecida que estoy por el tiempo que nos has dedicado a Charlie, a William y a mí. Los días en que no podía creer que de verdad sería capaz de terminar su historia, tus ánimos siempre me hicieron seguir adelante y siempre te estaré agradecida por ello.

Beth y Shelly, sé lo ocupadas que estáis, pero nunca olvidaré que acudisteis en mi ayuda cuando más lo necesitaba. Siempre os estaré agradecida por vuestra amistad. Gracias por poder contar con vosotras.

Jessica, me alegro mucho de que decidieras darme una oportunidad y te convirtieras en mi agente. Me siento muy bien sabiendo que te tengo a ti para sostenerme la mano cuando lo necesito. Muchas gracias por tu orientación. Y gracias a todos los de la Agencia Dijkstra, me siento mejor sabiendo que os tengo a mi lado. Ojalá hagamos cosas bonitas juntos.

Molly, me alegro mucho de haberte conocido y haber trabajado contigo. Y gracias a todo el equipo de Simon & Schuster en Reino Unido por darle una oportunidad.

Pero lo más importante, gracias a vosotros. A mis lectores. Por leer la historia de Charlie y William. Por darles una oportunidad y por llegar hasta esta página. Esta no habría sido mi realidad sin vosotros. No habría podido escribir las historias que tengo en la cabeza sin vuestro amor por mis palabras y vuestro amor por mí. No sabéis hasta qué punto marcáis la diferencia. Sin duda sois el sol radiante que necesito en mi vida y espero que os deis cuenta de ello. Sé que Charlie es mi heroína más vulnerable hasta la fecha y la quiero con todas sus imperfecciones, espero que vosotros sintáis lo mismo. Y espero que sepáis que no estáis solos y que sois los protagonistas de vuestra propia historia. Y si algunos días se os olvida, no pasa nada. A veces yo también tiendo a olvidarlo. Gracias por estar conmigo. Siempre atesoraré vuestra existencia.

Sois los mejores.

Con amor,

Ella

Sobre la autora

Escribir se ha convertido en mi mundo y no puedo imaginarme haciendo otra cosa que no sea dar vida a nuevos personajes y nuevas historias.

¿Sabes que algunas cosas simplemente hacen que tu corazón estalle de felicidad? ¿Un libro muy bueno, un cachorro, abrazar a alguien a quien has echado muchísimo de menos? Eso es lo que me hace a mí escribir. Y espero que leer mis libros te deje esa misma sensación de felicidad.

Todo lo que quieras saber sobre mí y mis libros está en mi página web. Me encantaría verte por allí.

www.ellamaise.com

Para recibir información sobre mis libros, material adicional y ser el primero en enterarte de mis novedades, puedes suscribirte a mi boletín de noticias.

(Solo se envía unas pocas veces al año).

¿TE GUSTÓ ESTE LIBRO?

escríbenos y
cuéntanos tu opinión en

f /Sellotitania   **𝕏** /@Titania_ed

📷 /titania.ed

#SíSoyRomántica